中国学生一定要读的神话故事

中国神话传说

上

谢 普 主编

九州出版社
JIUZHOUPRESS

图书在版编目（CIP）数据

中国学生一定要读的神话故事：全六册 / 谢普主编. -- 北京：九州出版社，2021.11
ISBN 978-7-5225-0485-8

Ⅰ．①中… Ⅱ．①谢… Ⅲ．①儿童文学－神话－作品集－世界 Ⅳ．① I18

中国版本图书馆 CIP 数据核字（2021）第 182166 号

中国学生一定要读的神话故事：全六册

作　　者	谢　普　主编	
责任编辑	黄明佳	
出版发行	九州出版社	
地　　址	北京市西城区阜外大街甲 35 号（100037）	
发行电话	(010)68992190/3/5/6	
网　　址	www.jiuzhoupress.com	
印　　刷	北京一鑫印务有限责任公司	
开　　本	880 毫米×1230 毫米　　32 开	
印　　张	18	
字　　数	300 千字	
版　　次	2021 年 11 月第 1 版	
印　　次	2021 年 11 月第 1 次印刷	
书　　号	ISBN 978-7-5225-0485-8	
定　　价	128.00 元（全 6 册）	

前 言

　　神话是人类早期的一种不自觉的艺术创作形式，是人类童年时期的产物，是文学的先河。神话也是一个民族和国家宝贵的精神财富，在文学史上有着很重要的地位。

　　人类最早的故事大多是从神话开始的，它往往借助丰富的想象和幻想力，把自然力和客观世界拟人化。这些看似荒诞不经的神话，其实都是古代先民对宇宙、人类以及自然万物的起源所做出的各种不同的解释。它充分地反映了原始人对宇宙、人类自身的思考。

　　神话是人类早期的故事，是一个国家和民族宝贵的精神财富。它反映了远古社会人类的生活和思想，推动了后世文学和艺术的发展。世界各国、各民族都有自己的优秀的神话故事。

　　中华民族五千年的文化积淀，五十六个民族丰富的文化内涵，使得中国的神话故事更加曲折离奇、生动活泼。尽早接触这些历经长久岁月而流传下来的神话故事，对孩子们来说是非常益智的。它不仅能让孩子感受到生动有趣的故事所带来的阅读快感，还能让他们从另一个角度，了解我们伟大的中华文明和悠久的历史文化。

希腊半岛三面环洋，与它相邻的爱琴海中，星罗棋布的四百八十多座岛屿，则犹如遍撒海面的玉石玛瑙，爱琴海孕育了灿烂的希腊文化。希腊神话与传说反映了古希腊从公元前11世纪到公元前9世纪被人们称为"荷马时代"的那段历史中的社会生活面貌，赞颂了古希腊人民的智慧和创造。它以丰富的想象和精彩生动的情节，把人们带入群岛环绕、海陆交错的爱琴海区域的古代文明。希腊神话的产生和发展经历了漫长的岁月。它是多个民族的多种思想和多门语言共同熔炼而成的丰富的文化遗产，对人类文明的发展起到了不可磨灭的作用。

本丛书包括《中国神话传说（上、下）》《古希腊神话与英雄传说（上、下）》《世界经典神话与传说故事（上、下）》全六册，可以说，神话不仅仅是叙述英雄与诸神事迹的故事集，它还为读者提供了一种理解世界的方式。

目 录

夸父追日

在远古时候，北方荒野中，有座巍峨雄伟、高耸入云的高山，叫做成都载天。在山林深处，生活着一群力大无穷的巨人。

他们的首领，是幽冥之神"后土"的孙儿，"信"的儿子，名字叫做夸父。因此这群人就叫夸父族。他们身强力壮，高大魁梧，意志力坚强，气概非凡。而且还心地善良，勤劳勇敢，过着与世无争，逍遥自在的日子。

那时候大地荒凉，毒物猛兽横行，人们生活凄苦。夸父为让本部落的人们能够活下去，每天都率领众人跟洪水猛兽搏斗。

夸父常常将捉到的凶恶的黄蛇，挂在自己的两只耳朵上作为装饰，抓在手上挥舞，引以为荣。

有一年的天气非常热，火辣辣的太阳直射在大地上，烤死庄稼，晒焦树木，河流干枯。人们热得难以忍受，夸父族的人纷纷死去。

夸父看到这种情景很难过，他仰头望着太阳，告诉族人：

"太阳实在是可恶，我要追上太阳，捉住它，让它听人的指挥。"族人听后纷纷劝阻。

有的人说："你千万别去呀，太阳离我们那么远，你会累死的。"

有的人说："太阳那么热，你会被烤死的。"

夸父心意已决，发誓要捉住太阳，让它听从人们的吩咐，为大家服务。他看着愁苦不堪的族人，说："为了大家的幸福生活，我一定要去！"

太阳刚刚从海上升起，夸父告别族人，怀着雄心壮志，从东海边上向着太阳升起的方向，迈开大步追去，开始他逐日的征程。

太阳在空中飞快地移动，夸父在地上如疾风似的，拼命地追呀追。他穿过一座座大山，跨过一条条河流，大地被他的脚步，震得"轰轰"作响，来回摇摆。

夸父跑累的时候，就微微打个盹，将鞋里的土抖落在地上，于是形成了大土山。饿的时候，他就摘野果充饥，有时候夸父也煮饭。他用五块石头架锅，这五块石头，就成了五座鼎足而立的高山，有几千米高，这就是五岳。

夸父追着太阳跑，眼看离太阳越来越近，他的信心越来越强。但是越接近太阳，就渴得越厉害，已经不是捧河水就可以止渴的了。

　　但是，他没有害怕，并且一直鼓励着自己，"快了，就要追上太阳了，人们的生活就会幸福了。"

　　经过九天九夜，在太阳落山的地方，夸父终于追上了它。

　　红彤彤、热辣辣的火球，就在夸父眼前，他的头上，万道金光，沐浴在他身上。

　　夸父无比欢欣地张开双臂，想把太阳抱住。可是太阳炽热异常，夸父感到又渴又累。他就跑到黄河边，一口气把黄河水喝干了，可是还是不解渴；于是他又跑到渭河边，把渭河水也喝光了，仍不解渴；夸父又向北跑去，那里有纵横千里的大泽，大泽里的水足够夸父解渴。

　　但是，大泽太远，夸父还没有跑到大泽，就在半路上渴死了。

　　夸父临死的时候，心里充满遗憾，他还牵挂着自己的族人，于是将自己手中的木杖扔出去。木杖落下的地方，顿时生出大片郁郁葱葱的桃林。

　　这片桃林终年茂盛，为往来的过客遮荫，结出的鲜桃，为勤劳的人们解渴，让人们能够消除疲劳，精力充沛地踏上旅程。

人间的瑶池

传说在很久以前，端州有兄弟二人，靠打鱼为生。每天早上，他们都到七星岩边的沥湖撒网捕鱼，日子过得虽不富裕，却很快乐。一天早上，当他们的船到双源洞边的时候，兄弟二人忽然听见洞里有奏乐的声音，感到十分诧异。老大说："这双源洞有两个洞口，我曾经进去过，里边漆黑一片，到处是水，怎么会有人在此奏乐呢？此事定有蹊跷。"

老二说："那我们进去看看吧，没准儿里面有什么宝贝，被我们兄弟二人发现，就发大财了！"他也不等老大同意，一边说着一边把小船划到洞里去了。

一进洞口，他们便

见到一块巨石。绕过巨石，洞顶岩石便骤然低了下来，里面是伸手不见五指，黑漆漆一片。兄弟俩弯着腰，摸索着向前划。岩洞蜿蜒曲折，也不知转了多少弯，才到了一条较宽的河道。他们继续向前划，慢慢看到前面有了亮光，乐声也听得更加清晰了。兄弟俩心中暗喜，便使劲儿划船，又转了一个弯，突然岩洞变得很是宽广，明亮的光照得人睁不开眼。老二惊喜地说："我们是不是到了另一个洞口了？"

等到船出洞口，老大向四周一看，这哪里是另一个洞口啊，这分明是另外一片天地！侧耳一听，那阵阵音乐，就是从前面高耸的宫殿里传过来的。兄弟俩把船靠在岸边，沿着一条道向那座宫殿走去。他们一边走，一边欣赏四周的美景，只见这里如同世外桃源一般。不知不觉走到湖边，却发现路已经到了尽头，要想到达那座宫殿，就只有坐船前往。他们正在犯难呢，忽然看见一只画舫迎面而来。近前一看，划船的是几个童子。到了岸边，有个童子说道："请两位上船吧。"他们上了船，童子便奋力朝湖那边划去。不一会儿，便来到了那座大宫殿的下边。

这时，上面有个头绾双髻、身穿白衣的童子叫道："两位打鱼师傅快上来吧，王母娘娘有请呢。"兄弟俩吓了一跳，暗想：难道我们真的到了神仙世界？那童子唤道："王母娘娘有请，快上来吧。"

兄弟俩便跟着童子，沿着长长的回廊向宫殿走去。到了大殿上，见有几个银须飘拂的仙翁和其他一些仙人正在饮酒作乐，有一班乐队奏着悠扬悦耳的仙乐。一见兄弟俩进来，乐队就停止了吹奏，中间有位慈眉善目的老妇人站起来说："本宫早就听说七星岩是个灵山胜境，有个美丽的沥湖，与我们仙界的瑶池极为相像。因此请两位打鱼师傅到这里，来看看我们瑶池的养鱼种植之法，希望沥湖也变成鱼肥藕壮、芡实甘香之地。"兄弟俩猜想她就是王母娘娘，连忙下跪叩首，千恩万谢。王母娘娘笑着叫来一位老叟，让他领着两兄弟去瑶池观看。

到了瑶池边，一眼望去，果真与沥湖差不多，见池中几斤重的鱼游来游去，那边是一片荷莲和芡实。他们乘坐一条小船，在池中缓缓滑行。那老叟一边指点，一边讲解，很是殷勤。忽见有几个童子，不知从哪里捕来一兜鱼苗，只有头发丝那般大小，像孑孓一般，倒进瑶池里，顷刻间就成了几斤重的鳙鱼、鲤鱼和鲩鱼。兄弟俩都看呆了。那老叟说："到胖舸江去捞这种鱼苗，放养在沥湖里，也会变成那么大的鱼。"兄弟俩听了，便记在心里。

兄弟俩边听边看，渐渐入了迷。忽然间，光线暗了下来，什么都看不见了，耳边也听不到半点儿声音。兄弟俩乘的小船随水漂去，不一会儿竟划出了双源洞口。

　　回到家后，兄弟俩就根据老叟所说的方法，到胖舸江捞来了鱼苗，放养在沥湖里，又在湖中种植了莲藕和芡实，果然使沥湖变为鱼肥藕壮、芡实甘香之地，成为地上的瑶池。

　　不久，兄弟俩又各自有了儿子，儿子又生了孙子，慢慢地形成了一个村落，就称为瑶村。村子大了，又分为上瑶、下瑶。这里出产的莲藕和芡实别有风味，成为远近闻名的佳品。可令人惊奇的是，双源洞却再也找不到那个洞口了，后来水也干枯了。于是大家凭借着想象把里面的一些石头，根据它们的形状，说成就是当年兄弟俩到过的古城、王母殿、瑶池等。

王羲之题字南天门

相传在许多年以前，玉皇大帝传下圣旨，要重新修建南天门。于是，天上的工匠们使出了浑身解数，施展各自的绝活，精雕细刻，用了整整三年的时间，方才竣工。重建后的南天门，雄壮威严、气势恢宏。脊檐上镶满了熠熠生辉的珠宝，柱子上雕刻着栩栩如生的玉龙，到处珠光宝气、金碧辉煌。那可真是天上人间独一无二的辉煌建筑，让人叹为观止。

　　玉皇大帝看到后，龙颜大悦，前前后后、左左右右、里里外外、来来回回地看了好几遍，虽然觉得雄伟壮观，却似乎缺了点儿什么。他冥思苦想了好久，终于明白，是缺一块匾啊！是啊，这么有气势的建筑，如果再挂上一块匾，写上"南天门"三字，不是锦上添花吗？可是，让谁来写这三个字呢？玉帝犯了难。于是，他就把自己的想法告诉了随行的大臣，请他们拿主意。众位大臣交头接耳了半天，终于有一大臣跪地奏道："启奏陛下，臣知凡间晋朝有一书圣，名曰王羲之，极善书法。只有他的字才能与南天门相配。"玉皇大帝听罢点头，就派王母娘娘与一位仙女下凡去请王羲之写匾。

　　当时的大晋王朝，正是书法大兴之时，涌现了许多有名的书法家，其中尤以临沂人王羲之为最，他的书法博采众长，独成一家。传说他练字十分勤奋，竟然把一池清水都变成了墨池，书法达到了炉火纯青的地步。他除了练字，更爱到山里游览风景，经常流连忘返。

　　这一天，王羲之游玩之后往回走时，已是黄昏时分了。正走

着，忽见前面有一座小院，他跨进院子，看见三间草房。进了屋子，只见有位老太婆正在擀馍，擀成一个，挑起来从隔着的箔帘上面扔进里间。王羲之探身往里一看，里间有一姑娘在烧鏊子，

已经烙熟半筐了。老太婆扔进来的馍不偏不斜，正好落在鏊子上。王羲之看罢，心里暗暗佩服，不禁脱口赞道："真是技艺高超啊！"老太婆一转身，发现了王羲之，惊讶地说："哦！先生请坐。说我技艺高超，那是您过奖了，比起王羲之写字的技艺，我可差远了。"王羲之听了心里暗自好笑，就说："其实王羲之的技艺有什么高明，他不过是普通人，只不过徒有虚名罢了。"老太婆不高兴地说："先生这话说得大了！王羲之是天下闻名的书圣，岂是徒有虚名之辈？听你的语气，好像你比他高明得多了？我老婆子偏偏不信！你用炊帚在案板上写'南天门'三字，我看你比他强多少。"说罢，将面粉在案板

上摊匀，把炊帚递给了王羲之。王羲之无奈，只得接过炊帚，一捋袖子，在案板上写下"南天门"三字。只见笔锋挺拔，刚劲有力。老太婆喜上眉梢，捧起案板，说了声："多谢书圣写匾。"只见一道白云升上天空，老太婆和姑娘都不知去向了。惊得王羲之呆了半晌，才挪动步子回家去。

原来，这个老太婆和姑娘正是王母娘娘和仙女变化而成的。她们想要王羲之的字，但一想到仙凡有别，恐怕过于唐突会惊了这位大才子，于是就用了这个计谋，专等王羲之写匾呢！

从此，南天门多了一块大匾，匾上写着"南天门"三个字。这三个字，字体苍劲挺拔，笔锋有力，看上去威武雄壮，称得上独一无二的绝体妙笔，把南天门衬得越发雄伟壮观了。

罗浮山上玉女峰

相传在罗浮山有一条小石楼瀑布，这条瀑布飞珠迸玉，烟雾迷蒙，堪称一道佳景。这瀑布飞流直下，到了山脚，形成一个大水潭，水潭波光粼粼，深不见底。在水潭的中央有一块光滑的巨石。这巨石大得出奇，据说能够坐下一千多人呢！巨石有个好听的名字，叫做歌舞石。你知道它为什么叫歌舞石吗？

传说有一年王母娘娘要做蟠桃寿筵。她在天宫向下这么一望啊，发现这罗浮山景色宜人，就解下身上的玉佩丢进水潭，变成这块巨石，然后将蟠桃寿筵移到这巨

石上来办。她请来如来佛祖、太白金星、观世音菩萨等，饮仙酒、吃蟠桃，又叫来月宫仙子来这里奏乐跳舞，一边玩一边欣赏美景，一直热闹了三天三夜，才恋恋不舍地回到天宫。

话说王母娘娘的女儿玉女仙子见到罗浮山既有飞流直下的瀑布，又有奇形怪状的山峰，而且奇花异草香气扑鼻，不由得动了凡心，想在这里多留几天。这也难怪她，天宫里虽然金碧辉煌、珠光宝气，却哪有如此浑然天成、不经雕琢的奇异景色呢？她这一出来啊，就好像一只金丝雀飞出了笼子，再也不愿回去了。所以，当神仙们返回天上时，她一个人悄悄地躲在树丛中，留在了罗浮山上。

等到王母娘娘玩够了回到天宫时，发现爱女不见了，她又急又怒，立刻命令老人星到罗浮山去寻找。老人星慌忙下凡，找了好久，终于在玉溪旁的树丛中找到了玉女仙子。老人星苦口婆心地劝她回去，说得嗓子快冒烟了，玉女仙子也不愿跟他回去。老人星没有办法，情急之下，便吓唬她说："王母娘娘说了，你要是不和我回去，就让我割下你的头带回天上去！"

玉女仙子从小娇生惯养，哪里听得进去这样的话？她也来了倔脾气，指着老人星说："今天你就是割下我的头，我也不会和你回天上去！"

玉女仙子可是王母的爱女，老人星哪有那个胆量割下她的头啊。他见玉女仙子主意已定，只好驾云回天，向王母复命去了。王母气得暴跳如雷，立刻带了一帮天兵神将，亲自下凡来捉拿玉女仙子。

却说玉女仙子见到老人星一走，心想王母一定会来捉她，如果被捉回天宫，不仅要受罚，恐怕以后就再也没有机会来到凡间了。她又伤心又害怕，坐在山石上哭泣起来。她哭得那样的悲伤，连周围的小山和小溪都看不下去了，陪着她一起流泪。她越哭越伤心，直引得周围的鸟儿们都来看她，鸟儿们落在树上，树叶都沙沙地往下落，好像也有感情似的。终于，她的哭声惊动了在罗浮山修炼的麻姑。麻姑来到她的面前，问明情况后拍了拍她的肩膀，对她说："玉女呀，你不愿回天宫也很好啊，可以在这里陪着我啊，不要伤心了，我帮你留下。"

于是麻姑对玉女施展法术，把玉女变成一个石头姑娘。王母来到罗浮山，发现玉女竟然变成了石头，心里别提多悲伤了，她哭着说："闺女呀，是娘害了你呀，把你吓成了石头。

变成石头也是我的女儿，娘也要把你带回天上去。"

王母命令黄巾力士把石头姑娘背上天去。石头姑娘好沉呀，黄巾力士用了九牛二虎之力，直累得汗流浃背，连吃奶的劲都使出来，仍然背不起。王母见黄巾力士背不动石头姑娘，下令调来了十条天龙、十只天虎，借来老君的青牛、文殊的神狮，又在石头姑娘的腰上系上仙绳，由老人星举着令旗吆喝，叫天兽把石头姑娘拉回天上去。谁知，老人星喝一声，天兽们用一次劲，石头姑娘就向高处长一大截。老人星喝了十次后，石头姑娘已经长为一座秀美挺拔的大山，在罗浮山里生了根，谁也拉不动了。王母娘娘束手无策，只好命令老人星说："她要留就留吧，你也留下，看守她，陪伴她。"说完，她就带着神兵天兽回天宫去了。老人星满心不愿留在罗浮山里，又不敢违背王母的命令。于是变成老人峰，坐在玉女峰的南面，双眼不眨地看住玉女，生怕她丢了、跑了，自己无法向王母交差。年年月月，月月年年，累得他背也驼

了，腰也弯了，却一点儿也不敢动弹。

老人星可以一动不动，玉女仙子正值青春岁月，爱玩爱闹的，叫她成年累月地站在那儿不动，她哪里受得住啊！于是，她又向麻姑求助。麻姑想了想，将袍袖一挥，招来一大片白蒙蒙的云雾，遮住了老人星的眼睛。老人星年岁大了，本来就老眼昏花，又加上云遮雾障，他看不见玉女仙子了，心里着急，大喊起来："玉女仙子呀，你在吗，在吗？"

麻姑调来一大群"山应鬼"，藏在四下山谷里，老人星一喊，他们就四下答应："在啊，在啊！"老人星听到有人答应，就放心了。

借着云雾的掩护，麻姑带着玉女，乐颠颠地跑出去玩了。玉女仙子被天兽拉得裙子也皱了，云鬟也乱了，连小脸蛋都脏兮兮的。麻姑看了看她，笑着说："先给你梳妆打扮一番吧。"

于是，麻姑将玉女领到一条溪水边，洗净了她脸上的残脂剩粉。所以，流出山口的这条溪水，有胭脂的颜色，有花粉的香味，叫胭脂溪。麻姑又搬出自己的青铜宝镜，立在崖上，帮玉女重施脂粉，再整云鬟。镜子名叫麻姑妆镜，那是一块平整光洁的大青石鉴，每当日光射在上面，光华照耀林壑，也是罗浮一景。

玉女引水

很久很久以前，党河不叫党河，叫做玉女河。传说中，这条河是玉女仙子开出来的，又叫都河，意思是堵不住的河。

玉女仙子是玉皇大帝的女儿。她脾气倔强，喜欢争强好胜，常常和玉帝吵嘴，不讨玉帝的欢心。于是，玉帝在祁连山峰上造了一座冰宫，让她到那儿去修身养性，磨炼性情。临行时，玉帝问玉女要什么东西。玉女什么都不要，只要了一匹白马做伴。

玉女可是一位出了名的美丽姑娘，传说中她有一头乌黑油亮的头发，眼睛像泉水一样清澄，嘴像樱桃一样鲜红，皮肤像象牙一样洁白。她的衣裙都是白云做的，她佩戴的首饰是阳关玉做的，骑在白马上，真是一位晶莹如玉的仙子！

她的职责就是掌管祁连雪水。春天的时候她将冰雪融化，冬天到了再将水结成坚冰。做完了这些事情，她就整天无拘无束地乘着白马，到处游玩，白马也就成了她不可分离的伙伴。这年开春的一天，白马出去吃草，一连三日没有回来。玉女仙子心急如焚，连忙驾起白云到处寻找。这一找，就找遍了九九八十一道岭，寻遍了九九八十一道沟，终于在一座悬崖峭壁下，看见了一位白发苍苍的老人在清粼粼的溪水旁，给白马洗澡。玉女仙子喜出望外，忙按下云头一问，才知那天白马吃饱了鲜嫩的青草，喝足了甘甜的泉水，就站在一棵大树下睡着了。忽然来了一只狗熊，把它的屁股咬得鲜血淋淋，幸亏这个白发老人看到了，拔出了随身携带的弓箭，一箭射中狗熊的咽喉。后来，老人便把白马牵回家，用草药精心给它治疗，很快就痊愈了。玉女仙子听了连连说："多谢老爷爷的善心。"

白发老人仔细地打量着玉女仙子，半信半疑地问："听说祁连山上来了一位玉女仙子，难道就是你？"

玉女仙子说："正是小女子，我就住在山上的冰宫里。老爷爷，谢谢你救了我的白马，我一定要好好报答你。你和我去冰宫，我那里有的是金银珠宝、翡翠玛瑙，你想要多少就拿多少，然后回家安度晚年，别再受这山中风霜之苦了。"

白发老人却摇了摇

头说："金银财宝有什么稀罕？翡翠玛瑙又有啥珍贵？我只希望能有雪水去浇地灌田！我们百姓长年受缺水之苦，庄稼颗粒无收，求求仙子发发慈悲，赐我们一些雪水吧！"

玉女仙子看着这位可怜的老人，心里十分感动。她扶起老人说："老人家，你为大家求水，解救苦难，这份心情很难得，你们的苦处我全知道了。可是，我虽然掌管祁连山的雪水，奈何玉帝有禁水之令，这水是不能轻易动的呀！"

白发老人叹了口气说："有谁知道我们百姓的苦日子难熬呀！为皇为仙的难道就可以不顾百姓的死活吗？"玉女仙子听了，心中默想：这话在理，玉皇虽有禁令，但只要是解救百姓苦难，总不至于降罪下来。我既知百姓遭受无水之苦，又岂能袖手旁观？于是，她对白发老人说："好！为解救百姓苦难，小女降水在所不辞。老爷爷，让白马先送你回去，告诉乡亲们修渠开沟，我随后就把雪水给你们引去。"

白发老人欢天喜地地骑上白马，报喜讯去了。玉女仙子立即发号施令，让千沟万壑的雪水于三日之内，在北山口汇聚。山神一听此事，吓得半死，赶忙前来劝阻："玉女仙子，玉帝曾下旨说：'祁连雪水乃是上天圣水，不准人间受用。'你如今违命，万一玉帝降下罪来，你我可担当不起呀！"

玉女仙子说："你别害怕，出了事情我一人承担！"

山神碰了钉子，无可奈何，急忙上天去禀报玉帝。玉帝闻言，不禁大怒。但他知道玉女的脾气倔，决定的事情不会反悔，知道传旨也没有用，便令山神即刻返回，给了他一把黄沙、一块青石，堵住雪水的去路。

　　三天以后，溪水汇聚成河。玉女仙子骑着白马在前引路，河水在后跟随，顺着陡峭的山坡，浩浩荡荡地向北奔去。山神匆忙赶到下界，见水头距敦煌只有一百多里了，忙将黄沙一扬。瞬间，一座高百丈、宽数十里的沙山堵在了玉女仙子的前面。玉女仙子正要挥动马鞭冲过去，转念一想：我能过去，雪水可过不去呀！到时候水都渗入沙内，岂不是白费一番力气？于是便勒转马头，拐弯向西奔去，她要绕过那沙山。因此，党河的这一段，是东西走向的。

　　玉女仙子策马加鞭跑呀，跑呀，把沙山跑完了，便勒马向北拐去。这时山神又抛下青石，化为一座青石山。玉女仙子见青石山又堵住了去路，心中暗想：再往西走，就越过

敦煌出阳关了，水引到大沙漠上又有什么用处？想到这里，她上来了倔劲儿，扬起马鞭，狠狠一甩，只听"轰"的一声巨响，坚固的青石山被硬生生地劈成两半！玉女仙子纵马跑了过去，河水也跟着哗啦啦地流过了山峡。这时的山神被吓得浑身发抖，灰溜溜地走了。

玉女仙子劈开的山峡，就是现在的党河口。水到此地，拐了个急弯，自南向北流去。这一带的风光特别好，党水北流被称为敦煌八景之一。人们为了感谢玉女仙子冒着被玉帝责罚的危险开河引水，解救百姓的苦难，就把它起名为"玉女河"。又因为沙山、青石山都堵不住它，所以又叫都河。

祭母石的来历

相传在临沂地区，破山东南边的平地上，有八块大石头，每块石头都有两万斤重。当地的百姓叫它"祭母石"，又叫"八块石"。

关于这"祭母石"，有一个美丽哀婉的传说。

传说玉皇大帝的大女儿因为羡慕人间男耕女织的生活，曾经偷偷逃出天宫，来到人间，又遇到了一个情投意合的男子并和他结为夫妻。这样的举动自然触犯了天条，惹怒了玉皇大帝。玉皇大帝派霹雷神到人间把女儿抓了回去，叫她忏悔自己的过错，并让她发誓忘掉凡间的一切，永远不许再回去。

可是这位大仙女，天生的倔犟脾气，任凭霹雳神怎么劝、怎么吓唬，就是不肯屈服。这一来不要紧，可惹恼了玉皇大帝。于是，玉皇大帝派人把大仙女打入天牢，关押了起来。

可怜这位大仙女在人间的时候，已经怀孕了，如今将满十个月，产期临近。就在她被关进天牢里的那天夜里，便生下一对龙凤胎。她看到襁褓中的两个孩子，不由得悲从中来，想到自己日夜受苦，更加盼望两个孩子长大之后，能够把她救出苦海。于是给男孩起了个名叫"想娘"，又给女孩起了个名叫"思母"。她身在天牢自然不能哺育孩子，只好把孩子交给六个妹妹代她抚养。有趣的是，那看守牢门的天兵在送孩子出牢时，竟然听错了音，记错了孩子们的名字，把男孩叫成"杨二郎"，把女孩叫成"圣母"。

自从孩子被天兵送走后，大仙女在牢里度日如年，更加思念留在人间的丈夫和托人代养的孩子，终日以泪洗面。渐渐地，有着一副铁石心肠的天兵被打动了，同情起了大仙女的悲惨遭遇，动了恻隐之心。终于有一天，他下定决心要放大仙女出天牢，即使受严刑、做苦役，也在所不辞。在一个伸手不见五指的夜里，看守天牢的天兵趁着夜深人静，天宫里众神都休歇之时，偷偷地打开牢门，把大仙女放走了。

谁知天有不测风云，人有旦夕祸福。大仙女刚刚逃离了南天门，踏着云雾跌跌撞撞地赶往人间时，却碰上了从人间降雨回来的霹雷神。霹雷神问她要上哪儿去，她支支吾吾答不上来。霹雷神要她回天宫去，她摇头不肯。霹雷神没有玉帝的旨意，又不敢对大仙女撒野，只好撇下大仙女，自己匆匆回天宫交雨旨，并把大仙女慌张逃往人间之事报告了玉皇大帝。玉皇大帝顿时火冒三丈，三脚两步奔出天宫，朝人间张望。当他看见大仙女已经飞落人间，正在慌张赶路时，便顺手捞起天宫门外的一个石狮子，朝她掷去。只听"哗啦"一声，那石狮子落了地，变成一座高高的石山，把大仙女结结实实地压在石山底下了。

　　再说大仙女的儿子杨二郎被接出牢门后，交给了六个姨母抚养，日长五尺，夜长一丈，只用五天五夜便长成了顶天立地、力能拔山的一条大汉。玉皇得知这消息后，便把他召去，叫他替母赎罪。当场交给他扁担一条，神鞭一支，开山神斧一

把，派他到人间去赶山，担山填大海。

这一天，杨二郎正担着两座大山，呼哧呼哧地大步从东北往西南去。当他走到狮子山下时，忽听耳边传来抽抽噎噎的哭声，站住仔细一听，那哭声来自山根底下。他便放下担子，走到山前去看。这一看却把他吓了一跳：原来压在山底下的不是旁人，而是自己的生身之母。

杨二郎虽然从小不在母亲身边长大，但毕竟是大仙女的亲生儿子，又加上救母心切，看到亲生母亲近在咫尺，却无法相见，顿时火冒三丈。他从腰中拔出开山神斧，双手高举过头，对着那压住娘的石山，猛劲一劈，随着火光四起，"喀嚓"一声巨响，那石山便齐刷刷地被劈成了两半。杨二郎扳着斧柄往东一掰，石山的东半边就被甩进了东南老海，后人把那海中立着的半边石山叫做"去山"（意思是：这山是被杨二郎一斧甩去的。后来，三叫两叫，被人们叫成了"池山"。剩在陆地上的那半个虎山，人们也改名叫它"破山"）。

杨二郎见压着娘的山，竟然被他一斧劈开了，又惊又喜，急忙走上前去，想把娘从大山底下拉出来。哪知，来到山根一看，顿时傻了眼：原来只因自己救母心切，挥斧劈山时使劲过猛，山是劈开了，娘也被压死了。他一时心如刀绞，俯下身去，抱着娘的尸首，号啕大哭起来。那哗哗的泪水，滴在山下，汇成了两眼清泉，后人叫它"双泪泉"。杨二郎哭了一场，觉得光哭也没有用，就从地上爬起来，伸开那双提山举岭的大手，左边抓来一座土山，右边抓来一条土岭，把娘深深地埋葬了（后来人们叫杨二郎埋葬娘的那座山是"记母岭"。唐朝时，程咬金等英雄好汉在这座山上为王，人们又改名叫"响马岭"）。

杨二郎埋葬了母亲，擦干了眼泪，又扛起担山的扁担，迈开大步，到东海崂山挑来了八块大石头，远远地安放在娘的坟前，又在石头上摆满了仙花、仙果等祭品，恭恭敬敬地祭祀了母亲。后来，人们便叫这八块石是"祭母石"。

大仙女被压死的那一天，正是三月初三。从那之后，每年的三月三，杨二郎都要从天上来到人间。他来的时候不是乘风，便是驾云，总要为娘上坟培土。于是，当地流传着这样一句话：三月三，三月三，不是风天便是雨天。

这就是"祭母石"的来历。

万花山上的牡丹

传说在很久以前，万花山上是没有牡丹的。当地的老百姓都传说，王母娘娘的第四个女儿四姐从天上偷来了牡丹种子，种在这万花山上。这个四姐呀，嫁给了一个凡间的小伙子叫做崔文瑞。崔文瑞是什么人啊？他怎么能娶得了天上的仙女呢？其实，这个崔文瑞就是花原头村一个普普通通的砍柴后生。

崔文瑞幼年丧父，家里非常贫穷，长期和守寡的母亲相依为命，靠上山打柴谋生，日子过得十分艰苦。虽然穷得叮当响，这后生却忠厚正直，从不做偷鸡摸狗的事，谁家要是有困难，他总是第一个去帮忙，尊敬老人，爱护小孩，又从不贪小便宜，对自己的母亲也孝顺得很，是一个远近闻名的好后生。

每天早上天不亮，他就上万花山砍柴，打上一担柴后，再挑到延安城里去卖。一年四季，不管刮风下雨，从来都是过着一样的日子，从不休息。

有一天，他天不亮就上了山，还没到晌午，两捆干柴便已捆好了。他兴高采烈地想，今天上街卖柴如果没有什么意外，回来一定要比往日早。

可是，就在挑起柴担要下山的时候，他在草丛里发现了一个明光闪闪的东西。他放下柴担，捡起那件东西看了又看，觉得好像是妇女头上插的一支金簪。他想到母亲头上的铜簪已经坏得不能用了，他早就想给老人买一支，却一直没有钱买。现在发现了这支金簪，他是多么想拿回家送给母亲啊。可转念一想，那丢了金簪的人一定更着急。于是，他犹豫起来，眼瞅着柴担，手捧着金簪，一时竟不知道怎么办。

想来想去，他终于决心等那个丢了金簪的人来找。这样，他就干脆在柴担子上坐下来，傻乎乎地等着。等

啊等啊，太阳下了山，牛羊上了川，就是没人来找金簪；等啊等啊，日头已当空，受苦人已歇息，还是不见人影；等啊等啊，太阳落山了，牛羊下川了，仍然等不到失主。

整整等了一天，他的肚子饿得咕咕叫，不由得打起盹来。正在他打盹的时候，忽然感到有个人向他走过来。他不由得睁开眼睛，这一睁不要紧，他竟然看到一个年轻美貌的女子就站在他的面前。

这个漂亮女子站在他面前，笑吟吟地瞅着他手中的金簪，就是不开口。崔文瑞估量她肯定就是失主，就主动搭话："大姐，是你丢的金簪吗？"

女子点了点头，算是默认。可说来奇怪，她既不说话，也不急着要那支金簪，就是瞪着大眼睛盯着崔文瑞看。崔文瑞是个老实后生，二十多岁的大小伙子，从来没和女孩子单独相处过，更别说被一个漂亮女子盯着看了。这一看啊，直把这个忠厚老实的后生弄得满脸通红，低着头不好意思抬眼看那女子。

这女子倒是大方得很，崔文瑞越是不敢抬头，她越盯得紧。盯了一会儿后，她竟然开始不紧不慢地和崔文瑞拉起了家常，盘根究底地问起崔文瑞的家世。老实的崔文瑞不习惯在生人面前说话，更不习惯和年轻女子拉话，只好人家问什么，他回答什么。

那女子见崔文瑞有一说一，有二说二，为人老实忠厚，就主动和他聊起了自己的身世。她告诉崔文瑞说自己是个逃难的单身女子，如果崔文瑞不嫌弃，她愿意嫁给他。这可把崔文瑞吓了一大跳，他从来也没有想过这样的事，一下子脸红到耳根，连忙又摆手又摇头地说："大姐千万不要拿我这个穷汉开玩笑，如果这支金簪是你的，那就赶快拿上走吧。我已经饿了一整天，现在还没吃早饭哩。"

闲聊了好一段时间，天已经黑透了。那女子可怜巴巴地说："你看天已经黑了，我一个单身女子，无依无靠，你要是不肯收留我，我只能在这山林里过夜了。"一边说一边嘤嘤地哭了起来。无奈，崔文瑞只得硬着头皮把那个女子领回了家。他母亲见儿子领回来一个大姑娘，忙仔细盘问了那女子的身世，听说也是苦人家出身，又是孤儿，怪可怜的。看她模样又俊，手脚也灵便，就做主给崔文瑞成了亲。

从那以后，崔文瑞就过起了和以前大不相同的日子，娶了个好媳妇，听媳妇的话，也不再上山打柴了。他的媳妇也真是神通广大，带了好些牡丹花种子，小夫妻租了一块地，在万花山种起牡丹，靠卖花为生，日子过得好多了。

他们种的牡丹花开得又大又鲜艳，拿到延安城里去卖，轰动了全城居民，生意特别红火。话说这延安城里有个姓王的富豪，号称"王半城"，平时爱摆阔，时常爱买崔文瑞的牡丹花。买

的次数多了，渐渐跟崔文瑞熟悉起来，便问崔文瑞的那些花种是什么地方采的。于是，他打听出崔文瑞娶了个十分美貌、十分贤惠的媳妇。可这媳妇来得不明不白，是从山上捡来的，连个娘家也没有。那些牡丹花种子，就是这媳妇带来的。从此，王半城起了歹心，妄图霸占崔文瑞的媳妇。他和崔文瑞商量，愿出一半家产，让崔文瑞把媳妇让给他做小。崔文瑞把他臭骂了一顿，他一时恼羞成怒，仗着手下狗腿子多，就带了一百多号人，气势汹汹地打上万花山，企图抢人。

且说这崔文瑞的媳妇，其实就是王母娘娘的女儿四姐。在天上的时候，她就听说崔文瑞这后生诚实、心眼好，便故意从云霄中丢下个金簪试探他。通过假装寻金簪，她从心底里爱上了崔文瑞，便私自决定留在人间，和崔文瑞结为夫妻，永远不再回天上了。没想到今天王半城却癞蛤蟆想吃天鹅肉，动刀动枪来抢她。一时间，四姐真是气得七窍生烟。她躲开了婆婆和丈夫的注意，急急忙忙飞上了天，假传天旨调来了黄巾力士、雷公电母，又是电击，又是火烧。直杀得王半城百十号人屁滚尿流、哭爹喊妈，一个个抱头鼠窜，灰溜溜地滚回了延安城。

虽然四姐赶跑了王半城，但是她的身份也从此暴露了。从那之后，她的丈夫、婆婆、邻里的父老乡亲们都知道她是个有来历的仙女，对她格外热情。她呢，却还和往常一样，孝敬婆婆，侍候丈夫，尊重邻里，还是那样温婉善良，和普通人家

的媳妇没有两样。大家暗地里都夸崔文瑞娶了个好媳妇，是个有福气的小伙子。

王母娘娘终于知道了四姐私自下凡的事，怒气冲天，尤其是四姐偷牡丹花种，调天兵打王半城的事，更惹得王母娘娘差点儿没背过气去。终于她像当年抓下凡私嫁给孝子董永的小女儿七仙女一样，也残忍地抓走了四姐，拆散了崔文瑞的家。只给崔文瑞留下一对没娘的儿女，由他们的奶奶养大成人。

四姐虽然被王母娘娘带回了天宫，再也不能和她的丈夫儿女在一起了，可她撒下的花种却永远留在了人间。人们看到了满山遍野的牡丹花，就能想到温柔贤惠的四姐。从此，万花山成了牡丹的家乡，一年又一年地繁衍，一直长到现在。

当地的百姓都感谢四姐为他们带来了娇美的牡丹花。为了纪念崔文瑞和四姐，后人在万花山立了一座庙，叫做"崔府君庙"，现在你去万花山还能看到那座庙呢！

磨刀不误砍柴工

话说七仙女下凡配了董永之后，她的姐姐六仙女就羡慕得不得了，她也想在凡间找个如意郎君。于是，她悄悄离开天宫，来到人间。可是，尘世上不会有第二个董永呀！六仙女驾着祥云，晃荡了好长时间，也没看到自己喜欢的小伙子。这一天，她在太行山麓发现了两个年轻的樵夫。这两个年轻人长得眉清目秀，一表人才，身上的衣衫却十分褴褛，砍起柴来汗流浃背。六仙女不觉产生了爱怜之心，于是按落云头，向他俩走去。

其实啊，这是一对孪生兄弟，两个人长得一模一样。老大叫大宝，老二叫二宝，家里只有两间茅屋。兄弟俩每日上山打柴，供养着一位老母。这天，他俩砍了一天柴，正准备回家，忽

见一位姑娘姗姗走来，其实这位姑娘就是六仙女乔装改扮的。大宝见状吃了一惊，忙道："兄弟！天色已晚，咱们得快快赶路。"二宝说："急什么呢？哥哥，你瞧！谁家的姑娘来寻咱们了。"大宝却不听他的，背起了柴大步跑开了，一边跑一边说："咱们还是快点儿回家吧，这深山野岭的，当心碰到妖魔鬼怪，咱娘还等着咱养老呢，可不能赔了性命。"二宝只得紧紧跟随。当他俩刚刚跨进门槛的时候，六仙女也跟着进门了。

大宝十分诧异，赶紧奔回茅屋去请妈妈，二宝却厚着脸皮问六仙女："这位大姐是从哪里来的啊？"六仙女没有回答，只呜呜咽咽地哭了起来。这时，大宝已搀出老妈妈。老妈妈问那女子："你是谁家千金？为何来我家啼哭？"

六仙女向老妈妈深深拜了一拜，说："小女子和父亲逃荒来到这里，在山间行走时，遇到一只猛虎，父亲为护女儿竟遭猛虎伤害。小女子孤身一人，无依无靠，万般无奈，只得跟随两位哥哥来到贵府，万望妈妈收留。"说罢又哭了起来。

老妈妈听姑娘这么一说，放了心，连忙搀了她往屋里让，说道："姑娘不要伤心了，等明天早上，让我家的大宝、二宝一同进山，擒捉那只猛虎，为你父亲报仇。"六仙女道："谢妈妈操心，那只伤人的猛虎早不知逃向何处了，怎么去捉？再说，万一两位哥哥因此遭遇不测，叫小女子有何脸面活在世上？只是可怜小女子举目无亲，求妈妈做主，寻个善良人家，小女子做个农家媳妇也就知足了。"老妈妈听罢喜不自胜，当晚安顿姑娘和自己一同安眠。夜里悄悄问仙女，可愿做她的儿媳妇。六仙女羞涩地说："小女子家父已去，再无亲人，一切凭妈妈做主。"老妈妈道："姑娘是喜欢大宝呢，还是二宝？"六仙女说："两位哥哥都好，妈妈做主吧！"老妈妈思量了半日，作难了。按理说婚姻之事应该先兄后弟，只因这兄弟俩脾气不一样，老大忠厚老实，能忍能让。老二奸猾刻薄，遇事总要占上风。若将姑娘许给大宝，老妈妈怕二宝生出事来。因此，总拿不定主意。后来，老妈妈想了一条妙计：让他俩明日都进山砍柴，谁砍得多、回得早，就把姑娘许给谁。于是，老妈妈就把事情告诉了两个儿子，大宝和二宝都同意了。

二宝心眼多，天不亮就起身，没有叫醒大宝，独自进了南山。他盘算南山上

柴火嫩，一定砍得快，这样必定能胜过哥哥，提前回家。大宝却有意谦让弟弟，故意将砍柴刀磨了又磨，太阳一竿子高了才动身，进了北山。北山上柴火老，他估计一定砍得慢。谁知他快刀砍干柴，没多大一会儿就砍了满满一担。他又故意等太阳落山才回到家里。不料，二宝尚未回来。原来，二宝钝刀砍湿木柴，临到天昏地黑，才砍回半担柴。老妈妈说："你砍得这么慢，那就让你哥哥拜花堂吧！"二宝无话可说，只得点了点头。六仙女笑了笑说："磨刀不误砍柴工啊！"

"磨刀不误砍柴工"这句俗语从那时候起就传开了。然而，大家只是知道这句俗语，却很少有人知道它的来历。

洗儿石的故事

传说玉皇大帝的第九个女儿，和姐姐七仙女一样，贪恋凡间的生活，也到人间和一个庄稼人成了亲。这当然惹怒了玉皇，他一怒之下派天兵天将把九仙女掠回天宫，软禁起来。可这九仙女被抓回天宫之时，正身怀六甲。不久，她生了一个小男孩，起名叫石柱。可恨的是，玉皇和王母竟三令五申地下圣旨，不准把石柱送到人间去。

九仙女是个重感情的人，年纪又轻，生下石柱半年多了，还是念念不忘她在人间的丈夫，整日啼哭。她的姐姐七仙女特别心疼妹妹，三天两头地到妹妹身边坐一阵子，劝一阵子。有一天，七仙女看天气正晴，又动

了思凡之心，就跟妹妹九仙女说："咱们姐妹二人去凡间玩玩吧。"妹妹说："怕是父王不准吧？"姐姐道："唉，这你就不用怕了，姐姐我自有办法。"于是，姐俩背着旁人收拾收拾，抱着石柱溜出天宫，驾着彩云不一会儿就来到南天门。守护天门的天将一看，知道事情不妙，满脸堆笑地说："两位仙姑，今天怎么有闲，想必是来观赏天门的景色喽？"

七仙女道："天门有什么好看的，我们是到人间溜达溜达，这些年心里太烦乱了，出去透透气，松快松快。"

"哎呀，两位仙姑，快别为难小的了，大帝严令不得放仙姑出宫，万一让大帝怪罪下来，下官如何担待得起呀。"天将一边说着，一边直擦冷汗。

七仙女把一个宝石玉环扔给他，看天将略有些犹豫，又和颜悦色地说："玉皇怪罪下来有我。我们只是想到人间看一眼就回来，我的丈夫、儿子早都死了，现在成了寡妇。九妹也不比我处境好，明明夫君还健在，却见不得面。你放心好了，我们不会连累你的。"

"这……"天将没话说了，挤着眼睛往后直退。到了人间，九仙女本想要去看一眼自己的丈夫，七仙女却极力劝阻说："那样一来惊动太大，二来匆匆相见，再一分开揪心扯肺，叫石郎受不了，说不定要大病一场呢。"九仙女觉得此话有理，便打消了念头。就这样，九仙女望着石郎住的地方，流了一阵子泪，方跟姐姐来到了长白山一带。这是个新开发的地点，刚刚有些人烟，青山绿水，景色秀丽。人人都忙着播种插秧，热闹非凡……姐俩的心里虽然有些难过，但是看到这美丽的景色，也得到了一些安慰。

后来，姐姐又领妹妹来到天池游玩。这里的景色更是秀丽，别有一番景象。天气晴朗，万里无云，碧水蓝天，湖光旖旎，真让她们流连忘返，就连石柱也伸出小手，乐颠颠地要往水里奔。

"姐姐，莫非他要洗澡不成？"

"聪明的孩子都喜欢水，来，咱们给石柱洗洗澡。"七仙女一边说着，一边给孩子解开衣裳，高高兴兴地给孩子洗起澡来。

这一洗可惹了大祸，惊动了镇守天池的花甲龙。原来，两位仙女手腕上带的玉镯，在水中一荡，把整个天池搅得天翻地覆，快要底朝天了。花甲龙疑惑不解，蹿出水面一看，原来是两个

女子给个娃娃洗澡。这可把他气坏了，于是把龙头一探，叼起孩子腾起云便走。两位仙女一看不好，也驾起云头撵去。正当花甲龙回头望时，七仙女摘下一颗头饰上的珠子，向龙眼打去。说时迟，那时快，只听花甲龙"嗷"的一声，松下孩子向东海逃去，一路洒满了紫色的血。他变成了一条独眼龙，从此留在东海里，东海龙王再也没派给他任何差事。

有人想问，这孩子被扔了下来，不摔死也摔残了吧？可是你猜怎么着：花甲龙发威之时，惊动了土地爷，花甲龙扔下石柱逃走的时候，土地爷叫来了葡萄仙子，她张开了葡萄架，接住了孩子。两位仙女赶到，向土地爷和葡萄仙子连连道谢。

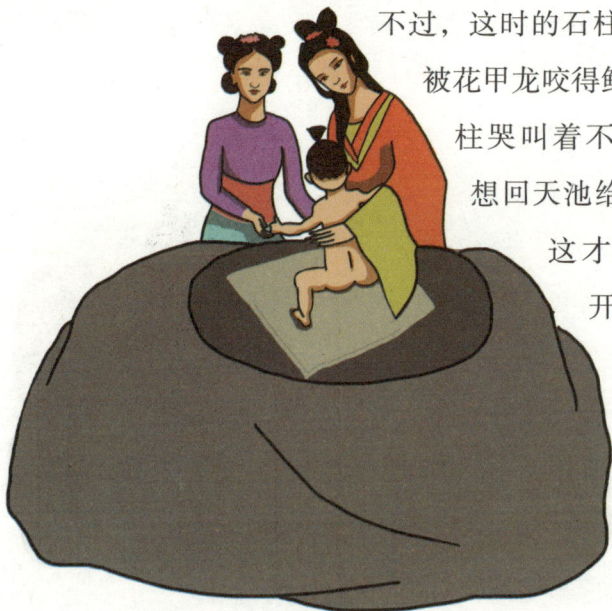

不过，这时的石柱后背和胳膊已被花甲龙咬得鲜血淋淋，小石柱哭叫着不肯住嘴。她们想回天池给孩子洗洗伤，这才发觉，已经离开天池数十里路了。这时，土地爷往前面一指："仙姑，您的神珠方才不是砸出一眼清泉吗？您看，就在那里！"

　　等几人到了那里，果然发现一湾清凌凌的泉水，里面还翻着小水花。九仙女连忙把石柱放在泉中一洗，真是不可思议，他立时就不哭了。当把石柱抱出泉水，正想找个地方包包他的时候，七仙女打花甲龙的那颗珠子，忽然变成了一大块光滑的石头，上面正好有一个洼兜，孩子放在上面再稳当不过了。不用说，在这里给孩子洗澡，要比天池方便得多。姐俩把孩子包好以后，告别了土地爷和葡萄仙子回天宫去了。从此，这块石头就留在了这里。

　　传说，以后每逢天气晴好的时候，七仙女和九仙女就会抱着孩子来这里洗澡。有人看见说是七次，有人说是九次，可是后来就再也不来了。大家猜测是玉皇知道了这件事，狠狠责备了姐妹俩，弄不好又治了她们的罪呢。渐渐地，给石柱洗澡的那个泉干涸了，那块石头却依然留在那里，每到深夜还闪闪发光，老百姓给这块石头起名叫"洗儿石"。

仙女泪化温泉

相传在很久很久以前，天上有十个太阳，烤得大地寸草不生，百姓难以过活，纷纷逃走，逃不走的只有留下等死。英雄后羿为民除害，将天上十个太阳射落了九个，其中有一个就跌落在这一带的一座大山上。这座山立刻着起了熊熊大火，很多年都没有熄灭。

也不知过了多少年，当时埋在山腰里的太阳变成一颗宝珠。后来，有个取宝和尚钻进火焰山将宝珠取走了，山上的火焰才渐渐熄了。可是，山上仍然热气逼人，方圆几十里地泉眼干涸，寸草不生。

话说，天上有九个仙女，在广寒宫寂寞难耐，便结伴下凡，来到这一带游玩。玩着玩着，她们发现乱石丛中躺着一个小伙子，满身燎泡，

昏迷不醒。最小的九仙女赶紧取出一粒仙丹，放到口里溶化以后，也顾不得男女有别，伏下身子，嘴对嘴地灌入小伙子的喉咙。不一会儿，小伙子睁开眼睛，醒了过来。仙女们见他清醒了，便围上来叽叽喳喳地和他聊起天来。

小伙子说他姓汤，是个郎中。父母在世时对他说过，天火烧过的山上有一种特别的石子，辗碎成末是一味很好的药引子。他便冒着生命危险爬到山上采了一包石子，身上却被烫伤了。在返回的路上，伤痛钻心，口渴难忍，脚下一软就人事不知了，幸亏仙女们救了他。小伙子向仙女们道了声谢，想继续赶路，谁知浑身不能动弹。九仙女动了恻隐之心，便和姐姐们商量了一会儿，回过头对小伙子说："你在这里再忍耐一会儿，我过一阵子就回来。"说完，和众姐妹一道腾云驾雾地飞走了。

不一会儿，九仙女果真回到了小伙子身边。原来，她跑到瑶池里，偷偷地装了一罐子仙水来给小伙子擦洗伤口，还带来几个仙果供他解渴。小伙子心里一热，眼泪珠子嘀嘀嗒嗒地落了下来。

一天以后，小伙子的伤口就不疼了；两天以后，他的伤口结痂脱皮了；到了第三天，这对儿年轻人诚心诚意地相爱了。这天夜里，九仙女对小伙子说："汤哥，我们总这样不是长久之计，不如就在附近成个家吧？"汤哥回答说："好是好，可是这里滴水不见，怎么能安家呢？"九仙女笑了笑说："这可

难不倒我。"

几天后，聪明的九仙女把王母娘娘头上的金簪偷来，悄悄地在天河上划了一道小小的口子，引来了一股清泉。这就是现在的九仙河，这一带传说的"水破天心"，指的就是这一件事。

九仙女引来的这股清泉，清澈见底又甘甜芬芳。没过多久，草儿发芽了，枯树变绿了，这一带又开始有人烟了。汤哥和九仙女在泉边开了一家小药栈。汤哥把脉，仙女抓药。再凶再险的病症也难不住这对小夫妻，经他俩从鬼门关里拉回来的人多得数也数不清。当地的百姓都说他们是救苦救难的活菩萨。

天上的仙水特别养人。在这一带，姑娘们一个个貌美如花，顾盼生姿；小伙子一个个英俊潇洒，身强体壮；老人们一个个鹤发童颜，健步如飞。渐渐地，人们都争着到这里来安家了。

可这世上没有不透风的墙，事情终于被王母娘娘发现了。她一怒之下，写了一封天书，送给龙虎山张天师，把九仙女交给他发落。张天师施展法术，喷出一个五爪雷将九仙女击死，并且把她压在大山底下。他见汤哥配药的本事了得，想把他留在身边，就假作慈悲地对汤哥说："本当将你与九仙女一同治罪，看你忠厚老实，免你一死，往后你就留在天师府专门给我配制长生不老的药丸吧！"谁知汤哥不领情，他说："我与九妹生是夫妻，死了还是夫妻，做了鬼也会在一起，你休想把我留在天师府。"张天师咬牙切齿地说："那好吧，我成全你！"

狠心的张天师派人用药酒将汤哥毒死，也埋到了那座山上。

奇怪的是，到了第二年春天，那山脚下的石岩缝里，喷出两股热气腾腾的泉水来。有人用手试了试，一股烫手，一股温热。人们都说这两股泉水是汤哥夫妇互相思念流出来的眼泪。有了这两股温泉，人们洗澡洗衣就再也用不着去烧水了。大家还发现，如果谁有个腰酸腿痛，只要到泉中泡上一阵，全身就会顿时轻快起来。大家都说那是因为这对夫妻心肠特别好的缘故。人们为了纪念汤哥和九仙女，就给这两个温泉取名叫"九仙汤"。日子一久，整个村子都被人们喊做"九仙汤"了。

玉贞仙女斗孽龙

王母娘娘第十二个小女儿名叫玉贞，年方十六，又聪明又漂亮，性格倔强刚强。有一年的中秋之夜，玉贞心里高兴，与众姐妹们在瑶池边上载歌载舞。她的舞姿特别优美，长长的袖子随着音乐摆来摆去，袖子在舞动中，无意间碰落了一只瑶池边的桃子。这只桃子从九重天上掉了下来，一直掉到象山港尾的薛岙海里。刚好有一条鲨鳗在那里觅食，见到这只大桃子，喜出望外，张开大嘴，把桃子吞了下去。鲨鳗吃了桃子后，就变成了一条孽龙，在海里横行霸道，欺负小鱼小虾。这还不说，他还掀起狂风恶浪，害得周围的渔民船翻人亡，生活不得安宁。山前山后的村子，一

下子变成了海洋。海水猛涨，从桥头一直到梅林、屠家等村庄都快被淹没了。

当海水猛涨到梅林后，人们就在附近一个小地方垒起一个石埠头，阻挡海潮入侵。后来成为百姓捕鱼出海必经之路，就是现在梅林公社石埠桥头村。

第二年春暖花开的时候，玉贞仙女看到凡间人民劳动的场面，十分羡慕。顿时觉得天宫约束太多，又寂寞冷清。思来想去，觉得应该去凡间游玩。于是，她鼓动姐妹们驾着彩云去茶山游玩。到了山上，她们看到这里树木郁郁葱葱，野花漫山遍野，白云朵朵，彩霞片片，就放慢了步子，从山顶往山脚走，边走边观赏周围的美丽景色。这时候，刚才还风平浪静的薛岙港突然狂风大作。原来，鲨鳗孽龙正在发脾气，他叫来了风，唤起了浪，把出海打鱼的小船击沉，就连在海里航行的大船也进退不能，只好落帆抛锚。玉贞看到这鲨鳗孽龙为非作歹，十分气愤。她想，鲨鳗变成孽龙是我惹出来的祸，应该由我来收拾才是。

玉贞就施展法术，口念咒语，原地转三圈，又向海水喷了三口气，顿时化做一条白龙，雄赳赳、气昂昂地来跟鲨鳗孽龙决斗。二龙在薛岙港摆开了战场，你来我往地争斗不休。两条龙斗得是狂风呼啸，白浪滔天，天昏地暗，日月无光。可是，玉贞毕竟年幼，而且出来游玩没带武器，一直斗了八十回合，

也没有分出胜负，双方只好暂时休战。

玉贞心里憋气，回到天宫后夜以继日地习武，盼望着武艺高超时，能够杀了孽龙，为民除害。这一天，她再次逃出了天宫，带上了"降龙剑"，腾云驾雾地朝薛岙港而来。正当鲨鳗孽龙又要造反的时候，玉贞化成白龙对鲨鳗孽龙说："你犯下了滔天罪行，残害黎民百姓，我今天要替天行道，杀死你为民除害。"话音刚落，就手舞"降龙剑"刺了过去。海面上顿时掀起狂风巨浪，海水哗哗地翻腾作响，好像开锅了一样，玉贞和鲨鳗孽龙又开战了。这一仗打得乌云翻腾，大雨倾盆，斗了三天三夜，不分胜负。玉贞自知在海里法力施展不开，于是脑壳摇了三下，尾巴一甩，一股青烟上冒，立刻变成一个美丽的小姑娘。鲨鳗孽龙也立即口吐三只水泡，跳跃出海面，变成一个俊秀的年轻后生。玉贞看鲨鳗已出海，放下心来，用柔嫩的手腕抚摸着黑亮的头发，身材似迎风杨柳，婀娜多姿，眼神娇美动人，顾盼生姿。鲨鳗孽龙看后禁不住嘴里流出涎水，浑身酥麻。在鲨鳗孽龙魂魄未定时，玉贞两眼圆睁，柳眉倒竖，大喝一声："鲨鳗孽龙，今天要你见阎王去！"又手舞"降龙剑"重新开战。这一次鲨鳗孽龙力气小了一半，再也招架不住，被打得一败涂地，受了伤，逃往象山东海大洋去了。

　　话说鲨鳗孽龙逃到了东海大洋养伤时还不死心，总想着有朝一日重新到薛岙港称王称霸。玉贞为了黎民百姓不再受苦，毅然决定不回仙宫，永远留在薛岙港边，使孽龙不敢来侵犯。随着时光的流逝，玉贞仙女的身躯化成了一座山，坐落在薛岙村对面。她的一头乌发，化成乌岩；她秀美的身躯，亭亭玉立，每逢云雾缭绕峰顶，那山仿佛笼罩上了一层薄纱，更仿佛一位少女含情脉脉地站在那里。当地的百姓都感激玉贞仙女为民除害，为了纪念她的恩情，百姓为那山取名为"乌石头山"。

雀鸟之女

在一个瑶族聚居的小山村里，住着一位勤劳的老汉。他为人善良，安分守己地种地打猎，从来没做过一件坏事。

可是，命运似乎对他很不公平——都快60岁了，膝下却无儿无女。老两口为此整天愁眉不展。看着别人家儿孙满堂共享天伦之乐，他们更是愁苦得每天不说一句话。这样的日子真难挨呀！

每年，老两口都杀猪宰羊献祭天神。每天一起床，他们就虔诚地向天神祷告，祈求天神能赐给他们一个可爱的孩子。日子久了，天神终于被他们的真诚感动了。

就在老汉过60岁生

日的那天晚上，老两口同时做了一个梦：他们梦见一只金色的孔雀，浑身闪着金光，飞到了他们的身边，亲切地对他们说："善良的老人啊！我愿意做你们的女儿。"就在这个奇怪的夜里，老婆婆怀孕了。

从此，老两口整天高兴得合不拢嘴，话也多了起来，家里的气氛一下子热闹起来了。

九个月后，孩子生下来了，是个美丽的女儿。老两口给她取了一个美丽动听的名字，叫阿真玛。

就在阿真玛长到一岁的时候，她的妈妈去世了。从此，父女俩相依为命，谁也离不开谁。

聪明美丽的阿真玛，三岁会放羊，四岁会纺纱，五岁会织布，六岁会绣花，七岁会到山里干活。到了16岁，世间一切精巧的活儿，她都学会了。

美丽聪明的阿真玛长到17岁时，就能用灵巧的双手，绣出各种各样的花草雀鸟了。她越绣越好，能把花儿绣活，能把鸟儿绣得飞起来。

美丽聪明的阿真玛长到18岁的时候，想为世间增添一些最美丽的鸟雀，便躲在茅屋里绣了起来。第一天绣出一只美丽的孔雀，孔雀从布上腾空飞起来了；第二天绣出一只钟情鸟，钟情鸟从布上腾空飞走了；第三天绣出一只五彩缤纷的锦鸡，锦鸡从布上腾空飞走了……于是，山村里开始出现越来越多的

鸟雀。

她绣了 360 天，绣出 360 只美丽的雀鸟。这些鸟一齐飞到山林和村庄去生活，山林和村庄便更美丽多姿了。

美丽聪明的阿真玛绣出活鸟的事像风一样传开了。贪婪的土司知道了这件事，动起了邪念头，想娶阿真玛为妾。他请媒人赶去 30 头牛、300 只羊到阿真玛家求婚。

满山的牛羊打动不了老汉的心，媒人的请求被拒绝了。后来，土司亲自带着金银绸缎和酒肉来求婚。金银绸缎和酒肉也根本打动不了阿真玛的心，土司的求婚再次被拒绝了。

贪婪的土司想尽办法也娶不到美丽聪明的阿真玛，非常生气，便命令手下人把阿真玛捆绑在马上抢走了。

善良的老人哭诉着，把不幸告诉给所有的瑶家人。人们

愤怒了，带上弓箭，吹起号角，去追赶土司，要夺回美丽的阿真玛。追到一座山上，瑶家人放出弩箭，土司和他的马中箭，滚下悬崖摔死了。可怜的阿真玛也被摔得奄奄一息。

老汉把女儿救回村里，抱着女儿哭干了眼泪，但阿真玛也没有活过来。就在那天晚上，她变成一只金色的孔雀，离开了人间。老人悲痛的哭声召来了无数的雀鸟。后来，每年秋天，这座山中都会出现盛大的"鸟会"。这些鸟儿都是阿真玛一针一线绣出来的，它们每年都会飞回来悼念聪明美丽的阿真玛。

三头海蟒

在碧绿的大海边，有个十分宁静的小渔村。村前住着一位勤劳勇敢、力大过人的青年舵手；村后住着一位美丽娴雅、聪明能干的姑娘。这两个穷人家的孩子，从小就生活劳动在一起，青梅竹马，形影不离。他们心心相印，对着大海盟誓，结下了百年姻缘。

后来，海中出现了一条三头海蟒。这魔怪见有人来捕鱼，便出来兴风作浪，赶散了鱼群，撞坏了渔船。渔夫们不敢出海打鱼了。凶恶的海蟒也更加凶恶了，它时常出来，弄得人们没有片刻安宁，渔民们都无法生活下去了。

这时，前村的那个青年舵手挺身而出，自告奋勇地要去和海蟒斗

一斗。在他的带领下，许多人都争着要跟他一起去。

后来，大家选出了一群精明强干的渔民随着青年舵手出征。他们每个人都打扮成武士的模样，手里拿着锋利的长刀。那位后村的姑娘领着媳妇们做了许多黄饭团子，放在船舱里当干粮。出发这一天，村里的人都来到海边为勇士们送行，祝福他们早日凯旋。美丽的姑娘对她的情郎更是千叮咛万嘱咐，青年舵手知道这一去生死不可预料，却安慰泪流满面的姑娘说："你不要难过，我们一定会胜利回来的。"说着，从腰中掏出一面明亮的镜子交给了姑娘，"你拿着这面镜子吧，时常看看它，你看到里面有根白桅杆，那就是我们胜利了；如果看到有一根红桅杆，那就是我……"说到这里，姑娘马上用手捂住了青年舵手的嘴，再也不让他说下去了。

青年又安慰了姑娘一阵，才跳上船，破开万顷波浪，向遥远的深海驶去。

姑娘送走了年轻的舵手，日日夜夜守候在镜子的旁边。日子一天一天地过去了，镜子一直像碧绿碧绿的海水一样透明，白色的桅杆清晰可见。

不知不觉，一个多月过去了。这天，姑娘正守在镜子的旁边，突然，镜子里波涛汹涌，巨浪滔天，忽晴忽暗，变化多端。姑娘不眨眼地盯着镜子，急得像坐在针毡上一样。过了好大一阵，镜子才变得透明清澈起来。可是，她的心刚刚有点儿

舒展，突然，一种厄兆在她的眼前出现了：镜子里出现了红桅杆。

姑娘难过得泪流满面，她抱着镜子跑到了大海边上，望着翻腾的大海哭泣。她等啊，等啊，却仍不见青年舵手回来。姑娘就抱着镜子，哭昏在海边上，再也起不来了。

村里的人们看到姑娘悲痛而死，便把她埋葬在向阳的山坡上。第二天，坡头上竟然开出了五色的鲜花，其中有一枝又红又大。

就在这朵不知名的鲜花开满100天的时候，勇士们却驾着船，敲着得胜鼓凯旋了。船还没有靠稳，青年舵手就急忙跳下船来，告诉乡亲们："凶恶的海蟒已经被除掉了，咱们又可以放心出海捕鱼了。"人们高兴极了，唱啊、跳啊，欢腾一片。

青年舵手在人群中到处找不到自己心爱的姑娘，觉得奇怪，便问乡亲们，人们只好把实情告诉了他。青年舵手悲痛万分。他猛然抬头一看，看到桅杆上染了许多三头海蟒的污血，才明白过来。原来，在砍

海蟒的三个脑袋时，血喷射到了桅杆上，所以姑娘才在镜子中看到白桅杆变成了红色。

　　青年舵手悔恨交加地向姑娘的坟地跑去。姑娘的坟上那朵大红花开得正艳。青年舵手伏在那朵花上，哭死了过去。乡亲们急忙赶来，把青年舵手从昏迷中唤醒。他清醒过来，刚一爬起身，那朵整整开了100天的大红花竟一片一片地飘落下来，瞬间就枯萎了。

比翼双飞的画眉

很久以前，在一个深山峡谷中，有一个美丽的山洞——清泉洞。这里林木葱郁，百花齐放。洞内则乳石高悬，白如玉石，细如笋尖。

在这清泉洞东西两边的两个寨子里，有两个布依族青年，男的叫阿龙，女的叫阿美。小时候，他们常来清泉洞边捡石头烧石灰，给家中配制染布原料。冬去春来，天长日久，他们常常在洞外和河边相遇，岁月的甘露滋润了他们心中爱情的种子。

转眼18年过去了。这一天，阿龙来到了洞边。红红的太阳正照亮洞口，映山红与朝霞交相辉映，那高悬的乳

石倒映在清泉池里，轻轻地摇曳。看着这迷人的景色，阿龙想着马上要见到阿美了，按捺不住内心的激动，亮开嗓子唱道："清泉流水清又清，泉边常遇心中人。投石下水试深浅嘛，唱首山歌哟——盼回音。"热情奔放的歌声，引来了阿美热切的回声："清泉流水明又亮，泉边常遇心中郎。要知深浅就下水嘛，要想妹啊——当面讲。"

情思绵绵的回声牵动着阿龙疾步向前，顺音寻人，看到正是他心中的姑娘阿美。此时，阿龙多想把心中的情意向阿美诉说啊！好多的话儿、深长的情意这时都变成了一首山歌："山歌一首有回声，轻敲铜鼓有回音。今日洞边连情妹嘛，石板搭桥啊——万年春。"

听到阿龙的山歌，早已满面绯红的阿美又深情地回唱道："泉水流出哗哗响，妹想那个真心郎。莫学高山养子土嘛，撒了一半啊——又丢荒。"

悠悠的布依山歌在山谷中回旋，它震荡着山谷，引来无数金画眉在洞边歌唱，也震荡着青年人滚烫的心："桃花开了十几遍，捡石捡了十几春。泉水长流情常在，捡了石头又捡心。"

阿龙和阿美山盟海誓，在清泉洞边私下定了终身。

但是，阿龙和阿美的事被族长知道了。自古以来，布依青年，谈情说爱无阻拦，但男娶女嫁，都要由族里做主，私下定情是要被治罪的。族里的头人给他们的父母送话说："阿

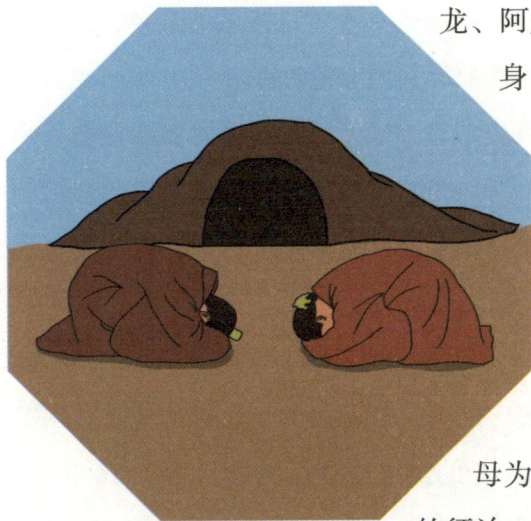

龙、阿美私下约会，自定终身，是瞧不起族里的管事人，是违反族规的。如不制止，就要按族规办事，捆住他们的手脚，丢进黑龙潭……"

阿龙和阿美的父母为了自己儿女免受族规的惩治，除了央告他们不要再幽会外，还不准他们再去捡石头了。但是，这两颗早已连在一起的心怎么能拆开呢？面对着族规的森严，阿龙和阿美毫不畏惧，他们借砍柴和打猪草的机会还是偷偷地在洞边幽会。为了躲避族规的惩罚，双方父母只好想了一个另外的办法：阿美家请媒人为阿美在百里之外的寨子找了一个小伙子，阿龙家也托媒人给阿龙找了个媳妇。双方都把婚期定在当年的清明节。

时间一天天临近了，山茶花、映山红比往年开得更艳了，但是阿龙和阿美的心里却越来越难过。就在清明节前夜，阿美从泪水打湿的枕头下拿出阿龙的腰带，阿龙带上阿美的手镯，各自从家里逃了出来。

黎明时分，他们来到了清泉洞，撮土为香，磕拜天地。

请古老的山洞给他们做媒，请洁白的乳石为他们作证。他们终成了百年之好。而此时，族长正带人对他们进行大肆搜捕。

"在生不得同家住，死了也要一路埋。"为了忠贞的爱情，为了反抗族长的淫威，这对在清泉洞边结识、定情、结婚的夫妻，手拉手，双双跳进了清泉池。

他们忠贞不渝的爱情感动了清泉洞里的洞神。洞神不忍心让这对恩爱夫妻浸身寒水中，当族长领着人败兴而归后，洞神用神力放干了清泉池水，又使他们慢慢地睁开了眼睛。

看到他们醒来，洞神对他们说："飞走吧，只有飞得远远的，才能得到幸福。"阿龙和阿美高兴地点点头。于是，洞神仙手一指，这对情人就变成了一对美丽的金画眉，欢快地唱了几声，然后展翅飞向那光明和幸福的地方去了。

瑶姬仙子除害

在巫峡十二峰中，神女峰是最为挺拔秀丽的一座山峰。它高出江面千尺，就好像一位温柔宁静的少女，凝神远眺……关于神女峰，有这样一段动人的传说：

话说在远古的时候，天上的西王母生了二十三个女儿，那最小的一个最美丽、最乖巧，因而也最得父母、众人的喜爱，王母娘娘为她取名叫瑶姬。

王母十分疼爱这个小女儿，把她放在自己身边，不准她外出游玩，终日关在瑶池里边，生怕她经不起风吹雨打。

但瑶姬天生活泼好动，不甘寂寞，常常背着母亲偷着出外游玩。她在云中跳舞，在仙园里唱歌，在天河里游泳，在花园中采花，凡是神仙能去的地方，她都去了。终于，她的行踪被父母知道了。一天，王母差人把她找来，责问道："谁准你跑出瑶池的？"

"我自己。"

"难道瑶池不好吗？"

"好是好啊，可是它就好像是一个囚笼，我就像一只关在笼子里的小鸟，外面的事情我什么也不知道，总是这样，会闷死的啊！"

王母见女儿性情倔强，难以说服，就决定给她找一位严厉的师傅，好好管教她。

于是，王母找到了三元仙君，请他做瑶姬的师傅。瑶姬被送到了三元仙君的紫清阁，学习仙术。三元仙君早就听说瑶姬聪明伶俐，高兴得像得了珍宝似的，把变幻无穷的仙术全部教给了瑶姬。瑶姬学成后，被王母封为云华上宫夫人，主管教导金童玉女，并带有一群侍女和六位侍臣在身边。

瑶姬生性大方，把她学会的仙术毫无保留地传授给侍臣、侍女和金童玉女。

大家都学会了一身仙术，再不愿总待在云华上宫了，就变出一批替身，留在宫中，而他们自己却在瑶姬的带领下，到东海游玩去了。

他们各自变成了龙、鲸、鱼、蚌等水族，在无边无际的

大海里尽兴嬉戏，玩得不尽兴，又结队到了东海龙王的水晶宫，成为龙王的贵宾。龙王被瑶姬的美貌迷倒了，想把她留在水晶宫，于是向她求婚。

可是，年轻美貌的瑶姬不喜欢龙王。她认为龙王主管着东海，总是掀起巨浪狂风，引来滔天洪流，吞噬着田园、房舍、船只，造成了许多人间的不幸和悲哀。她谢绝龙王，又带领侍女、侍臣、金童玉女出海，腾云向西天去了。

他们驾着五彩祥云，飞了好久好久，这一天来到了巫峡上空。只见原本平静的巫峡，竟然是天昏地暗，飞沙走石，房屋和树木都被刮到空中，百姓和牲畜都在狂风中挣扎。原来是有十二条恶龙在那里为非作歹。瑶姬本来对龙王印象不好，现在又看到这十二条蛟龙这般肆虐，更加生气了。于是，她施展所学法力，按住云头，用手一指，天空顿时惊雷滚滚，霹雳阵阵，那十二条蛟龙还没明白怎么回事，就被打得骨折筋断，跌入山谷之中。

赶走了恶龙，巫峡恢复了往日的平静，天空变得晴朗，人间呈现一片祥和的气氛。但是，十二条蛟龙的尸骸却堵塞了长江水道，变成了三峡两岸的崇山峻岭。这样一来，奔腾不息的长江被堵住了去路，江水汇积三峡，向田园、城乡、山林漫去。不久，偌大的四川盆地也变成了一片汪洋。

著名的治水英雄夏禹听到这个消息，匆匆赶来治水。他详细地察看了水情，指挥人们开道疏水。但是，石山又高又坚，水势太猛太大，他们的工具和施工方式都不奏效。夏禹急得直跺脚，失望地坐在山顶上，面对着滔滔洪水叹气。

这时，站在云端的神女瑶姬看到了夏禹的窘相，便派出自己的六位侍臣，下界来帮助他。

六位侍臣来到人间，与禹相见后，各自施用仙术招来一批批天兵天将，调来霹雷去炸山石，调来闪电去推泥沙，调来神火去烧海草。禹也带领人马夜以继日地工作，奋力挖河床。他们用了很长很长时间，终于凿成了三峡河道，滞留的洪水逐渐泄去，长江又能像原来一样滚滚东流了。

水治理好了，夏禹才得知六位侍臣原来是由神女瑶姬所遣，就恳请侍臣带他去谢过瑶姬。他来到巫峡请求会见瑶姬，想亲自感谢她的恩德。侍臣中的一位叫童律的笑着指着山峰之巅，对他说："她啊，远在天边，近在眼

前，那不就是她的住所嘛！"

夏禹抬头一望，不禁吃了一惊，只见刚才还是光溜溜的山峰，突然出现了一座仙宫，忙和童律进入宫中，看见神女瑶姬笑吟吟地坐在宝座上，旁边有青龙白虎护卫，急忙上前拜谢，并请求赐教。

瑶姬笑着还礼，请禹坐在旁边，诚恳地对他说道："你为百姓驱蛟龙、治水患有功劳，但还应该懂得天地间事物变化的规律。如渡大海不知用飞船，过泥沙不知用板橇，走旱路不知用车，走山路不知用轿，那就难免要在陆上受困、水中受淹，要开凿千百座山谷，疏通万千条河流，是很费事的。"

说完，神女又命一位叫容华的侍女拿来一个红玉箱子，从中取出一部黄绫宝卷，对禹说："这宝书能够给你各种知识，包括驱使虎豹、制伏蛟龙的秘诀。当然，仅有知识还不行，还要有更多的神和人的力量，方能疏通九河。"然后，又派两位侍臣跟随禹一道从事治水大业。禹感激涕零，当即表示以后一定好好治水，不辜负神女的期望。

瑶姬在巫峡逗留了这么长时间，正想要继续西去，却没有料到她的母亲驾着祥云来到了。王母出于对娇女的疼爱，要她回宫，成就终身大事。而瑶姬坚决不肯回去，还唱了一首悠扬的歌作答。歌词大意说她不想回天宫，愿意留在人间，她想为人们除祸造福，为百姓排忧解难。

　　歌声悠扬婉转，催人泪下，听到歌声的人们都感动得流下了眼泪。王母虽然理解女儿的心情，但实在是母女情深，她太不愿意和女儿分开了。

　　这时候的瑶姬已经在一阵沉默中化成了一座山峰，即现在的神女峰，同时她的侍从也随之变成了巫峡十二峰中的其他诸峰，永远守卫在她身旁。

　　从此以后，瑶姬就再也没有离开巫峡。日复一日，年复一年，朝朝暮暮，日日夜夜，她眺望着险峻的峡江上下，默默无闻地为民众做着许多有益的事情……

月亮仙子恋凡间

很早以前，在丰城县有一座苍翠挺拔的升华山，山下有一个小村庄。村庄不大，人口也不多，人们都靠砍柴耕地过日子。村里有个勤劳的小伙子，名叫山哥。山哥的父母在世时欠了财主"地方鬼"的租，两位老人相继去世后，山哥就被逼到"地方鬼"家做工抵债。

山哥的日子可苦了。他白天在院子里种地浇菜，还要去山上砍柴，累得汗珠一滴滴往下淌，腰都直不起来。到了晚上，"地方鬼"还不放过他，要他去村头挑溪水，规定夜夜挑满三只木桶大的水缸，而且不准打灯照路。夜里漆黑漆黑的，伸手不见五指，这么黑的天，没有灯怎么看得见路呢？山哥一路上绊绊磕磕，不是踢脚就是撞手，两桶水挑进屋，泼得不剩半桶。"地方鬼"见了非但不同情，反而又打又骂。每次挑满三只大缸的水，山哥总得累到鸡啼三遍。

这件事让天上的月亮仙子知道了。月亮仙子非常同情山哥的不幸，敬慕他诚恳能干、忠厚善良，是个淳朴的老实人，就决心帮助他。于是，当夜幕降临时，她便变成一个村姑悄悄

地来到村子里，提着一盏圆圆的月亮灯，为山哥照路挑水。在
月亮仙子的热情帮助之下，山哥躲过了很多灾难，夜夜总是早
早地挑满了水缸。这样过了一天又一天，终于，两个年轻人相
爱了。每夜挑完水，山哥就和月亮仙子坐在山溪边的石头上，
吹着飘香的晚风，说着甜蜜的知心话。有的时候，山哥会吹起
竹笛，笛声悠扬婉转，月亮仙子就唱启动听的歌儿，两人一唱
一和，别提多幸福了。直到快天亮时，二人才依依不舍地分别。
日子一久，狡猾的"地方鬼"觉得这事不对头，怎么山哥夜夜
都能很早挑满三缸水？是不是这穷崽子学了什么法术？这天深
夜，他不见山哥回屋，便偷偷地在山哥后面盯梢，结果让他发
现了"秘密"。"好呀，
原来如此，真邪啦！""地
方鬼"咬牙切齿，气得
浑身发抖，贼眼珠一
转，想出一条毒计。
他连夜动身，走了三
天三晚，来到龙虎山
天师府，用金银买通
了张天师，求他即
刻起程"捉妖"。

　　这天夜里，

秋风飒飒，月光如水。月亮仙子和山哥一个打灯，一个挑水，在坎坷的山道上走着。忽然，狂风卷起了大片的乌云，风夹带着闪电，霹雳阵阵，乱云飞卷。张天师站在云端，念动符咒，搬来天兵天将捉拿月亮仙子。只见他手握长剑，怒目圆睁，立在云端张牙舞爪地怪声大叫："月亮仙子，你的胆子好大呀！你可知道违反天规，擅自下界，私恋凡人，该当何罪！现在本天师命令你立即回宫！"月亮仙子坚决不答应，可恶的张天师便长剑一挥，先朝山哥砍来。月亮仙子怒斥一声："贼道士！莫作孽！"便飞到半空中，举月亮灯招架，奋力护卫山哥。说时迟，那时快，只听"咻"的一声，一道闪光飞射夜空，月亮灯被长剑劈去一半。刹那间，如虎似狼的天兵天将蜂拥而上，绑走了月亮仙子。这时，山哥才知道自己心爱的人是天上的仙女，他朝天大声呼喊："月亮仙子——仙子——"但再也听不到回应了。一对恩爱恋人就这样被

无情地拆散了。

如今，在丰城县的希望乡甘家圹村，清粼粼的山溪旁，立着一块有三米高两米宽的半圆形弯石，皎洁银灿。人们都说这就是当年被张天师劈落的那一半月亮灯变的，村里人叫它月光石。一到深夜里，月光石就会闪闪发光，纯净的光辉能映亮四周的溪水，在月光的照耀下，溪水波光粼粼，美丽异常。老辈人说，月亮仙子思念山哥，日夜流泪，日子长了，就形成了这个潭。那会发亮的月光石，也是月亮仙子留在山溪边的，好照着她的山哥夜间挑水呢。

云骨的故事

绍兴的柯岩，是颇负盛名的旅游胜地。那里岩石累累，结成奇异的山峦，这是打石工人辛勤了很多年，用汗水换来的美景啊！多少年来，打石工人从岩石上开凿一方方的石板，又在周围打下了无数很深的石井，把一块块的石板从井底开掘上来。山峦经过他们的精心打磨，变得十分挺拔俊秀。其中最吸引人眼球的，是一块矗立着的云骨。它好像一座宝塔，笔挺地倒竖在那里。

在很久很久以前，有一队打石工人来到这里。他们一共是五十个人，二十个师傅，三十个徒弟。这些师傅每天带领

着徒弟们在柯岩凿石井、采石板。他们整天在那深不见底的石井里做工，不顾一切艰险和辛劳。叮叮当当的铁锤打石声，从井底传遍原野，响彻云霄。附近的人们都能清晰地听到，就连那高居云霄的云仙都听得很清楚。这样年长月久，云仙被他们的辛勤劳动和不怕艰险的精神感动了。

有一天，她驾着一朵祥云，在天空飘荡。她从云层上低下头来，想看看石井里的打石工人。这时，打石工人们看见天上有一朵云慢慢地降落，以为要下雨了。师傅们忙着收拾工具，嘱咐徒弟们停工，准备上井休息。只见那朵云渐渐地落在洞口上，云上端坐着一位美丽的仙子。那云仙低下头来说道："打石工人啊！你们在这样深的石井里做工，上上下下多么不便。我想给你们一座云山，让你们在云山上开采云石，那比在井底工作好得多了。"打石工人听了，笑着回答："云

仙啊，云山上的云石柔软得像棉花，我们不需要那样的石头，我们要的是坚硬得像钢铁一样的石板。"云仙笑道："我当然知道你们想要什么样的石头了，你们放心，我赐给你们的云山，开采下来就是世界上最坚硬的石头，而且这云山中间有一块云骨，它比大理石还要好上千万倍。你们把云骨开采下来，用它造一座房子，这座房子将是你们最好的住宅。夏天，外面烈日炎炎，可是你们一走进这座房子，就会感到阴凉清爽；冬天，外面是冰天雪地，可是一走进这座房子，你们就会觉得温暖得像春天一样。一年四季，冬暖夏凉，这座房子对于你们再合适不过了。只要一百天的时间，你们就可以把这座云山开采好。但是，请你们一定要记住，在开采这座云山的时候，必须齐心合力，如果其中有一个人只顾着自己的利益，忘了大家，那么，云石就再也开采不动了。"

工人们听云仙这样说，心里都乐开了花，异口同声地说："我们向您保证，一定记住您的话，齐心协力地开采云山。"云仙听了工人们的话，欣慰地离开了。

第二天，果真像云仙说的那样，就在这石井旁边，出现了一座云山。五十个打石工人兴高采烈地走上云山，一起动手开采云石了。真是不可思议啊，这云石的质地真的是那么坚硬。开采的时候，工人们只需动动手，石板就一方方地掀下来了。一掀下来，它就变得光滑了，根本就用不着再琢磨修饰。打石工人特别兴奋，愉快地做着工，把开采下来的石板，成堆地排列在山下。来采购石板的人们都相中了云山的石头，都争先恐后地出最高的价钱来收购他们的云石。

采石工人们天天日出而作、日落而息，日日夜夜地辛勤劳作着。这样过了一天又一天，云山在工人们的手里一点点地变小。等到他们做到第九十九天的时候，这座云山就只剩下中间的一块云石了。这一天，工做完了，有一个老师傅站在这最后一块云石前端详了半天，兴致勃勃地对大家说："这大概就是云骨了吧！你看它的颜色、质地都是最优质的，就连真的大理石也比不上它呢！这就是我们造房子的材料了！"打石工人不约而同地喊着："啊，是的！老师傅，让我们一起来祝贺吧！"他们舀来了老酒，相互祝贺，然后愉快地休息了。

当天晚上，一个年轻的小徒弟，辗转反侧，难以入睡，他心里想：明天就要开采的云骨，简直是宝石，如果我能够弄一块回去，用它来做我和妻子的床板，那么夏天我们躺在这云骨床板上该多么凉快、冬天躺在这云骨床板上又该多么温暖呢！这样一块床板，对于我和妻子，真是一年四季都合适的。他越想越睡不着，于是从床上爬了起来，溜回家去告诉妻子，要她明天划一只小船在云山脚下等着。中午，趁人们吃饭的时候，他就可以弄一块云骨石放在船里划回家去。他这样和妻子商量好后，又悄悄地回来躺上床铺，快乐地睡去了。

　　第二天，就是开采云山的第一百天了，打石工人们都起得特别早，大家的心情都很激动，想到马上就要开采到云骨了，每个人的脸上都露出了幸福的笑容。他们拿着工具，一齐走到这光彩夺目的云骨旁边，师傅徒弟五十个人一齐拿起凿子、锤子，动手开采。这时，奇怪的事情发生了，他们的凿子一碰到云骨，锋利的凿口竟然卷了起来，云骨坚硬得像钢铁一样，再也凿不进去了。显然，云骨是开采不动了。师傅和徒弟们一齐停了下来，其中四十九个人一齐叹息着："真悲惨啊！在我们这五十个人中间，到底是谁忘了云仙告诉我们的话，'只想自己忘了大家'呢？这下完了，我们谁也住不了云骨做的房子了。"只有那个青年打石工人一言不发，非常惭愧地低下头去。

　　柯岩奇异的云骨，也就是这样遗留下来的。直到今天，打石工人们还传说着这个故事，老一辈的工人都用这个故事来教育后辈呢。

白云仙子斗神沙大仙

相传在很久很久以前，敦煌一带是一片漫无边际的茫茫戈壁，什么鸣沙山啊、月牙泉啊，都还没有呢，就连三危山麓也只有一小块绿洲，人们就在这片贫瘠的土地上繁衍生息着。

屋漏偏逢连夜雨，有一年那里大旱，大地都干裂得出了缝，井也干了，树也枯了，庄稼也死了。人们干渴难忍，难过得直哭。整个大地一片凄凉的景象，好是悲惨。

正赶上美丽、善良的白云仙子在天空飘游，她看到这般荒凉不堪的田野，听见人们撕心裂肺的哭声，心中如针刺一般。但是，如果没有龙王

的旨令，得不到雷公电母相助，她也没办法降雨，只能干着急。这一着急就掉了眼泪，哪知银光闪亮的泪珠儿落到地上，便聚集在一起，变成了一股清泉。泉水汩汩流出，润湿了土地，枯树绿了，苗发芽了，人们也笑了。

受苦的老百姓为了感谢白云仙子的恩德，都称她为白云菩萨，又在泉边修了一座很壮观的庙宇，塑了她的金身。庙宇落成，大家都来烧香，一时门庭若市，好不热闹。这样，对面神沙观里便断了烟火。

神沙观里住着神沙大仙。他从西天游玩回来，发现自己的神沙观门庭冷落，连香火都断了。这可把他气坏了，暴跳如雷，破口大骂："沙海明明是我的地方，你白云仙子算个什么东西，竟敢在我的地盘逞能？好，走着瞧，看谁厉害！"于是，神沙大仙来到泉边，抓把沙子一扬，喝声"起"，只见平坦的戈壁滩上，猛地长起了一座大沙山。沙山把水泉包在中间，弄得泉眼越来越小，水也越来越少。人们又叹息道："旱魃回来了，苦日子又开始了。"

白云仙子闻声赶来，一见大沙山，就知道是神沙大仙嫉妒她，在施法报复。但她在人家的地盘上，又不好说什么。她低头想了一会儿，就上九天去找嫦娥仙子了。

嫦娥和白云仙子是无话不谈的好朋友，看到白云仙子来了，嫦娥忙把她迎进广寒宫，问："妹妹今天来九重天，一定是有要紧的事情。说吧，看看姐姐我能不能帮你的忙？"

白云仙子说："我呀，是想和姐姐你借样东西。"

"咱们姐妹还这么客气，借什么，你就讲吧。"

"借月亮。"

"借月亮干什么？"嫦娥问。

"神沙大仙欺负我呢，要用流沙填清泉，让人们受苦受难。我想向仙姐借月亮与神沙大仙斗法。"

嫦娥说："你为人间造福，我理应相助。只是今日恰好是初五，月亮还没有圆呢。"

"那不要紧，就把初五的新月给我吧。"

嫦娥爽快地答应了。

白云仙子捧着弯月，兴高采烈地返回，便把月亮摊在庙前。

一袋烟的工夫，这弯新月就变成了一座形如弯月、碧波荡漾、清冽莹澈的水泉，这就是现在的月牙泉。

　　这事又让神沙大仙知道了。他又使出神法，调来黄沙去填月牙泉。白云仙子见神沙大仙蛮横无理，心想：你真是欺人太甚！我不能容你！于是将衣袖一甩，一股清风呼啸着从她的衣袖里冲了出来，呼呼鸣叫，一下子便把填泉的流沙吹上山顶。神沙大仙见状，气得七窍生烟，吼声如雷，却无可奈何，这就是鸣沙山。

　　一晃几千年过去了，月牙泉已经渐渐被黄沙掩埋。可是直到现在，却还能听到鸣沙山的雷鸣声，能看到下滑的沙被徐徐的清风吹上山顶的奇景呢。当地的百姓都说，这是白云仙子在守护着大家呢。

五仙女惩恶

话说在天上的瑶池里住着金、木、水、火、土五位姑娘。五位姑娘又年轻又活泼，天天住在瑶池里，被天条束缚着，她们觉得闷极啦。

终于有一天，五位姑娘寂寞难耐，就趁着玉帝、王母不备，悄悄地结伴下凡，来到东海里游泳。东海真宽广啊，她们玩呀，耍呀，游到了岸边，四面一瞧，哟！这儿全是光秃秃的山，黑糊糊的石，多荒凉啊！太阳放着火舌，灼得地上没有一根草、一棵树。五位姑娘想憩息一会儿，找了好久，竟然没有找到一个可遮凉的去处。

"这真是一个糟糕的地方，应该找一位神仙来把它弄得好看一些。"金姑娘说。

"求别人不如靠自己，我看还是我

83

们自己把它变一变吧。"木姑娘提议道。

"我同意！我同意！这真是个好主意！"水姑娘马上接口说。

"那还等什么啊！咱们就各显神通吧！"火姑娘说。

"好，我先来！"土姑娘抢先一跺脚，光秃秃的山头上立时冒出了黑油油的泥土。紧接着木姑娘吹了口仙气，立时草木丛生，满山遍野郁郁葱葱地长满了树木。水姑娘伸开五指一划，山山岔岔涌出了涓涓的泉水。火姑娘倒吸一口冷气，吹过来阵阵凉爽的清风。金姑娘急了，一把金沙撒向天空，肥沃的土壤里立刻长满了黄灿灿、沉甸甸、迎风摇曳的稻子。

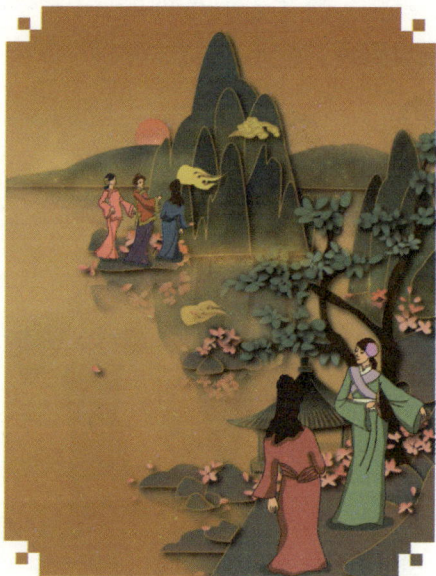

啊，变了！真的变了！这地方再也不像原来那样荒凉了，真美呀！五位姑娘被自己变的地方迷住了，竟然舍不得离开，就在山岔中暂住下来。渐渐地，一些流浪到这里的穷苦人，见到这么块好地方，也纷纷定居下来。五位姑娘怕人们惊吵，就织了一顶彩网，将自己罩在一个山岔里。但是，人们还是常常可以看到她们在山上走动的身影和戏耍的笑声，可以听到她们甜美的歌声。

地方官知道了这件事后，带着人到这里转了一圈，觉得这是一个好地方，也是一个可以赚钱的地方，于是大笔一勾，就将这一带的青山秀水统统划归己有，要人们向他交租纳税。乡亲们一听都气炸了肺，可是又有什么办法呢？地方官有钱有势，掌握着生杀大权，谁不怕他啊？那狗官又看中了五姑娘住的这座山，就命人召集工匠，要在这山脚下造幢大屋居住。他在山下大兴土木，把山上的大树都砍下来做木料，大块大块的石头被挖来垒屋基。木料堆起了，屋基垒高了，墙砌上了，又要用溪坑中的沙子抹灰缝。有个帮工的年轻樵夫，挖沙时捡到一块拳头大的五彩石，觉得十分好看，就把它带在身边，谁料到一天晚上收工时竟把它忘在沙堆上了。第二天一早，他去找寻，奇怪的事情发生了：昨天才小小的一堆沙子，今天却变成了很大很大的一堆，那块五彩石正在沙堆顶上闪闪发光呢。他兴奋地大声嚷了起来，许多人都围过来观看。那狗官正在督工，闻知消息，边跑过来边叫道："谁也不许碰它！这是我家的祖传宝贝呀！"说着就抢上沙堆，把五彩石抓到手中。但是，却放不下来了。因为五彩石在他手里越长越大，越来越重！狗官贪心得很，心里知道这是宝贝，怕它长翅膀飞走，捧着不肯放手，双脚直往沙堆中陷了下去。

　　正在这个时候，一阵狂风吹来，惊得众人四散奔走，躲在远处细看。狂风中，金姑娘挥舞着黄色的衣袖，掀起满天飞沙，团团裹住狗官。木姑娘擎起双手，招来那堆准备造屋的木料往狗官身上乱砸。水姑娘带领着滔天的洪水倾泻下来，直把屋基冲了个精光。火姑娘口吐烈焰将狗官烧得焦头烂额，一命呜呼。土姑娘卷来一阵黄沙，将他的尸首掩埋了。

　　一会儿工夫，风也停了，水也退了，五位姑娘也不见了影踪。这儿依旧是山清水秀，绿树红花，只是在山脚边长出了一块屋一般大的、光溜溜的巨石。后来住在这里的人们就把这个山岙叫做网岙，这个山头称为"仙走岭"，把这块巨石叫做"五姑娘石"了。据说，每当夜半更深的时候，它还会熠熠闪光呢。

石头姑娘的口弦琴

很早以前的一年春天，可怕的瘟疫降到了人间。黑龙江边上的一个小镇的老百姓全都病死了。有一个老头来到镇上串门，他走遍了整个镇子，只找到了一个吃奶的小女孩。她的母亲死了，小女孩正一边哭一边含着妈妈的奶头呢！

老头抱起了这个小女孩，离开了这个已经绝了人烟的镇子。

一晃 16 年过去了，那个小女孩长大成人了。一天，姑娘问老爷爷："好爷爷，别人家的孩子都有爸爸妈妈，我怎么没有呢？"

老爷爷忙说："以前你年纪小我没有说，现在该告诉你了！"

于是，老爷爷便向她讲起了她家

的遭遇。姑娘听完，放声哭了起来。

老爷爷安慰她说："孩子，我听说在额图山上有一个宝洞，洞里有无数宝物，其中有一个神奇无比的口弦琴，吹起它来，苦难的人能得到幸福，死去的人能重新复活。你要是能到那个宝洞里找到那个口弦琴，就能重新见到你的爸爸和妈妈了。"

姑娘说："爷爷，请放心，我一定要把那口弦琴找来。"

老爷爷又担心地说："上那山可不是容易的事，山上有老虎、黑熊。再说那宝洞门口还有一个石头老头看守着。"

姑娘说："只要能够和父母见上一面，就是死了我也心甘情愿。"老爷爷见姑娘的意志如此坚决，就答应了她的要求。

第二天，老爷爷把姑娘一直送到额图山下。姑娘告别了他，便向那高耸入云的额图山上爬去。当她找到那个宝洞的时候，天已经黑了。姑娘偷偷溜进洞里，躲在暗处看到山神、树神、虎神和熊神正在那里喝酒玩乐。喝到高兴处，山神说："我们一起跳舞吧。"树神说："我来伴奏。"说着，就从一个金盒子里拿出口弦琴吹了起来。那声音动听极了。

不一会儿，就都累得趴在地上睡着了。

这一切，姑娘在暗处都看得清清楚楚。她想，这些神位刚刚睡去，一时半会儿不会醒来。于是，她悄悄地走进洞去，蹑手蹑脚地来到树神的身边，拿起口弦琴放在怀里，又偷偷地走出了宝洞。

可是，刚到宝洞门口，守着洞门口的石头老头说话了："姑娘，你知道吗，到这玉洞里拿一件东西，三天以后就会变成石头的！你还是马上把怀里的口弦琴丢掉吧！"

姑娘听了守洞老头的话，哭着对他说："好心的石头爷爷，我非常感谢你的好意，我知道你劝我丢下口弦琴是为我好，可是为了救活那些被瘟疫害死的乡亲们，为了能见到我的生身父母，我就是变成石头也心甘情愿。"

守洞的石头老爷爷被姑娘的一片赤诚感动了，于是他对姑娘说："那好，我现在告诉你，你马上骑上这只石头天鹅快走吧！你必须在天亮前赶到你出生的那个地方。当你吹起口弦琴，那里的人就能复活过来。"姑娘向石头老头跪下拜了几拜，便骑着石头天鹅向远方飞去。大约过了一顿饭的工夫，就到了寂静的小镇上。这里到处都是死人、死狗、死猫。姑娘就照着石头老头的话，吹起了口弦琴。她一家一家地走，一条街一条街地吹，凡是她吹着口弦琴到过的地方，死去的人都活过来了。

活过来的镇里的男女老少都以为她是神仙呢，便纷纷向

她磕头作揖。姑娘便向大家讲了自己的遭遇。这时，姑娘的父母也活过来了，全家高高兴兴团聚在一起。

到了第三天晚上，眼看就要和刚见面的父母永别了，姑娘心里万分难过。她为了不让自己的父母伤心，便对他们说："我去把抚养我的爷爷接回来，你们说好吗？"她父母十分高兴地答应了。

姑娘骑上天鹅飞到了老爷爷那里，把自己所经历的事情说了一遍。最后，她对老爷爷说："爷爷，我送你上我的父母那里去住吧。你劝我的父母不要为我伤心。我把这个口弦琴交给你，你把它保存好吧。"

"孩子，你放心吧，我一定会把口弦琴保管好，让它为老百姓世世代代带来欢乐和幸福。"

他们说着，一起骑上天鹅，向小镇飞去。到了那里，她刚走了几步，身子就开始变硬了，她刚说了一句："老爷爷，我永远和你们在一起！"于是，就变成了石头人。

中国学生一定要读的神话故事

中国神话传说

下

谢 普 主编

九州出版社
JIUZHOUPRESS

前 言

　　神话是人类早期的一种不自觉的艺术创作形式，是人类童年时期的产物，是文学的先河。神话也是一个民族和国家宝贵的精神财富，在文学史上有着很重要的地位。

　　人类最早的故事大多是从神话开始的，它往往借助丰富的想象和幻想力，把自然力和客观世界拟人化。这些看似荒诞不经的神话，其实都是古代先民对宇宙、人类以及自然万物的起源所做出的各种不同的解释。它充分地反映了原始人对宇宙、人类自身的思考。

　　神话是人类早期的故事，是一个国家和民族宝贵的精神财富。它反映了远古社会人类的生活和思想，推动了后世文学和艺术的发展。世界各国、各民族都有自己的优秀的神话故事。

　　中华民族五千年的文化积淀，五十六个民族丰富的文化内涵，使得中国的神话故事更加曲折离奇、生动活泼。尽早接触这些历经长久岁月而流传下来的神话故事，对孩子们来说是非常益智的。它不仅能让孩子感受到生动有趣的故事所带来的阅读快感，还能让他们从另一个角度，了解我们伟大的中华文明和悠久的历史文化。

希腊半岛三面环洋，与它相邻的爱琴海中，星罗棋布的四百八十多座岛屿，则犹如遍撒海面的玉石玛瑙，爱琴海孕育了灿烂的希腊文化。希腊神话与传说反映了古希腊从公元前11世纪到公元前9世纪被人们称为"荷马时代"的那段历史中的社会生活面貌，赞颂了古希腊人民的智慧和创造。它以丰富的想象和精彩生动的情节，把人们带入群岛环绕、海陆交错的爱琴海区域的古代文明。希腊神话的产生和发展经历了漫长的岁月。它是多个民族的多种思想和多门语言共同熔炼而成的丰富的文化遗产，对人类文明的发展起到了不可磨灭的作用。

　　本丛书包括《中国神话传说（上、下）》《古希腊神话与英雄传说（上、下）》《世界经典神话与传说故事（上、下）》全六册，可以说，神话不仅仅是叙述英雄与诸神事迹的故事集，它还为读者提供了一种理解世界的方式。

目 录

嫦娥奔月

后羿由于射杀了天帝的儿子而得罪了天帝，不能上天，也因此殃及了自己的妻子。

有一天，他的妻子嫦娥对他说："别的我都不怪你，就只怨你不该这么鲁莽，射死了天帝的儿子，叫我俩都贬做了凡人。你知道，做了人是会死的，死了以后，就得到地下的幽都去，和那些黑色的鬼魂住在一起，过那愁惨暗淡的生活，你想一想，这是一件多么可怕的事情呀！"

"是呀，我也不想到幽都去，可是，那又有什么法子可想呢！"后羿闷闷不乐地回答说。

嫦娥想了想，说："听说在昆仑山上，住着一个神人，名叫西王母。西王母那藏有不死的灵药。"

"对呀，"后羿高兴地说，"王母藏有不死药，吃了以后可以使人长生不死，我怎么先前竟一点也没有想到呢？明天我就去昆仑山去向西王母求不死之药。"

"去吧，我期盼着你能够如愿以偿地回来。"嫦娥说。

于是，后羿打点好行装，带了些路上吃的干粮，背上弓箭，骑上白马，在第二天早晨，太阳刚刚升起之时，向昆仑山进发了。

昆仑山的外面，有一座燃烧着大火的炎火之山包围着，山上的大火长久不息地燃烧着，无论什么东西碰到它就会燃烧。这大水和大火的重围，又有谁能突破呢？所以，虽然传说西王母藏有不死的神药，却始终没有一个人能够得到。

后羿来到昆仑山脚下，毕竟他非常人可比，凭借他射日除害的剩余神力和不屈意志，他终于通过了水火的包围，攀登上了山顶。这地方的高度，据说如果不是后羿，换了普通人的话，谁都无法到达这个地方。

后羿到了昆仑山山顶，过了没多久，就见到了他辛苦寻访所要找的神——西王母。

西王母，原是西方的一个怪神，她长着豹子的尾巴，老虎的牙齿，头发乱蓬蓬地披着，头上戴了一只玉胜，善于啸叫，掌管着人世间的瘟疫和刑罚。她住在山顶的岩洞里，有三只红脑袋黑眼睛多力善飞的硕大的青鸟，经常轮流地到山野去找寻食物来供她食用。

由于西王母掌管着瘟疫刑罚，所以可以随时夺取人类的生命。既然可以夺取人类的生命，当然也就可以赐予人类生命，因此大家都传说不死的神药在西王母那里。

后羿把来意向西王母说明了之后，西王母非常同情后羿的不幸遭遇，于是慷慨地给了他一包足够两人吃的不死药，并且告诉他说："这药是从不死树上采下的不死果炼制而成的。不死树三千年开一次花，六千年结一次果。而且所结的果子稀少。我的全部剩下的药物都在这里了。如果一个人吃了这么多药，就还有升天成神的希望。你拿回去好好地保藏，千万不要弄丢了。"

"谢谢您。您的话我一定铭记于心。"后羿说。

后羿得偿所愿，带着不死药，高高兴兴地回到家里。他一回家，就把不死药交给妻子保管，准备挑选一个吉日，他和妻子一起吃。

其实，后羿并不想再上天，因为天上的情形并不见得比人间好，只要不到地狱去，他就心满意足了。

可是他的妻子嫦娥却和他的想法迥然不同。她想她原是天上的女神，如今上不了天，全是受了丈夫的连累，照理他该还她一个女神才是。灵药既然除了有

长生之处更有使人升天成神的妙用，那么就算是自私一点，吃下丈夫这一份，也不算亏负他。

思来想去，她最终打定了主意，不再等待什么吉日，趁着后羿不在家的一个晚上，把那包神药取出来，自己全部吃了下去。

奇事果然在这时发生了，嫦娥渐渐觉得她的身体轻盈起来，脚和地面慢慢地脱离开，不由自主地飘出了窗口。

外面是空阔静寂的夜空，灰白的郊野，天上有一轮皎洁的明月，被一些金色的小星星围绕着。嫦娥一直飘升上去……

但是自己到什么地方去呢？她思考着，假如到天府，定会被天上的众神嘲笑，说她是背弃丈夫的妻子。看来只有到月宫里去，暂时躲藏一下，是较为稳妥之计。打定主意以后，她就一直向月宫飘升而去。

而那天晚上，后羿从外面回来后，发觉他的妻子不见了，桌子上却放着不死之药的空包。后羿一下子就明白了这是怎么一回事。愤怒、失望、悲哀，好像一条条毒蛇，绞缠着他的心灵。

他闭紧了嘴唇，怔怔地望着窗外，在这星月交辉的天空，他的妻子已经离他而去，独自一人去寻找她的幸福乐园了。

但嫦娥没有想到的是，到了月宫之后她发现，月宫里竟是出奇的冷清。从此，她就只能永远住在月宫里，再也出不来了。

骑鹤升仙

传说洛阳东去七十里的府店村南，有一座突兀挺拔的土山，名叫缑山，山上有武则天御笔亲书的升仙太子碑。据说，这里就是子晋骑鹤升仙的地方。

子晋是东周灵王的太子，他生下来便是菩萨心肠，体恤民间疾苦，对宫廷里的生活充满厌恶，时常劝谏父王要轻徭薄赋，爱护劳动人民，让人民能够休养生息，过上富足的日子。灵王哪里会听从他的劝告，照样搜刮民脂民膏，甚至变本加厉，更加残暴地奴役人民。子晋见劝说不了父王，自己也不愿久居肮脏之

地，便经常到民间游玩或到旷野射猎。

话说这一年的秋天，子晋骑着一匹高头白马，身上佩带宝剑、弓箭，独自一人出了洛阳城。这一路上田野秋色，一片金黄，让人赏心悦目，心旷神怡。子晋情不自禁地爱上了农家生活，认为农家生活安逸祥和，比宫廷好上千倍。正想着，忽然看见荒野里有一只金鹿在吃草，子晋忙搭弓射箭。只听"嗖"地一声，箭射在金鹿胯上。金鹿一惊，撒腿就跑，子晋勒紧缰绳，纵马紧追不舍。

金鹿在前面跑，子晋在后面追，追着追着，金鹿跑到一座山峰上，在野菊丛中一晃就不见了。子晋非常纳闷，绕着山头转了一圈也没有找着金鹿，只看见漫山遍野黄灿灿的菊花，看得他如痴如醉。就在这时，黄花丛中金光一闪，走出一个年轻美貌的女子。宫廷中的美女数不胜数，子晋也算见多识广，可是看到这女子后，才觉得那后宫的佳丽都比她差了十万八千里。子晋立即向那女子深施一礼，还没开口，那女子却先说话了："太子不在宫中，到这荒郊野岭来做什么呢？"子晋说："我出城打猎，射中一只小鹿，可惜追到这儿不见了！"女郎从袖筒中掏出一只琉璃小瓶说："你看是不是它？"子晋定眼一看，只见瓶内有一小鹿翘首而立，和刚才射着的小鹿一模一样，只是小了许多。再看看鹿胯上还插着一支细箭，箭杆上渗出点点血水。子晋大惊，知道是遇到了仙人，忙伏身下拜说："冒犯仙姑了，还请恕罪，但不知您是哪方神仙？"

女郎说："我是菊花仙子，今天来这里撒花，正巧遇到了太子。"

子晋说："我无意中射伤了您的小鹿，实在是罪过。"

女郎的脸一下子红了，低下头娇羞地说："太子若射不中小鹿，还来不到这山上，你我二人又怎能相见呢？"说着，从瓶中放出小鹿，拂尘一扬，小鹿立即变得和原来一样大。她走到小鹿身边，轻轻拔下箭来，鹿胯上的伤口自动愈合，没留下任何痕迹。她捧着箭来到子晋面前说："没想到太子不仅相貌英俊，箭法更是出神入化，让我好生佩服。你说这箭是还给你呢，还是让我收留着？"

子晋是个聪明人，只需三言两语，便能听懂那女郎的话外之音，知道她的心意，就说："你若愿意，就收着吧！"

女郎娇羞地低头一笑，将箭放入袖子筒内，跨上金鹿，把拂尘轻轻一扬说："我知道你厌恶凡间的生活，如果愿意脱离凡尘，可到瑶台找我。"说罢，金鹿扬起四蹄，驮着女郎向

天上飘然而去。

子晋本来就不满宫廷里的生活，厌恶百官之间的勾心斗角，更看不惯父王的专制独裁。如今看到人间欢乐，又见女郎多情，更不愿回朝。但是，他知道自己不是仙身，无法追随菊花仙子，只好独自仰天长叹。这时，天上又传来那仙子的声音："你若是有心成仙，只需与白马同饮池水，即可如愿！"

子晋大喜，当即牵着白马四下寻找，果然在西山顶上发现一眼清泉，他就与白马同饮泉水。但觉泉水清新甘甜，饮后浑身清爽。转眼一看，白马已变成了一只洁白的丹顶鹤。子晋将身边的散碎银子撒向池边，翻身骑上白鹤，转身时，宝剑上的剑緌被一丛酸枣树的枣刺挂住，子晋还未来得及伸手去解，白鹤已腾空飞起，剑緌"嘣"地一声被扯断，留在山上。白鹤飘飘而上，驮着子晋升仙去了。

这时，寻找子晋的官兵来到了。但见天空中白云朵朵，云层之中显露出整齐壮观的仪仗，笙管鼓乐之声隐隐约约传到耳畔。官兵们叹为观止，遂将此事回报灵王。灵王闻报，不禁大吃一惊，急忙传旨大兴土木，在山顶修了一座升仙观。

直到现在，山顶西侧还有一个大坑，传说就是当年的饮马池，又叫饮鹤池。当地的百姓进山，偶尔会在这里找到几枚晶莹透明的水晶。据说，那是当年子晋抛撒的碎银子。子晋升仙时，剑緌被挂落在山上，因此这座山就叫緌山。

安期生成仙

传说在秦始皇时期，有一位医术高明的方士，叫郑安期。他是山东人，长期在东海边上行医卖药，在当地很有名气。这一年，秦始皇东游，在途中生了一场大病，郑安期来医治，不久后秦始皇就痊愈了。秦始皇见他医道精深，十分佩服，和他谈了三天三夜，很希望他留在自己身边，给自己去找长生不老药，还赐给他许多金银财宝。可是郑安期视金钱如粪土，什么都不肯要，只说了一句："千年以后请到蓬莱山下来见我吧。"说完就走了。

后来，郑安期云游四方，为人看病。当他来到羊城的时候，见到这里风景秀丽，山在云雾缭绕中巍峨挺拔，渺渺云雾更仿佛仙境一般，景色醉人，是个绝佳的地方。这里的乡民淳朴可亲，但由于懂得医术的人很少，贫病交迫，苦不堪言，于是他就在白云山定居下来。他经常背着一只葫芦，在村庄附近走来转去，医治过的病人数不胜数，而且他对贫苦乡民无微不至，施药不算，还用自己仅有的一点儿钱粮救济他们。人们都说，碰到郑安期，贫病的人才得生。因此，大家都亲切地叫他安期生，他的真名反而没有人叫了。

这一天，安期生正在一个小村庄里悬壶卖药，这时一个穿得破破烂烂的孩子跑来，一边拉着安期生的手一边哭。原来他父亲得了急病，想请他赶紧前去救命。安期生二话没说，背上药葫芦，跟着那小孩就上路了。到了病人家一看，患者是个贫苦的农夫，当时已经不省人事了。他喉咙里生了一个大毒疮，又红又肿，已经化脓了。这么大的毒疮在喉咙里，病人无法进食，已经三天三夜滴水未进、粒米未食了，浑身通红，滚烫滚烫的。安期生断定这病人患的是热毒攻心症，这种病非得用九节菖蒲才能治好。可是九节菖蒲是非常名贵的药材，这户人家一贫如洗，连饭都吃不上，哪里有钱买药呢？患者的妻子和那孩子睁着两双渴望的眼睛，哭着说："医生，你救救他吧，他可是家里的顶梁柱啊。"话未说完，就哭得快要背过气去了。

此情此景，安期生没有办法不感动，就安慰他们说："你们不要哭，他的病能治好，我到山上给你们找一种草药去。"

其实，安期生虽然行医几十年，也只是在医书上看到九节菖蒲这种药名，从未亲眼见过，平时也不曾使用过。只知道九节菖蒲生有九节，是一种稀世珍宝，病人吃了能治病，常人吃了可以延年益寿。那么，到哪里去找九节菖蒲呢？药书上说：罗浮山东涧、白云山蒲涧中有之，以悬崖绝壁上不沾沙土，一寸九节，紫花者为佳。于是，他决定到白云山去寻找。

他带足了干粮进了山，一口气跑了十多里路，在丛林中艰难跋涉，披荆斩棘，历尽了苦难，终于爬上了悬崖峭壁。可是寻了一山又一山，连每个坑坑洼洼都没有放过，把一双新鞋都磨破了，脚板磨得热辣辣的，鲜血直流，却连九节菖蒲的影子都没看到。但是，想

到病榻上的农夫，想到他的家人那渴望救命的目光，他顾不得又累又饿，继续去找。

他从双溪走到蒲涧，又从蒲涧走到摩星岭，把山崖石缝上的每棵小草都看过了，一直没有发现。傍晚时分，他垂头丧气地从山腰上的羊肠小道再次返回蒲涧时，忽然间，一阵凉风吹来，带来一股幽香。那香气又浓郁又清新，非寻常的花草所能比。他心中大喜，知道定有异草，说不定就是九节菖蒲，于是兴奋地朝着香气的来向奔去。奔了十几步，来到一条清清的山涧旁边。他低头一看，喜出望外，这不正是九节菖蒲吗！九节、绿玉、三花、紫茸、奇香醉人，和书上写的一模一样。他连忙摘了下来，顾不得休息，转身就往回跑，一口气赶到那农夫家，这时候天已经黑了，家家户户都点起了灯。

这时病人早已经奄奄一息，只剩下一口气了。安期生拿出乳钵把鲜嫩的九节菖蒲捣烂，榨出汁液，滴入病人口中。一滴、两滴、三滴……只听见那病人喉咙里"咯咯"地响了一阵，慢慢地睁开了眼睛。不到半个时辰，便苏醒过来了。安期生再把那些药渣捣了一遍，泡了一碗清水，连水带渣灌进病人的嘴里。只一顿饭工夫，那病人长叹一声，舒了一口气，坐起来了。第二天，病人恢复了健康。这件事很快就家喻户晓，传遍了羊城，越传越神，越传越远，越传越邪乎，到最后竟然传说安期生找到了长生不死的灵药。这话传到了京都秦始皇的耳朵里。秦始皇便下了诏书，令他带着长生不老药进宫。安期生还是那句话："千年以后到蓬莱山下来见我吧。"秦始皇一听，大发雷霆："我若能活到千岁，还要他的灵药干什么！这妖医若不肯把药给我，就取他的头来见我。"遂又派人去强取。安期生没有办法，只好沿着旧路，去白云山蒲涧采药。

到了蒲涧，安期生看着这稀世珍宝，左思右想，真舍不得去贡献给秦始皇。

他爬到了一个悬崖上，漫不经心地摘了一株放到鼻子跟前闻了又闻，再伸出舌尖舔了舔，一口汁液吞下肚去，顿觉一身清爽。他准备回去再去采摘第二株时，所有的九节菖蒲竟都不见了。他百思不得其解，正在思索的时候，一个老人向他迎面走来，问他道："你不是郑安期吗？你想给秦始皇采九节菖蒲吗？哈哈……"

此言一出，安期生大吃一惊，心想这老人怎么知道他的姓名。不等他回答，那老人又道："你这个人心地太过善良，

13

做人要分清善恶，知道谁是好人，谁是坏人啊！"说完一阵风吹来，老人不见了。

安期生听了，顿时醒悟过来：我是一个医生，职责是为众人治病，不贪恋富贵、不爱慕虚荣是我的本分。我这样的人，怎能去给秦始皇采什么长生不老药？与其让我做自己不愿意做的事情，倒不如跳下这万丈悬崖，留清白在人间，绝不能做秦始皇的刀下亡魂。他想来想去，决心已定，回头看了一眼这万丈红尘，再无留恋，纵身一跃，跳下崖去。

他正在向下落的时候，只觉得耳朵边呼呼风声，身子竟飘然而起。就在这时，半山腰里突然飞出一只硕大无比的白鹤，撑开双翅，箭一般飞过来，轻轻地把安期生托起，一直向着白云山的最高峰摩星岭飞去。后来越飞越高，飞到那远远的天边去了。

安期生飞升的那天，据说是农历七月二十四。后来，广州人便把那一天叫做"郑仙诞"，又在白云山上建了一个祠堂，叫做"郑仙祠"。白云山周围的人们都很怀念这位心地善良的方士，为他能够成仙感到高兴。

毛女仙姑

十八盘，弯又弯，
毛女峰下吸袋烟。

这两句顺口溜，在华山当地流传了很久，说的是游华山的人们，从玉泉院进入华山峪谷，沿途攀登了一段曲折坎坷的山路以后，才能来到毛女峰下，到了这里经常累得气喘吁吁，只好在毛女峰下歇一会儿。在这里歇脚，还能瞻仰一下灵岳几千仞的太华风貌。同时，还能纵览一下水帘洞、和合二仙、金龟吸蛤蟆、狮子滚绣球等天然景观。不但如此，这里供有毛女仙姑的塑像，朝拜的善男信女们，每每到此，都要虔诚地拜一下毛女

仙姑。

毛女仙姑名叫玉姜。传说在秦始皇吞并六国时，从楚国掳来一位美丽的女孩子，年仅十四岁，聪明无比，这就是玉姜，也就是以后的毛女仙姑。玉姜能歌善舞，琴棋书画无所不通，尤其擅长抚琴。可是，自从她进入阿房宫后，过的是"日日笑面为君舞，夜夜抚琴在君侧"的苦闷生活。秦始皇专制蛮横，自从称帝以后，就在咸阳东六十多里的骊山下，征用了当地七十多万贫苦百姓做苦役，历时三十多年，为自己修建了一座巨大的陵园，占地三百余亩，浪费了好多良田。秦始皇病后，佞臣赵高极力怂恿，挑选了五百个童男、五百个童女，还有一些太监、宫娥，准备让他们为始皇殉葬。消息传出后，阿房宫里人心惶惶，每个人都提心吊胆，生怕自己被选中。但是，那么高的宫墙，那么深的御河，谁能逃得出去呢？大家没有办法，只有老实地等着悲惨命运的到来。

传说在阿房宫里有一个名叫张夫的老太监，他在宫里有很多相识，通过他们，辗转打听出殉葬的名单上，有自己的名字，不禁惊慌失措，毛骨悚然。他想，自己是一个老头，已经被黄土埋了半截了，死了也就死了，只是那些天真烂漫的小女孩，还是花朵一样的年纪，就要被白白地送入墓坑，这实在是太残忍了。想到这儿，他心疼得不得了，不禁失声痛哭。哭着哭着，一个念头涌上心来：我不能坐以待毙，我要带着这些孩子逃出去，反正也是要死了，不如拼一下。

这个老太监，可不是一般的老太监，始皇南征北战之时，他一直陪伴左右，可以说是随同秦始皇出生入死的太监。他深得秦始皇的宠爱，经常为秦始皇传达圣旨，所以宫中的人都认识他，又加上他为人诚实善良，所以大家都很尊敬他。在一个伸手不见五指的夜晚，张夫驾了一辆彩车，带着一群宫娥，当然里面也有玉姜，风驰电掣地向宫外驶去。守门的卫士一看，是张老太监，就敬畏三分。老太监对卫士说："快快闪开，我奉皇上旨意去骊山求长生不老之药，莫要耽误时间！"守门的卫士哪里敢违抗圣旨，连忙打开宫门，老太监驾着车出去了。老太监和宫娥们逃出阿房宫后，像鸟儿飞出笼子一样，急急向前赶去。老太监想：大家不能朝着一个方向逃命啊，万一被抓住岂不是一网打尽了！于是在一个三岔路口，他们抛弃了车辆，有的向东，有的向西，各自逃散了。相传，兴平县西门外的"五女坟"、渭南县南塬的"六姑泉"就是那次逃出宫的宫女葬身的古冢和住过的遗址。

话说玉姜和几个姐妹一直向东逃去，一路上历尽艰辛。一起逃命的姐妹，有的独自一人离开了，有的病死了。渐渐地，只剩下她和老太监两人。他们一男一女，一老一少，形影不离，朝隐夕奔，花光了身上的钱，就靠弹琴度日，用琴声乞求一点儿汤食，晚上就在破窑古庙里栖身。

　　这一天，他们逃到守秦境内（即今华阴县），忽然听到身后马蹄声响，尘土飞扬，原来是追兵来了！他们走了一天，早就饥肠辘辘，腰酸腿痛，正想找个地方休息，可是到了这个时候，哪里还顾得上休息，连忙慌慌张张地逃命，一扭身拐进了华山峪谷。那时，华山还不是现在这个样子，是个荒山野岭，山径崎岖、危石累累、人迹罕至。他们好不容易跑到莎萝坪，不料峻岭当前，再也无法走了。眼看上天无路、入地无门，将要落入虎口，玉姜姑娘不免心里难过，想到自己的命运如此凄惨，就"哇"的一声哭了。她边哭边喊："天上的神灵呀，你可怜可怜我这个没爹没娘、走投无路的女孩儿吧，让我逃过这一劫难吧！"

　　这时奇怪的事情发生了，天空中出现了一片彩云，一位衣着华丽的老母站在云头，身旁有一对金童玉女陪伴。老母把手中的如意拐杖一伸，说："玉姜姑娘，你命不该绝，我是来救你的！你还不快跑啊！"玉姜擦干眼泪，抬眼望去，只发现一条平展展的山林小径伸展在眼前。她顾不得多想，忙搀扶着老太监，三步并两步地向前奔去。不一会儿，追兵赶到了，那条小路已经消失了，眼前仍是一座刀削斧砍的峻岭。追兵觉得好生奇怪，寻来寻去没有发现二人的踪迹，只好怏怏地离开了。

　　原来，站立云头拯救玉姜的正是瑶池王母。王母娘娘那日路过华山，她刚想看一看这"天下第一奇险"的华山，谁知耳畔传来了玉姜的呼救声。慈悲为怀的王母娘娘怎能见死不救呢，于是，她就助了玉姜"一拐杖"。

再说玉姜搀扶老太监跑进了一个石洞。老太监年岁已大，这一路上又饿又累，奔波劳顿，连惊带吓的，就一病不起了。玉姜虽然精心照料，却还是无济于事。不久，他就离开了人间。玉姜把老人埋葬了，跪在坟前抚了一阵琴，算是感激老人救命之恩。传说现在毛女峰上的"张夫洞"就是那位老太监住过的地方。冬去春归，寒来暑往，过了好多好多年。玉姜自从进山以后，饥了就采点儿松子、野果，挖点儿人参、黄精，渴了就饮瓢泉水。她每日穿林爬山，攀石跃涧，不知熬过了多少岁月。

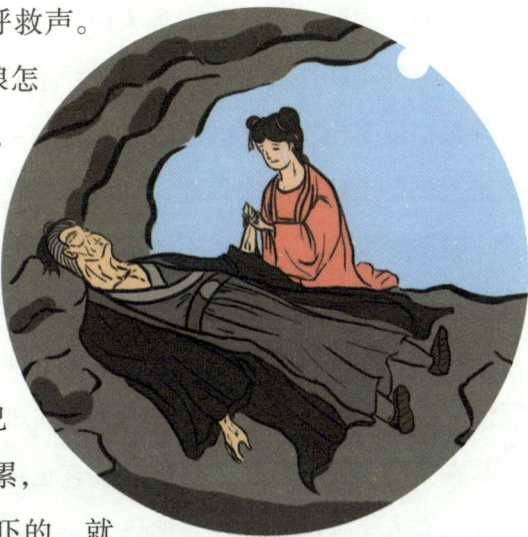

这一天，炼丹道人陶宏景上山采药，猛听得前边"喀嚓"一声响，他抬头一看，吓了一跳。只见一个浑身上下长满绿毛，面色漆黑、目光逼人的怪物正在攀折树枝。这可把他吓得不轻，他不由得把手中的拐杖扔了出去。这时，那怪物发现了他，连

忙跳下树来想要逃走。陶宏景大声问道："休要逃走，你是人还是妖怪？"那怪物闻听转过身来仔细看了看陶宏景，见他慈眉善目，没有伤害自己的意思，方才痛哭失声地说："是人，我是人！"还反问陶宏景道，"秦始皇还在人世不在？"陶宏景一时被弄糊涂了，竟然不知道该如何回答，只好随口应道："还在。"怪人一听，拔腿就跑。陶宏景见此情景，连忙改口说："不要跑，不要跑，秦朝早就灭亡了，现在是大汉的天下！"那怪人听了这话，松了一口气，才收住脚步，回过头来。

陶宏景见那怪人停住了脚步，连忙追问道："你既是人，为什么变成了这副模样？"那怪人这才痛哭流涕地述说了自己不幸的遭遇。陶宏景又问道："从秦朝到现在，已经二百多年了，你在这深山老林里住了这么久，为什么还没有得道成仙？"那人回答说："只是因为没有神仙指点，没有办法成仙，所以仍然留在人世。"陶宏景说："你只要早晚虔诚朝拜北斗，终会有成仙的一天。"

打那以后，玉姜每日早晚朝拜北斗，又不知过了多少年，终于飞升而去。此后，人们把玉姜住过的山峰叫"毛女峰"，把她住过的洞叫"毛女洞"，把她朝拜北斗的地方叫"拜斗坪"。后来，华山有路了，朝拜进香的人越来越多了，人们就在峰下修了一座"毛女峰下院"，并塑了一个端庄秀丽的像来纪念她。

两兄弟除山魔

从前，在哈尼人居住的山上，有一个山魔。它残暴无比，而且又善于变化，那些由豺狼虎豹等修炼成的妖怪全都听它的指挥。

山魔经常变成人的模样，悄悄地溜进寨子里抓小孩儿吃。人们眼看着寨子里的孩子一天天在减少，脸上都罩上了厚厚的愁云。要是没有了孩子，哈尼人就会绝种。于是，大家找来了能与山魔打交道的咪谷去跟山魔说情。同时，答应在每年二月，选一个美丽的姑娘给山魔做新娘，再送上许许多多最好的礼品。山魔答应了人们的请求，但又恶狠狠地说："如果要是延误了日期，违背了诺言，我就要把所有

的哈尼人都咬死。"

就这样，每年哈尼人都要失去一个美丽的姑娘，每年都要传出凄惨的撕心裂肺的哭声。

这一年，轮到寡妇贝娘家送姑娘了。她有三个孩子，老大叫若泽，老二叫若刚，他们都是勇力过人、机智英俊的小伙子，老三叫无双，是个刚满16岁的美丽姑娘。她不但人长得漂亮，而且做得一手好活。从过年那天起，贝娘的泪水就没有停过。

"决不能把阿妹送给山魔！"若泽和若刚对妈妈说，"让我们去和那山魔拼了吧！"说完，他们就操起了磨得雪亮的柴刀。无双见怎么也拦不住哥哥，就跪在地上哀求说："哥哥，别莽撞，你们再勇敢，也抵挡不住山魔那镰刀一样的爪子啊！这样不但救不了我，还会给全寨子带来灾难。还是让阿妹去吧，让阿妹去对付狠心的魔王。"

贝娘忙拦住儿子，声音颤抖地说："儿呀，快放下柴刀，咱们还是仔细地商量出一个好办法吧！"想啊想啊，贝娘突然心头一亮，想出了一条妙计。若泽和若刚听完，高兴得直鼓掌，但无双却担忧地皱起了眉头。贝娘随后又把计谋悄悄地告诉了乡亲们，大家都非常赞同。

到了给山魔送姑娘的日子，咪谷带着两个姑娘，乡亲们抬着供品，背着装满米酒的竹筒，来到山魔住的山洞前。变成了人的山魔一看到两个比花还美丽的姑娘，竟高兴得现出了原形。它巨大的身子把太阳都遮住了，它的眼睛射出两道阴森森的蓝光，就像两道划破夜空的闪电。它高兴得一声怪叫，虎、豹、狼妖马上都跳到了它的身边。

咪谷跪在山魔的面前说："尊敬的神，今年特意为您送来两位姑娘和丰盛的礼品，还有49筒香甜的米酒，请神笑纳，望神赐福给我们。"山魔听完，慢慢地又变成了一个文静的年轻人，它说："你们不要害怕，只要以后每年都照今年这样，我保证你们哈尼人无灾无难。"

乡亲们把供品、米酒和两个姑娘留下，便在咪谷的带领下离开了山洞。但他们并没有走远，而是躲在草丛中，看两个姑娘给山魔敬酒。

山魔非常高兴，喝了一筒又一筒的酒，其他的妖怪也都大吃大喝起来。山魔非常高兴，它一连喝了六六三十六筒酒，醉得东倒西歪。于是，它丢开酒筒，双手把两个姑娘搂住，对她们说："美人，往年人们送来的姑娘都没有你们漂亮，我就

都把她们吃掉了。现在我要把你们永远留在身边，让你们为我生几个儿子。"

两个姑娘忙说："大王，从现在起，我们就是你的媳妇了，我们要给大王生儿育女，做大王最温顺的妻子，只是不知道大王有哪些忌讳，生怕无意中触犯了，惹大王生气。"

山魔听了哈哈大笑。一旁的虎妖听了，赶紧讨好地说："大王最忌的，就是动它心窝上的那根白毛。那是大王神力的来源。"

山魔一听虎妖说出了它的秘密，酒被吓醒了一半，刚要发火，两位姑娘忙说："大王，不必和它计较了，天不早了，我们该去休息了。"两位姑娘的美色和柔情立刻使山魔消了气。

两位姑娘把山魔扶进山洞，让它仰面躺在床上。这时，它心窝上那根银闪闪的白毛便露了出来。两位姑娘趁着山魔伸出手来打哈欠的时候，猛地拔掉了那根白毛。山魔"呀"的一声惊叫，急忙坐了起来，随后又重重地倒在了床上。两位姑娘就势跳到地上，刷地从腰间抽出明晃晃的尖刀，把刀子刺进了山魔的两只眼睛。山魔疼得一声怪叫，震得山洞里乱石横飞。两位姑娘毫不畏惧，拔出带血的尖刀，又向山魔的胸膛刺去。山魔伸出两手乱抓乱挠，最后在绝望中死去了。

藏起来的乡亲们，听到山魔的叫声，一齐冲进山洞，把那些妖怪也都杀死了。原来，两位姑娘是机智勇敢的若泽和若刚假扮的。

祭天王

在很久很久以前，天上、人间和地狱都是可以通婚的。那时候，在一个小寨子中有一口水井，通到地下的十二层龙宫。

一天，勤劳的男青年六六到井边洗菜时，发现水里有一只大白虾。六六很是喜欢，便把它带回家里，放在水缸中养着。这天夜里，他做了一个奇怪的梦，梦见天上的月神婆婆飞到了人间，来寻找她失落的月亮公主。

第二天，他干活时老是心神不宁，就提前回家。他刚一推开门，就看到一位美丽的姑娘正在帮他做饭。姑娘见到六六，又惊又喜，低下头羞红了脸。

六六走上前去，对姑

娘说："我不是在做梦吧？美丽的姑娘，你是……"

姑娘忙说："昨晚你不是在梦中听说我的母亲要来找我吗？"

"啊，那你就是那位月亮公主了？"六六惊喜万分地说。

原来，这位美丽的姑娘就是月神的第六个女儿，她变成一只大白虾去拜望她的外公龙王时路过人间，看到六六朴实勤劳，便爱上了他，决定留在人间与他一起生活。

后来，他们结婚了，和和美美地生活着。一年以后，月亮公主生下了一个胖儿子。这孩子出生后三天就会喊妈妈，七天会走路，到了第十天就能满山遍野地放牛了。这孩子聪明过人，而且十分勇敢，左邻右舍的乡亲们都十分喜欢他，便给他取了个名字叫"天王"。

国王知道了民间有这样一位美丽的月亮公主，就把她抢走了。临别时，月亮公主对儿子天王说："儿啊，你和你爹不要难过，以后有什么困难，就到月亮上去找我！只要你为人正直，将来必定会有人为你指路的。"

六六回来后得知妻子被国王抢去了，非常难过。他对儿子说："儿呀，我要去找那混账的国王算账，就是上天入地也要给你把妈妈找回来。"说完，六六便出门去了。

一天，他走到河边，遇到一位白发苍苍的老人。六六问老人："老公公，你看见我的妻子月亮公主从这里走过吗？"

老人说："我不认识你的妻子，却见过几个人推着一位女子走到河边，她弯下腰捧水喝，喷出一道彩虹，骑上彩虹飞走了。"

六六马上急切地说："啊，那就是我的妻子啊！"

老人又说："她留了根飘带在河边。你若能找到，也能够上天去哩。"

六六来到河边，果然找到了那根飘带，那飘带便带着六六飘到了天上，飘到了月亮公主的身边。

爹妈都走了以后，家里只剩下了年幼的天王。天王是个聪明的孩子，他会种田，他种的庄稼长得比谁家的都好。这时，寨里有个土官，想霸占天王的收成，趁天王到井边打水时，派人把他推下井底去了。

没过几天，有人看见天王在池塘里洗澡。土官又派人去把天王捆在虎狼湾的一块大石头上，想让老虎把他吃掉。

过了几天，又有人看见天王在帮着别人种田呢。土官又

派人把他绑在路边的一棵大杉树上。

天王对土官的手下说："你们捆我有什么用呢？你们要是救了我，将来我到天上去，就叫蝗虫下来吃恶人的庄稼，咬恶人的衣服。你们在自己的田里打一个记号，我就不叫蝗虫去吃；你们把衣服拿出来晒到院子里，我就不叫蛀虫去咬了。"

这些人就把天王给放了。天王立刻化成了一股青烟，升到天空中去了。在他升天的地方，出现了一尊巨人石像。人们都说，那就是天王的化身。

天王到了天上，把这些事情告诉了妈妈。月亮公主非常生气。她是管六月雨的，所以每年六月，不是暴雨，就是干旱，虫灾也越来越多，庄稼一天天地枯萎起来。

这时，大家想起了天王临升天时说的话，就赶忙出钱买来了一头猪，在天王石旁边杀猪祭天王。果然，灾难全没有了。

后来，许多村寨的人都在天王升天的这一天———六月六，到天王石这里来举行祭祀活动，消灾灭难。家家户户都把衣服晾出来，不让蛀虫咬。

马头琴的故事

很早以前，草原上有一个小牧童苏歌。苏歌是个孤儿，与老奶奶只靠着二十几只羊过日子。当他到 17 岁时，就已完全是一个大人的模样了。他不仅非常勤劳勇敢，而且还有着非凡的歌唱天赋，住在附近的牧民们都十分喜欢听他唱歌。

有一天，天已经黑了，苏歌还没有回家。老奶奶心里十分着急，邻近的牧民也跟着着了慌。这时，苏歌抱着一个毛茸茸的小东西走进蒙古包来，笑嘻嘻地对大家说："我在回来的路上，碰到了这个小家伙，躺在地上直踢蹬。它的妈妈不知跑到哪里去了，我怕天黑时它被狼吃掉，就把它抱回来啦。"

日子一天天过去了，小马驹在苏歌的精心照料下，慢慢长大

了。它浑身雪白，又健壮又漂亮，谁见了都夸它是一匹好马。
一天夜里，苏歌被一阵急促的马叫声惊醒，急忙跑出门一看，
只见小白马正奋力拦一只大灰狼呢。苏歌挥动套马杆，赶走了
大灰狼，一看小白马浑身大汗淋淋的，知道它与大灰狼已经争
斗很久了。

苏歌非常疼爱地用手拍拍小白马的脖子，像对亲人一样
对它说："小白马，我亲爱的好伙伴，多亏你呀！要不然，羊
就被大灰狼叼走了。"

几年后的一个春天，草原上的一个王爷要举行盛大的赛
马大会，来为女儿选一个勇敢、英俊、年轻的骑手做丈夫。

这个消息一传出，草原上的骑手们立即就行动起来了，
谁都想成为大会的英雄。苏歌的朋友们也鼓励他说："应该骑
着你的白马去参加比赛。"于是，苏歌便牵着他心爱的马出发
了。他决心在比赛中跑出第一名。

比赛在人们的欢呼声中开始了，许许多多强悍的好骑手，
扬起了手中的皮鞭，催动自己的马飞奔向前。苏歌虽然不及那
些骑手们强悍，但却透出浑身的英武。他骑着自己心爱的白马，
一开始就跑在最前面，最后，苏歌第一个到达了终点。

这时，看台上的王爷下令："让骑白马的小伙子到台上来。"
等苏歌来到台上，王爷一看他既不是王公的公子，也不是牧主
的儿子，而只是个穷牧民，就立刻变了卦。他只字不提招亲的

事，却无理地对苏歌说："你夺得了第一名，我给你三个大元宝，你把你的马留下，赶快回你的蒙古包去吧！"

"我是来赛马的，不是来卖马的。我不要你的什么元宝。"苏歌一听王爷的话，马上十分生气地说。他暗暗地想，你就是给我多少钱财，我也不能卖我的白马。

王爷一看这穷牧民竟敢顶撞他，便命打手们用皮鞭朝苏歌打去。苏歌被打得遍体鳞伤，不一会儿就昏死了过去。王爷夺走了白马，威风凛凛地回王府去了。

乡亲们把苏歌救回了家，在老奶奶的细心照料下，休养了十几天，身体才渐渐地恢复过来。一天晚上，苏歌正要入睡，忽然听见门响了，问了一句却没有人回答，门还是咣当咣当直响。老奶奶开门一看，不禁大叫起来："啊，是白马！"

苏歌马上跑了出来。他一看，果真是白马，但它身上却中了七八支箭。白马由于伤势过重，第二天便死去了。

原来，王爷得到了白马，想

31

骑上去显示一下，不想却被白马一个蹶子给掀了下来。白马飞奔而去，王爷便命人放箭。白马虽然中了好几箭，但它还是跑回了家，终于死在它亲爱的主人面前。

　　白马的死，给苏歌带来了极大的悲痛，他几夜都难以入眠。这一天，他实在太困了，便睡着了。在梦中，他看到白马活了，轻轻地对苏歌说："主人，你若想让我永远不离开你，那你就用我身上的筋骨做一只琴吧！"于是，苏歌就用白马的筋和骨做了一只琴。从此，马头琴就成了草原上牧民的安慰。

苗族的吃新节

传说很久以前，苗族人住的地方没有谷种，只有天上的雷公掌管的谷子国里才有谷种。而苗族人只好在深山老林里打野兽，猎飞禽，摘野果，挖蕨根充饥，生活过得很艰苦。

为了能够讨到谷种，苗家的老祖先高老用了九千九百九十九种最珍贵的飞禽走兽与谷子国的雷公换来了九石九斗九升谷种，存放在他们建起来的最牢固的仓库里，想等到春风送暖、栀子花开的时候好去播种。

可是，苗家人万万也没有想到，一天晚上，一个神仙一不小心把天灯碰倒了。天灯滚落下来，恰恰落在存放谷种的仓库上。仓库顿时被烧着了，刚好又刮起了大风，火借风威，风助火势，大火根本无法扑灭。就这样，谷种烧没了。

谷种没有了，明年可怎么办呢？高老只好三番五次

33

地到谷子国去交涉，愿意再出九千九百九十九种珍禽宝兽换回谷种。但是，不通情理的雷公死活也不答应。

高老回到苗寨，坐在竹楼上，他想啊想啊，动了九天九夜的脑筋，想出了九十九条计策。最后选择了一个最好的法子，那就是等谷子成熟的时候，派一条狗到天上的田中打上九个滚儿，然后赶紧往回跑，那样谷子就会粘到狗身上，就能把谷种带回到人间来了。

农历七月十三这一天，高老把自己选出的那条整装待发的狗叫到面前，向狗作了非常详细的交代。狗听了高老的交代，就飞快地向天上赶去了。

到了谷子国，狗跑到田中打了九个滚就往回跑。可是，它还是被雷公看到了。雷公便派出九九八十一名武士守在天桥的桥头。

狗刚刚跑上天桥，便被武士们打下了天河。武士们以为狗掉进天河肯定活不成了，于是，就乐呵呵地回去向雷公报功领赏去了。

可是，世事难料有奇巧，那只狗落入天河以后，急中生智，赶紧把尾巴翘出水面，坚持游过了天河，终于回到了人间。在它的尾巴上，粘回了九粒金黄金黄的谷

种。高老高兴极了，决定把原先准备拿去换谷种的珍禽宝兽全都给这只狗吃了，以示酬谢。从此，狗就学会吃各种禽兽的肉了。

春天来了，栀子花开了，高老在田里播下了谷种。他精心地照管着田地，那只狗也日日夜夜地守护在田边。它不准麻雀、耗子、兽类靠近田边。

果然，到了六月六，谷尖上结出了一串串狗尾巴似的谷子穗穗。不久，谷穗慢慢变得金灿灿、黄澄澄、鼓胀胀的了。

七月十三日这一天，也就是取得谷种的大喜日子，高老高兴得手舞足蹈。一大早，他就从田中采摘来九株稻禾的谷粒。他留出一部分做来年的谷种，剩下的剥去谷粒的壳，用一半煮成香喷喷的米饭，另一半酿成香甜甜的米酒。

高老想，今天能收获谷米，是狗立下了头一功，应该首先让狗尝尝这劳动的收获。于是，他便盛出了三大碗香喷喷的米饭让狗吃，然后人们才吃。

从此以后，人间处处都有了谷种，人人都吃了香喷喷的米饭。

于是，每年农历七月中旬前后，当谷子即将成熟的时候，苗族人民便要欢度"吃新节"，并且总是先给狗吃。又因谷种是被狗尾巴粘回来的，所以谷穗就非常像狗的尾巴。而且，狗也留下了一个习惯，就是每当它落水的时候，总是把尾巴翘着，因为它时刻都惦记着保护谷种呢！

恩姑望郎

很久很久以前，天台山原是光秃秃的悬崖，险峻陡峭，滴水不存，寸草不生。在山顶有个云雾缭绕的仙洞，传说中西王母用云雾把它封锁住，每三千年才命仙子打开洞门一次，把芬芳的云雾和瑶池仙水放到下界来，这样天台山顶才慢慢长出青翠碧绿、沁人心脾的云雾仙茶。等到仙茶成熟后，西王母命众仙女把它全部收拾到天上。天仙们全靠整天喝着云雾香茶，清心凉肺，悠然自得，长生不老。这一年，天台山下发生了旱灾，地里的庄稼都干死了，井也枯死了，百姓们食不果腹，更可怜的是连水也没得喝，日子过得极为凄惨。山下有个秀溪村，男女老少大都得了一种奇怪的病：咳嗽不停，胸口郁闷。村里有个最美丽的姑娘名叫秀姑，刚刚结婚三个月，也

染了这种病，吃不了饭也喝不进水，躺在床上，奄奄一息。秀姑的丈夫名叫黄经，是个诚实善良的小伙子。他眼看着妻子病得起不来床，可是家中一贫如洗，连医生也请不起，只有每天坐在秀姑床边流泪，长吁短叹，一筹莫展。

这一天，黄经正在唉声叹气，忽然听见门外传来清脆的铃声，知道这是有摇铃的江湖郎中经过。他连鞋也顾不得穿，就匆匆跑出门外。门外正有一个白胡子老道，背着一个大大的药葫芦，一手拄着拐杖，一手摇着串铃，慢悠悠地走着。黄经忙拉住他说："老先生，快到我家里来吧，我妻子得了怪病，快要不行了，你一定要救她啊！"

老道跟着他来到家里，坐在秀姑床前，为她把了把脉，然后摇了摇头说："姑娘肺热胸闷，已成慢痨。据贫道所知，前后三村，害这种病的很多。贫道实在没有办法，惭愧惭愧！"说罢，起身告辞。

黄经拉住老道哭着说："老神仙，你行行好，一定想个办法救活咱秀姑，也救活咱全村穷人的命呀！"

老道说："要治好这种病也不是没有办法，需要连喝三个月的仙茶！"

黄经说："这仙茶到哪儿弄啊？"

老道说："难就难在这啊，仙茶的根儿长在天台山，只要找到天台山顶的云雾仙洞，打开洞门，放出香雾和仙水，山

顶就会长出仙茶来。可是，要找云雾仙洞，得翻过九座高山，趟过九条深涧，攀登千丈岩壁，这么难的事情，凡人怎么能办得到呢？"

黄经说："我一定能办到，为了医好秀姑和全村人的病，别说是找云雾洞了，就是让我上刀山下火海，那又有什么难的？"

老道闻听此言，乐开了花，说："小伙子，你真是一个勇敢的人。既然你有这么大的决心，那贫道就助你一臂之力，把这根拐杖送给你吧！你带上它，就会找到云雾仙洞。找到之后，用这把拐杖轻轻一叩，洞门就会打开的。"

黄经大喜，接过仙杖。老道便起身告辞。黄经说："老神仙请留高姓大名！"

老道笑眯眯地捋了捋胡须，说："我叫葛玄。"话音一落，就来了一阵风，把老人带到天上去了。

黄经大吃一惊，因为他听村里的老年人说过：葛玄就是传说中的葛仙翁。这个葛仙翁，原来住在天台山顶云雾洞，负责给西王母栽种仙茶。他见西王母总是把仙茶都收拾到天上去，一点儿都不肯施舍给凡间的百姓，就跟她吵了嘴，西王母一怒之下便把他贬下了凡间。黄经忙跪在地上，冲着天空磕了三个头。

这个消息像长了腿一样，传得飞快。不久后，前后三村病人的家属都来求黄经说："黄经呀，你快带着仙杖上路吧，盼望你能早日找到仙洞，放出香雾和仙水，培育出仙茶，治好大伙的病哪！秀姑妹病着，就交给我们照看吧！"

秀姑躺在病床上，有气无力地说："黄郎，为了治好这么多兄弟姐妹的病，你就快去找找云雾洞吧！"

黄经突然间觉得自己责任重大，于是点点头，再三嘱咐秀姑要保重身体，含着泪对大家说："乡亲们，秀姑我就交给你们了，一定要替我照看好她。我这就上路，去寻找云雾洞。"说罢，便带着仙杖和干粮上天台山去了。

说也奇怪，这把仙杖在黄经肩上，竟会射出万丈金光来，给他引路。在金光的指引下，他翻过九座高山，蹚过九条深涧，走了三天三夜，来到一座百丈高的峭壁下。杖头的金光，突然射向峭壁的顶峰。黄经知道：云雾仙洞就在上面。

这时，他已经走得腰酸腿疼，干粮早就吃完了，肚子又饿，又没有力气，实在动弹不得。但是，他一想起乡亲们的嘱托和

秀姑的病痛，就觉得有一股无形的力量在牵引着他。于是，他振作起精神，攀着崖壁上的小树，喘着气，一步一步往上爬，终于爬上了崖顶。

这时，杖头的金光直指着一块巨门般的岩石。黄经用仙杖往岩上轻轻一叩，岩门"呀"的一声开了。黄经向洞内一看，哈，洞里漆黑一片。顺着仙杖的光，黄经走进洞里，他抬头望了望洞顶，想起葛仙翁的话，用杖头用力往洞顶一戳，顿时，一股清澈的仙水从洞顶倾泻而出。黄经感到口渴，便"咕咚咕咚"喝了一肚子仙水，顿时觉得清凉甘甜，肚子里说不出的舒服，一舒气，口中就像喷出一股香精，飞出洞外，变成缕缕香雾，弥漫开来，久久不散。仙水也汩汩地流出了洞外，洞口慢慢长出一片绿芽，黄经知道自己引出了仙水，兴奋不已。

再说秀姑躺在床上，日日从窗口往天台山顶望，盼着黄经早点儿引来仙水救乡亲们的命。一天，她看见山顶一个岩洞中忽然喷出云雾，知道黄经已

经找到仙洞了，高兴得几乎从床上坐了起来。这时，乡亲们都欢呼着跑到她的面前祝贺。秀姑想念黄经，再也躺不住了。姐妹们扶着她慢慢走上村边的小山头。她向天台山顶喊着黄经的名字，喊声随风飞上了天台山顶。黄经听了，立刻走出洞外，高兴地对着山下大喊："秀姑妹，乡亲们，我看见你们啦！你们等着采仙茶吧！"

这时，天空中出现了一团紫色的云雾。原来，西王母带着天兵天将驾云来了。这天，西王母和仙人们正在瑶池边喝云雾仙茶，忽见瑶池水打着旋涡，渐渐浅了，知道瑶池底下在漏水。她大吃一惊，以为出了什么事。她驾起云头往下界看，只见天台山顶香雾缭绕，白云团团，知道是有人偷偷打开云雾仙洞，便连忙率领天兵天将赶来。她在云头大喝道："好小子，你偷开仙洞，触犯天条，该当何罪？"

黄经挺直腰杆，大声说："我放出香雾、仙水，是为了培育仙茶，我培育仙茶，是为了医治百姓的疾病，我做的是造福于民的好事，有什么过错？"

听了黄经的话，西王母气得不轻，一声令下，天兵天将一齐杀向云雾洞口。黄经挺起胸膛，面无惧色，手拿仙杖准备迎战。葛仙翁聪明无比，早就料到会有这场恶斗，预先在仙杖上念了十万禁咒，因此这仙杖有着无边的法力。天兵天将一个个被打得头破血流，谁也不敢再和黄经争斗了。

　　见天兵天将败下阵来，西王母知道势头不对。一计不成，她又生一计，转身对站在秀溪村边山头上发愣的秀姑说："秀姑啊，叫你的丈夫马上离开，我送你一把仙茶，你喝了之后一定康复。如果他不回去，我马上就杀了你。"

　　秀姑恨透了西王母霸占仙茶，又惦念着前后三村兄弟姐妹的疾病。她愤愤地回答说："西王母，你们光图自己长生不死，抢去云雾仙茶，完全不顾人间死活，是何道理？"她愈说愈气愤，朝天台山顶高喊道："黄郎，黄郎，为了医治千百个兄弟姐妹的疾病，你要记住我的话：坚守洞门，放完瑶池的仙水，喷出芬芳的云雾，赶快培育出仙茶来啊！"

　　见秀姑不但不听自己的话，反而起劲地鼓励黄经，西王母怒从中来，伸手一指，只见空中闪下一道金光，仿佛闪电一样向秀姑劈去。秀姑来不及说话就痛苦地死去了，转眼变成一块酷似病妇的岩石，仰望着黄经。

　　听到秀姑的姐妹们放声大

哭，黄经远远望去，知道王母害死了他的妻子，更哭得死去活来。半晌，他擦干眼泪，说："秀姑秀姑，我一定牢记你的嘱咐，培育出云雾仙茶，治好乡亲们的病！"

黄经回到洞中，用仙杖猛捅洞顶。刹那间，滚滚香雾涌出，哗哗仙水奔流，洞前的仙茶根儿慢慢破土而出，没过几天便长出一片青翠的云雾仙茶。黄经终于成功了！

山下的百姓高兴极了，纷纷上山采摘仙茶，煎给病人喝，病人喝了仙茶，清心凉肺，慢慢地病都好了。

喝了仙水后，黄经成了仙。为了防止西王母再来封闭云雾洞和盗窃仙茶，他没有回家，一直守在洞口，至今洞口的岩纹上仍可以看出他手执仙杖站立着的身影。

从此，天台山顶的云雾仙茶一年生长一次，长势旺盛，年年不断。从那以后，山民们天天喝着仙茶，过着幸福的日子，小孩子们喝了，一个个身强体健；姑娘们喝了，肤如白脂，貌美如花；小伙子喝了，英俊潇洒，体壮如山；老人们喝了，鹤发童颜，百病不生。人们怀念黄经和秀姑，称天台山顶的云雾仙洞为"黄经洞"，称秀溪村边的秀姑变成的岩石为"恩姑岩"，也叫"望郎岩"。

袁相根硕天台山奇遇

天台山附近流传着一个民谣：

天台山顶百丈岩，
岩门一幅水珠帘。
帘里阵阵哭喊声，
袁相根硕喊不完。

这个民谣是什么意思？又有什么来历呢？

相传天台山顶有一块百丈高的大岩石，岩石上不停有水珠滴下，好像一副亮晶晶的帘子。大家都说这水珠帘上流不完的亮晶晶的水珠，是龙姐、姝芳的泪珠。龙姐和姝芳是西王母的两个侍女。很久很久以前，西王母就住在百丈岩前的高山上，龙姐和姝芳专门替西王母汲水烧茶。王母脾气暴躁，她们伺候稍有不周，就会遭到责骂，甚至拳打脚踢。

这一天，龙姐和姝芳给西王母烧好茶，龙姐手提铜壶，姝芳捧起玉盘，走出山洞，踩上祥云，送茶给西王母喝。这时，忽听远处传来吆喝声，她们好奇得很，按低云头，向下望去。只见前面山崖上，一只凶恶的老虎被猎人用箭射中。可是，老虎皮糙肉厚，虽然中箭，却还是拼命奔跑，后边有两个猎人在紧紧追赶。老虎跑过三重崖，猎人追过三重崖；老虎跳过三道涧，猎人追过三道涧，一直追到高高的石梁桥边。老虎为了逃命，猛地冲过石梁桥。跑近石梁桥边的那个猎人一看，急啦，忙问后边的那个："袁相哥，这是石梁桥啊，过不过去？"

袁相大声叫道："根硕弟，我们一定要追上它，为民除害，再说它已经受伤了，快跑不动了，我们可不能前功尽弃啊！"

于是，两人一前一后，急忙追上高高的石梁桥。可是，这石梁桥横跨在两山中间，桥下是湍急的流水，水流飞快，时不时发出阵阵雷鸣般的声音，让人望而生畏。而且桥面只有一尺宽，长满了光滑的苔藓，不要说在上面走了，胆子小的人望一望桥底，都会吓得晕过去。根硕小心翼翼地走到桥中心，不料踩着

湿漉漉苔藓，只听"哎哟"一声，一个筋斗栽下桥去了。袁相急出一身冷汗来，忙伸手去拉。可是，根硕太重，袁相脚下又太滑，不但没拉住根硕，自己也"哎哟"一声，跟着栽下去了。站在洞口的龙姐见了，可吓了一大跳，她手一松，铜壶"啪啦啦"地掉在地上，壶底都砸了一个洞；姝芳见着，也惊得两腿一抖，手中的玉盘"啪啦啦"掉在地上，砸得粉碎。姐妹俩急忙一登祥云，"呼呼呼"飞到石梁桥上。说时迟，那时快，龙姐接住袁相，姝芳接住根硕，把他们抱进百丈岩洞里。

过了很长时间，袁相和根硕还是没有苏醒，他们紧闭着眼睛，脸色惨白。姝芳惦记着根硕，着急地说："龙姐，龙姐！根硕哥脸色昏暗，一点儿血色都没有，是不是吓掉魂了？"

龙姐也着急道："哎呀，袁相哥的心脏扑通扑通跳得太急，这样下去一会儿就会丧命的。"

姐妹俩没有办法，现在又没有时间回去找仙药，想来想去，决定用自己的唾液去喂两个猎人。要知道，仙人的唾液可是琼浆玉液啊，凡人一喝下去，都能够起死回生。渐渐地，两个人的脸色由白转红，手脚也渐渐地会动了。又过了一会儿，他俩睁开眼，坐了起来。可是，眼前的景象让他们惊呆了，两个人本以为自己死掉了，谁知道不但没有死，眼前竟然还出现了两个花一样的姑娘。

"这是什么地方啊？我怎么到这里来了？"根硕揉着头，一脸困惑地问。

"是啊，我们本来是在追老虎呢！老虎逃到哪儿去了？"袁相也疑惑不解。

见他们两个终于醒了，姐妹二人长出了一口气，说："这下可好了！你们终于活过来了，快去追老虎吧！"两个猎人一听，更是诧异。于是，龙姐、姝芳把事情的来龙去脉讲给了他们。两人知道遇见了救星，对姐妹二人千恩万谢。

救活了猎人，龙姐和姝芳松了一口气，这才想起来，自己摔坏了王母的铜壶和玉盘。她们来到洞外，望着破了的铜壶和玉盘，抽咽着说："我俩砸碎了西王母的铜壶玉盘，惹了大祸啦！"说着，龙姐和姝芳都急哭了。

两个猎人见是这样，也顿足叹息，心里又急又愧，又没有办法帮助她们，便掏出布巾给她俩擦泪珠。再说西王母在洞府里左等右等，始终不见龙姐、姝芳送茶来，走出洞外一瞧，却发现，这两个丫头不但不干活，却在洞口和凡间猎人说长道短。再一瞧，那把铜壶跌漏了，玉盘砸碎了，急得她两脚直跺，怒气冲天，于是唤来了风神，叫道："风神，风神，把这两个臭猎人给我赶走！"

风神口中"呼啦啦"吹出一阵风，顿时天昏地暗，日月无光。两个猎人被卷过山崖，飘下深涧里去了。龙姐、姝芳被大风卷进百丈岩洞里，只听见深涧下一阵阵哭喊道："龙姐呀，姝芳呀，救命啊，救命啊！"

这时岩洞里也传出了一阵阵哭喊声音："袁相哥呀，根硕哥呀，你在哪里呀，你在哪里呀？"

西王母听见这些叫喊声，怒不可遏，鼻子都要气歪了，心想两个丫头竟然对凡间的人这样惦记，又唤来了雷神，喝道："雷神，雷神！快把岩门关上！将这两个丫头永远关在石洞里！"

雷神举起雷槌"轰隆隆"猛地挥敲，岩门关闭了，只留下两道岩缝，给她俩透透气。龙姐、姝芳对着岩缝哭呀喊呀，哭喊声飞遍了山谷。

西王母又唤来水神，喝道："水神，水

神，快在百丈岩岩门上挂一道水珠帘，不许她俩从岩缝中看到凡间！"

水神一挥手，"哗啦啦"岩门上飞下一道珠光闪闪的水珠帘，飘飘悠悠，永远遮住了龙姐、姝芳，使她俩再也看不到人间的一切了。只听见水声夹着她俩的哭喊声音：

"袁相哥呀，你在哪里……"

"根硕哥呀，你在哪里……"

直到今天，离水珠帘不远的地方，有一块圆形的岩石，好像铜壶一样盛着水，岩底漏着水，传说这就是龙姐那把跌漏的铜壶，因此叫"铜壶滴漏"。"铜壶滴漏"对面有一大片细碎的岩石，也就是姝芳摔碎的玉盘，因而叫"碎盘岩"。水珠帘边村子里的老一辈人，至今还传说着这个故事，痛恨西王母把龙姐和姝芳锁起来呢！

母子情

传说在许多年以前，东海的一个海岛上，常年战乱不断，民不聊生，恶人横行霸道，百姓苦不堪言，社会风气大乱，直弄得人心不正，世风日下。渐渐地，这件事情被玉帝知道了，于是降旨，派八仙之一的吕洞宾下凡，仔细打探真相，然后回来禀报。

吕洞宾接旨后，扮成一个背弓腰曲、银须白发的老翁，来到岛上开了一家油店。他在店门前悬起一块大招牌，上写四个大字："如海油店"。大门上还张贴对联一副，红纸黑字，写得分明——进门买油随君灌，解囊付钱任尔愿。

这个消息很快传遍了整个小岛。没几天，整个岛上远近人家，都提瓶拿罐，背甏担桶，

纷至沓来，油店门前一时间排起了长龙一样的队伍。大家互相拥挤着，谁也不让着谁，争先恐后地把油罐得满满的，只有那么几个人拿出些零星铜钱，其余都分文不给。老翁看在眼里，记在心上，不禁感慨万千，心想这世间果然贪心之人众多，清白的人有几个？但他压住了怒气，并不声张，只是微笑着站在门口，静静地看着百姓拥挤抢夺。

一天，一个身穿破旧衣裳的十二三岁的男孩，右手拿着一只缺口的碗，左手拿着五个铜钱，来到了店里。他先把铜钱一个一个地放在柜上，然后盛了值五个铜钱的油就走出店堂。老翁看到这孩子的一举一动，颇为感动，急忙拉住他和气地问道："小哥，你怎么只盛这一点点油啊？"

"我只拿出五个铜钱，所以只能盛这些。"小孩回答说。

老翁见他虽然年纪小，道德却如此高尚，侃侃而谈，颇有道理，即试探道："你还不知道吧？这家油店的油随你盛、随你灌，付不付钱随你便，你为什么不多盛点儿去？"

"很小的时候，我娘就教育我，做人要行得正、走得端。我们虽然穷，但志气不能短。一个钱只能换一个钱的货，占便宜的事情，我们不能做。"小孩挺起胸膛，大声回答。

老翁心中大喜，却不露声色，只是捻着胡须，微微一笑，心中暗暗钦佩，似有所悟地问道："孩子，你家住在哪里啊？你叫什么名字？家里都有些什么人呢？"

　　小孩子老老实实地回答："我叫葛洪，家就住在村庄尽头的小屋里，我们家里只有我和老娘，娘是给人家帮佣的。"

　　老翁听了，连连点头。他走近小孩身旁，蹲下身来，低声说道："小哥啊，你可知道，不久这里就要发生大劫难。以后你若看到街后大石坟前的两只石狮子的眼睛出血，就立即背上你娘向西逃奔，切记切记！"

　　葛洪听了，将信将疑，但看到老翁的诚恳神态，也就记在心上，回家去了。

　　第二天，这家油店就歇业了，老翁也不知去向。

　　葛洪回到家里，把老翁说的话，告诉了娘。他娘也感到奇怪，就天天叫葛洪去看那两只石狮子。

　　当地有个屠夫，看到葛洪每天在坟前察看石狮子，很觉奇怪。于是，就问他为什么会这样做。葛洪老老实实地把事情的真相告诉了他。

　　屠夫听了，哈哈大笑，不以为然地说："这可真是新鲜，石狮子的眼睛会流血？天下哪有这样的奇事？"边说边走了。就在第二天一早，屠夫故意将猪血抹在石狮子的眼睛上，想取笑和捉弄一下葛洪。不多久，葛洪果然来了，当他走到坟前，不禁"啊"的一声惊叫："不好了，石狮子眼睛果真出血了！"边说边急忙掉转头，直奔回家里背起老娘，拔腿朝西飞奔。

这时，天色突变，乌黑的云团在天空中聚集起来，整个大地一片灰暗，看不到一丝阳光。接下来，电闪雷鸣，狂风呼呼，风夹带着雨水，从天空中倾盆而下，景色甚是吓人。紧接着，阵阵巨响传来，排山倒海，顿时山倾屋倒。葛洪回首张望，吓了一跳，原来所过之处，顿成汪洋大海，汹涌的海浪由东而西滚滚卷来。

这可太吓人了，葛洪背着娘疾步而逃，连头也不敢回了。他顾不得山高路险，荆棘密布，心中只是想快跑快跑，接连奔了两天三夜，累得气喘吁吁，汗流浃背，眼前直冒金星，立刻就要昏死过去了。背后的大水席卷着门窗、笼箱、器具、什物，滚滚而来。他娘见此情景，心惊肉跳，又是害怕又是心疼儿子，不住嘴地说："我的好孩子，你快放下娘自己逃命去吧，你背着娘，跑不快，连累你，娘心里难受。我已经这么大岁数了，活也活够了，你还是独个儿去逃生吧，不要管娘了！"

"娘，你说这样的话，不就是骂儿子不孝吗？不管是死是活，我都要跟你在一起，要我丢下你是万万不能的！我们总

是要在一起的啊！"葛洪嘴上说着，脚下可不敢停步，背着娘向西疾走。不知道走了多少路程，也不知道到了什么地方，迎面见一条峻岭，母子俩疲惫不堪，倒在岭下。说也奇怪，这时乌云四散，雷声转弱，背后的汪洋浪涛也渐趋平静。等到母子俩走上山顶，只见天渐呈清明，阳光普照，风平浪静。母子俩喜道："这里真是定波镇海之处啊。"

葛洪娘俩再往南行，走到灵峰山麓，看到这里山清水秀，云蒸霞蔚，林木苍郁，山花遍野，是一个幽深的好去处。于是，就在山腰搭间茅屋，定居下来。但独在异乡为异客，母子二人举目无亲，家里又空无一物，这日子可怎么能过呢？做娘的犯难了，心里愁得很。

葛洪见娘上火发愁，就安慰她说："娘，你不要着急难过，孩儿已是十多岁的人了，明天开始我就上山打柴卖钱，侍奉母亲，你就不要发愁了。"自此，葛洪母子就以打柴为生。日复一日，都这样过着。话说这年冬天，寒风凛冽，大雪封山，冷得邪乎。满山的柴草都被冻得枯了，可是为着生计，葛洪还是得上山来打柴。他跑遍了大山小沟，却找不到一束可砍的柴草。没有办法，葛洪只得一步一步地往山下走，心里盘算着怎么度过这漫长冬季。走着，走着，竟然看到下面溪坑旁长着一丛芦草，郁郁葱葱，茂茂盛盛，心里不禁一热，立刻奔过去，把它砍下来。不多不少，刚够一担，于是就喜滋滋地挑回家来。第二天，葛洪上山路过那里，不觉呆了：只见这丛昨天被砍得精光的芦草，今天又长得如昨天一样的郁郁葱葱。于是，葛洪又把它砍了下来，挑回家去。就这样，他天天经过那里，天天砍一担死而复生的芦草挑回家来。

葛洪心里好奇，回去之后把这件事告诉了娘。他娘听了也惊讶不已，给儿子出了个主意："这大概是株奇草，你明天进山，索性把它连根掘来，种到咱家屋前，省得来回奔波，砍起来也容易得多！"葛洪一听，觉得有理，遂点头应允。第二天，他高高兴兴地上山来到这丛芦草前抡起板锄用力地掏呀、掘呀。一会儿工夫，只听"嗲"地一声响，被掘的土坑里冲出白光一道。葛洪吓了一跳，以为出了什么怪物，走上前去定睛一看，原来土坑正中有一颗晶莹透亮、滚圆溜顺、银光熠熠的明珠，足有鸡蛋那么大。葛洪惊喜不已，小心翼翼地拿起这颗明珠，藏进怀里，跑回家来告诉娘亲。

说起这颗大明珠，来历委实非浅。吕洞宾见葛洪至诚至孝，

决心度他成仙，便向龙王那里要来龙珠一颗，埋于芦苇根下，以赠给他。

葛洪娘见了，知道这是宝贝，高兴得不得了，告诉儿子把这宝贝藏放在破柜里。第二天拉开柜门一看，母子俩惊得眼睛都快掉出来了！碗柜里都是黄澄澄的金子和白花花的银子。于是又把它放到空衣箱里，过一天，满箱子都是绫罗绸缎。把它放在谷仓里，谷满仓；把它放到米缸里，米满缸……葛洪家里骤然富了起来。母子二人虽然高兴，但是仍和过去一样勤勤俭俭过生活，家里的金银财宝、衣衫粮米全部捐济给贫苦的人们。就这样，冬施被，春舍布，病捐药，荒年赈米粥，修桥、铺路、造凉亭，方圆百里，人人传颂，个个敬仰。

可是，没有不透风的墙，这件事很快就传到了当地一个姓傅的老财耳朵里。他听说葛洪家里有颗稀世明珠，什么都能变出来，不禁眼红手痒，就找到官府的贪官，和他商量抢夺明珠，用来发大财。

这一天，傅老财带着打手、差役，拿着刀枪棍棒，如狼如虎，直扑葛洪门前。葛洪不知出了什么事情，走出门外，拱手说道："大家来到这里，想要找我做什么呢？"

傅老财气势汹汹地威吓他说："大胆葛洪，你私通妖人，擅用妖术，聚集百姓，散布歪道，还用妖珠笼络愚民，是不是想造反生事？今天我奉县太爷的命令，让你把妖珠交出来，免你死罪，不然抓你回衙门，你快把珠子拿出来！"

"我的珠子，非偷非抢，乃是上天所赐。我施舍百姓，何错之有？我犯了哪条王法？凭什么要交出来？凭什么治我的罪？"葛洪据理力争。

傅老财闻听此言，知道传言非虚，他家里果然有明珠藏着，不禁喜出望外，吩咐手下道："快给我进去搜！"众打手差役一拥而入，上上下下，里里外外，翻箱倒柜，掀缸揭锅，闹得个鸡飞狗上屋，却不见那珠子的一点儿踪影。傅老财贼眉一皱，贼眼一溜，心想屋里搜不见，莫非那宝珠在他娘俩身上？于是又喝叫打手往葛洪身上搜查。这一下可把

葛洪急坏了，因为前一天，葛洪闻听傅老财串通官府，要来搜抄明珠，所以把它紧紧藏在贴胸的口袋里。现在众打手真要搜身，不由得情急生智，猛地朝山下奔去，边奔边把袋里的那颗宝珠拿出来含在嘴里，以防被夺走。

葛洪心急如焚，脚下跑得急，不禁气喘吁吁，刚想喘口大气，谁知道"咕噜"一声把明珠咽进了肚里。这可不得了，他咽下了宝珠，身子突然长高了起来，脚下仿佛踩了风火轮，跑起来飞快，呼呼作响，把追来的那伙人甩得远远的。但他马上感到浑身燥热，口中渴得似要喷出火来。就跑到小溪边，伏下身大口大口地喝起水来，没几口竟把那条溪水喝得精光。整个身子宛如堕在五里雾中，摇摇晃晃，飘飘荡荡。葛洪难受极了，在地上打了一个滚儿，竟然变成了一条五色金龙，浑身鳞光灿灿，两目闪闪如电，昂首摆尾，掉头往回而飞。那伙人还闹不清是怎么回事，金龙已飞到他们的头上，张开大口，"呼———"地喷出一道水柱来，其白如练，其急如瀑，劈头盖脸地喷得这些恶棍头破血流，折腿断臂。那个贪心的傅老财，被喷得跌下深谷，撞在岩石上，一命呜呼。

葛洪娘也颤巍巍地赶了上来，一见儿子已经化成金龙，斗倒了老财，心中悲喜交加，知道儿子成了神仙，虽然高兴，但一想到儿子再也不能回到自己身边了，不由得悲从中来，呜呜地哭了起来。那条五色金龙从云端里飞舞而下，来到娘的跟前，摇了三次头，摆了三次尾，复又扭转龙头，腾空飞去。葛洪娘连声招手高喊："我的孩子啊，你别走啊，你走了娘可怎么办啊？"金龙听了娘的话，频频回首俯视，大有依依不舍之情。可是不久便一声长啸，朝东海大洋飞腾而去，转眼就不见了。

从此之后，葛洪娘日夜想念爱子，常常来到山冈上眺望呼喊："我儿啊，你在哪里？葛洪啊，你在哪里呀？"这也真是奇怪，每次娘一喊叫，海上就云雾升腾，白浪排空，一条五色金龙跃出水面，矫健如飞地越过金塘江，游至下三山，来与娘遥遥相会。这其间，娘叫几声儿，金龙就点几次头，然后回首入海。

以后，人们就把葛洪娘眺望金龙的那个山冈，取名为"望洋冈"，别称"茅洋冈"。

很多年过去了，葛洪娘也早已过世。然而，他娘儿俩的故事，却永远被传颂。后人为表示崇敬和纪念，在灵峰山建起禅寺，敬奉葛洪为仙，尊称葛仙翁；又在望洋冈上建起瞭望洋庙，敬奉葛洪之母，香火历千百年而不衰……

张三丰

元朝末年修建的金台观，在当时来讲，无论是规模还是名气都是微不足道、鲜有人知的。一直到了明朝洪武年间，一位云游四方的道人来到了这里。这位道人姓张名三丰，因为脾气怪异，大家都称他张三疯子。不论春夏秋冬，也不管是冷还是热，他总穿着一身补丁加补丁的破道士服，外披一件蓑衣，衣衫褴褛，又脏兮兮的不修边幅，所以人们又叫他张邋遢。

有时候，张三疯子闲着无事，愿意给人家打短工。他的脾气怪得很，别人都是白天劳动，晚上休息，他却正好相反，白天睡觉，晚上干活。有一次，他给一家人锄地，主人不放心，天还没亮就去看他，发现他正在大树枝杈上打着呼噜睡觉呢！主人再往地里一看，不禁暗暗惊奇，原来别人要锄好几天的地，他竟然一个晚

上就干完了。主人唤醒他问："这地是谁给你锄的？"他笑着答道："锄地的人都在地头睡觉呢！"主人哪里相信，跑到地头，借着皎洁的月光，眼前的情景让他惊讶不已，原来他发现了十多个纸剪的小人，一个个手中拿着一把纸剪的锄头。主人捡起纸人，跑过来问他："你说的锄地人是不是它们？"他笑着答道："除了它们，哪里还有别人？"主人大吃一惊，下巴差点儿没掉到地上，半晌才说出一句话："你莫非是神仙不成？"

有一天晚上，五六个小伙子在张三疯子这儿闲谈。听一个小伙说，他家原在甘肃平凉，可他长这么大，还没到平凉去过哩！

看着小伙子向往的神色，张三疯子问道："小哥，那么你想不想去平凉看看啊？"

小伙子瞪大眼睛说："当然想去，可是四百多里路啊，哪那么容易？"

张三疯子说："要去的话也不难。"说着，他到窑洞里拿出一张芦席卷成筒。他把耳朵凑近席筒的一头，听了一阵说："哎，今晚平凉有戏，唱的是《五家坡》。"

大家一听，非常奇怪，都说老道和他们开玩笑。

张三疯子说："不信？来，你们自己听一听。"小伙子们都把耳朵凑近席筒去听，梆子叮叮当当，胡琴吱吱噜噜，唱腔清脆激昂，嗬，确实是在唱戏。

张三疯子问大家："想去看吗？"

众人纷纷表示想去看。张三疯子说："要去，也不是什么难事，我带你们去。可是咱们得讲好了，带你们去可以，这一路上，你们可要听我的安排。"

大家惊讶不已，当即表示同意，一定听老道的，就问他什么时候启程。他说："马上去。"说着，就把席筒放松，弄粗，叫大家一个跟着一个往里钻。说来奇怪，大家钻出来的时候，竟然发现自己已经是在平凉的戏台子下边了。大家惊喜地回头去看，席筒不见了，只见张三疯子笑嘻嘻地走了过来："现在看戏吧，可不要乱走，戏一完咱们就一块儿回去。"看完戏，他把大家找到一起，引到平凉城北的河边。

那时河里正在发洪水，水声轰轰作响，波浪滔天，很是吓人。他叫大家不要害怕，闭上眼睛，喊过"一二"，就往河里跳。大家都照他的吩咐办了，睁眼一看又回到了金台观。可一点人数，可了不得，差了一个人。原来那是个家庭富有的财东娃，他看见河里洪水滔滔，心里害怕了，就闭了眼睛。在张三疯子喊过"一二"的时候，别人都跳了，只有他没有跳。到他睁眼看时，大家都不见了，没有办法只得沿途乞讨，过了五六天才回到家里。这以后，张三疯子在当地就有名了。

相传金台观张三疯子的窑洞里有一只瓦罐。一般的瓦罐耳朵都在外边，可那只瓦罐的耳朵却在里边。这是怎么回事呢？

原来，他到老年的时候，身子骨不听使唤，走起路来摇摇摆摆，很是费事，需要人服侍，每次吃饭的时候，就有一个小道士把食物给他送到窑洞里。他吃过之后，小道士再来这里取走碗筷。可是时间长了，小道士发现一个奇怪的现象：张三疯子吃过饭的碗，总是干干净净的，像洗过一样。小道士很奇怪，可也不敢问。一次，小道士就在窗外偷看。原来他吃完饭以后，又用舌头把沾在碗里的饭渣仔细舔净。

小道士想，这一定是老道士嫌饭量小，不够吃呗。于是

下次给他送饭不用碗而用罐子，心想：这一罐子饭你总该够吃了吧？再说，罐子这么深，你想舔也舔不了啊！可是，等他吃过饭，把罐子取出来一看，又舔得干干净净，一次、两次、三次，每次都是这样。小道士更加奇怪，罐子比碗深，何以舔得？有一次，小道士给他送了饭，又到窗外偷看，只见他把饭吃完以后，两手抓住瓦罐的口沿，捏呀捏呀，瓦罐像牛皮做的罐子一样，慢慢就翻过来了。他翻一节就舔一节儿，全部翻完，全部舔完。小道士非常惊奇，就在他全部舔完的时候，连忙走进窑洞："呀！师父，你把瓦罐翻过来啦！"

张三疯子抬头看了一眼小道士，鼻子里哼了一声，双手轻轻放下瓦罐没有说话。

从此，那个翻过来的瓦罐，再没有复原。

祭灶和守岁

每 一年的农历腊月二十三到三十这几天，百姓都要依次地烙灶干呀，扫房子呀，熬百岁呀……这些风俗是一代一代传下来的，传了好些辈人。那么，这样的习惯是怎样形成的呢？这里有一个美丽的传说。

玉皇大帝的小女儿贤良淑德，悲天悯人，她看着普天下的穷苦人民遭罪受苦，十分同情，常常站在云端观望他们。渐渐地，她偷偷地爱上了一个给人烧火帮灶的穷小伙子。

玉皇得知后，十分恼怒，就把小闺女找来，说："你既然爱上了那个帮灶的，那就下去跟他受苦吧。"于是把小闺女打下凡间，跟着"穷烧火的"受罪。王母娘娘十分疼爱女儿，不忍心女儿就此受苦，于是使尽心机从中讲情，玉皇被她劝得没有办法，才勉强给"穷烧火的"封了个灶王的职位。人们就称"穷烧火的"为灶王爷，玉皇的小闺女自然就成为灶王奶奶了。

灶王奶奶深知百姓的疾苦，就常常借回娘家探亲的机会，从天上带些好吃的、好喝的分给穷百姓。这样一来，可惹恼了玉皇，他本来就嫌弃穷女婿、女儿，知道这件事后，更加恼火，

就下了命令，只准他们在每年的年底回家探亲。到了第二年，眼看快过年了，穷百姓还是缺衣少粮，有的甚至连锅也揭不开。灶王奶奶看在眼里，疼在心里。于是，腊月二十三这天，她决定回娘家，给穷百姓要点儿吃的。可自己家里连点儿面星儿也没有了，路上没有干粮可怎么办呢？穷百姓知道灶王奶奶是为了救他们，便想方设法烙了盐馍团，送给灶王奶奶路上做干粮。

灶王奶奶回到天上，向玉皇讲了百姓的疾苦，玉皇不但不同情，反而嫌女儿带回来一身穷灰，要她当晚就回去。这可气坏了灶王奶奶，她真想转身就走，可转念一想，乡亲们正眼巴巴地盼着自己回去呢，自己却两手空空，乡亲们还是要受苦，这怎么行呢？再说也不能就这样便宜了狠心的父亲。这时，正好王母娘娘也过来说情，她便顺势说："父王，女儿不走了，明天我要扎把扫帚带回去扫穷灰呢！"

二十四这天，灶王奶奶正在扎扫帚，玉皇来催她明日回去。她说："别催我呀，眼看要过年了，家里没豆腐，明日我

要拐豆腐呢！"

二十五这天，灶王奶奶正在拐豆腐，玉皇来催她明日回去。她说："别催我呀，眼看要过年了，家里没肉吃，明天我要去割肉哩！"

二十六这天，灶王奶奶刚刚割了肉回来，玉皇又来催她明日回去。她说："别催我呀，眼看要过年了，家里穷得连只鸡也养不起，明天我要杀鸡哩！"

二十七这天，灶王奶奶正在杀鸡，玉皇又来催她明日回去。她说："别催我呀，回家路上要带点儿干粮，明天我要发面蒸馍哩！"

二十八这天，灶王奶奶正在发面，玉皇又来催她明日回去。她说："别催我呀，过年总要喝点儿喜酒，明天我去灌酒哩！"

二十九这天，灶王奶奶刚刚灌罢酒，玉皇又来催她明日回去。她说："别催我呀，我一年到头

连顿饺子也没吃过，明天我要包饺子！"

三十这天，灶王奶奶正在包饺子。玉皇又来了，这一次玉皇大动肝火，要她今日必须回去。灶王奶奶心想也好，反正东西已经准备得差不多了，就不再多说话，只是舍不得离开王母娘娘，一直拖到天黑才离开皇宫。这天夜里，家家户户都没有睡，坐在火炉边等灶王奶奶回家。人们见灶王奶奶回来了，都点起香纸，放起鞭炮迎接她，此时已到初一五更了。

后来，百姓为了纪念灶王奶奶的恩德，年年都要腊月二十三烙灶干，二十四扫房子，二十五拐豆腐，二十六去割肉，二十七杀鸡"熬百岁"……实际上，这都是等着迎接贤惠、善良的灶王奶奶回到人间呢！

五月初五插艾子

每到农历的五月初五这一天，每家每户的门窗上都插艾子，据说这样可以避瘟病。

据说，很早很早以前的一年，天公作美，风调雨顺，老百姓的收成特别好，麦子打得非常多，家家户户大囤满、小囤流。

有一位老神仙想看看天底下老百姓的生活怎么样，于是，就驾着祥云出来溜达。到了一个村子上空，落下云头，在村外边摇身一变，把自己变成了一个瘦弱的白胡子小老头儿。这个小老头儿看上去脏兮兮的，穿得破破烂烂的，一手提着打狗棍儿，一手端着讨饭瓢儿。他走进一户人家，一进门，就看见一个妇人正在喂猪，猪食槽子里的猪食竟然都是白面汤，白面汤里还有整个的大馒头和半拉的烙饼。他再往屋里一看，只见锅台灶脑，扔得都是饭。老人想这户人家的日子过得不错啊，就说："大嫂大嫂行行好，给我点儿饭吃吧，我已经两天没吃一口饭啦！"那妇人嘴一撇，说道："哎呀，你快点儿给我走远点儿吧，看你脏兮兮的样子，别吓坏了我的猪！我可没有东西给你吃，就是有，给你吃了还不如喂我的猪呢。喂肥了猪，过年可以杀肉吃，给你吃管什么用？"老神仙听了，十分气恼，但是他强压着火气说："我已经三天没喝到一滴水了，既然不给我一口饭吃，总该给我一碗凉水喝吧？"那妇人用厌恶的眼神看了看他，随手从墙上摘下一把笊篱，嘲讽地说："你就用这把笊篱去喝水吧，喝到算你的本事，喝不到我也没有办法了！"这笊篱本是用铁丝编的，专门用来捞饺子的，根本盛不住水。老神仙知道这个妇人故意用这个方法捉弄他，气得不得了，心想，这儿的人太可恶了，就随手捡起喂猪妇人预备轰猪用的烧火棍子，在大门墙上写了几个字，然后变成一股青烟飞走了。喂猪的妇人大吃一惊，知道刚才来讨饭的不是凡人，竟然是个神仙，见自己闯了大祸，非常害怕。再看墙上，写的是："明日起瘟病，全村人死净。"那妇人的丈夫下地回来，

知道了这件事，埋怨她不该捉弄老人。全村的父老兄弟姐妹也都怪她做得不对。那妇人因为自己做错了事，连累全村人受难，也十分后悔。

第二天一大早，老神仙拿着瘟瓶来到

这个村子的上空，那瘟瓶里装着瘟药。他刚想往下撒，忽然看见村头小河里，有一个妇人，抱着一个大孩子，却领着一个小孩子，慌慌张张地蹚着河水往对岸走。老神仙觉得很是纳闷，心里想："真是奇怪啊，这个妇人怎么抱着大孩子，却领着小孩子过河水呢？其中必有缘故，待我问一问她。"于是，老神仙变成一个小老头儿，来到河对岸。只见那个妇人一上岸，放下抱着的大孩子，就去为水的小孩子穿鞋子。老神仙问："这位大姐，你怎么抱着大孩子，却领着小孩子跑呢？"那妇人说："老人家有所不知，这大孩子是我丈夫前妻病死时留下的孩子，小孩子是我亲生的儿子。昨天，我们村一个不懂事的妇人惹怒了一位老神仙，说是今天让我们村起瘟病，全村人都死净，我们只好逃走。过河着了凉，容易生病，我怎么能抱着亲生儿子过河，让丈夫前妻的儿子蹚水呢？所以，我就抱着大的，领着小的。"

听了这些话，老神仙知道这是一个心地善良的妇人，也

不忍心让她得了瘟疫，就从地上拔了一棵艾子说："你不要跑了，现在就回村子去吧。回去以后，把这棵艾子插在你家门上或者窗户上，瘟病就不会染上你家。"说罢用手一指，河面上立刻出现了一座大桥。那妇人知道遇见了老神仙，接过艾子，谢过老人，才领着两个孩子从桥上走过河去。

那妇人是一个善心的人，她过了河，心里合计："就我一家人避开瘟病怎么行呢？我应该让全村的人都逃过这场灾难啊！"就带着两个孩子，拔了一大捆艾子，急急忙忙赶回村子里，在每家每户的门窗上都插了艾子，连那个喂猪的妇人家也给插上了。老神仙撒下的瘟药没有地方落，就随风飘走了，一直飘到大海里去了。

于是，这个村子里的人都感谢这位善良的大嫂。从那以后，每到旧历五月初五这一天，家家户户都在门窗上插艾子，避免老神仙再来撒瘟疫，天长日久，就成了风俗习惯传了下来。

人形饼

话说有一天，各路神仙到王母娘娘那里去做客，闲聊的时候，说起了下界的事情。有的神仙说："天下生灵的日子过得很清苦，缺吃少穿，全靠野草麦糠度生。"有的神仙却说："才不是这样呢！天下的生灵愚蠢懒惰，糟蹋五谷，奢侈无度。"王母娘娘一时分不出真假，不知该信哪方才好，就决定亲自下凡察访。

于是，王母娘娘化成讨饭的，下凡到了一个风景秀丽的地方，只见很多人在挖土，抬石板，扛松木。她很好奇，找个人一打听，才知道原来是为一个财主在造坟墓。在一处工棚里，有人在捣着油泥子，正要把一整锅香喷喷的糯米饭倒进油泥子里。王母娘娘见了急忙上前向他讨米饭吃，那人斜着眼睛，鼓起满脸横肉，一把把她推得远远的，骂道："死乞婆，我家老爷造风水捣的米饭，让你享用，岂不冲了我家老爷的福气！"

王母娘娘被推倒在地，滚了一身土，心中生气，却不做声，悄悄向旁人打听，这糯米饭为何要倒入油泥子捣和。旁人告诉她："财主家造坟墓，用这东西配起来，坟墓才坚固，万年久

远。"王母娘娘一听气坏了，心想凡间的人真是可恶至极，一定要给他们最严厉的处罚。

王母娘娘怒气冲冲回到天庭瑶池，七仙女众姊妹见她脸色不对，纷纷上前请安，七嘴八舌地问她为何事不高兴。王母娘娘就把自己在下界的见闻告诉了她们，并说自己已降旨让天下灾祸四起，让百姓饿到人吃人的地步，以此来惩罚他们。仙女们听王母娘娘这般说，一个个直发呆，心里连叫不好，可又想不出解救的法子，都在那里干着急，谁也不敢吭声。还是七仙女机灵，上前问道："不知母后派谁下凡行旨？"王母娘娘说："这个我还没选定。"七仙女急忙抢着说："既然母亲还未选定，那么就让女儿去办吧，既可尽一番孝道，又能替母亲出出心中的恶气。"王母娘娘听了十分高兴，就说："既然这样，就让我的乖女儿去吧，一定要把事情办好了，让这些百姓知道我的厉害！"

七仙女奉旨来到人间。她想：难道人世间真的像母亲见到的那样吗？我还是再察访一下，免伤

无辜。于是，她变成一个讨饭的老头儿，来到东海海边，刚好有一个老渔夫在修理网具，船上的小锅灶正在煮着东西。讨饭老头儿上前去讨吃的，老渔夫二话没说，就盛了一大海碗给他。老头儿接过一看，直皱眉头，这哪是饭呀，是烂鱼臭虾就着野菜煮的，根本不能入口啊！但是她既然装成了讨饭的老头儿，只好装出饿坏了的样子几口就吃完了，再向老渔夫讨，老渔夫又给他盛。这样一碗接一碗，吃得锅底朝天。老渔夫见他饿成这种样子，连忙又从船舱里拿出一小袋麦糠饼说："你这位老哥真是饿坏了，这些麦糠饼，我是留着出海打鱼时吃的，现在就给你吃吧。"

老头儿接过饼不但不谢，还不满地问道："老渔夫啊老渔夫，前天有人用糯米饭捣和油泥子，我向他讨他不给，你是打鱼人，为什么不给我鲜鱼大虾吃呢？"

老渔夫回答说："老哥呀老哥，你可真是糊涂啊！鲜鱼大虾我得用来抵船租，用糯米饭造坟墓的是狠心的财主，臭鱼烂虾、野菜糠饼才是我们穷人的救命粮！"

七仙女听了这话，心里全明白了，便向老渔夫道谢告辞。她一路走一路想，天底下的百姓穷成这样，可心肠还是这么好，把自己的口粮都给了我，我怎么能忍心让百姓遭受人吃人的灾祸呢？可是，母亲的旨意又不能违抗，她看看手中的麦糠饼，忽然想出了一个好办法。

七仙女飞速赶回天廷见王母娘娘。王母娘娘问："事情办得怎么样了？"七仙女说："还未曾办呢！"王母娘娘一听大怒，喝令力士把她绑起。"母亲且慢，女儿有下情回禀。"七仙女一点儿也不慌张，说："启奏母后，小女下界又探访了一下民情，发现事情的真相并非母亲所见到的那样，小女这就向母亲进献世间一宝。"说着，从衣袖内拿出糠饼说："请母亲品尝！"王母娘娘接过糠饼，见是块像黑石头一样的东西，真的以为是什么宝贝，就放在嘴里嚼，才吃了一口，哟！又苦又涩！连声"呸、呸、呸"吐了三口，骂道："大胆刁女，这算是什么宝物？欺骗为娘，难道你不怕死吗？"

七仙女朗声答道："母亲，你以为刚才入口之物不是宝吗？可是，天下苍生真是把它当做活命之宝！为救天下苍生，孩儿我愿冒死罪，向母亲禀告下界实情。"于是，七仙女把自己下凡所见，一五一十地讲了出来。王母娘娘听了，慈心不由不动，想收回旨令，可又觉得不妥，便问道："孩儿拯救苍生之意诚心可嘉，可是让为娘收回前旨，岂不让众仙讥笑？以后传旨，众仙皆当儿戏，怎么办？"

七仙女答道："母亲不必为难，孩儿已有一个两全其美的办法。我们可以用米粉做饼，上面印上个人形，赐给天下苍生，这也就是人吃人啊！这样一来圣旨传发无误，堵住了众仙之口，二来又可使百姓渡过难关，感念母亲仁义之德。"王母娘娘听了，连声赞好，命七仙女再次下凡，普救众生。

七仙女喜出望外，带了六位姐姐下凡，把印有人形的米粉饼分发给受苦受难的百姓。百姓高兴无比，万分感谢七位女子，却哪里知道这是渡过人吃人的劫难呢！后来人们渐渐知道了这件事情的来龙去脉，更加感念七仙女的恩德。就在每年的七月初七，七仙女和牛郎夫妻相会之日，特意磨米粉印制人形饼，祭拜七仙女。有的巧匠，除雕刻人形的饼印，还雕出了有果品、飞禽、走兽的各种木印，花样也变多了。

太上老君与白骨真人

相传，圣人老子曾在周朝做过几任小官。后来他迷上了道学，于是潜心学道，辞去了官职，回到了故里商丘。回家路上，他看见道旁有一堆白骨，老子用慧眼一看，仿佛有魂魄飘荡，顿起恻隐之心，便施道术，用"聚形符"将白骨点化成人。这个人年轻英俊，诚实肯干，这便是后来为老子牵牛的徐甲。尹喜迎老子到楼观台讲学时，他已为老子牧牛二百年了。老子曾经答应过他，等传道至西方安息时再付给他黄金作为工钱。他心中欢喜，便兢兢业业地干着。

老子到楼观台，整天忙着说经传道，忙得不亦乐乎，却闭口不提给工钱之事。徐甲郁闷，甚为不悦，他觉得自己整日牧牛，风餐露宿，苦不堪言。另一方面，他又感到学道清苦寂寞，劳神费力又毫无乐趣。于是他下定决心，打算向老子讨了工钱，然后一个人去过逍遥自在的舒心日子。可是，思来想去，却不知道怎么样开口对老子说。

有一天，他在化女泉这个地方放着牛，心里又郁闷起来，一时想不出良策，正在独自苦恼。忽然，眼前一亮，出现了一座美丽的庄园。园里绿草如茵，鲜花绽放，鸟鸣啁啾，良田百顷，骡马成群。一位老员外手拄拐杖，正笑嘻嘻地望着他，旁边还跟着一位娇滴滴的标致姑娘。老员外问："小伙子，你给谁放牛呀？"这一句正触痛了徐甲的心，他满脸不高兴，瓮声瓮气地说："给老子。"老员外又问："那很不错啊，他给你多少工钱啊？"徐甲不满地说："本来说好是一月三串钱，可至今连一个子儿也没见！"老者听罢，长叹一声说："小伙子，人生在世，如白驹过隙，匆匆而已，何必想修道成仙，受那些苦折磨！你看老夫有这么大的庄园，膝下又只有这么一个女儿。她虽无天姿国色，这方圆百里却是打着灯笼也找不着的。你要是不嫌弃，就回去向老子讨清工钱，给我做个上门女婿，你们小两口便有享不尽的荣华富贵。不知你意下如何？"徐甲一听，别提有多欢喜了，偷偷看了看那个姑娘，正巧那姑娘也正在向他暗送秋波。他如痴如醉，连忙说："那当然好极了！请等等我，我这便去讨工钱！"他刚要动身，令人惊讶的事情发生了，一阵风吹来，那庄园、老者、姑娘突然之间都不见了。徐甲大惊失色，四下寻找，却发现老子不知什么时候已站在自己的面前。

原来，老子本来想把道家的玄妙真经毫无保留地传给徐甲，但

他发现徐甲常常显得不耐烦，又不愿意吃苦，便化出了一个庄园来试探他的心。他用"吉祥草"变成了那个姑娘，自己则变成了老员外。他终于知道徐甲不愿意安心学道，私欲过多，不由得大失所望，勃然大怒，这一怒便现出了真身。他气得直哆嗦，一句话都说不出来，拿着铁铲在那美女站过的地方狠狠敲了一下，于是地下顿时出现一眼清泉。这就是如今的"化女泉"。

徐甲见自己的真实想法被老子窥破，满面通红，恼羞成怒，心想一不做，二不休，索性告到函谷关令尹喜那儿，说老子赖他工钱。尹喜考虑了好久，认为师父为人坦荡，赖人钱财之事是不会做的，其中定有缘故。于是他问老子，这是怎么回事。老子冷笑一声，说："你把徐甲给我叫来。"徐甲悻悻而来。老子说："我问你，你跟我多少年了？"徐甲回答不出来。老子又问："你知道你的来历吗？"徐甲茫然无知。老子说："你张开口。"徐甲莫名其妙，便将嘴张开。老子将"聚形符"立即收回，徐甲顷刻之间又复原为一堆白骨。尹喜见状，大惊失色，当即跪倒在地，苦苦哀求："师父，徐甲虽然罪有应得，但念他跟你二百年之情，还是饶恕他这一次吧，让他悔改前行，重新做人！"在尹喜的百般哀求之下，老子用手一指，白骨又变成了徐甲。徐甲满面羞惭，恨无地洞可钻。

重阳登高

传说在很久以前，汝南县里有一个叫桓景的人，他上有父母，下有一群儿女。他和妻子守着几亩薄地辛勤劳作，养活一大家人，虽然没有大富大贵，但是衣食无忧，日子过得倒也自在。可是天有不测风云，这一年，汝河两岸害起了瘟疫，这场瘟疫来势凶猛，家家户户都有人病倒。轻的不能起床，重的丢了性命。大家纷纷逃命，连死去的亲人也顾不得埋葬，那真是尸横遍野，非常凄惨。桓景的父母没有逃过这场灾难，都病死了，他自己也得了病。

桓景小时候就听大人们说，汝河里住有一个瘟魔，每年都要来到人间走走，它走到哪里就把瘟疫带到哪里。桓景病好后，决心寻访名师，学习道学法术，战胜瘟魔，为民除害。他听说东南山中住着一个名叫费长房的大仙，法力高强，神通广大，于是就收拾行装，起程进山访仙。

桓景进了山，发现这里云雾缭绕，山峰层叠，根本不知仙人在哪里住。但他没有被困难吓倒，翻山越岭，费尽周折，不知疲倦地往前赶。有一天，他忽见面前站着一只雪白的鸽子，那鸽子见他走近也不躲闪，还不住地向桓景点头。桓景心中惊奇，便也向鸽子致意。那鸽子忽然飞起，飞了两三丈远落下，还是不住地向桓景点头。桓景走近时，那鸽子又飞。他明白了，这是鸽子在给他引路呢！他便随着鸽子向前走，翻了几座山后，顿觉开朗，一片仙景出现在眼前：苍松翠柏间一座院落，门的横匾上写着"费长房仙居"五个金字。那鸽子丢下桓景，在庙院上空欢叫盘旋，不一会儿展翅飞走了。桓景来到门前，只见漆黑的大门紧闭着。他深恐冒昧打扰会激怒仙人，便虔诚地跪在门外，不敢惊动仙人。他跪呀跪呀，一直跪了两天两夜，直跪得饥肠辘辘，浑身酸痛。第三天，大门忽地开了，只见一位白须飘胸的老人笑眯眯地说："你为民除害心诚意切，快随我进院吧。"桓景知道这是费长房大仙，又拜了几拜，跟着师父进院了。

进院之后，费长房给桓景一把降妖青龙剑，教他学习仙术。桓景早起晚睡，披星戴月，不分昼夜地练开了。那天桓景正在练剑，费长房走到跟前说："今年九月九，汝河瘟魔又要出来。你的法术已经学得差不多了，现在可以出师了。你赶紧回乡为民除害，解救众生。我给你茱萸叶子一包、菊花酒一瓶，让你家乡父老登高避祸。"仙翁说罢，用手一指，古柏上的仙鹤展翅飞来，落在桓景面前。桓景跨上仙鹤向汝南飞去。

桓景回到家乡，父老乡亲奔走相告，都出来迎接，他把大仙的话给大伙儿说了。九月九那天，他领着妻子儿女、乡亲父老登上了附近的一座山，把茱萸叶子每人分了一片，说随身带上，瘟魔不敢近身，又把菊花酒拿出，每人呷了一口，说喝了菊花酒，不染瘟疫。

他把乡亲们安排好，就带着他的降妖青龙剑回到家中，独自端坐在屋内，等着妖魔来访。过了一会儿，只听汝河波浪滔滔，狂风骤起。瘟魔出水走上岸来，穿过村庄，走千家串百户却不见一人，忽然抬头见人们都在高山上。它窜到山下，只

觉得酒气刺鼻，茱萸异香沁腑，心知不妙，不敢近前。又转身回到村庄，只见一人正在屋中端坐，就大吼一声扑去。桓景一见瘟魔扑来，急忙舞剑迎战。斗了几个回合，桓景剑术精湛，越战越勇，瘟魔见战他不过，拔腿就跑。桓景哪里肯放，"嗖"地一声把降妖青龙剑抛出，只见宝剑闪着寒光向瘟魔追去，把瘟魔穿心透腹地扎倒在地。

祸害人的瘟魔终于被杀死了，自此以后，汝河两岸的百姓，再也不会受瘟魔的侵害了，大家开心得不得了，共同庆祝起来。后来，人们把桓景剑刺瘟魔的事传为佳话，九月九登高也作为一种习俗流传了下来。

盘瓠和他的儿女

很早很早以前，有一位皇后娘娘得了一种耳痛病，一病就是整整三年。国王请来全国的神医，寻找来所有的草药，都没能治好娘娘的病。后来，医生从娘娘的耳朵里挑出了一条像蚕一样的金虫。不久，娘娘的耳痛病竟然好了。

皇后觉得这事奇怪，就把这条虫用瓠盛着，又用盘盖上。谁也没料到，过了些日子，这条小虫竟然变成了一条周身锦绣、五色斑斓、毛发闪闪发光的龙狗。由于它是在盘子和瓠里变出来的，所以给它起了个名字叫"盘瓠"。皇上非常喜欢这条龙狗，不论走到哪里都带着它，简直是形影不离。不久，有一个王爷背叛朝廷。皇上看到国家受到威胁，便对手下的大臣说："谁要是能把反叛者的头拿来见我，我就把公主嫁给他。"大臣们看到反叛王爷兵强马壮，又有一身好武艺，知道就是去也打不了胜仗，便谁也不愿去冒这个生命危险。

几天过去了，皇上也不见有人率兵出征，但却发现盘瓠不见了。皇上十分焦急，大家都不知道这条龙狗跑到哪里去了，皇上派人出去找，找了好几天也没有找到。原来，龙狗独自跑

到了反叛王爷的宫中去了。它对王爷摇头摆尾，王爷看到这种情景，非常高兴，对手下人说："这次我一定会成功的，你们看连皇上的龙狗都投奔我来了。"于是，他便大摆宴席，庆祝自己获胜。当他喝得烂醉如泥鼾睡不醒的时候，龙狗扑上去一口咬下了他的头，然后飞快地回到了国王的宫中。

皇上看到自己的龙狗叼着敌人的头回来了，万分高兴，便让人用最好的食物来喂它。但它只是摇头，一口也不吃，默默地坐在墙角，一声也不响。皇上见了十分难过，便对它说："龙狗啊，你为什么不吃东西，也不到我的身边来呢？莫不是想要娶公主为妻，怕我不兑现自己的话吗？并不是我不实践自己的诺言，实在是人和狗不能结婚啊！"

听了这话，盘瓠立即开口了："王啊，这一点你不用担心。你只要把我放在金钟里，过七天七夜后，我就能够变成人。"皇上于是按它的话去办，把它放在了金钟里。

时间一天天地过去了，对盘瓠充满感情的公主怕它在金钟里饿死，到了第六天，实在忍不住了，便

悄悄地打开了金钟。这一下可坏了，盘瓠全身只剩下一个头还没有变完，这下再也变不了了，成了狗头人身。

于是，他从金钟里跳出来，披上新衣服，公主则戴上了狗头帽，在皇宫中举行了隆重的婚礼。结婚不久，他便带着公主到很远的地方去生活了。

他们生活得非常幸福，几年后生下了三男一女，但这些孩子们都没有姓氏。于是，他们请皇上赐给他们姓。大儿子生下来是用盘子装的，就赐姓为盘；二儿子生下来是用篮子装的，就赐姓为篮；三儿子出生时天上正打雷，便赐姓为雷。小女儿长大后找了个姓钟的婆家，于是就姓了钟。后来，这四个姓繁衍起来，都奉盘瓠为他们共同的祖宗。

镇海王巧除蜈蚣精

在南海北部的海边有一座白龙岭，传说岭上有一个大石洞，大石洞又大又深，里面住着一条巨大的蜈蚣精。凡有船只经过，它都要吃掉船上的一个人。如果哪条船敢不送人来，它就兴风作浪，把船打翻在海中，让全船的人都葬身海底。这可把渔民们害苦了，许多船只都不敢出海了。渔民们的日子越来越难过，他们非常希望有人能除去蜈蚣精。

这一天早上，码头上来了一个骨瘦如柴、破衣烂衫的乞丐。虽然他一身破破烂烂的，可骨子里却透出一股正气。这个乞丐背了一个几十斤重的大南瓜，来到一只船边。他问老板说："你的船是往北海去的吗？"

老板一看他这个样子，撇了撇嘴，根本就没搭理他。倒是有位船工热心肠地问他："你去北海做什么？"乞丐说："我想顺路搭船去，不知行不行？"

老板一听乞丐要去北海，马上就高兴了起来，于是态度就变了，热情地对乞丐说："我们明早辰时初刻开船，你提前来吧，我们都等你。"

天亮了，乞丐上了船。这只船慢慢地驶出码头，进入了海湾。快要来到蜈蚣精的石洞口时，乞丐叫船工帮他把带来的那只大南瓜煨熟。船工不解地问他："我们刚一起吃过早饭不久，肚子还没有饿，煨南瓜做什么？"乞丐说："我自有用处。"船工知道老板就要把他送给蜈蚣精了，心里都很可怜他，也就很情愿地帮他煨南瓜了。

这时，波涛越来越大，船上的人都慌了手脚，唯有乞丐一点儿不慌。人们一看，蜈蚣精已经出来了，它趴在船舷上，张开了血盆大口，样子非常可怕。老板对乞丐说："乞丐公，对不起你了。"说着，就要动手把他推下海。乞丐摆脱他的手，说道："且慢，先把煨熟的南瓜给我拿来！"船老板生怕蜈蚣精掀翻了船，不敢延误时间，马上把南瓜给他搬来了。

乞丐用尽全身的力气举起南瓜，朝蜈蚣精的嘴上狠狠砸去。蜈蚣精以为又有什么美味给它送来了，张口便吞下了那个

大南瓜，滚烫滚烫的大南瓜一入口，便把蜈蚣精烫得上下翻滚。

蜈蚣精每翻一翻，就掀起一排排山峰一样的浪头，船上的人都吓坏了，只有乞丐不慌不忙地倚在船舷上。不一会儿，蜈蚣精被烫死了，身体分成了头、身、尾三截。

过了一会儿，风平浪静，蜈蚣精不见了，海里则出现了三座小岛，据说是蜈蚣精身体的三个部分变成的。船上的人得救了，人们都想好好谢一谢那个乞丐，再找他却不见了。原来，那乞丐是镇海大王所变，专门来人间除这蜈蚣精的。

中国学生一定要读的神话故事

古希腊神话与英雄传说

上

谢 普 主编

九州出版社
JIUZHOUPRESS

前　言

　　神话是人类早期的一种不自觉的艺术创作形式，是人类童年时期的产物，是文学的先河。神话也是一个民族和国家宝贵的精神财富，在文学史上有着很重要的地位。

　　人类最早的故事大多是从神话开始的，它往往借助丰富的想象和幻想力，把自然力和客观世界拟人化。这些看似荒诞不经的神话，其实都是古代先民对宇宙、人类以及自然万物的起源所做出的各种不同的解释。它充分地反映了原始人对宇宙、人类自身的思考。

　　神话是人类早期的故事，是一个国家和民族宝贵的精神财富。它反映了远古社会人类的生活和思想，推动了后世文学和艺术的发展。世界各国、各民族都有自己的优秀的神话故事。

　　中华民族五千年的文化积淀，五十六个民族丰富的文化内涵，使得中国的神话故事更加曲折离奇、生动活泼。尽早接触这些历经长久岁月而流传下来的神话故事，对孩子们来说是非常益智的。它不仅能让孩子感受到生动有趣的故事所带来的阅读快感，还能让他们从另一个角度，了解我们伟大的中华文明和悠久的历史文化。

希腊半岛三面环洋，与它相邻的爱琴海中，星罗棋布的四百八十多座岛屿，则犹如遍撒海面的玉石玛瑙，爱琴海孕育了灿烂的希腊文化。希腊神话与传说反映了古希腊从公元前11世纪到公元前9世纪被人们称为"荷马时代"的那段历史中的社会生活面貌，赞颂了古希腊人民的智慧和创造。它以丰富的想象和精彩生动的情节，把人们带入群岛环绕、海陆交错的爱琴海区域的古代文明。希腊神话的产生和发展经历了漫长的岁月。它是多个民族的多种思想和多门语言共同熔炼而成的丰富的文化遗产，对人类文明的发展起到了不可磨灭的作用。

本丛书包括《中国神话传说（上、下）》《古希腊神话与英雄传说（上、下）》《世界经典神话与传说故事（上、下）》全六册，可以说，神话不仅仅是叙述英雄与诸神事迹的故事集，它还为读者提供了一种理解世界的方式。

目 录

普罗米修斯

天和地被创造出来，大海在海岸里起伏波动，鱼儿在海水里嬉游，群鸟在空中飞翔歌唱，地面上挤满各种动物。但还没有那种体内有灵魂并能统治人间的造物。这时，普罗米修斯踏上了大地，他是被宙斯废黜神位的老一代神的后裔，是地母与鸟刺诺斯所生的伊阿珀托斯的儿子。他清楚地知道，上天的种子就蛰伏在泥土里。于是，他就掘了些泥土，用河水把泥土弄湿，然后按照世界的主宰天神的形象揉捏成一个形体。为了让这泥做的人体获得生命，他从各种动物的心里取来善与恶的特性，再把这善与恶封闭在人的胸中。在天神之中，他有一个朋友，这就是智慧女神雅典娜。雅典娜很欣赏这个提坦之子的创造，便把灵魂即神灵的呼吸吹进这仅有半个生命的泥人心里。

这样，就产生了最初的人，不久他们便四处繁衍，充满了大地。但是，他们在很长的时间里都不知道如何使用他们高贵的四肢和神赐的精神。他们视而不见，听而不闻。他们像梦中的人形一样四处奔走，不知道如何利用人间万物。他们不会

采石凿石，不会用粘土烧砖，不会把森林里砍伐来的木料做成大梁和椽子，并用这些材料修建房屋。他们像终日忙忙碌碌的蚂蚁一样聚居在地下，生活在不见阳光的地洞里。他们不能根据可靠的标志分辨冬季、繁花似锦的春天和丰收在望的夏日。他们所做的一切都是杂乱无章，毫无计划。

于是，普罗米修斯便来照料他们：他教他们观察星辰的升降，他发明了计算的方法，创造了拼音文字。他教他们把牲口套在轭上，使它们承担人的一份劳动。他让马匹养成上套拉车的习惯，他发明了适于海上航行的船和帆。他也关注人类的其余生活起居。从前，一个人生病，他便束手无策，不知道吃什么喝什么有益于健康，不懂得服药减轻自己的痛苦，而是由于没有医药而凄惨地死去。现在，普罗米修斯告诉他们如何调制药剂来驱除各种各样的疾病。他又教他们预言者的本领，给他们解释先兆和梦，说明鸟雀的飞翔和牺牲的习性。他引导他们勘察地下，让他们发现地下的矿石、铁、银和金。一句话，他把生活的一切技能和一切舒适的设备都向他们作了介绍。

不久前，宙斯夺取了他父亲的神位，罢黜了老一代神明，现在是他和他的儿子们统治着天国。普罗米修斯则是老一代神明的后裔。

现在，新的神明注意到了这刚刚产生的人类。他们要求人类敬奉他们，以此换取他们向人类提供的保护。在希腊的墨科涅，人和神举行了一次聚会，共同确定了人类的权利和义务。普罗米修斯以人类辩护人的身份参加了这次会议，他提出，诸神不要因为负有保护的责任而让人类承担过重的义务。

普罗米修斯聪颖过人，决计愚弄一下众神。他以他的造物的名义宰杀了一头大公牛，请天神们选取自己所喜欢的那一部分。他把宰杀后的牛切开分成两堆：堆在牛皮底下的是肉、内脏和很多脂肪，牛皮上边放着牛的胃；另一堆里都是光秃的

骨头，非常巧妙地裹在牛的板油里。这一堆还大一些。

众神的君父，全知全能的宙斯一眼就看穿了他的骗局，说道："伊阿珀托斯的儿子啊，尊贵的国王，我的好友，你分配得多么不公平啊！"普罗米修斯以为他已骗过宙斯，便暗自微笑着说："尊贵的宙斯，永恒众神中最伟大的神，请选取中你意的一堆吧！"宙斯勃然大怒，故意用双手抓住那块白色的板油。他把板油剥开后看见了光秃秃的骨头，装出刚刚才发现自己上当受骗的样子，气愤地说："我看得很清楚，你还没丢掉你骗人的伎俩。"

宙斯决定报复普罗米修斯的欺骗，拒绝给予人类为实现文明所急需的最后的赠品：火。但机智的伊阿珀托斯的儿子却想出了办法加以补救。他拿了一个坚挺的大茴香枝，到天上去靠近从旁经过的太阳车，把这个木枝往那闪光的火焰里一杵便得到了火种。他带着这个火种降到大地上，木堆燃烧的熊熊火光随即直冲云霄。当宙斯看见人间竟有照得如此遥远的火光升起时，他的灵魂深处都感到钻心的

疼痛。既然人类已经用火，你就不能从他们手中把火夺走了。他立刻想出一个新的灾害来代替禁止人类用火。他要求因技艺高超而闻名遐迩的火神赫维斯托斯为他造出一个美丽少女的形象。

雅典娜由于嫉妒普罗米修斯已对他不抱好感，所以她给这个少女形象披上了闪亮的白色外衣，让那姑娘两手撑着罩在脸上的面纱，头上戴着饰以鲜花的花冠，束着一个金发带。神的使者赫耳墨斯让这迷人的作品获得说话的能力，爱神阿佛洛狄忒则使她具有一切妩媚可爱的姿态。宙斯创造了这样一个出色的害人精，给她取名潘多拉，意思就是"获得一切天赐的女子"，因为每一个神都给了她一件使人类遭灾受难的赠品。

随后，宙斯便把这个少女带到人与神愉快漫步的大地上。人人都对这无与伦比的女子赞不绝口。她走向普罗米修斯过分天真的兄弟厄庇墨透斯，把宙斯的赠品送给他。

普罗米修斯曾警告过他，不要接受奥林帕斯山上的宙斯的赠品，以免人类遭到灾难。但这警告没有起到作用。厄庇墨透斯对这警告连想都没去想，就接纳了美丽的少女潘多拉，直到灾祸降临他才感觉到了它。迄今为止，人类的生活还没遭到灾难的侵扰，人类没有过分繁重的劳动，也没有折磨人的疾病。这个女子双手捧着她的赠品，一个有盖的大盒子。她刚刚来到厄庇墨透斯身边，就揭开了盒盖，立刻从盒子里

飞出一大群灾害，像闪电一般迅速扩散到大地上。惟一的一件好的赠品，即希望，却藏在盒底。但潘多拉却按照众神之父的旨意趁它没来得及飞出时，又盖上了盒盖，把它永远锁在盒内。

于是，灾难以各种各样的形式充满大地、天空和海洋。疾病在人群中四处乱窜，日夜不停又悄无声响，因为宙斯没有赋予它们声音。各种各样的热病围攻大地，而从前缓步潜行在人类中的死神如今也快步如飞地奔跑起来。

此后，宙斯便转而向普罗米修斯复仇。他把这个罪人交

给了赫淮斯托斯和两个仆人——号称强制和暴力的克刺托斯和比亚。他们奉命把普罗米修斯拖到斯库提亚的荒野，用挣不断的铁链把他锁定在高踞令人目眩的深渊之上的高加索山的峭壁上。赫淮斯托斯很不愿意完成父亲所交托的任务，因为他爱这个提坦之子，他知道普罗米修斯是他曾祖父乌刺诺斯的亲缘子孙，是与他出身相同的神的后裔。他说了几句无限同情的话，不料竟受到粗野的仆从们的谴责。他出于无奈，只好让仆从们完成了这残酷的任务。这样，普罗米修斯令人悲哀地被吊在悬崖绝壁上，总得直挺挺地悬着，不能睡觉，也从来不能弯一弯疲惫的双膝。"你将白白地发出多少哀怨和悲叹啊，"赫淮斯托斯对他说，"宙斯的意思是不可改变的，不久前才夺得天国统治权的新神都是冷酷的。"

这个囚徒的痛苦也真的将是永久的，或将延续三万年之久。尽管他也大声悲叹，他也呼唤风、江河、大海的波涛、万物之母大地和洞察一切的太阳为他的苦难作证，但他的意志是坚定不移的。"一个人只要认识到了必然的不可抗拒的威力，"他说，"他就必定会忍受命中注定的一切。"他曾预言：新的婚姻将使诸神的主宰者堕落和毁灭。不管宙斯怎样威胁他，他也不详细说明这似明犹暗的预言。

宙斯是说一不二的。他派出一只鹰每天啄食这个囚徒的肝脏，而那肝脏被吃去多少就又重新长出多少。在没有一个人

出来自愿受死，替他受罪之前，这种痛苦是不会停止的。

这个不幸者得到解救的一天终于来了。普罗米修斯被吊在悬崖上忍受了数百年之久可怕的痛苦之后，赫剌克勒斯为了寻找金苹果，正好路过这里。当他看到神的后代吊在高加索山上，正希望向普罗米修斯请教良策时，他又对被囚禁者的命运起了怜悯之心，因为他又看见一只凶鹰立在被囚禁者的膝上啄食那不幸者的肝脏。于是，他把木棒和狮皮甩在身后，弯弓搭箭，一箭就把那只凶鹰从受苦者的肝脏上射了下去。接着，他解开锁链，就把被解放了的普罗米修斯带走了。但为了满足宙斯的条件，他让自愿放弃永生而去受死的马人喀戎作了普罗米修斯的替身。宙斯既然已经作出判决，把普罗米修斯永远吊在悬崖上受苦，现在为了维持这个判决，必须让普罗米修斯永远戴着一个铁环，铁环的另一端拴上一小块高加索山崖的石头。这样，宙斯才能自豪地说，他的敌人还一直被锁在高加索山上。

丢卡利翁和皮拉

在上古的人类定居尘世间，他们的种种罪行传到世界统治者宙斯耳中以后，他便决定亲自到人间去察访。但他处处发现，实际情况比传闻还要严重。

阿尔卡狄亚国王吕卡翁一向以野蛮凶残闻名遐迩。一天，夜色已深时，宙斯来到吕卡翁的王宫。他发出几个奇怪的信号，暗示神已到来，众人立即对他顶礼膜拜。吕卡翁却嘲笑他们这种虔诚的祷祝，他说："那就让我们看看他是人还是神吧！"他暗自决定，趁半夜熟睡把客人杀死。

他先是杀了摩罗西亚人送来的一个可怜的人质，把还没有全死的肢体放在沸水里煮或在火上烤，然后在晚餐时把这些人肉端到餐桌上献给客人。洞察一切的宙斯从桌边一跃而起，抛出复仇的火焰，让这个心中无神者的宫殿顿时燃烧起来。这个国王惊慌失措地逃到旷野里去。他喊出的第一个痛苦的声音是动物的嗥叫，他的王袍变成了长满兽毛的皮，他的胳膊变成了前腿，他本人变成了一只嗜血的狼。

宙斯回到奥林帕斯山，与众神商量，打算消灭这个罪恶

的人类。他原想向整个大地投射闪电，却又害怕大火殃及天国，烧毁宇宙的轴。于是，他便把库克罗普斯为他锻造的雷电放在一边，决定天降暴雨，让人类淹死在洪水中。这时，能驱散雨云的北风和其他一切方向的风都被锁进了埃俄罗斯的岩洞里，他只把带来降雨的南风派了出来。这南风拍打着滴水的翅膀飞向大地。伸手不见五指的黑暗遮住他可怕的脸，浓云掩盖着他的胡须，波涛在他那满头的白发里滚动，雾霭压在他的前额上，大水从他的胸脯喷涌。南风悬在空中，用手抓住巨大的乌云，挤压它们。于是，雷声隆隆，大雨如注。暴雨成灾，淹没了庄稼，农民的希望化为泡影，一整年的辛勤劳作毁于一旦。

海神波塞冬也帮助他的兄长宙斯进行这一次破坏行动。他把所有的江河召集起来说："你们要冲进一切房屋，摧毁所有堤坝！"它们全部一丝不苟地执行海神的命令，波塞冬本人也挥起他的三叉神戟刺穿地层，使足气力摇动，为洪水开辟道路。

　　这样，河流便流过开阔的田野，淹没了耕地，冲倒了树木，冲毁了庙宇和房屋。如果有一个宫殿还屹然矗立，大水便很快盖过它的山墙，最高的塔楼也被漩涡卷没。转眼间便再也分不清哪里是海，哪里是陆地，整个世界都成了汪洋大海。

　　人类想尽一切办法自救。有人爬到最高的山上，有人跳上小船划过已经淹没的家园的屋顶或自家葡萄园的山丘，船的龙骨都擦到了那些葡萄藤。鱼儿在树林的粗枝当中拼命地游动。波浪追逐着急奔不迭的野猪。所有的人都被大水冲走。那些没被波涛卷走的人也都饿死在荒山野坡上。

　　在福喀斯地面，有一座高山的两个山峰依然高耸在淹没一切的洪水

之上。这就是帕耳那索斯山。丢卡利翁和妻子皮拉乘小船漂到了这座山上，因为丢卡利翁是普罗米修斯的儿子，父亲曾对他发出过有关洪水的警告，并且为他造了一只小船。没有一个被创造的男人和女人比得上他们这样正直和敬神。宙斯从天上往下界一看，发现尘世已完全被淹没在大水和沼泽之中，在无数人当中只剩下了这一对男女，而他们俩又都是无罪的，虔诚敬神的，他便放出了北风，驱逐了黑压压的浓云，命令它把雾霭带走。他让天又看见了地，让地又看见了天。海中之王波塞冬也放下了三叉神戟，让洪水平静下来。大海又有了海岸，江河返回它们的河床，树林从深水里伸出沾满泥浆的树梢，群山随之出现，最后平坦的陆地又展现在跟前。

丢卡利翁四下里张望。土地已经荒芜了，处处像墓地一样寂静。看到这样的景象，眼泪禁不住从他的面颊上滚了下来。他对妻子皮拉说："亲爱的！无论往哪儿看，我都看不见一个活人。现在只有我们两个人是大地上的人类了。别人都淹死在洪水里了。我们也没有充分的把握能活下去啊。我看到的每一片云都使我的灵魂充满恐惧。即使一切危险都已经过去了，我们两个孤独无助的人又能在这荒凉的大地上做什么呢？啊，当初我的父亲普罗米修斯要是把捏泥造人并把灵魂注入泥人的本领教给了我，该多好啊！"

他说完这席话，这一对孤寂的夫妻不禁哭了起来。然后，他们就屈膝脆在半遭破坏的忒弥斯女神的祭坛前，向天上的女神祈祷："哦，女神啊，请告知我们，用什么办法我们才能再造出我们已经毁灭了的种族！哦，请帮助这沉沦的世界重新充满生机吧！"

"你们要离开我的圣坛，"传来女神的声音，"蒙上你们的头，解开你们系着腰带的衣服，把你们母亲的骨骸扔到你们的背后！"

夫妻二人好一阵子都对这谜语般的神谕感到惊异。皮拉

首先打破沉默。"请宽恕我，尊贵的女神，"她说，"我现在真是吓得缩成一团了，我不能听从你，不能拆散我母亲的骨骼，伤害她的阴魂！"

但丢卡利翁的智慧像一道光似的使他顿然醒悟。于是，他亲切地抚慰妻子说："我的理解有可能不对，但神的话总是善良的，毫无恶意的！我们伟大的母亲，这不就是大地吗，她的骨头不就是石头吧！皮拉，神是让我们把石头扔到身后去呀！"

他们对这道神谕又怀疑了好一阵子。他们转念一想，试试又有什么坏处呢？他们走到一旁，按神的指示蒙上头，松开系衣服的带子，往背后扔起石头来。这时，产生了一个伟大的奇迹：石头开始失去它的坚硬易碎的特性。它变得富有弹性，而且长高了，成形了。石头本身显现出人的形象，不过还不十分清楚，而是粗略的形体，或者说很像雕刻家刚用大理石雕琢出来的人体。石头上潮湿的或沾泥的部位都长成了身体上的肌肉，坚硬而结实的部分变成了骨骼，石头上的纹理留在原处，成了人体的脉络。就这样，借助于神的佑护，在很短的时间里，男人抛出去的石头变成了男人，女人抛出去的石头变成了女人。

法厄同

太阳神的宫殿有华丽的大圆柱支撑，镶在柱子上面的发光的黄金和似火的红宝石闪着耀眼的光辉。屋顶的最高处有象牙环抱，两扇银质的门发着白光，门上精心雕刻着美丽的神奇故事。太阳神赫利俄斯的儿子法厄同走进宫殿要求见他父亲。但他离父亲很远就站住了，因为再靠近他就无法忍受那灼热的光。

父亲赫利俄斯身穿紫袍，坐在他那镶着璀璨绿宝石的宝座上，他的左右依次站着他的随从：日神、月神、年神、世纪神和四季神；年轻的春神头戴饰以鲜花组成的花环，夏神戴着绺绺麦穗编织的花冠，秋神手持装满葡萄的角，冰冷的冬神则披着一头雪白的卷发。坐在中央的赫利俄斯圆睁慧眼，很快就看见这个青年正对如此之多的奇迹啧啧称奇。"你为什么到这里来了，"他说，"是什么事促使你来到你身为神明的父亲的宫殿，我的儿子？"法厄同回答："尊贵的父亲，尘世的人都嘲笑我，辱骂我的母亲克吕墨涅。他们说我的大神出身是假的，说我是一个不知名的父亲的儿子。因此，我来请求你给我一个能向世人证明我是你真正后代的凭证。"

赫利俄斯收回围在头部的光芒，让他的儿子走近前去。他亲热地拥抱法厄同，说："你的母亲克吕墨涅说出了实情，我的儿子，我永远不会再在世人面前否认你是我的儿子了。为了让你不再心存疑惑，你就向我要一件礼物吧！我像诸神一样指着冥府的斯堤克斯发誓，不管你提出什么请求，我都满足你！"法厄同急不可耐地等父亲一说完，连忙说："那你就满足我最强烈的愿望吧，允许我驾驶一天你的太阳飞车吧！"

太阳神的脸上露出吃惊和后悔的神色。他三番五次地摇了摇他闪着金光的头，终于高声说道："哦，我的儿子，你诱导我说了一句不够理智的话！哦，我要是不向你做出那样的许诺该多好！你渴望做的事情，是你力所不及的。你太年轻，你又是凡人，你希望做的是神做的事！你所要求的，不是其余的神都能做到的事，因为除了我，谁也不能站在喷着火一般的灼热气浪的车轴上。我的车必经之路是陡峭的，我的精力充沛的马大清早就得吃力地攀登这条路。路程的中间是最高的天顶。相信我，我站在车上亲临这样的高度时，我也常常有些恐惧。当我俯瞰下界，看到海洋和陆地与我相去千里万里之遥时，我的头也难免感到眩晕。最后，路又变得急转直下，这时就需要稳稳地驾驭。海的女神忒提斯甚至都做好了接纳我进入她的洪流中的准备，她有时也害怕我掉到大海里去。此外，你必须考虑到，天是在不停地旋转，我必须顶得住这种无比剧烈的回旋。如果我把我的车交给你，你怎么能驾驶它呢？因此，我亲爱的儿子，你就别要求得到这样一个糟糕

的礼物了。趁还有时间，你赶快改换一个好一点的愿望吧！好好瞧一瞧我这惊恐的脸。你可以从我的眼睛里看到做父亲的心中的忧虑！你还是另要一个天上地下你想要的好东西吧！我指着斯堤克斯发誓，你一定会得到它。——你为什么这样狂热地拥抱我呀？"

但这青年一次次没完没了地恳求着，而父亲已经发出了神圣的诺言。所以，太阳神只好牵着儿子的手，把他领到太阳车那里去。车辕、车轴和轮缘都是金的，轮辐是银的，轭上闪烁着橄榄石和其他宝石的光辉。当法厄同正在专心地赞赏这些精美的工艺时，黎明女神在泛着红光的东方打开了她的紫色大门和她的摆满玫瑰花的前厅的门窗。星星渐渐消逝，晨星是天边最后离开它的岗位的星，月亮最外边的弯角也失去了光影。这时，赫利俄斯命令长着翅膀的时序女神套马，她们就把饱食神仙食品的喷着火光的马匹牵出马厩，套上华丽的辔头。

这当儿，父亲往儿子的脸上涂了神圣的油膏，好让他能忍受得了熊熊火焰的炽烤。他把他的日光金冠戴在儿子的头上，却又叹息一声，提醒儿子："孩子，别用钉棒打马，只需紧握缰绳，马会自动飞驰，你要尽量让它们跑得慢一些。走的路是倾斜着的大弧线，你千万不要靠近南极和北极。你会清楚地看见车轮滚动的轨道。你不要下倾得太低，否则大地会着火；你也不要太高，否则会烧了天国。去吧，黑暗已经过去，攥住缰绳吧。或者，现在还来得及，再考虑一下，我亲爱的孩子！还是把车留给我，让我给世界送去光明，你留下来观看吧！"

这个青年好像根本就没有听见父亲的话，他一跃跳到车上，十分高兴地把缰绳抓在手中，向忧心忡忡的父亲亲切地点点头表示感谢。四匹飞马舒畅地对着天空嘶鸣，用蹄子对着大门踢踏。对孙儿命运一无所知的老祖母忒提斯出来打开了大门。世界无限辽阔地展现在青年的眼前，骏马沿着轨道起飞，冲破面前的晓雾。驾车的骏马明显地感到，它们拖着的重量跟平常

不同，比往常轻得多。它们拉的车没有足够的重量了，车就像大海里摇晃着的船一样，在空气中跳动。车好像空了似的，冲得很高，向前滚去。

当骏马觉察到这种情况时，它们便离开轨道的范围飞驰起来，不再按以前的规矩奔跑。法厄同开始发抖了。他不知道往哪边拉缰绳，不知道路在哪里，也不知道怎样制服野性的马。当这个不幸的人从高高的天边俯瞰下界，看见辽阔的陆地在他脚下极其遥远的展开时，他突然吓得脸色煞白，双膝颤抖。身后的天已经离他很远，但眼前的地离他更远。他心中计算着前方和后方的距离。他呆呆地望着远方，不知怎么办才好；他既不放松缰绳，也不把缰绳拉紧。他想要呼唤那几匹马，但又不知道它们的名字。他十分恐惧地看着挂在天边的众多形状各异的星座。他吓得手脚冰凉，缰绳从手里掉了下去，就像缰绳往

下颤动触了一下马背，它们立即离开自己的轨道，跳到侧面陌生的地方，一会儿向天奔，一会儿向地跑。它们时而碰到恒星，时而下降向靠近大地的小道倾斜。它们碰到头一个云层，云层立刻像被点燃

冒出白烟。车子越来越低地往下冲，突然接近了一座高山。

这时，土地因为受炽热的烘烤而干裂。因为一切汁液都已被烤干，土地也开始发出微光。荒野的草变黄了，枯萎了；再到下面，森林的树叶也燃烧起来。很快大火便蔓延到平原。庄稼被烧得颗粒全无。所有的城市都冒着熊熊的烈火，所有的国家连同全体居民都被烧成了灰烬。周围的山丘，树林和高山也都起了大火。江河干涸或惊恐地逃回发源地，大海也凝缩起来，此前还是湖海的地方，现在都变成了干燥的沙地。

法厄同看见地球的四面八方都着了火，他很快也忍受不了火热的烤灼了。他好像是从一个烟囱的火炉深部吸入沸腾的空气，觉得脚底踩的是烧得通红的车。他已无法忍受这浓烟和大地燃烧飞扬上来的灰烬。烟雾和浓重的黑暗包围着，飞马任意拖着他。最后连他的头发也被大火烧着了，他从车上摔下来，他全身燃烧着从空中打着旋坠落，像偶尔出现的一颗星划破晴空疾驶而下。在离他的故乡很远的地方，一条名为厄里达诺斯的宽阔的河接纳了他，不断地冲击着他那冒着泡沫的脸。

法厄同的父亲亲眼看到了这一切惨象，抱头陷入深深的悲愁之中。据说这一天世上没有见到阳光，只有大火照亮了人间大地。

欧罗巴

在太尔和西顿，有一个名叫欧罗巴的少女。她是阿革诺耳国王的女儿，一直生活在父亲的几乎与世隔绝的宫殿里。半夜后，凡人总做一些可信的梦；这一天夜里，一个奇异的梦从天而降，造访了这个少女。她觉得，好像有两个大陆，即亚细亚和与它相对的大陆，变成了两个女人的形象，二人争着抢着要把她据为己有。一个女人是一副异国人的模样，另一个女人——她就是亚细亚——长相和举止都和本地人一样。后者则以温存的热情争取她的孩子欧罗巴，她说欧罗巴是她亲生和养育的爱女。而那个异乡的女人却像对待一个战利品似的把她紧紧地抱在怀里，不等欧罗巴有所反抗，便把她带走了。

"跟我走吧，亲爱的姑娘，"异国女人说，"我把你当作胜利品带到持盾者宙斯那里去，这是你命中注定的归宿。"

欧罗巴醒来，心还怦怦直跳。她从卧榻上坐起来，因为夜梦的影像和白天的景象一样清晰。她挺直腰板，一动不动地在床上坐了很长时间，她圆睁两眼呆呆地望着前面，仿佛那两个女人还站在眼前。后来她才张开嘴，惊恐不安地自言自语道：

"是哪一位天神让我做了这样一个梦？我在父亲的王宫里睡得又香又安稳，是什么样不可思议的梦吓得我心慌？我梦见的这个异乡女人是谁呀？我心里对她产生了一种奇怪的思慕啊？她向我走来时态度多么可亲！就是她把我强行带走时，那微笑的目光也流露着一种母爱！愿天神使我的梦成为吉祥的兆头！"

到了清晨，灿烂的阳光从少女心中抹去夜寐中的梦影，欧罗巴起来后就去忙她少女生活的琐事和娱乐。不久，她的同龄朋友和游伴以及贵族家的小姐都聚集在她周围，这些人时常陪她唱歌跳舞、散步和祭神。她们今天又来邀请她们的女主人到海边鲜花遍野的草地上去散心，在那里欣赏盛开的鲜花，倾听大海波涛轰轰的回响。所有的姑娘都穿着漂亮的绣花长袍。欧罗巴本人则身穿一件极美的金线刺绣的拖裙，裙裾上绣着神话传说的光辉画面。这华贵的衣裙是赫淮斯托斯的一件作品，是很久以前大地的震撼者波塞冬求爱时献给

利彼亚的礼物。从她有了这件礼物以后，它便作为传家之宝一代一代地传到了阿革诺耳的家中。可爱的欧罗巴穿着这身新娘的盛装，带领着她的女游伴跑到开满五颜六色鲜花的海边草地上去。到处都飘荡着这群少女的欢声笑语。每个人都采摘一枝自己心爱的花朵。

采集了足够的鲜花以后，她们便围着欧罗巴坐在草地上编花环。她们打算把这些花环挂在抽芽的树枝上作为献给草地女神们的谢礼。但命运没让她们太久地用情于鲜花，因为夜梦向她预言的命运突然闯进了欧罗巴无忧无虑的少女生活。宙斯为年轻的欧罗巴的美所倾倒。因为他害怕惹恼嫉妒心重的赫拉，同时也不希望迷惑这个少女纯洁的意念，所以这位狡猾的神想出了一个新的诡计。他改变形象，变成一头牡牛。但那是一头什么样的牡牛啊！他不像一头走在草地上，或驾轭俯首，拉着重载车辆的普通的牡牛；不，他身材高大而俊美，脖子略胖，肩很宽。他的角小巧玲珑，像精心雕琢出来的一般，比纯净的宝石还要透明。他身上的颜色是金黄的，只是在前额上闪烁着一个月牙形的银白色标记。他的淡蓝色的眼睛透露着倾慕的柔情。

宙斯在改变形象前，曾把赫耳墨斯叫到奥林帕斯山来，对自己的意图秘而不宣，只说："我亲爱的儿子，你赶快去办一件事！你看见下面偏左的那个地方了吗？那是腓尼基：你到那里去，把阿革诺耳国王的畜群赶到海边去。"不大工夫，这位背有飞翼的神就飞到了西顿的山间牧场，把阿革诺耳国王的牛群赶到山下海边国王的女儿和姑娘们无忧无虑地玩弄花环的草地上。以牡牛形象出现的宙斯就在牛群当中，只不过赫耳墨斯一点儿也不知道罢了。

其余的牛零零落落地散布在离少女们很远的草地上。只有宙斯化身的那头美丽的牡牛慢慢走近欧罗巴和她的游伴坐着的那个草坡。他十分优雅地在茂密的草丛中信步走来。他的前额并没有现出威胁

的表征，发光的眼睛也不可怕。他的整个外表都充满着柔情。
欧罗巴和她的年轻女伴们都很欣赏这头牛高贵的形体与平和的
神态，甚至都想就近好好地看看他，抚摩他那油光水滑的背。
牡牛好像觉察到了这一层意思，因为他越走越近，最后站在欧
罗巴的前面。欧罗巴跳开，开始还往后退了几步。当这头牛那
样驯服地停在那里时，她才鼓起勇气，又向前走，把她的花束
举到他吐着白沫的嘴边，从他嘴里向她飘来一种吃过神仙食品
的香气。他讨好地舔着献给他的鲜花，舔着那只抹去他嘴边的
泡沫、亲切地抚摩着他的温柔的手。这头俊美的牛越来越讨少

女的喜欢了。她甚至大胆地吻了一下他那光灿灿的前额。这时，牛快乐地哞哞叫了几声，但跟别的普通的牛叫声不同，这叫声很像震荡在山谷里的吕狄亚人的笛声。然后，他就蹲伏在美丽的公主的脚下，无限渴慕地望着她，对她转动了一下脖子，向她示意他宽阔的背。

欧罗巴对她的那些年轻女友说："都走近一点吧，亲爱的游伴，让我们坐到这头美丽的牡牛的背上吧，一定很有趣。我想，他像十艘大船一样能坐下我们四个人。瞧他多温顺，多可爱！和别的牛完全不同。他真的像人一样会思想，只是不会说话罢了。"她一边说，一边从女伴手中接过花环，一个个把花环挂到牡牛低垂的牛角上。接着，她微笑着一跃而上了牛背，她的女友却仍在犹豫不决地看着她。

牡牛的目的达到了，就从地上站了起来。开始，他驮着少女相当缓慢地走着，就是这样，她的女伴们也跟不上她。当他把草地抛在背后，眼前展现一望无际的海岸时，他便加快了行走的速度，现在不再像一头小跑的牡牛，而是像一匹飞腾的骏马了。少女还没来得及想，他就纵身跳到海里，带着他的俘虏，向深海游去。少女用右手紧握牛角，用左手支撑在他的背上。风吹起她的衣裙，像鼓起一个风帆。她怯生生地回头望着远离的陆地，呼唤她的女伴，但纯属白费气力。

牡牛向前游去。像一只飘荡的船。不久，海岸消失了，太阳落下去了。在微明的夜色中，这不幸的少女环顾四周，除了波涛和星辰什么也看不见。第二天早上，牡牛又走了。这一整天，少女都坐在牛背上越过无边无际的洪流向前漂游。不过，这头牡牛能够灵活地辟开波浪，所以他的可爱的姑娘身上没有溅上一滴水。傍晚，他们终于到达远方的一个海岸。牡牛跳上岸，让少女在一棵拱形的树下轻轻地从他背上滑下去，便在她眼前消失了。原地出现一个天神一样的英俊男子，他对她解释说，他是克瑞忒岛的统治者，如果她愿意嫁给他，她将得到他的保护。由于无望和孤独，欧罗巴把手伸给他表示同意。这样，宙斯最终的愿望就实现了。但他像来时那样，又突然消失了。

早晨的太阳升起来时，欧罗巴从长时间的昏睡中醒来。她目光慌乱地看看自己的四周，好像在寻找她的家园。"父亲，父亲！"她以刺耳的哀诉声喊着，同时想了想所发生的事，又高声说道："我是个卑劣的女儿，我还有资格呼唤父亲吗？多么荒唐，我竟忘记了子女对父亲的爱！"她又望了望四周，好像回想起了一切，便对自己发问："我是从哪里来的，我现在到了什么地方？"她用手心摸着眼睑，好像是想要抹掉那个可恨的梦。她拭目向四下里张望，各种陌生的景物一动不动地展现在她的眼前。她四周全是叫不上名来的树木和悬岩，一股令人恐怖的海潮冲到岸边掀起巨大的浪涛。

"哦，我现在要见到那头讨厌的牡牛，"她绝望地喊道，"我要把他撕碎，不把他的角折断我绝不罢手！尽管我觉得此前他很可爱！但这是多么不切实际的愿望啊！我不知羞耻地离开了家，现在除了死，我还能怎样呢？如果所有的神明都抛弃了我，那就请诸位天神派一头狮子、一头老虎来吧！说不定我的万般美点会使它们食欲大增，这样我就不必等候饥饿来使我如花似玉的面颊枯萎凋零了。"

但没有一个野兽出现。陌生的地区宁静地伸

展在她面前，给人增添了几分喜悦，太阳在万里无云的晴空上照耀着大地。好像有复仇女神在追击她，这个孤独的少女跳了起来。"苦命的欧罗巴，"她喊道，"你没听见你父亲的声音吗？他虽然不在你身边，如果你不了结你不光彩的生命，他也会诅咒你。他不是把那棵栲树指给你了吗，你可以用腰带把自己吊死在那上边？他不是给你指点了那座高山悬崖了吗，你一纵身从那上边跳下去就可以葬身波涛咆哮的大海？或者，你，一个国王的高贵的女儿，宁愿做一个野蛮国王的小妾，天天做他的奴隶，纺定额的羊毛？"

这个不幸的孤独的少女就是这样用死的思想折磨着自己，却又没有勇气去死。这时，她突然听到传来嘲笑般的悄声私语。她以为有人偷听，便惊恐地朝后面看。在非尘世的光辉中，她看见女神阿佛洛狄忒站在她面前，旁边还有女神的小儿子，那个带着弯弓的爱神厄洛斯。女神的嘴角先是微微一笑，然后说："不要生气,也无须争吵,美丽的姑娘！那头可恨的牡牛就来,他会向你伸出双角让你折断。在你父亲的王宫里把那个梦送给你的，就是我。你要知足啊，欧罗巴！是宙斯把你抢来的。你是这位不可战胜的神尘世的妻。你的名字将是永存的，因为现在收容你的这块大陆从此以后就叫欧罗巴！"

卡德摩斯

卡德摩斯是腓尼基国王阿革诺耳的儿子，欧罗巴的哥哥。在宙斯变形为牡牛把欧罗巴姑娘拐走以后，阿革诺耳便派卡德摩斯带着兄弟们去寻找她，如果找不到她就不准他们回来。卡德摩斯在世上乱闯了很长时间，也没能揭穿宙斯的诡计。他对找到妹妹已不抱希望时，又怕他父亲发怒，便去向福玻斯·阿波罗请求神谕，他将来应该生活在什么地方。阿波罗向他指明："在一块偏僻的草地上，你将遇到一头没有负过轭的小牛。你让它领着你走，然后，你就在它躺在草里休息的地

方修建城池，给这城市取名忒拜。"

卡德摩斯刚刚离开阿波罗赐他神谕的卡斯塔利亚圣泉，便在一片绿茵茵的牧场上看见一头脖子上没有负轭痕迹的牛。他不出声地向福玻斯做着祈祷，慢步跟着这头牛走。他涉过刻菲索斯的浅滩，又走了一大段路，那头牛忽然站住了，它把两耳对着天空竖起，空间立刻响起哞哞的牛叫声。然后，它回头看了看跟它走来的那群人，最后就躺在青草里了。

卡德摩斯满怀感激之情俯伏在异乡的土地上，亲吻这土地。他想要向宙斯献祭，于是他就派仆人到活泉去取水用来举行神品饮的献礼。在那个地区，有 一个从未采伐过的古老

的树林。林中悬岩犬牙交错，树木盘根错结。一个拱形的深谷里处处涓涓流淌着清凉的泉水。在这个洞穴里隐藏着一条凶龙，老远就可以看见红色的龙冠闪着亮光。它的眼睛喷射着火焰，它膨胀的身体里充满毒汁，它用三个舌头发出丝丝的声音，它嘴里长着三排锋利的牙齿。当腓尼基的仆人走进小树林时，淡青色的龙就突然从洞里伸出头来，发出可怕的叫声。腓尼基仆人一惊，汲水罐便从手中滑落下去。他们吓得全身血液都凝结了。毒龙把它遍布鳞甲的身躯盘成滑腻腻的一堆，蜷缩成直立的弓形，然后抬起半个身体，向下边的树林望去。突然，它狂怒地冲向腓尼基人，把他们咬死一部分，缠绕勒死一部分，剩下的则用它的毒气窒息，或用它的毒涎杀戮。

卡德摩斯不知道他的仆人为什么迟延了这么久，最后亲自去找他们。他身披一张他从狮子身上剥下来的狮皮，手持长矛和标枪，此外还怀着一颗比任何武器都起作用的坚强的心。他走进树林，一眼就看见他的被杀死的仆人的尸体，看见那仇敌正用它那膨胀的身躯炫耀自己的胜利，用嗜血的舌头在尸体上舔来舔去。

"唉，我可怜的朋友啊，"卡德摩斯无比痛苦地大叫一声，"不给你们报仇，我就跟你们死在一起！"

他一边说着，一边搬起一块巨石向毒龙投去。这样大的一块石头会砸得城墙和塔楼摇摇欲坠，但这条毒龙却一点也没

33

受伤。它的坚硬的黑皮和鳞片像铁甲一样保护着它。现在，英雄开始投掷标枪。这回怪物的身体顶不住了，钢制的枪尖深深地刺入它的脏腑。疼痛使毒龙勃然大怒，它回过头来咬碎枪杆，但枪头却牢牢地留在体内了。它又被刺了一剑，就更加暴怒了，它的咽喉胀了起来，白色的泡沫从毒腭里往外喷吐。毒龙挺起比树干还直的身躯，像箭一样冲过来，但它的胸部撞在树干上了。鲜血终于从这头怪兽的脖子里流出来，染红周围的杂草。但伤势不重，毒龙仍能躲避冲刺砍杀。最后，卡德摩斯把剑深深地捅进毒龙的咽喉，一直捅到一棵橡树里，使巨兽的脖颈钉在树干上。这时，毒龙才被制服。

卡德摩斯久久地凝视这头被杀的毒龙。后来，他又看了看四周，发现从天而降的帕拉斯·雅典娜站在他身旁。她命令卡德摩斯立刻把毒龙的牙齿种到翻过的土里，它们将生出人的后代。他听从女神的旨意，用犁在土地上犁出一条很宽的垄沟，把龙牙撒到沟里。土块突然开始活动，从垄沟里首先冒出来的是枪尖，然后冒出一顶晃动着彩色羽毛的头盔。很快就出现了肩、胸、手持武器的胳膊，最后站出一个全副武装的战士，他从头到脚整个儿都是从泥土中生长出来的。在许多地方，同样又从泥土中长出人来。于是，一整队装备齐整的战士在腓尼基人面前长了出来。

卡德摩斯不禁大为吃惊，准备与新的敌人战斗。但是，从土里生出来的一个人朝他喊道："不要拿起武器，不要介入内部战争！"这时，在地下冒出来的战士当中开始了一场毁灭性的斗争，最后只有五个人活了下来。其中有一个后来被称作厄喀翁的，首先按照雅典娜的旨意放下了武器，自愿求和。别的人也跟着这么做。

在这五个泥土所生的战士的帮助下，从腓尼基来的外乡人卡德摩斯，如神谕所示，在这里建立了新的城市，并命名该城为忒拜。

代达罗斯和伊卡洛斯

雅典的代达罗斯属于厄瑞克提得斯家族,是墨提翁的儿子,厄瑞克透斯的曾孙。他是建筑家、雕刻家和石雕工人,是他那个时代最伟大的艺术家。他的艺术作品备受世界各地人的称赞。谈到他的雕像,人们都说那是活的,能走动和能看物的,认为那不仅是肖像,那简直是有生命的造物。从前大师们的雕像,眼睛都是团着的,双眼僵直地垂在两侧而且是与身体连在一起。代达罗斯的雕像第一次睁着眼睛,双手与人体分离伸向外面,站在那里的脚则是走路的姿态。

虽然代达罗斯艺术水平超群,他在艺术方面的为人却又自负又嫉妒。正是这种人格上的缺点诱他犯罪,使他遭受苦难。

他有一个外甥,名字叫塔罗斯,跟他学习艺术雕刻,而这个学生的天分却比他的舅舅和老师还高。还是个孩子的时候,塔罗斯就发明了制陶器用的转盘。他还把两个金属臂连接起来,让一个不动另一个能动,由此发明了最早的车床。他还设计了别的工具,而这一切都没有他的老师的帮助,这样他就有了很高的名望。代达罗斯害怕学生的名声比老师的名声大。

嫉妒心压倒了他的理智，于是他竟丧心病狂地把塔罗斯从雅典的卫城上推下去，杀害了这个孩子。在代达罗斯埋葬他外甥的时候，他的行为使人对他产生了怀疑。尽管他谎称他是在掩埋一条蛇，他还是在阿瑞俄帕戈斯法庭上被控谋杀，并被判有罪。

但他逃跑了，开始在阿提刻四处流浪，后来逃到了克瑞忒岛。在那里，国王弥诺斯收容了他；他成了国王的朋友，被视为著名的艺术家。国王选派他去为弥诺陶洛斯——一个牛首人身的怪物——建造一所使人见了就心醉神迷的住宅。代达罗斯创造性地建了一座迷宫。这是一座处处迂回曲折的建筑，走

进去的人总要眼花缭乱，找不到该走的路。无数通道盘绕在一起，就好像佛律癸亚地区迈安德洛斯河蜿蜒无序的流动，在可疑的通道上时而向前、时而倒退，常迎着波浪走。在这所建筑峻工后，代达罗斯去进行检查，连他自己也费了很大的劲才走出迷津回到大门口，可见他修建了一个遍布迷津的古怪的建筑物。弥诺陶洛斯被保护在这个迷宫的内部，他的食物是雅典每九年向克瑞忒国王进贡的七个童男和七个童女。

长期被放逐的背井离乡的生活渐渐使代达罗斯感到心情沉重，一想到要在海水包围的小岛上面对专制国王的不信任度过一生，就十分痛苦。他绞尽脑汁思索自救的方法。经过很长时间的思考，他终于快乐地说道："自救的办法有了！弥诺斯尽管从陆地和海上封锁我，但空中对我是开放的。弥诺斯虽然威权无比，但他管不了天空。我可以从空中逃离此地！"

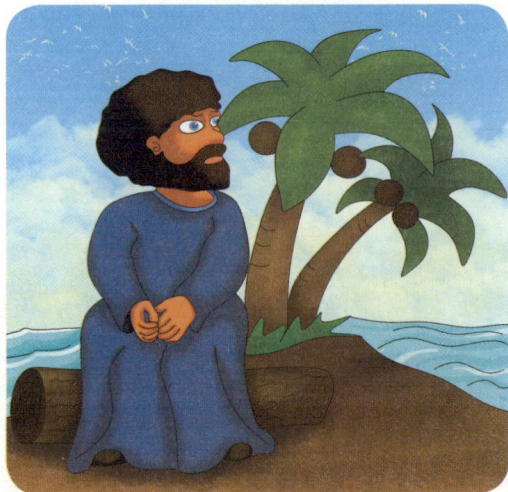

说干就干！代达罗斯凭借他的创造精神征服自然。他动手把鸟的羽毛按大小不同分开放在一边，然后把最小的羽毛放在

较大的羽毛上形成一较长的羽毛，做到让人以为它们是自然而然生长起来的。在这些羽毛中间缝上麻线，下边涂上蜜蜡，然后把连在一起的羽毛弯成弧形，看上去完全像鸟的羽翼。

代达罗斯有一个男孩，名叫伊卡洛斯。他站在父亲身旁，好奇地用小手参与父亲的艺术加工：他时而去抓那些绒毛被风吹动的羽毛，时而用大姆指和食指揉捏父亲自己使用的黄色的蜜蜡。父亲漫不经心地听任孩子去抚弄，看着孩子笨拙的动作微笑。翅膀扎成以后，代达罗斯把它绑在自己身上，找准了平衡，然后便像只鸟一样轻盈地飞到空中去了。他又降落在地上以后，他又用业已准备好的小翅膀教他的小儿子伊卡洛斯飞翔。

"亲爱的孩子，要永远在中间的航线上飞，"他说，"如果你飞得太低，翅膀就会擦到海水，变湿变沉，你就会掉到大海里去。如果你飞得太高，你的羽毛就会因为离太阳光太近突然着火。要在海水和太阳之间飞，永远沿着我的航线飞。"代达罗斯一边这样警告，一边把一对翅膀绑在儿子肩上。不过，一边绑，老人的手也在不停地抖动，担忧的眼泪滴在手上。然后，他拥抱了孩子，并吻了吻他，这也是最后的一次吻。

现在，父子二人利用自己的人造翅膀升上了天空。父亲飞在前面，就像一只老鸟第一次带着幼鸟出巢飞行一样充满忧虑。他小心而灵巧地扇动翅膀，好让儿子照着他的样子做。他不时地回头，看儿子飞行得怎么样。开始，一切相当顺利。他

们不久就从左边的萨摩斯岛飞过去，又过了一会儿便飞过了罗得斯岛和帕洛斯岛的上空。还有许多海岸在他们的眼前一闪即逝。这时，那男孩伊卡洛斯，由于飞行顺利而过于自信，竟然离开了父亲的航线，冒冒失失地操纵一对翅膀向高空飞去。但可怕的惩罚也立刻降临。更加靠近太阳后，太强的光线烤软了粘合翅膀的蜜蜡。伊卡洛斯对此还没觉察到时，羽翼已经解体，从肩上掉下去。可怜的孩子还在划翔，用没有翅膀的手臂扑打，但不能浮在空中，就突然跌到下面去了。他也曾想呼叫父亲救他，但还没来得及喊出声来，就被碧蓝的海涛吞没了。

这一切发生得非常快，等代达罗斯回头看他时，竟没有看到他的一点踪影。"伊卡洛斯，伊卡洛斯，"他在人迹绝无的天空绝望地呼喊，"你在哪里？在空中我到哪里去找你呀？"最后，他垂下怯生生的四处寻觅的目光往下看了看。他发现水面上漂浮着羽毛。他停止飞翔，降落下来，收起羽翼，毫无指望地在海岛的岸边走来走去。不久，大浪就把他孩子的尸体冲到了海岸。现在，被杀害的塔罗斯报仇雪恨了。为了永远纪念这悲惨的事件，该岛取名伊卡里亚。

代达罗斯埋葬了儿子的尸体以后，又继续飞向那个名为西西里的大岛。这个岛的国王是科卡罗斯。他也像克瑞忒岛的弥诺斯国王一样把代达罗斯待为上宾，他的艺术给这里的居民带来了惊喜。在这里，代达罗斯带领人民挖掘了一个人工湖，从湖里流出一条宽阔的通向附近大海的河。多少年来，人们都指着这湖赞叹不已。有一块很难攀登的陡峭的山岩，几乎没有什么树；就在这块山岩上，他建造了一座城堡，通向那里的是一条狭窄而曲折的小道，只要有三四个人就可以守住这个

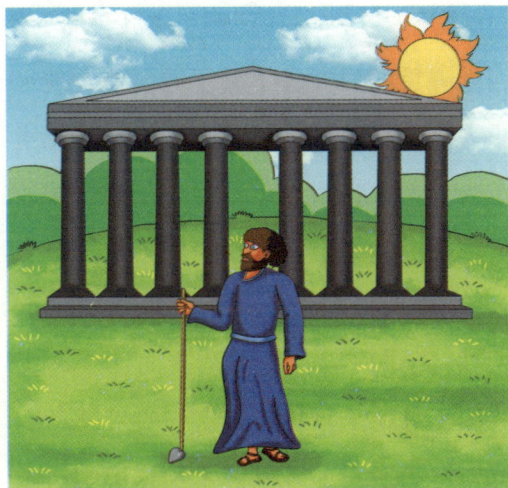

城堡。国王科卡罗斯于是选择这个很难攻破的城堡存放他的珍宝。代达罗斯在西西里岛上兴建的第三个工程是一个深邃的地洞。他巧妙地从这里引出地下火生成的热气。人们呆在一个岩洞里平常总感到湿冷，现在却觉得像在一个微微被加热的房间里一样舒适，身体渐渐地出一点很舒服的微汗，不像在燥热的环境中令人烦躁。他还扩建了厄律克斯海甲上的阿佛洛狄忒神庙，敬献给这位女神一个金制的蜂房，那蜂房的制作工艺无比高超，看上去跟真的没有什么两样。

但这时弥诺斯国王知道了他的建筑师代达罗斯偷偷地离开了他的岛国，逃到西西里岛去了，于是决定率领强大的军队追捕他。他装备了一支很大的舰队，从克瑞忒岛驶向阿格里根同。到了地方，他命令他的陆战队上了岸，同时派出使者去见科卡罗斯国王，要求对方交出那个逃亡者。科卡罗斯对异国暴君的入侵非常愤怒，他苦苦地思索着使这个暴君遭到灭顶之灾的计策。他假装接受克瑞忒人的要求，答应满足他的一切愿望，并邀请对方会晤。弥诺斯来了，受到了科卡罗斯隆重热情的接待。科卡罗斯请弥诺斯洗热水浴以解除旅途的劳顿。但当他坐到浴缸里时，科卡罗斯命人不停地加热，直到弥诺斯在沸水里被煮死。西西里的国王把弥诺斯的尸体交给克瑞忒人时，佯称他沐浴时不慎掉到热水里去烫死了。弥诺斯被他的随从以最壮观的葬礼安葬在阿格里根同附近，并在他的墓碑的上坡建立了一座向世人开放的阿佛洛狄忒神庙。

代达罗斯一直受到科卡罗斯国王的优遇。他培养了许多著名的艺术家，成为西西里岛建筑和雕刻艺术的奠基人。但从儿子伊卡洛斯坠海死去以后，他就再也没有过愉快。他创造了很多光辉的作品，使他得到庇护的地方处处充满欢乐，他自己度过的却是忧伤苦闷的晚年。最后，他在西西里岛去世，被安葬在岛上。

菲勒蒙和包喀斯

在佛律癸亚王国的一个小山上长着一棵千年橡树，紧挨着它长着一棵同样古老的菩提树。两棵树的四周是一道低矮的围墙。两棵相邻的大树上挂着许多花环。不远处有一个多沼泽的湖：从前，那里是一片可居住的土地，现在只有潜水鸟和苍鹭飞来飞去了。

一天，宙斯带着他的儿子赫耳墨斯来到这个地区，这一次赫耳墨斯只拄了一个拐杖，而没戴有翼的帽子。他们都化作人形，想考察人类的友好程度。因此，他们敲了千家万户的门，请求借宿一夜。但所有的居民都很自私粗暴，这两位天神连个落脚的地方都找不到。瞧，村头有一个小茅屋，又矮又小，用干草和苇杆搭顶。但在这所贫寒的房子里住着一对幸福的老人，正直的菲勒蒙和他的女人——同样诚实的包喀斯。在这里，他们一起度过了欢乐的青春年华；在这里，他们又一起变成了白发苍苍的老人。他们毫不隐瞒自己的贫穷，却能忍受悲苦的命运。虽然没有子女，他们却很乐观、友善，相亲相爱地生活在他们一起单独居住的小茅屋里。

　　当这两位神化作的高大的人走近这所贫寒的小屋、弯腰跨过低矮的房门时，两位正直憨厚的老人便起身迎接，亲切地打招呼。老汉搬来凳子，老太太包喀斯铺上一块粗布，请客人坐下休息。老婆婆赶忙奔向灶台，在余焰未尽的柴灰中拨弄出微燃的火星，堆上干木头和干柴枝，轻轻地从冒烟的柴火上吹起火苗来。然后，她去抱来劈好的木头，塞到悬在火上的锅下边。而菲勒蒙此时已从侍弄得相当好的小菜园里取来了卷心菜，老太太接过来把它掰开洗净。老汉又用二齿叉从卧室天棚上勾

下来一块熏猪肉——这块猪肉是准备节日用的，他们已经储存好久了——从肩部切下一小块来抛在沸腾的水里煮汤。

为了不让客人觉得等待时间太长，他们竭力跟客人热情地聊天。他们还把温水倒入木盆里，让客人洗脚解乏。两位神和蔼可亲地微笑着接受这盛情的招待。他们舒舒服服地烫脚的时候，善良的女主人又为他们安排了睡铺。床就摆在小屋的中间，床垫里塞的是芦絮，床腿和床架都是柳条编织成的。菲勒蒙拉出了只在节日才用的地毯——哦，不过地毯也都很破旧了。尽管如此，两位神还是很愿意坐在上面享用做好的晚饭。现在，老婆婆腰里系着围裙，两手发抖地把一张三条腿的桌子放在床铺前面，因为桌子立不稳，她就往那条短桌腿底下垫了一块碎瓦片。

然后，她用新鲜的荷叶擦了擦桌面，就把饭食摆在桌上。这里有橄榄，有浸在稍浓的清亮汁液里的秋季山茱萸，有白萝卜和菊苣，还有优质的奶酪和热灰里焐熟的鸡蛋。包喀斯把这一切菜肴放在陶瓷盘子里端上来。同时，桌上还有五彩陶的酒罐和山毛榉木制的里面涂了黄蜡的小酒杯发出夺目的光彩。这位憨厚的男主人斟上的葡萄酒既不是陈酿也不太甜。这时，上了几道热菜。然后，又把酒杯挪到边上，腾出地方好放最后一道甜点心。上的甜点心是核桃，无花果和圆圆的大枣，还有两小盘李子和香气袭人的苹果，连红葡萄也不缺少，餐桌中间还有一块乳白色的蜂蜜片。但最好看的还是两位憨厚老人的慈善亲切的笑容，这两张面孔透露着慷慨和忠诚。

当大家酒足饭饱，精神焕发的时候，菲勒蒙发现，尽管酒杯一再斟满，酒罐却不变空，里面的酒反而永远升到罐口。这时，男主人才惊讶而畏惧地认出他是在给谁提供了住处。老汉连同他年迈的老伴高举起手臂，恭顺地垂下目光，请求神明慈悲为怀，不要怪他们招待不周，只能供应简陋的菜肴！啊，他们现在应该怎样款待天上来的客人呢？对了，他们突然想起

来：外面的禽舍里不是还剩下仅有的一只鹅吗！他们愿意把它拿来献给神。两位老人急忙跑出去抓鹅，可是鹅比他们跑得还快。那只鹅哦哦地叫着，扑打着翅膀，总能逃开两位气喘吁吁的老人。它一会儿跑到东，一会儿跑到西，诱使老人疲于奔命。最后，鹅跑进屋子，躲在客人的身后，好像在祈求神的保护。它果真得到了保护。

两位神挡住了两位老人的热心奔忙，慈祥地微笑着说："我们是神啊！我们是到人间来考察人类的友好程度的。我们发现，你们的邻居都是有罪的，他们逃不脱天惩。不过，你们要离开这所房子，跟着我们到山顶上去，免得你们无辜地跟这些有罪的人一起遭殃。"两位老人听从了神的叮嘱，拄着拐棍吃力地攀登那座陡峭的山。

离山顶还有一箭远的时候，他们怯生生地回头一看，发现山下的全部土地都成了一片汪洋大海，所有的建筑物都坍塌了，只有他们的小茅屋还立在那里。他们还在感到惊讶，悲叹其他人的厄运时，瞧啊，那个破旧贫寒的茅屋竟然变成了高耸的庙宇。那座庙宇有许多大圆柱子支撑，金色的屋顶闪耀着光辉，地面全都铺着大理石。

这时，宙斯露出亲切友好的面容，转向微微颤抖的两位老人说："告诉我，诚实的老人，还有你，诚实老者的可尊敬的老伴，你们希望得到什么？"菲勒蒙跟他女人交谈几句，然后说："我们希望成为你们的祭司！请准许我们守护这座庙宇。我们俩和和睦睦地在一起生活了这么久，哦，那就让我们俩死在同一个时辰吧。到那时，我既看不到我的爱妻的坟墓，也不必葬她。"

　　他们的愿望实现了。他们俩在有生之年一直守护着这座庙宇。一天，当他们都感到已经享尽天年时，便一起站在神庙的台阶前，默默地回忆着这奇异的命运。这时，包喀斯看着她的菲勒蒙，菲勒蒙看着他的包喀斯，消失在绿色的树叶里。两个人的面孔周围长出参天的成荫的树梢。"再见了，亲爱的老头子！""再见了，我的爱妻！"在他们还能说话的时候，两个人就相互说了这么一句。

　　这令人尊敬的一对夫妻就这样结束了他们的一生：老汉变成了橡树，老妇变成了菩提树。就是死后他们也亲密无间地站在一起，像生前一样永不分离。

弥达斯国王

有一次，位高权重的酒神狄俄倪索斯带着他的女祭司和山林神怪翻山越岭到小亚细亚去。在那里，他在众随从的陪同下，沿着特莫洛斯山脉那些四周爬满葡萄蔓的山丘散步。走着，走着，只有那位白发苍苍的酒徒西勒诺斯不见了。原来，这位老者因不胜酒力而落在后头睡着了。佛律癸亚的农民发现了这位酣睡的老人，给他戴上花环，把他带到弥达斯国王那里。国王虔敬地接待这位神圣不可侵犯的酒神的朋友，热情地招待他，盛宴款待了他十天十夜。在第十一天的早上，国王把这位客人送到吕狄亚旷野，交给了酒神。

酒神又见到了老朋友，非常高兴，便要求国王说出他的愿望，酒神一定满足他。于是，弥达斯说："伟大的酒神，如果允许我选择的话，那就是请您让我把我所触到的东西都变成闪光的金子吧。"酒神感到很遗憾，对方竟没有作出更好的选择。但酒神还是满足了他的这个愿望。弥达斯得到这个糟糕的馈赠，心里喜不自胜，就赶快走了，而且马上就试了试这个许诺可靠不可靠——看啊！他从橡树上折下一个橡树枝，变成了金子。他急忙从地上拾起一块石头，这块石头就变成闪光的金块；他从麦杆上摘下成熟的麦穗，就收获了金子；他从树上摘下来的水果像赫斯珀里得斯姐妹的金苹果一样闪闪发光。他欣喜若狂地急急走进王宫。他的手指刚一碰到门柱，门柱就像火焰似的发光。甚至他把手浸在其中的水也变成了金水。

国王高兴得忘乎所以，命令侍从为他备一桌美味的饭菜。餐桌上很快就摆上了可口的烤肉和白面包。现在，他伸手去拿面包——司谷物成熟的德美特女神的神圣赠品就变成了石头般坚硬的金属。他把肉放在嘴里——闪着微光的金片便在他的牙齿间颤动作响。他端起高脚杯，啜饮香气扑鼻的葡萄酒，便觉得是金汁滑到咽喉。现在他才明白，他祈求得到的是多么可怕的财富。他很富，却也很穷，他诅咒自己的愚蠢，因为他甚至连饥渴都解不了啦，真可怕，他定死无疑！他绝望地用拳头捶

打自己的脑门——哦，真可怕，连他的脸也像金子一样闪烁着光辉了。这时，他万分惊恐地举起双手，朝天祈祷起来："哦，狄俄倪索斯大神啊，发发慈悲吧！宽恕我这个愚不可及的罪人吧，取缔我身上这触物成金的能力吧！"

待人亲切友好的酒神准了这个深感悔恨的笨蛋的请求，解除他的魔法，说："你到帕克托罗斯河去，逆流而上直到在山里找到它的发源地。哪里有泡沫飞溅的水从山崖里喷出来，你就在哪里把头伸进清凉的急流里，让身上闪光的魔力离你而去。这样你就同时冲洗掉了你跟金子的罪愆。"弥达斯听从神的指令做去，瞧啊！——就在这同一时刻，魔法离开了他。但是，造金的力量转移到河流里去了。从此以后，这条河便大量地携带着这种宝贵的金属了。

从这时起，弥达斯就憎恨一切财富了。他离开豪华的宫殿，总喜欢在森林里和河流边散步，崇拜乡间的纯朴的神潘，喜爱逗留的地方全是阴凉的岩洞。但国王的心还是像以前那样愚钝，不久以后他就获得了一种新的他不该再失去的馈赠。

在特摩罗斯的群山中，潘，这位长着山羊蹄子的神，习惯于用芦笛为山林水泽的女神们吹奏调情的小曲。有一次，他竟大胆地提出与阿波罗比赛音乐。白发苍苍的老山神特摩罗斯，用橡树叶围住他淡蓝色的头发和太阳穴，坐在一个山岩上，充当决定胜负的裁判。坐在四周倾听的有迷人的女神，也有尘世凡胎的男人和女人，他们当中也有弥达斯国王。潘开始吹奏他的牧笛，笛管里洒出惊人野蛮的调子。只有弥达斯听得十分入迷。潘演奏完毕，阿波罗便上来演奏，他的长满金色鬈发的头戴着月桂花冠，身上穿着紫色的长袍，左手抱着象牙柄的七弦琴，面容和举止透露着神的庄严。他弹起了无比动听的曲调，所有的听众欢喜异常，肃然起敬。

最后，特摩罗斯这位有经验的裁判判定阿波罗获胜。

所有其他的人都热烈地鼓掌，表示一致赞同他的裁决。与此同时，弥达斯并没有闭上他那张一向胡说八道的嘴，他高声指责这个裁决，说什么得胜者应该是潘。这时，阿波罗悄悄地走到这个傻瓜跟前，掀住他的双耳。他轻轻一抻，那两个耳朵就变得很长，瞧，它们变得很尖，里外都长出灰色的绒毛了。这位神轻轻一动就造出了耳骨的关节，因为他不能容忍这样一双耳朵继续保留入耳的样子。两个长长的驴耳朵装饰着这个可怜的国王的头，因为这副不光彩的零件，他羞得无地自容。他想用一条巨大的穆斯林头巾遮盖，让世人不知道这个秘密。但

在那个经常给他理发的仆从面前，这两只耳朵是没法隐藏的。这个仆从一见到他主人的这种新的装饰，就为好奇心理所驱使，恨不得把这个秘密泄露出去。只不过，他不敢把这个秘密透露给任何人。为了减轻自己的心理负担，他走到河边，在岸上挖了一个洞，对着这个洞小声说出了他的不可思议的秘密。随后，他又细心地把这个洞穴填上轻松地离开那里。但是没过多久，这里就密密实实地长出一丛芦苇。微风吹来时，芦苇杆就奇妙地沙沙作响，彼此小声却清晰可闻地说："弥达斯国王有两个驴耳朵！"于是，这个秘密就泄露出来了。

珀罗普斯

坦塔罗斯对诸神犯下了重罪，他的儿子珀罗普斯却十分虔诚地敬奉神。父亲被打入地狱以后，由于和相邻的特洛亚国王伊罗斯交战失败，他被赶出他祖先的王国，浪游到希腊。尽管他还很年轻，他却在心里为自己选定了一个妻子。那就是厄利斯的国王俄诺玛俄斯的美丽的女儿，名字叫希波达弥亚。想要把她娶到手可不是一件容易的事，因为神谕曾向她的父亲预言：女儿结婚，父亲就会死亡。因此，这位吓破了胆的国王想尽一切办法不让任何一个求婚者接近她。他向全国宣告，只有在同他赛车中取胜的人，才能娶他的女儿为妻。谁败在国王手下，谁就得丧命。竞赛的起点是比萨，而对发车的时间这位父亲却是这样规定的：在求婚者驾着四马的战车出发时，他本人先要从容不迫地向宙斯献祭一只野羔羊。献祭完毕，他才出发，他坐在由御手密耳提罗斯驾驭的马车上，手持一杆长矛，追赶那个求婚者。如果他真的赶上了先走的那辆车，他就有权用长矛刺穿求婚者。

倾慕希波达弥亚美貌的许多求婚者听到这样的条件，勇

气依然不减。他们以为国王俄诺玛俄斯是一个衰弱的老人，他明知道自己没有能力与青年人比赛，就故意让他们先走这么一大段路，以便用宽宏大量来说明他可能的失败。因此，一个又一个求婚者被吸引到厄利斯来了，他们向国王自荐，请求娶他女儿为妻。国王每一次都亲切友好地接待他们，向他们提供漂亮的四马战车，让他们先行，他却首先去向宙斯献祭他的羔羊，一点匆忙的样子也没有。然后，他才登上一辆轻车，前边驾车的是他的两匹骏马费拉和哈耳吕娜，它们跑得比疾风还快。每一次都是离终点

很远他的御手就追上了求婚者，残暴国王的矛突然从背后刺死他们。就这样，他已经杀死了十二个以上求婚者，因为他总能依仗他的快马追上他们。

现在，珀罗普斯在奔向他心爱少女的途中在一个半岛登了陆，后来这个半岛就因他而被命名为珀罗奔尼撒半岛。很快，他就听说了那些求婚者在厄利斯的遭遇。后来，他在夜里来到海边呼唤他的保护神——手持三叉戟的大神波塞冬，波塞冬从海浪里钻出来，到了他的脚边。"威力无比的神啊，"珀罗普斯祈求道，"假如爱情女神的礼物使你欢喜，那就别让俄诺玛俄斯的钢矛扎到我。请用最快的马车把我送到厄利斯去，让我取胜。他已经杀死了十三个求婚者，还在推迟他女儿的婚礼。巨大的危险吓不倒勇敢的人。我要在比赛中获胜。请你保佑我成功。"

珀罗普斯就这样祈祷着，他的祈求并非徒劳无益。海水又轰轰地响起来，一辆四匹箭一般快的飞马驾着光闪闪的金车破浪钻出

海面。珀罗普斯纵身跳到车上，随风飞向厄利斯去参加比赛。

当俄诺玛俄斯看见他到来时，不禁大惊失色，因为他一眼就认出了海神波塞冬的神车。但他并没有拒绝按常日的条件与这个外乡人比赛，他还是信赖自己的骏马胜过疾风的神力。珀罗普斯的马匹在穿过半岛的行程后稍事休息，他便驱策它们踏上了赛程。他离目的地很近的时候，那个像往常一样祭献完羔羊的国王随着他的如飞的骏马突然逼近了他，而且挥舞长矛向这位勇敢的求婚者发出致命的一击。就在这时，保护珀罗普斯的波塞冬的妙计奏效了：国王的车子散架了，因为波塞冬趁车奔跑时弄松了他的车轮。俄诺玛俄斯坠地而死。就在这同一瞬间，珀罗普斯的四马神车到达了目的地。他回头一看，只见国王的宫殿正冒着熊熊的烈焰。是一道闪电把它点燃，彻底毁灭了它，烧得只剩下了一根柱子。珀罗普斯赶快乘着飞车奔向燃烧中的宫殿，从火中救出他的未婚妻。

西绪福斯

西绪福斯是埃俄罗斯的儿子，他是尘世间最阴险狡诈的人。他是位于两国之间的狭窄地带里的优美的克林斯城的建造者和国王。在宙斯拐走河神阿索波斯的女儿——美丽的神女埃癸娜以后，西绪福斯为了自己的利益向埃癸娜的父亲阿索波斯透露了宙斯藏匿他女儿的地方，阿索波斯果真在克林斯城上从悬崖中为西绪福斯打了一眼著名的波林娜井，以示报答。

宙斯决意惩罚这个泄密者，便派死神塔那托斯到他那里去。但西绪福斯巧妙地抓住死神，给他戴上了沉重的镣铐，结果人世间就没有人死亡了。直到强大的战神阿瑞斯解放了死神，死神才把西绪福斯带到冥府去。然而，西绪福斯过去曾叮嘱妻子，他死后不要杀生给他举行祭奠。冥王哈得斯和冥后珀耳塞福涅以为是他妻子破坏习俗，大为愤怒。经过西绪福斯的劝说，冥王才准许他回到人间去督促他那迟迟不举行祭奠的妻子。

西绪福斯就这样从冥府溜掉了。他压根儿就没想到要回冥府。在人间，他一味地寻欢作乐。但他正坐在丰盛的筵席上大吹他怎样成功地欺骗了冥王时，塔那托斯突然出现，毫不留情

地把他抓到了冥府。在地狱，他受到的惩罚是手脚并用，使足气力，从平地往高山推滚一块沉重的大理石。但每当他以为已经把它滚到了山顶时，这重物便翻转过来，于是这块阴险的巨石就又滚到山下去。这个备受折磨的罪犯一而再，再而三，永不停歇地往上滚这块巨石，冷汗不住地从肢体上流下来。

直到今天，人们还根据这个传说把艰难而无效的工作叫做西绪福斯的工作。

俄耳甫斯和欧律狄刻

无与伦比的歌手俄耳甫斯是色雷斯国王河神俄阿格洛斯与缪斯之女卡利俄珀所生的儿子。阿波罗本人也是音乐之神，他送给俄耳甫斯一把七弦琴。每当俄耳斯弹琴，同时放声歌唱母亲教他的动听的歌时，天上的鸟，水里的鱼，森林中的野兽，甚至树木和岩石都赶来倾听他绝妙的歌声。他的妻子是美丽可爱的水神欧律狄刻。他们俩柔情满怀，相亲相爱。啊，但是他们的幸福实在太短暂了！因为婚礼的快乐歌曲刚刚沉寂，早来的死神便夺走了他正值灿烂年华的爱妻的生命——美丽的欧律狄刻和她的神女游伴在溪边草地上散步时，被一条藏在草丛里的毒蛇咬伤了脚后跟，死在她的惊恐万分的女友怀里。这位水神的悲鸣和哀号不停地在高山峡谷里回荡。俄耳甫斯的痛哭和歌唱也夹杂其中，他的哀婉的歌曲倾诉着他的悲痛。小鸟和有灵性的大小麋鹿跟这位孤独男子一起举哀。但他的祈祷和哭诉并不能唤回他已失去的爱妻。

于是，他作出了一个闻所未闻的决定：下到可怕的地府里去，请求冥王冥后把欧律狄刻还给他。在泰纳隆，他从地府

的入口走了下去。死人的影子阴森恐怖地飘浮在他周围。但他大步流星地从死人王国的种种恐怖场面中走过去，一直走到面无人色的冥王哈得斯和冥后珀耳塞福涅的宝座前。在那里，他操起七弦琴，随着优美的琴声唱道："哦，地下王国的统治者啊，请恩准我诉说衷肠，请赏脸倾听我的愿望！不是好奇心驱使我下来参观阴间，也不是为了抓住三头看门狗好玩。哦，我是为了我的爱妻来到你们的身旁。她给我的王宫带来欢乐和骄傲没有几天，就被毒蛇咬伤，正当青春年华便归了阴间。瞧，我要承受这无法测度的痛苦呀！作为一个男人，我奋斗了多年，但爱情撕碎了我的心，我不能没有欧律狄刻。我祈求你们，可怕的神圣的统治亡魂的神！在这充满恐怖的地方，在你们辖区的这片沉默的荒野：请你们把她，把我的爱妻，还给我！还她自由，让她过早凋零的生命重获青春！如果不能这样，哦，那就把我也归入亡魂的行列，没有她我永远也不重返阳世。"亡魂听了他的祈求，都放声痛哭起来。

冥后珀耳塞福涅招呼欧律狄刻，欧律狄刻摇摇晃晃地走来。"你把她带走吧，"冥后说，"但你要记住，在你穿过冥府大门之前，一眼也不看跟在身后的妻子，她才属于你。如果你过早地回过头去看她，她就永远不属于你了。"

现在，俄耳甫斯带着妻子，默默地快步沿着笼罩着夜的恐怖的黑暗的路向上攀登。俄耳甫斯心里突然产生一种无法形容的渴望：他偷偷侧耳试了试，看能不能听到她妻子的呼吸或她裙裾的飘摆声，结果什么也听不见，他周遭的一切都是死一般寂静。他被恐惧和爱情所压倒，无法控制自己，就壮着胆子迅急朝后看了一眼。哦，真不幸呀！就在这时，欧律狄刻两只充满悲哀和柔情的眼死死地盯着他，飘然坠回那令人毛骨悚然的深渊。他无比绝望地把手臂伸向渐渐消失的欧律狄刻。一点用处也没有！她又遭遇了第二次死，但没有哀怨——假如她能抱怨的话，那她也只能怨她被爱得太深了。她已经在他的视线中消失了。"再见，再见了！"从远方传来这样低沉微弱的渐渐消失的声音。

由于伤心和惊骇，俄耳甫斯呆立了片刻，随后他又冲回黑暗的深渊。但现在冥河的艄公堵住了他，拒绝把他渡过黑色的冥河。于是，这个可怜的人便不吃不喝，不停地哭诉，在冥河岸边坐了七天七夜。他祈求冥府的神再发慈悲，但冥府的神是不讲情面的，他们决不第二次心软。随后，他只好无限悲伤

地返回人间，走进色雷斯偏僻的深山密林。他就这样避开人群，独自一人生活了三年。见到女人他就憎恶，因为他的欧律狄刻可爱的形象一直飘浮在他周围。是她使他发出一切悲叹和歌声；一想起她，他就弹起七弦琴，唱起动听的哀怨的歌。

一天，这位神奇的歌手坐在一座遍是绿草却无树荫的山上唱起歌来。森林立刻移动，一棵棵大树移得越来越近，直到它们用自己的树枝为他罩上阴影。林中的野兽和欢快的小鸟也都凑过来，围成一圈倾听他绝妙的歌唱。就在这时，色雷斯的一群正在庆祝酒神狄俄倪索斯的狂欢活动的女人吵吵嚷嚷地冲上山来。她们憎恶这个歌手，因为他自从妻子去世以后就鄙视所有女人。现在，她们突然发现了这个女性蔑视者。

"瞧，那个嘲讽女子的人，他在那儿！"第一个酒神的狂女这么喊了一声，这一群狂女就咆哮着冲向他，一边还朝他投掷石块，挥舞酒神杖。在很长的时间里，都有忠实的动物保护着这位可爱的歌手。当他的歌声渐渐消失在这群疯狂女人的怒吼中的时候，她们才惊慌地逃到密林里去。这时，一块飞石击中了不幸的俄耳甫斯的太阳穴，他立刻就满脸是血地倒在绿草地上死了。

那群杀人的狂女刚刚逃走，鸟儿就呜咽着扑翅飞来。山岩和一切兽类都悲伤地走近他。山林水泽的神女也都匆匆聚拢到他身边，而且都裹着黑色的袍子。它们都为俄耳甫斯的死悲伤不已，埋葬了他的残缺不全的肢体。赫布鲁斯上涨的河水收起并卷走了他的头和七弦琴。从无人拨弄的琴弦和失去灵魂的口舌发出的动听的琴声和歌声一直在水中不停地飘荡飞扬，河岸则轻声地报以悲哀的回响。这条河就这样把他的头和七弦琴带到大海的波涛里，直达斯伯斯小岛的岸边，那里虔诚的居民把他的头和七弦琴捞了上来。头被他们葬埋了，七弦琴则被挂在一座神庙里。因此，传说那个小岛出了不少杰出的诗人和歌手，甚至为了祭奠神圣的俄耳甫斯的坟墓，那里的夜莺也比别处的歌唱得更悦耳。但他的魂灵却飘飘摇摇地下了地府。在那里他又找到了心爱的人，现在他们留在了这个仙境，他们幸福地拥抱，不再分离，彼此永远结合在一起。

忒修斯的传说

英雄的出生和青年时代

伟大的英雄，雅典的国王忒修斯，是埃勾斯和特洛曾国王庇透斯的女儿埃特拉所生的儿子。在忒修斯出生以前，埃勾斯忧心忡忡，担心他的婚姻不能给他带来子嗣。他，当年的雅典国王，非常惧怕他兄弟帕拉斯的五十个儿子，因为他们都对他心怀敌意，蔑视他这个没有儿子的人。因此，他就想秘密地瞒着他的妻子再娶，希望得一个儿子，成为他晚年的依靠和他王位的继承人。他把这个心思透露给了他的朋友——特洛曾小城的建造者庇透斯，幸运的是，庇透斯恰恰得到一个奇特的神谕，他被告知：他的女儿不会缔结一个很光彩的婚姻，但她将生出一个声誉卓著的儿子。

这个神谕促使庇透斯把他的女儿埃特拉秘密地嫁给一个有家室的男子。秘密地娶了埃特拉以后，埃勾斯只在特洛曾呆了几天就返回雅典了。当他在海岸与他新娶的妻子告别时，他把他的宝剑和鞋藏在一块巨石下面，对她说："我跟你结婚，

不是因为我轻率，
而是为了我的家
族和王国造就一个
继承人，如果是神
明缔造了我们的婚
姻，又保佑我们的
结合，让你生二个
儿子，那么，你就
要秘密地把他抚养成人，千万不要告诉任何人他的父亲是谁。
等他长大，有足够的力气搬开这块巨石的时候，你就把他领到
这个地方，让他把剑和鞋取出，告诉他到雅典去见我。"

埃特拉果真生了一个儿子。她给他取名忒修斯，让他在
外祖父庇透斯的照顾下成长。遵照丈夫的叮嘱，她一直隐瞒着
孩子的父亲的真名实姓。他的外祖父则散布传言，说他是波塞
冬的儿子。这个孙子长大后，不仅具有健壮美丽的身体，而且
机智勇敢，意志坚强。这时，他母亲埃特拉便把他带到那块巨
石前，告诉他的真实出身，叫他取出他父亲埃勾斯留下的证物，
乘船到雅典去。

忒修斯用身体顶住巨石，轻而易举地把它推到了后面。
他穿上鞋，把宝剑挎在腰间。虽然外祖父和母亲苦苦劝他，说
从陆路走越过伊斯特摩斯地峡到雅典去很危险，因为到处都有

强盗和歹徒出没，但他还是拒绝从海上走。忒修斯非常钦佩英雄赫剌克勒斯，一心向往做出同样的功绩，便不耐烦地说："要是我给父亲带去一双一尘不染的鞋和一把没有血迹的剑，人们该传言是我父亲的那位神明将我在他安全的海水怀抱里完成了这种怯懦的旅行？我的真正的父亲又将会说什么呢？"这一席话说得外祖父心花怒放，因为他当年也是一位勇敢的英雄啊。母亲为他祝福，忒修斯踏上征程。

忒修斯投奔父亲的旅途

他在路上最先遇到的是拦路大盗珀里斐忒斯，此人手中的武器是一根铁棍。当忒修斯来到厄庇道洛斯地区时，这个大盗就从幽暗的树林里冲出，挡住他的去路。但这少年满怀信心地朝他喊道："可怜的强盗，你来得正是时候！你的铁棍正好可以成为世上第二个赫剌克勒斯手中的武器。"喊声未落，他便冲向强盗，交战片刻就把强盗杀死。他从死者手中拿起铁棍，作为胜利品和武器带走了。

他在科林斯地峡遇到了另一个恶徒，名叫辛尼斯，外号"扳松贼"。人们这么叫他，是因为每当过路人被捉，他就用他的大手扳弯两棵树的树枝，把他的俘虏绑在两边的树枝上，然后让树枝绷回去把人撕成两半。忒修斯挥起铁棍打死了这个恶魔。

　　忒修斯不仅沿途肃清坏人，而且认为必须勇敢地与害人的野兽搏斗。其间，他杀死了那头名叫菲阿的克罗米俄尼亚的猪，这不是一种普通的家畜，而是一个很难制服的好斗的野兽。

　　忒修斯一路奔走，最后到达了墨伽拉的边界。在这里，他碰到了第三个臭名昭著的劫匪斯喀戎。此人总是伸出腿来，狂妄地命令外乡人给他洗脚，然后趁他们为他洗脚时，一脚把他们踹到海里去。现在，忒修斯对他本人实行同样的死的惩罚：忒修斯蹲伏等待，他一出现，便冲向他，把他撞到大海的波涛中。

　　忒修斯又走了一小段路，遇到最后一个最凶残的劫匪达玛斯忒斯，人称普洛克儒斯忒斯，意思就是"铁床匪"。这个

歹徒有两张床，一张很短，一张很长。一个外乡人落入他手中，假如他很矮，这个邪恶的匪徒就把他领到那张长床上去睡觉，然后就说："你瞧，我的床对你太长了。朋友，让我把你弄得跟床一样长吧！"说着就把他拉长，直到他气绝身亡。如果来的是一个高个子的客人，他就把他带到短床旁边，对来人说："很抱歉，朋友，我的床不适合你，它太小了。倒是可以帮帮你！"于是，他就把来人超过床长的双脚剁掉。如今，忒修斯把这个身材高大的普洛克儒斯忒斯抛在短床上，用剑砍短他过长的身躯，导致他痛苦地死去。这样，忒修斯便以其人之道还治其人之身了。

直到这时，我们的英雄在整个旅途中都没有碰到一件开心的事。当他来到刻菲索斯河畔，他才终于遇到几个费塔利得斯族的男子，受到他们热情的接待。他们首先应他的要求，洗净喷在他身上的血污，然后把他留在家中作客。他稍事修整，便衷心谢过那些勇敢正直的人，动身到他父亲的家乡去了。

忒修斯在雅典

在雅典，这位年轻的英雄没有得到他所希望的和平与欢乐。全城一片混乱，市民四分五裂。他发现他父亲埃勾斯的家也处在不幸的境况里。美狄亚乘坐她的毒龙驾着的车子离开科林斯和绝望的伊阿宋，来到了雅典。她许诺用她的魔药使老埃勾斯重新获得青春的活力，便神不知鬼不觉地得到他的宠幸。因此，国王就跟她亲密地同居了。

美狄亚依靠她的魔力预先得到了忒修斯到来的消息，于是她就蛊惑埃勾斯说，她认为这个青年是刺探他的一个危险的奸细，他千万不能把他当作自己的儿子，应该把他当作客人来款待，然后毒死他。

忒修斯进早餐的时候，并没有亮出自己的身世，他是想等父亲亲自认出他是谁时再满心欢喜一番。毒酒已经摆在他的面前，美狄亚焦急地等待着新来的人抿上头几口毒酒的时刻，因为她害怕被他赶出宫去。但是，忒修斯虽然很想饮酒，却更期望父亲的拥抱，他好像是想要切割眼前盘中的肉似的，抽出父亲放在巨石下留给他的宝剑，希望父亲能从这把宝剑上认出他来。埃勾斯一看见这把十分熟悉的宝剑，立刻把斟满毒酒的杯子打翻在地。他非常愉快地

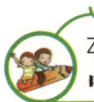

拥抱他的儿子。这位父亲立刻把忒修斯介绍给聚集起来的民众，民众热烈欢呼向他致意。嗜杀成性的美狄亚则被赶出了这个王国。

忒修斯和弥诺斯

现在，忒修斯作为阿提刻的王子和王位继承人生活在父亲的身边。

当时，雅典人是要向克里特的国王弥诺斯进贡的。据说，进贡的原因是：弥诺斯的儿子在阿提刻的山里被阴谋杀害了。弥诺斯为了给儿子报仇向雅典居民发动了毁灭性的战争，而众神也使这个地方遭到干旱和瘟疫。这时，阿波罗的神谕作出判决：只要雅典人能够平息弥诺斯的震怒，得到他的宽恕，神的愤怒和雅典人的灾难就可解除。于是，雅典人便向弥诺斯求和，而弥诺斯讲和的条件却是：雅典人每九年向克里特送去七个童男和七个童女作为贡品。据说，这些童男童女送去后，就被弥诺斯关在他的有名的迷宫里，任凭凶残的怪物弥诺陶洛斯杀害。

现在，第三次进贡的时间已经临近。有童男童女的父亲们都有可能眼看自己的子女遭到悲惨的命运，因此民众对埃勾斯的不满又抬头了。他们责备他，说他是整个灾祸的祸根，他本人却没有受到惩罚，竟然冷漠无情地眼看着别人的亲生儿女被夺去。这些怨言使忒修斯的内心充满无限的痛苦。在民众的集会上，他毅然站出来表示不用抓阄，他愿甘当贡品亲自送上门去。人民都赞美他的高尚品格和献身精神。他对他失去自制的父亲说，他保证他和那些抓阄决定前去的童男童女非但不会遭到毁灭，而且要制服弥诺陶洛斯。

抓完阄以后，年轻的忒修斯就带领那些中选的男孩和女孩先到阿波罗神庙去，以大家的名义向这尊神献上用白羊毛缠起来的橄榄枝作为祈求保护的献礼。念完祈祷词后，他就在众人陪同下，与选定的童男童女走下海岸，登上令人悲恸的大船。

得尔福的神谕曾劝他选择爱情女神作向导，并恳求她护送。忒修斯不明白这个箴言的意思，但他还是向阿佛洛狄忒献了祭礼。但结果证明了这个预示的良好意向。因为当忒修斯在克里特登陆，出现在国王弥诺斯面前时，他的俊美和英姿吸引了美丽迷人的公主阿里阿德涅的注意。在跟他秘密交谈时，她

向他表白了她的爱，并给了他一个线团。她教他把线的一头紧紧地拴在迷宫的入口处，然后放开线团继续向前走，一直走到那可恶的守卫弥诺陶洛斯的地方。她同时给了他一把能够杀死这个怪物的魔剑。

忒修斯和他的同伴都被弥诺斯送进了迷宫。他带头走在前面，在一场恶斗中用魔剑杀死了弥诺陶洛斯，十分幸运地靠着他松开的线团与他身边所有的人走出迷宫条条地狱般摸不着头脑的路。然后，他就与他的那些同伴和阿里阿德涅一起逃走了。但在临走前，他按照阿里阿德涅的主意凿穿了克里特人那些船的船底，让弥诺斯无法追捕他们。

忒修斯以为他和他可爱的胜利品阿里阿德涅彻底安全了，就和她半途中无忧无虑地在狄亚岛上休息下来了。这时，狄俄倪索斯—巴克科斯神出现在忒修斯的梦里，声称阿里阿德涅已由命运女神定为他的未婚妻，并威胁说，如果忒修斯不把这个情侣留给他，他就会使忒修斯遭遇一切灾祸。忒修斯早在外祖父那里接受过敬畏神明的教育，非常害怕惹神愤怒。因此，他就把这位哀婉抱怨、灰心丧气的公主留在这座孤岛上，自己乘船继续航行了。夜里，狄俄倪索斯到来，把阿里阿德涅拐到了德里俄斯山。在那里，首先是神不见了，不久以后阿里阿德涅也无影无踪了。

得知公主被劫，忒修斯和他的同伴都很悲伤。由于悲伤，他们都忘了换下他们离开阿提刻海岸时升起的表示哀恸的黑帆，挂上白帆。坐在海岸悬崖上的埃勾斯，看见船越来越近，从船帆的颜色上判断，认为他的儿子死了。于是，他站起身来，满怀悲痛地跳到无底的大海里。就在这时，忒修斯登陆了，并根据他出发时在海岸上向神许下的愿进行献祭。当传令官给他带来他父亲的死讯时，他几乎悲痛欲绝。他带着他的同伴走进雅典城，一路上放声痛哭，哀号震天。

忒修斯登上王位

做了国王的忒修斯，不久便以行动证实他不仅是进行战斗和平息世仇的英雄，而且也有能力治理国家，使人民安享和平和幸福。在这方面，他甚至胜过了他视为榜样的赫剌克勒斯。他执政以前，阿提刻的大多数居民散居在城堡和雅典小城周围的农家庄院和小村落里，很难把他们召集在一起讨论公共事务，

他们甚至有时为了一些小事跟邻邦争战。忒修斯把阿提刻地区所有的人民都联合在一个城市里，把分散的地区建成一个共同的国家。这个伟大事业，他不是像一个暴君那样通过暴力去完成，而是巡视每一个地区，走访各个家族，试图通过各方的赞同而自愿实现。

忒修斯废除各城镇的议会和独立政权，建立了一个共同的议会。这时，雅典才成了一个公认的城市。为了扩大这个新的城市，他提出从各地接纳新的移民，许诺给予他们同等的公民权利。为了不使大量涌来的人群给新建的城市带来混乱，他把人民分为贵族、农民和手工业者三个阶级，规定了每个阶级的权利和义务。他还削弱了国王的权力，使他的权力受到贵族会议和人民大会的约束。

和阿玛宗人的战争

当忒修斯正忙于加强国家安全的时候，雅典遭遇了一场超乎寻常的罕见的战争灾难。忒修斯在早年的一次征战中，曾登上阿玛宗人的海岸。阿玛宗的巾帼英雄并不害怕男人，她们把这个高大的英雄当作客人而赠送了许多礼物。忒修斯不仅很喜欢这些礼品，而且喜欢上了送礼物来的那个美丽的阿玛宗女人。她的名字叫希波吕忒，英雄邀请她到船上小坐。但她刚刚登上他的船，他便扬帆开船把美人夺走。到了雅典，他就跟她结婚了，而希波吕忒也愿意做一个英雄和优秀国王的妻子。

好斗的阿玛宗妇女对这种肆无忌惮的掳掠大为愤怒，一直企图进行报复。一天，雅典人的城池好像没有设防，她们便突击登陆，包围了城市；她们甚至在市中心搭起一个营盘，使那些惊慌失措的居民退到城堡里去。起初，双方都不敢攻战。

后来，忒修斯从城堡里冲下来开始了战斗。希波吕忒王后也跟丈夫站在一边参加了反对阿玛宗人的战斗。一支投枪刺中了忒修斯身边的王后，她立刻倒地身亡。为了纪念她，后来在雅

典建立了一座纪念石柱。战争化为和平解决后，阿玛宗人遵照条约离开雅典，撤回本国。

忒修斯和庇里托俄斯，拉庇泰人和马人的战斗

忒修斯以超凡的力量和勇敢著称于世。同时代最著名的英雄之一庇里托俄斯很想跟他比试一番，为了向忒修斯挑战他从马拉松赶走了忒修斯的牛群。当忒修斯听到消息，就拿起武器去追赶庇里托俄斯。但是，庇里托俄斯并不逃跑，他甚至迎着忒修斯走来。当这两个英雄彼此走近，相互一看，不禁都从心底里赞美起对方的英俊和勇敢，在震惊中两个人像同时得到一种信号似的，都把武器抛在地上向对方奔过去。庇里托俄斯向忒修斯伸出右手，请求他裁决这次掠夺牛群的罪名；无论忒修斯决定怎样的赔罪，他都自愿服从。"我所要求的惟一赔偿，"忒修斯眼睛一亮回答道，"是要你成为我的知己和战友！"于是，两个英雄拥抱在一起，发誓建立忠诚的友谊。

不久，庇里托俄斯与拉庇泰族的忒萨利亚国的公主希波达弥亚结婚，并请他的战友忒修斯参加婚礼。婚礼在拉庇泰人的辖区举行。拉庇泰人是忒萨利亚的一个著名的种族，是一些喜欢动物形象的山居野蛮人。他们是最先驯服马匹的人类。新娘虽然出身于这个种族，但她与这个种族的人没有一点相似之

处。她身材优美，面貌靓丽，所有的客人都赞颂庇里托俄斯娶了她是他的福气。忒萨利亚的所有贵族都参加了婚宴。庇里托俄斯的亲戚，那些生活在忒萨利亚森林里的半人半马的野蛮造物马人，也来了。他们长久以来就是拉庇泰人的敌人，但这一次他们是新郎方面的亲属，便捐弃宿怨，前来参加欢宴。喜宴开始了。唱起了赞美新娘的歌，各个房间都热情洋溢，散发着酒菜的芳香。因为厅堂容纳不下所有的客人，拉庇泰人和马人交错地挤在树荫下待客山洞里的餐桌旁。

宴会长时间在无所顾忌的欢乐气氛中吵吵嚷嚷地进行着。由于饮酒过量，马人中最野蛮的欧律提翁的心绪开始迷乱，他一看见美丽的少女希波达弥亚，就发狂地想把这个新娘抢走，谁也不知道事情怎么会是这样，谁也没有注意到这种荒诞的行为是怎样开始的：客人们突然看见狂暴的欧律提翁抓着希波达弥亚的头发在地上拖着她走，希波达弥亚拼命抵抗着，高声呼救。醉酒的马人把他的罪恶行径当作一种信号，也要大胆地干

同样的罪恶勾当，在异乡的英雄和拉庇泰人还没来得及站起身来时，马人就各自抢了一个在国王宫中服务或作为客人参加婚礼的忒萨利亚少女作为战利品。宫廷和花园就好像变成了一个被占领的城池，女人的呼喊在大厅里震荡。

"你头脑发昏了吗，竟然在我还活着的时候激怒庇里托俄斯，你惹恼一个人不就是侮辱两个英雄吗？"忒修斯冲着欧律提翁喊着，便冲到这个狂暴强盗跟前夺回新娘。欧律提翁没有反驳，他举起手来，照着忒修斯的胸脯就是一拳。忒修斯一把抓起一个铜壶朝着对手的脸抛去，结果他被打得脸朝天倒在沙地里，血从他头上的伤口汩汩地流出来。"拿起武器呀！"马人从四面八方高喊。酒杯、酒瓶和碗盘在空中飞个不停。一场导致许多人丧命的恶斗开始了。到了夜里，马人才被击退。

庇里托俄斯合法地拥有了他的新娘。第二天早上，忒修斯辞别了他的朋友。共同的战斗使他们新结成的兄弟同盟迅速发展成至死不渝的友谊。

忒修斯和淮德拉

当忒修斯刚进入青春期，把他的情人弥诺斯的女儿阿里阿德涅从克里特拐走时，她的小妹妹淮德拉就陪伴着她。后来，狄俄倪索斯夺去了阿里阿德涅，淮德拉因为不敢回到专横的父亲那里去，便跟随忒修斯到雅典来了。她的父亲去世以后，这个可爱的女孩才回到她的故乡克里特岛。这时，他的哥哥即弥诺斯的长子丢卡利翁在这个岛上执政，她就在哥哥的王宫里成长为一个美丽聪颖的少女。忒修斯在妻子希波吕忒死后，长时间没有再娶。他听到许多称赞淮德拉如何美丽动人的传言，希望她能像他的第一个情人阿里阿德涅一样漂亮可爱。克里特的新国王丢卡利翁并不敌视英雄忒修斯，不久忒修斯就把这个几乎长得和他的妻子一模一样的少女从克里特岛娶回家去。他真是福上加福，结婚的头一年，她就为忒修斯国王生了两个儿子，阿卡玛斯和得摩福翁。

但是，淮德拉并不像她的美丽一样贤良忠贞。她喜欢上了国王的年轻的儿子希波吕托斯。希波吕托斯和她年龄相同，她喜欢他胜过喜欢她的年老的丈夫。他美丽的身体和纯洁的灵魂在她心里点燃起不纯的欲火，但她把她的激情紧锁在胸中。

最终她还是把她的心思告诉给了她的老奶娘，一个狡诈阴险、盲目而愚蠢地爱她忠于她的女人。不久，老奶娘便受托向这个青年转达了他继母的罪恶的爱。但这个心地纯洁的青年听到这话十分厌恶，而当他听到他的继母甚至鼓动他推翻父亲，和这个奸妇分享王权时，他都惊呆了。由于憎恶，他诅咒一切女人。他觉得，单单听到这卑劣的提议就有失圣洁了。因为忒修斯这时恰恰不在国内，而希波吕托斯又不愿意与淮德拉同在一个屋檐下相处片刻，便在恰如其分地把老奶娘打发走以后，迅速跑进旷野，到森林里狩猎去了。他希望在父亲回来以前，为他的可爱的女神阿耳忒弥斯服务。

　　淮德拉不能容忍她的罪恶的计划遭到拒绝。一种罪恶感和扭曲的爱情在她心中展开了斗争，但是恶毒的阴谋最终占了上风。忒修斯归来时，他发现妻子已经自缢，在紧紧握着的右手里有一封她临死前写的信。信中写道："希波吕托斯想要玷污我的名节。要逃避他的纠缠，只有这样一条路。我宁可死，也不能损害对我丈夫的忠诚。"

　　由于惊愕和憎恨，他像脚底生了根似的久久站在那里。最后，他举起双手向天祈祷："波塞冬，我的父呀，你爱我一直像爱你的儿子一样。你曾经答应可以满足我三个请求。现在我希望你信守诺言。只有一个愿望我想请你满足我：让我可恶的儿子不要活过今天！"他刚说出这句诅咒，希波吕托斯就走进宫来，发现他正在恸哭的父亲站在继母的尸体旁。他温和平静地回答父亲的辱骂："父亲，我的心是纯洁的。我没有罪。"但忒修斯只把他继母的信递给他看，二话没说就把他逐出国外了。

　　就在当天的傍晚时分，一名快使来见国王忒修斯，说："国王，我的主人啊，你的儿子希波吕托斯已经离开人世了！"忒修斯听到这个消息，态度十分冷淡，并苦笑着说："他是像污辱父亲的妻子那样污辱了别人的妻子，被情敌打死的吗？"——"不，我的主人！"信使答道，"是他自己的马车和你亲口发出的诅咒杀害了他！"——"哦，波塞冬啊！"忒修斯说，"你答应了我的请求！使者，你告诉我，我的儿子是怎么死的？"

　　"我们这些仆从正在海边洗刷我们主人希波吕托斯的马匹的时候，"使者说，"听说他已经被放逐了。不久，他本人就在一大群牢骚满腹的儿时朋友的陪同下走来，命令我们备好出行的马匹和车辆。当一切都准备停当时，他高举双手对天祈祷道：'宙斯呀，假如我是坏人，你就把我消灭吧！无论我是死是活，但愿我父亲知道他斥责我是不公正的！'说完，他就跳上马车，抓起缰绳，在我们仆从陪同下，离开了那里。我们就这样来到了荒凉的海岸，右边是大海的波涛，左边是从群山向外凸出的巉岩。突然，我们听到深处传来一声巨响，如同地下的闷雷。往海上一瞧，我们看见一个巨浪蹿上天空，有塔楼那么高，紧接着就是排山倒海的波涛卷着白色的泡沫吼叫着冲向海岸，正好冲上马匹所走的那条狭路。随着轰鸣的海涛，从海里冒出一个怪物，一头巨大的公牛，它的吼声震响了海岸和

山岩。一见这个怪物，马就全惊了。它们使劲咬着嚼子狂奔，希波吕托斯怎么也控制不住。这个海怪挡住它们的去路，逼着马车撞到巉岩上，车轮都撞得粉碎，你的不幸的儿子头

朝下栽了下去，但他仍然同翻了的车子一起被无人驾驭的马拖着生生磨死在沙石上。这一切发生得特别快，我们这些仆从都来不及救他。"

听到这个报告以后，忒修斯久久地默默地呆望着地面。"对于他的不幸，我既不感到高兴，也不感到悲哀。"他若有所思地说，并深深地陷入怀疑之中，"但愿我能见到他还活着，我好问问他，跟他谈谈他的过失。"一个老妇人的悲号打断了他的话。她披散着灰白的头发，身穿一件撕破了的袍子，走过来跪在国王忒修斯的脚下。这是王后淮德拉的老奶娘，她受良心责备，再也不能保持沉默，便哭着喊着向国王说出了王子的无罪，揭露了王后的罪过。不幸的父亲还没有完全清醒过来，他的儿子希波吕托斯就躺在担架上被哀号的仆从抬进宫来，他遍体鳞伤但仍有一口气。忒修斯万分懊悔和绝望地扑在将死的儿子身上。王子强挺着最后的残喘问站在周围的人："我的无罪大白了吗？"站在身边的人向他点了点头，并安慰了他。"不幸的，被人欺骗了的父亲呀，"这个将死的青年说，"我不怨你！"说完，他就断气了。

忒修斯抢妻

忒修斯渐感衰老和孤独，与年轻的英雄庇里托俄斯结成

的友谊在他心中唤起进行一次大胆而卤莽的冒险的欲望。庇里托俄斯的妻子结婚后不久就死了，忒修斯如今又是鳏居，二人就一起去冒险，想各为自己抢一个妻子。

当时，宙斯和勒达所生的女儿，后来闻名遐迩的海伦，还很年轻。她是在继父斯巴达国王廷达瑞俄斯的王宫里长大的。不过，她已经成为那个时代最美丽的少女，她的妩媚动人在全希腊尽人皆知。当忒修斯和庇里托俄斯远征到巴格达的时候，他们看见海伦正在阿耳忒弥斯神庙里跳舞。二人心中都燃起了对她的爱情。他们忘乎所以，从神庙抢走这位公主，首先把她带到阿耳卡狄亚的忒革亚。在这里，他们为她抓阄，双方友好地保证，谁赢了谁就要帮助对方去劫夺另一个美女。忒修斯抓阄得胜，他便把这个少女带回阿提刻地区的阿菲德那，交给他母亲埃特拉，让另一个朋友保护。

随后，忒修斯就和他的战友继续远征，二人想要建立一桩英雄的业绩。庇里托俄斯决定从冥府里掳走普路同的妻子珀尔塞福涅，以补偿他没有得到海伦的损失。但是，这个计划失败了，忒修斯和庇里托俄斯被罚永囚冥府。赫剌克勒斯本想把两个人都救出来，但结果只把忒修斯救出了冥府，忒修斯的朋友则不得不永远留在那里了。

而在忒修斯被囚禁在冥府里的时候，海伦的哥哥，卡斯托耳和波吕丢刻斯，就动身来解救他们的妹妹了。他们到了雅典，要求以和平的方式接回海伦。但城里的人却说，他们那里既没有这位年轻的公主，也不知道忒修斯把她留在哪里了。这时，兄弟二人大怒，威胁说要用武力解决。这时，雅典人都害怕了，于是一个曾探听到忒修斯的秘密的雅典人告诉这两兄弟说，隐藏海伦的地点是阿菲德那。卡斯托耳和波吕丢刻斯围困了那个城池，一举得胜，以疾风暴雨之势占领了那个地方。

　　同时，雅典城里也发生了动乱，珀透斯的儿子墨涅斯透斯企图夺取王位。他自立为人民的领袖，煽动暴民反对忒修斯。海伦的两个哥哥占领了阿菲德那，雅典人都吓破了胆。墨涅斯透斯趁机利用了人民的这种恐慌的情绪。他劝说市民打开城门，热情地迎接带着自己的妹妹的卡斯托耳和波吕丢刻斯，因为他们进行战争只是为了反对抢夺了海伦的忒修斯。两兄弟的行为证明了这话是真的；他们虽然从洞开的城门开进雅典，城里的一切都控制在他们武力下，但他们却没有伤害一个人。他们只要求，能像其他高贵的雅典人和赫剌

克勒斯的亲属一样，参加厄琉西尼亚神秘习俗中的秘密的祭神仪式。祭神仪式完毕后，他们就带着被救出去的海伦重返故乡了。

忒修斯的结局

经过在冥府里的长期监禁，忒修斯终于认识到他最后行为的轻率和卑劣，并甚懊悔。他以一个神情严肃的老翁的身份回到雅典，得知海伦被她哥哥救走并没有表示不满，因为他为他的掳掠行为感到羞耻。他在国内遇到的仇视使他充满忧虑。虽然他再度执政，把墨涅斯透斯一派镇压下去，但他却没再长久享受到真正的安宁生活。当他想要严于治国时，反对他的暴动又重新爆发，领头的永远是墨涅斯透斯，他的背后有贵族党徒的支持。开始，忒修斯企图依靠暴力恢复秩序，但暴乱四起，他的一切努力全归于失败。于是，这位不幸的国王便失望地决定自动离开他的城市，乘船到斯库洛斯岛去。在那里有父亲留给他的大宗财产，他把那里的居民当作自己要好的朋友。

当时，斯库洛斯的统治者是吕科墨得斯。忒修斯去见这位国王，请求把他的财产归还他，他打算在这里长住。但吕科墨得斯却心中盘算着怎样毫不引人注意地把这个客人除掉。因此，他便把他带到岛上最高的岩峰，说是从那里可以让他看到他父亲在岛上占有的珍贵财产。走到山顶，忒修斯欣喜地放眼眺望周围美丽的风光；这时，那个背信弃义的国王从后边猛的一推，忒修斯就从悬崖上掉了下去，摔得粉身碎骨，沉入海底。

在雅典，他的忘恩负义的人民很快就把他忘记了。墨涅斯透斯当了国王，好像他的王位是从他的祖先那里继承下来的。

数百年以后，当雅典人不得不在马拉松平原抗击波斯人时，这位伟大英雄的神灵从地下站出来，领导他的不忠臣民的后代打败了敌人。因此，得尔福神谕要求雅典人找回忒修斯的遗骸。但他们到哪儿去找呢？就在这时，凑巧弥尔提阿得斯的儿子，即那个名声大振的雅典的喀蒙在一次新的远征中占领了

斯库洛斯岛。他正在热心地寻找英雄的坟墓时，看见一只鹰在一座山上飞翔。他跑到那里停下，很快就看见那只鹰落了下去，用利爪刨开坟丘的泥土。喀蒙把这一幕看成一种神的安排，便让随从往下挖掘，果然在很深的地下找到一个巨人尸体的棺木，旁边还放着一枝矛和一把剑。喀蒙和他的随从谁也不怀疑他们找到了忒修斯的遗骸。喀蒙用一艘美丽的三橹战船把这神圣的尸骨运回。他们进入雅典城时，人们欢声雷动，列队欢迎，并举行祭奠。那情景就像忒修斯本人凯旋归来一般。这位雅典的自由和公民宪法的缔造者，他的无知的同代人曾经愧对于他，现在他的人民的子孙在几百年之后对他表示出由衷的谢意和崇敬。

中国学生一定要读的神话故事

古希腊神话与英雄传说

下

谢 普 主编

九州出版社
JIUZHOUPRESS

前　言

　　神话是人类早期的一种不自觉的艺术创作形式，是人类童年时期的产物，是文学的先河。神话也是一个民族和国家宝贵的精神财富，在文学史上有着很重要的地位。

　　人类最早的故事大多是从神话开始的，它往往借助丰富的想象和幻想力，把自然力和客观世界拟人化。这些看似荒诞不经的神话，其实都是古代先民对宇宙、人类以及自然万物的起源所做出的各种不同的解释。它充分地反映了原始人对宇宙、人类自身的思考。

　　神话是人类早期的故事，是一个国家和民族宝贵的精神财富。它反映了远古社会人类的生活和思想，推动了后世文学和艺术的发展。世界各国、各民族都有自己的优秀的神话故事。

　　中华民族五千年的文化积淀，五十六个民族丰富的文化内涵，使得中国的神话故事更加曲折离奇、生动活泼。尽早接触这些历经长久岁月而流传下来的神话故事，对孩子们来说是非常益智的。它不仅能让孩子感受到生动有趣的故事所带来的阅读快感，还能让他们从另一个角度，了解我们伟大的中华文明和悠久的历史文化。

希腊半岛三面环洋，与它相邻的爱琴海中，星罗棋布的四百八十多座岛屿，则犹如遍撒海面的玉石玛瑙，爱琴海孕育了灿烂的希腊文化。希腊神话与传说反映了古希腊从公元前11世纪到公元前9世纪被人们称为"荷马时代"的那段历史中的社会生活面貌，赞颂了古希腊人民的智慧和创造。它以丰富的想象和精彩生动的情节，把人们带入群岛环绕、海陆交错的爱琴海区域的古代文明。希腊神话的产生和发展经历了漫长的岁月。它是多个民族的多种思想和多门语言共同熔炼而成的丰富的文化遗产，对人类文明的发展起到了不可磨灭的作用。

　　本丛书包括《中国神话传说（上、下）》《古希腊神话与英雄传说（上、下）》《世界经典神话与传说故事（上、下）》全六册，可以说，神话不仅仅是叙述英雄与诸神事迹的故事集，它还为读者提供了一种理解世界的方式。

目录

七雄攻忒拜

阿德剌斯托斯收留波吕尼刻斯和堤丢斯

塔拉俄斯的儿子阿德剌斯托斯，是阿耳戈斯的国王。他有五个子女，其中两个是女儿叫阿耳祭亚和得伊皮勒。一个奇异的神谕说到她们：父亲将把一个女儿嫁给狮子，把另一个女儿嫁给野猪。阿德剌斯托斯苦苦思索这句隐晦的话到底是什么意思，但他百思不得其解。两个女儿长大以后，他打算赶快把女儿嫁出去，让那个可怕的预言无法实现。但神的话是不能不应验的。

这时，两个逃亡者从不同的方向来到阿耳戈斯的城门前。一个是波吕尼刻斯，他是被他的兄弟厄忒俄克勒斯赶出忒拜的。另一个是堤丢斯，俄纽斯和珀里玻亚的儿子，墨勒阿革洛斯和得伊阿尼拉同父异母的兄弟，他是因为打猎时无意中杀死了一个亲戚从卡吕冬逃来的。

两个逃亡者在阿耳戈斯的王宫前相遇。黑夜里，他们都以为对方是敌人，便互相搏斗起来。阿德剌斯托斯听到城堡下

武器相击的骚乱声音，便手持火把走下城堡，把二人分开。当这两个英雄站在他身旁时，他突然惊呆了，因为他看见波吕尼刻斯的盾上画着一个狮子的头，堤丢斯的盾上则是一个野猪的头。波吕尼刻斯是因为崇拜赫剌克勒斯才使用雄狮的徽章，堤丢斯选择野猪的徽章则是为了纪念狩猎卡吕冬的野猪和怀念墨勒阿革洛斯。现在，阿德剌斯托斯明白了那道隐晦的神谕的含义，便把这两个逃亡者招为女婿。波吕尼刻斯娶大女儿阿耳祭亚为妻，小女儿得伊皮勒则嫁给了堤丢斯。阿德剌斯托斯同时许诺再把他们送回他们被逐出的祖国去。

首先决定攻打忒拜。阿德剌斯托斯召集各路英雄，连他在内共七个王子，率领七队大军。他们的名字是阿德剌斯托斯、波吕尼刻斯、堤丢斯、安菲阿剌俄斯、卡帕纽斯和他的两个兄弟希波墨冬及帕耳忒诺派俄斯。国王的姐夫安菲阿剌俄斯是一个预言家，过去曾长时间与他为敌，现在预言整个征讨将落得不幸的下场。他见竭力劝说阿德剌斯托斯和其他英雄改变计划无效，就找了一个只有他妻子才知道的隐蔽处藏了起来。英雄们找了好久也没找到他。没有他，阿德剌斯托斯是不敢出征的。

当初，波吕尼刻斯逃出忒拜时随身带来了一个项链和一个面网。这都是阿佛洛狄忒送给哈耳摩尼亚的结婚礼物。不过，这是给人带来不幸的礼物，谁戴上它们谁就会有杀身之祸。现在，他决定用这条项链贿赂厄里费勒，让她把他丈夫的藏身之处透露给他和他的战斗伙伴。当这个女人看到项链上闪闪发光的宝石和黄金串链时，她就抗不住这诱惑了。他让波吕尼刻斯跟她到藏人的地方把安菲阿剌俄斯拉了出来。他再也不能逃避这次远征了，只好穿上戎装拿起武器，集合他的武士。但在出发之前，他把儿子叫到跟前，让儿子向神明发誓，在他死后向自己不忠的母亲复仇。

英雄们出发，许普西皮勒和俄斐尔忒斯

其他英雄也都做好了准备。阿德剌斯托斯很快把一支庞大的军队集合起来，把它分为七个支队，由七个英雄率领。大队人马在号角和军笛声中充满必胜的信念浩浩荡荡地离开了阿耳戈斯城。但在进军的途中，灾难就来临了。他们到达涅墨亚大森林后，那里所有的泉源、河流和湖泊都已干涸，他们受到炎热的天气和咽喉冒火般焦渴的煎熬。人人都觉得盔甲和盾牌过于沉重；走在路上，扬起的尘土粘在嘴里；就连马匹嘴里吐

出的涎沫也干枯了，它们鼻翼干涩，把嚼铁咬得嘎嘎响。

当阿德剌斯托斯带着几名武士在树林里四处走动，徒劳无功地探寻泉源的踪迹时，他们突然遇到一个满脸愁容的美人儿。她坐在树荫下，怀里抱着一个小男孩，披肩发不停地飘拂，衣衫褴褛不堪。阿德剌斯托斯十分惊异，以为见到了一个林中女仙，立刻向她下跪，祈求她救他和他的人马脱离灾难。

但那妇人垂下目光，谦恭地答道："外乡人，我不是女神。从你光辉的外表来看，你倒很可能是出身于神族。如果说我身上有什么与凡人不同的地方，那必是我所经历的苦难比常人多得多。我叫许普西皮勒，是伟大的托阿斯的女儿，楞诺斯岛妇人国从前的女王。我被海盗抢走又卖掉，受尽了无法形容

的苦难，现在是涅墨亚国王吕枯耳戈斯的奴隶。我哺育的这个小男孩，不是我自己的孩子。他叫俄斐尔忒斯，是我的主人的儿子，我是被指定做他的看护的。不过，你们想从我这里得到的东西，我很愿意替你们弄到。在这令人绝望的荒原里，只有一个泉源还在往外喷水。去那里的秘密通道，除了我谁也不知道。那个泉源的水非常丰富，足够你的全部人马解渴提神。都跟我走吧！"

那妇人站起身来，小心地把婴儿放在草地上，轻声哼唱了一支摇篮曲催他入睡。

阿德剌斯托斯和他的武士招呼着其他伙伴，于是整个部队立刻跟着许普西皮勒走在穿过密林的秘密小道上。不久，他

们来到一个巉岩壁立的大峡谷，清凉的水花从峡谷里挤出来往上蹿，跑到女向导和他们的国王前面去的第一批武士干热的脸接受了轻盈的水珠，立刻提起了精神。他们同时听到了一个瀑布的轰轰巨响。"水！"他们异口同声地欢呼，几步跳到峡谷里，用头盔去接飞溅直下的泉水。"水，水呀！"整个部队都重复着这一个字。于是，欢呼声压倒了瀑布的轰鸣，又从瀑布四周的群山中传来回响。这时，大家都伏在蜿蜒流淌的小溪绿草如茵的岸边，大口地饮着甘甜的清泉，体味着长时间没有得到过的享受。后来，他们又找到了横穿树林直通谷底的山间车道。御手们不卸马，直接把车赶到清水波动的平地，让马在水中凉爽凉爽，戴着挽具解解渴。

全部人马都恢复了精神，许普西皮勒领着阿德剌斯托斯和他的武士们回到较宽的路上，大队人马与他们保持着礼貌上应有的距离跟在他们后面。然后，他们向此前她抱着孩子坐过的那棵伞状树下走去。但他们还没到达那个地点，许普西皮勒就被远处传来的一声凄惨的哭叫吓了一跳。一个不祥的预感使她温柔的心抽紧。她急忙赶到英雄们的前面，向她经常坐着休息的地方跑去。啊呀，孩子不见了。她那迷乱的目光四处搜寻孩子的踪迹，但不仅不见踪影，就连哭叫声也听不见了。很快她就明白了：原来是她在热诚地为阿耳戈斯军队带路的时候，她所抚育的孩子惨遭了横祸，因为离大树不远的地方，蜷缩着一条丑恶的大蛇，它正把头放在肚子上在懒洋洋的睡眠中消化它刚刚吞下去的食物。这位不幸的保姆吓得毛发倒竖，不禁失声哭叫起来。

这时，英雄们也赶来了。第一个看见这条大蛇的是希波墨冬，他毫不迟疑地从地上搬起一块巨石向怪物身上砸去。但大蛇长满鳞甲的背却把抛过去的石头抖落了，石头碎得像一片泥土。希波墨冬紧接着把矛抛了出去，飞矛正好刺中了巨蛇。那怪物旋转缠绕在立在伤口中的矛杆上，整个儿看去好似一个陀螺，最后它嘶嘶地叫着，渐渐断了气。

大蛇被杀死以后，那可怜的保姆才壮起胆来去追寻孩子的踪迹。附近有很多草都被鲜血染红了，最后她在离她休息处很远的地方发现了那个孩子的被啃得光光的骨头。这个绝望的女人把尸骨收集起来放在怀里，然后把它交给了那些英雄。阿德剌斯托斯和他的整个军队为这个为他们而牺牲的不幸的孩子举行了隆重的葬礼。他们为了纪念他，创立了神圣的涅墨亚赛

会，称他为阿耳刻摩洛斯，意即过早的完人，并尊他为半神。

吕枯耳戈斯的妻子欧律狄刻因为丧子而怒不可遏，立即把不幸的许普西皮勒投入大牢。死是肯定无疑的了。但幸运的是，许普西皮勒远在故乡的年长的儿子们正在寻找他们的母亲，事情发生不久，他们就到了涅墨亚，解救了沦为奴隶的母亲。

英雄们到达忒拜

"你们从这里应该得到远征结束的预兆了吧！"在那个男孩俄斐尔忒斯的遗骨被发现时，预言家安菲阿剌俄斯脸色阴沉地说。但其他的人想得更多的是杀死巨蛇的事，都说这是一个喜庆的象征。因为军队刚刚渡过一个大的难关，大家的情绪都很好，对不祥预言家的长叹并没有人去理睬。于是，大队人马继续前进。

几天以后，他们到达了忒拜城外。在城里，厄忒俄克勒斯和他的舅父克瑞翁也做好了顽强守城的一切准备。厄忒俄克勒斯对集合起来的民众说："公民们，现在你们记住，你们要报答你们的故乡城，是这座城养育了你们，把你们培养成勇敢的战士。你们都应该拿起武器抗击敌人，为了保卫故乡神明的圣坛，保卫你们的父母妻子，保卫你们脚下的自由土地！一个鸟卜者向我报告，今天夜里，阿耳戈斯人的军队将要集结起来攻城。因此，所有的人都要到城堞跟前去，到城门口去！你们要拿起一切武器！守住掩体，用你们的箭石堵住每一道门，防护好每一个出口，不要害怕敌方人多势众！城外到处都有我的探子，我相信，他们会随时向我报告准确的消息。我将根据他们的报告部署一切。"

就在厄忒俄克勒斯在进行动员的时候，年轻的安提戈涅正和她祖父拉伊俄斯的一个年老的卫士站在王宫城墙最高的雉堞上。父亲死后，她没在雅典的忒修斯国王充满爱心的保护下居留很久，而是跟她的妹妹伊斯墨涅一起返回了故乡。她希望能对哥哥波吕尼刻斯有所帮助，同时也对她的故乡城献上一份爱心。她不赞成她的哥哥围攻忒拜城，她想要分担故乡城的命运。到了忒拜，克瑞翁和他的哥哥厄忒俄克勒斯张开手臂热烈地接纳了她，因为他们都把这个少女看作一个自投罗网的人质，一个受欢迎的调停人。

现在，安提戈涅沿着宫殿陈旧的雪松木楼梯爬上来，站在雉堞的平地上倾听老人给他讲解敌人的态势。

9

城市周围的田野里，沿着伊斯墨诺斯河的两岸，驻扎着敌人庞大的军队。部队正在运动，队与队彼此分开。整片田野都闪烁着金属盔甲和武器的光芒，好像一片起伏波动的海洋。大队的步兵和骑兵呼喊着涌向被困城市大门的周围。看到这一幕，年轻的姑娘十分惊恐。老人却安慰她说："我们的城墙又高又坚固，我们的橡木城门都是用沉重的大铁栓锁住的。城里是绝对安全的，何况又有不怕厮杀的勇敢的战士守卫。"

墨诺扣斯

在这同时，克瑞翁和厄忒俄克勒斯则在举行军事会议，并根据决议为忒拜的七个城门各派一名首领，这是跟敌人的首领数额完全相对应的。但在城下战役打响以前，他们想研究研究飞鸟观测所提供的有关战斗结局的预兆。

在忒拜人当中，住着一个名叫忒瑞西阿斯的盲人预言家。克瑞翁派他的小儿子

墨诺扣斯去把这个预言家领到王宫里来。老预言家由自己的女儿曼托和墨诺扣斯扶着，很快就双膝哆哆嗦嗦地来到了克瑞翁面前。克瑞翁逼迫他报告飞鸟向他预示的城市的命运。忒瑞西阿斯沉默了很久。最后，他说出下面一些令人悲伤的话："俄狄浦斯的两个儿子对他们的父亲犯下了重罪，他们将给忒拜这块土地带来深重的苦难。阿耳戈斯人和卡德摩斯人将会自相残杀，一个儿子死在另一个儿子的手中。我知道，只有一个办法能够拯救这个城。但这办法对被拯救的人来说却太痛苦了，以致于我都说不出口。再见！"

他转身就想走，但克瑞翁一再恳求他，直到他留了下来。"你非要听不可吗？"预言家严肃地说，"那我就说给你听！不过，你要先告诉我，你的那个把我领到这里来的儿子墨诺扣斯现在在哪儿？"

"他就在你身边！"克瑞翁回答道。

"那就让他快逃，能跑多远就跑多远，躲开我将说的神谕！"老人说。

"这是为什么？"克瑞翁问。"墨诺扣斯是父亲的好儿子。如果不让他

11

说，他就会保持沉默。让他知道拯救我们大家的方法，他会很高兴的！"

"那就听听我从鸟雀飞翔中看出的预兆吧，"忒瑞西阿斯说，"幸福是会来的，但要跨过一个冷酷的门槛。龙种最小的儿子必须死。只有在这个条件下，你们才会获得胜利。"

"真可怕，"克瑞翁说，"哦，老人，这话是什么意思？"

"如果想让全城得救，卡德摩斯最小的孙子必须死！"

"你是要求我可爱的孩子，我的儿子墨诺扣斯去死？"克瑞翁突然愤怒地站起来说，"你给我滚开吧！我不需要你的预言！"

"难道真理会因为给你带来灾难就不成为真理吗？"忒瑞西阿斯严肃地问。听到这话，克瑞翁一下子扑倒在忒瑞西阿斯面前，抱住他的腿，请求预言家看在他已年迈的份上收回这个预言。但预言家毫不退让。"这个要求是不可避免的，这孩子必须把他献身的血洒在毒龙曾经伏卧的狄耳刻泉源旁边。当初龙牙播种下去以后，这片土地曾经给予卡德摩斯以人的血液，现在只有它把卡德摩斯亲族的人的血液收回去，它才能成为你们的朋友。如果这个少年在这里为他的故乡城献出生命，那么，他就以自己的死成为你们的拯救者。而对阿德剌斯托斯和他的军队来说，他这次返乡则将落得个非常可怕的下场。克瑞翁，现在你就在这两种命运中选择你愿意接受的一种吧！"说完了这些话以后，预言家便扶着女儿的手离去了。

克瑞翁久久地陷入沉默中。最后，他无比恐惧地喊道："我自己多么愿意为我的故乡去死呀！但是你，我的孩子，我却要你去牺牲？逃走吧，我的孩子，逃得远远的，离开这个可诅咒的地方，它对你这个无辜的孩子实在太坏了。你要取道得尔福、埃托利亚和忒斯普洛提亚，一直逃到多多那的神庙，在那里躲在圣坛的保护下。"

"好！"墨诺扣斯目光一闪，说，"父亲，那就为我准备必要的行装吧，请相信我，我不会走错路的。"

克瑞翁这才镇静下来，回去处理要务。刚刚剩下墨诺扣斯一个人的时候，他却俯伏在地，热诚地向众神祈祷说："诸位天神，宽恕我吧，我刚才说了谎，为了消除他的无谓的恐惧，我用假话骗了我的老父亲！如果我出卖了这个生我养我的故乡城，那我就是多么可恶的胆小鬼呀！诸位神明，请倾听我的誓言，请仁慈地接受这誓言吧！我要去走拯救故乡城的路！逃跑将使我蒙受耻辱。我愿意走上城头，从那里跳进黑暗的毒龙深

谷，按照预言家的指点拯救忒拜城。"

墨诺扣斯高兴地从地上跳起来，向城堞跑去，准备跳城。他站在城堡围墙的最高处，向下看了一眼敌人的作战布局，简短地说了一句对敌人的诅咒。然后，他就抽出藏在袍子里的匕首，戳穿自己的咽喉，跌到深谷里去了。

攻打忒拜城

神谕实现了。克瑞翁强忍着自己的悲痛。厄忒俄克勒斯拨给七个守门英雄七队人马。从哪里抽调了部队，就不断地用骑兵补充。此外，轻装的步兵跟在持盾者的后面，使因受攻击而受损的地方都有武力守卫。阿耳戈斯人现在也出现了，攻城开始了。战歌轰然震响，从敌军和忒拜人的城墙上同时吹起战斗的号角。

首先是女狩猎家阿塔兰塔的儿子帕尔忒诺派俄斯带领他的队伍，以紧密排列的盾牌为掩护，冲击一个城门。在他的盾牌上刻画着他母亲飞箭射杀埃托科亚野猪的图形。冲向第二个城门的是僧侣预言家安菲阿剌俄斯；他带的武器没有任何装饰，盾上既没有徽章，也没有华丽的图案。向第三个城门推进的是希波墨冬，在他的盾牌上可以看到百眼的阿耳戈斯看守着被赫拉变成小母牛的伊俄姑娘。堤丢斯指挥他的部队攻打第四个城门；他的盾牌上画着一张毛绒蓬松的狮皮，左手以野蛮的动作挥舞着一支大火把。被驱逐的国王波吕尼刻斯领导部队进击第五个城门；他的盾牌是几匹愤然腾跃的驾车骏马。卡帕纽斯领着他的队伍涌向第六个城门，他说他敢和战神阿瑞斯比个高低。奔向第七个也是最后一个城门的才是阿耳戈斯的国王阿德剌斯托斯。他的盾牌上画着一百条嘴里衔着忒拜儿童的巨蛇。

当所有的人马逼近城门时，战斗便立即开始，首先是投石，继而使用了弓箭和长矛。但第一波进攻被忒拜人击退了，阿耳戈斯人只好后撤。这时，堤丢斯和波吕尼刻斯灵机一动大声喊道："同伴们，你们为什么不趁敌人的箭和矛没把你们击倒之机，齐心协力突击城门呢？步兵，骑兵，战车御手，让我们猛打猛冲吧！"这声呼喊在军队中迅速传播，鼓起了阿耳戈斯人

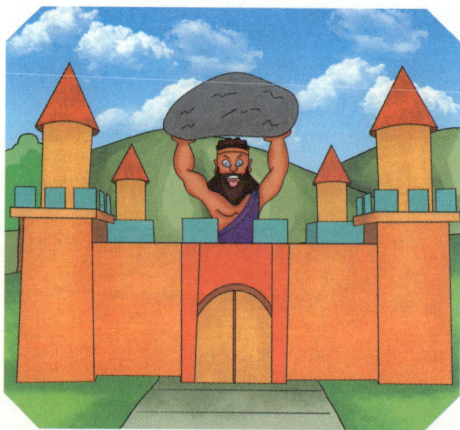

的勇气。所有的人都重新振作起来，攻城的战斗以更强大的力量再次展开，但结果并不比第一次好。攻城者大批地死在守城者的脚下，城外干燥的土地上血流成河。

这时，阿耳卡狄亚人帕耳忒诺派俄斯像狂风一样冲向城门，高喊着要用火和斧头把城门夷为平地。忒拜的英雄珀里克吕墨诺斯正在城墙上防守，他看见冲击者来势凶猛，在紧急关头急速把胸墙上的一块巨石推下去，那巨石大得几乎跟一辆战车的重量相等。坠落的巨石一下子就砸碎了攻击者金发的头颅，把他的骨头压得粉碎。

厄忒俄克勒斯看到这个城门已经安全了，便跑到别的城门去督战。在第四个城门前，他看见堤丢斯像一条被阳光灼痛的龙一样暴怒；他摇着头，头盔上的羽毛随着飘拂，他挥动着盾牌，镶在边上的铜环哗拉哗拉响个不停。他亲自用右手把标枪投掷到城墙上去，一大队手持盾牌的武士围着他，也冰雹般把矛抛向最高的城堡边缘，忒拜人不得不逃离胸墙的边沿。

就在这时，厄忒俄克勒斯赶来了。他像猎人招呼四散的猎犬一样集合他的武士，然后带领他们回到城墙的雉堞前。随后，他又继续从一个城门跑到另一个城门去巡查。他又遇到了狂怒的卡帕纽斯。卡帕纽斯正扛着一架云梯，夸口说，就是宙斯的闪电也不能阻止他把这个被围困的城池摧毁。他一边夸着海口，一边搭好云梯，踩着很滑的梯阶往上爬。但他因狂妄蛮干应得的惩罚，并没有留给忒拜人去实施；是宙斯给了他惩罚，当他爬上城头时，宙斯发出霹雷击中了他。这声霹雳把大地都震得直抖。卡帕纽斯被击毙后坠落在地，燃烧的头发飞上了天，鲜血流在地上。

国王阿德剌斯托斯从这个征兆中认识到，众神之父是反对他们的进攻计划的。于是，他命令他的士兵离开城外的战壕，率领他们撤退了。忒拜人则看出了宙斯给予他们的吉兆，命令步兵和战车冲出城来。他们的步兵冲进了阿耳戈斯队伍中混战厮杀；战车疾驰前去攻击战车。忒拜人胜利了。他们把敌人逐出离城很远的地方，才返回城里。

兄弟对阵

攻打忒拜城的战斗就这样结束了。但在克瑞翁和厄忒俄克勒斯带领他们的队伍退守城垣以后，被打败的阿耳戈斯人的军队重新进行了整顿，不久便又有能力向被围困的城推进了。忒拜人看到这种情势，知道在受到第一次攻击的损失后第二次

17

胜利的希望相当渺茫，国王厄忒俄克勒斯便作出了一个重大的决定。他派使臣出城到阿耳戈斯的军队里去请求停战，这时，阿耳戈斯军队又密集地驻扎在忒拜城周围，俯伏在城外战壕里。随后，厄忒俄克勒斯站在城堡的最高处，向他自己的守卫在城里的部队和包围城池的阿耳戈斯人大声喊话："你们达那俄斯人和阿耳戈斯人，所有围城的人，还有你们忒拜的人民，你们都不要为波吕尼刻斯和我——他的兄弟——再牺牲生命了。还是让我自己经受战斗的危险，让我单独和我的哥哥波吕尼刻斯决一死战吧！如果我杀死了他，我就仍然是忒拜城的国王；如果我死在他的手下，就把王位让给他。你们阿耳戈斯人就该放下武器，回到自己的故乡去，不必在这座城下作无谓的流血牺牲。"

波吕尼刻斯立刻从阿耳戈斯人的队伍里跳出来，朝城堡上面喊，说他愿意接受他兄弟的挑战。双方军队早已厌倦了流血的战争，因此双方的士兵都欢声雷动，赞成这个合理的建议。

双方还签订了一个协议，两位首领也都宣誓坚决遵守。

现在，俄狄浦斯的两个儿子都全副武装起来了。在殊死的决斗开始之前，双方的预言家都聚拢过来准备向神献祭，想从献祭的火焰中推断战斗的结局。预兆是模棱两可的，似乎说明双方谁都可能胜利，谁都可能失败。

号角吹响，这是战斗开始的信号。两兄弟先后冲出来，相互进击，就像两个怒龇獠牙正在争斗的野猪。两枝标枪嗖嗖响着各向对方飞去，又双双被盾牌反弹落地。接着，他们就使长矛相刺，但急速挡在前面的盾牌又使刺杀落空。观战者看见这场恶战都吓得直冒冷汗。厄忒俄克勒斯先受了伤：他在出击时想用右脚踢开挡在路上的一块石头，不小心把腿露在盾牌下

面；波吕尼刻斯立刻手持长矛冲过来，刺穿了他的胫骨。见到这一击，全体阿耳戈斯人都不停地欢呼，以为这就是决定性的胜利。但厄忒俄克勒斯始终头脑清醒，一眼看见，对方的一个肩头暴露在外。他马上一矛刺去，狠狠地扎进对方的肩胛里，连矛的头都断在里边了。厄忒俄克勒斯慌忙后退，搬起一块石头，砸断了他哥哥的矛杆。

现在双方看到各自失去了一件投掷武器，他们又势均力敌了。他们飞快地抽出各自的剑，彼此身体凑得很近，盾牌相撞，发出震耳的战斗的轰鸣。最后，厄忒俄克勒斯冲上前去，一剑刺中他哥哥的身体。因为疼痛，波吕尼刻斯歪向一边，很快便血流不止，跌倒在地。这时，厄忒俄克勒斯确信他已获胜，便

抛开宝剑，俯伏在垂死的哥哥身上，准备夺走他的武器。不料，这一举动竟给他带来了毁灭。波吕尼刻斯尽管倒在了地上，但手中仍然紧紧地握着他的剑，于是他使足气力把他的剑深深地刺入厄忒俄克勒斯的肝脏。厄忒俄克勒斯当即死亡，倒在他垂死的哥哥的身旁。这样，父亲对他们二人的诅咒终于变成现实。

这时，双方的军队大声争吵起来。忒拜人认为胜利属于他们的国王厄忒俄克勒斯，而阿耳戈斯人则判定波吕尼刻斯为胜利者。争着争着便又要动武。不过，只有忒拜人是全副武装的，而阿耳戈斯人因为坚信自己的胜利已经把武器放在一边了。阿耳戈斯人还没来得及披挂整齐，忒拜人就冲向阿耳戈斯军队。他们没有遇到任何反抗，手中没有武器的士兵四散奔逃。尽管如此，阿耳戈斯人还是成百上千地死在忒拜人的标枪下，血流遍地。

克瑞翁的决定

两兄弟死后，忒拜的王位便落到他们的舅父克瑞翁的手里。他现在一手操持两个外甥的安葬事宜。他立刻命人以国王的礼仪安葬了厄忒俄克勒斯，城里的所有居民都参加了送葬的队列。但波吕尼刻斯的尸体却被丢在原地，暴露在荒野里。克瑞翁决定，把这具尸体留给猛禽和恶犬去啄食撕扯，并且派兵秘密看守，防备被人偷走或埋葬。如果有人敢于违抗，

把它盗走或安葬，就毫不容情地处死：要在城里公开地用石头把他击毙。

安提戈涅也听到了这个残酷的通告。她曾经在她哥哥波吕尼刻斯临死时答应把他的尸体埋葬在故乡。她心情沉重地去找她的妹妹伊斯墨涅，想劝妹妹帮助她把兄长的身体从他们敌人手里夺走。但伊斯墨涅是一个懦弱的姑娘，不适于干这种冒险的活动。"姐姐呀，"她啜泣着说，"我们的父亲和母亲叫人胆寒的死你难道忘了吗？我们两个兄长刚刚暴死你也不记得了吗？你想要让我们活在世上的人也同样横死吗？"安提戈涅冷淡地转过脸去，不再理睬怯懦的妹妹。"我不想要你帮助了，"她说，"我一个人去掩埋哥哥的尸体。等我办完了这件事，我就高高兴兴地去死，就死在我一生都爱戴的这位兄长的身边！"

没过多久，就有一个看守迈着胆怯迟疑的步子来到国王克瑞翁面前。"你命令我们看守的那个尸体被人埋葬了，"他高声对这位统治者说，"干这事的人从我们眼皮底下溜掉了。我们也不知道这事是怎么发生的。白天的看守人指给我们看的时候，我们大家都觉得很奇怪。盖在死者身上的只有薄薄的一层土，仅够冥府的神承认这是埋葬。那里看不出动用过锹铲，地上也没有走车的痕迹。我们看守人为此发生过争吵，人人都把这错推给别人，而且彼此动手打了起来。最后，大家取得一致意见：把那里发生的事报告你，国王。这个幸运的差事落到了我的头上！"

听到这个消息，克瑞翁大为震怒。他威胁所有的看守人，如果他们不赶快把埋葬者给他抓来，就活活绞死他们。这些看守人只好按照命令扒去尸体上的泥土，照旧看守着他。他们从清晨坐到烈日炎炎的中午。这时，突然起了暴风，空中灰尘弥漫。看守们还在揣度这意外的景象时，他们看见一个少女款步走来，她悲伤地哭泣着，就像一只发现自己的巢被掏空的鸟。她手里提着一个铜喷壶，迅速地往喷壶装满尘土，然后小心翼翼地走近尸体，向死者身上倾洒三次泥土。就在这时，看守们走上来，抓住了她，随后把这当场捉到的少女拖去见盛怒未消的国王。

安提戈涅和克瑞翁

克瑞翁一眼就认出作案人是他的外甥女安提戈涅。"傻孩子，"他冲着她喊道，"你一直垂着头站在那里，这桩事你

是承认还是否认？"

"我承认。"少女答道，同时高高地昂起头。

"你知道你无所顾忌地违犯的法令吗？"

"我太知道了，"安提戈涅平静地说，"但这条法令不是出自永生的神之口。我也知道其他永远适用的法规。没有一个人违反这个法规而不引起神的愤怒。这条法规命我不可以不埋葬我母亲的死去的儿子。这种行为在你看来是愚不可及的，实际上责备我愚蠢的人才真正愚蠢。"

"你以为，"克瑞翁说，因为遭到少女的反对而更加愤怒，"你的坚强意志是不可折服的吗？在别人的控制下，就不应该太固执！"

安提戈涅立刻答道："除了杀死我，你还能把我怎样呢！为什么迟迟不动手呀？我的名字不会因我被杀而失去光荣。我知道，这里的人民只是因为怕你才闭口不言。所有人的心里都是赞成我的行为的，因为爱护哥哥是做妹妹的首要义务。"

　　"如果你非要爱护不可，"克瑞翁喊道，他越来越愤怒了，"那你就到地府里去爱护吧！"于是，他命令随从把她带下去。这时，听到姐姐被捕消息的伊斯墨涅风风火火地跑来了。她好像已经摆脱了女性的怯懦和怕羞，勇敢地走到残暴的舅舅面前，承认自己是知情者，要求和姐姐一起被处死。同时，她请国王不要忘记，安提戈涅不仅是他姐姐的女儿，而且是他亲儿子海蒙的未婚妻。克瑞翁没有回答，只是命令仆从把姐妹抓起来，由他的胥吏带到内宫里去。

　　很快就做好了执行克瑞翁可怕决定的一切准备。刑吏公开当着忒拜人民的面，把安提戈涅带到拱形的墓穴前。她呼唤众神，呼唤着她希望与之亲密联合的亲人，然后无所畏惧地走进洞穴里去。

　　被打死的波吕尼刻斯的尸体已经开始腐烂，它没有被埋葬，依然躺在那里。野狗和猛禽啄食它，并叼着死者的腐肉跑来飞去，把全城弄得又脏又臭。像过去曾经见过俄狄浦斯一样，年迈的预言家忒瑞西阿斯来到国王克瑞翁面前，说明飞鸟和献祭阵列所预示的灾祸。他听到了以污物充饥的恶鸟的连声聒噪，而神坛上的祭畜并没有在火焰里闪出亮光，而是在黯淡的黑烟里冒出晦气。"很明显，这是诸神生我们的气了，"忒瑞西阿斯这样结束他的报告，"都是因为对待被打死的王子太残酷了。国王，请不要固守成命了。向死者让步吧，不要盯着

被杀死的人！再一次屠戮死者，有什么光荣！还是撤消你的命令吧，我这样劝你都是出于好意！"

但是，克瑞翁用伤人的话拒绝听从这位预言家的劝告。他骂他贪图钱财，责怪他说谎。预言家被激怒了，他毫无顾惜地对国王指明了未来。"你要知道，"他说，"在你的亲人中没有为这两具尸体死去一个人之前，太阳是不会落的。你犯了双重的罪：你阻止该下阴间的死者去地府，又不让属于人间的活人留在世上！"说完，他就扶着领路人的手，挂着预言杖，离开了王宫。

对克瑞翁的惩罚

国王克瑞翁浑身战栗，目送着怒气冲冲的预言家。他把城里的长老们召集到王宫来，请教他们现在究竟应该怎么办。他们一致的意见是："把安提戈涅从墓穴里放出来，掩埋被暴尸荒野的波吕尼刻斯！"本来顽固不化的克瑞翁是很难让步的，但现在他已经丧失了自信，所以只好不无忧虑地同意采取这个方案，这是能使他的家族免遭毁灭的唯一的办法。他亲自带领侍从和护卫首先来到弃置波吕尼刻斯尸体的旷野，然后奔向囚禁安提戈涅的洞穴。他的妻子欧律狄刻独自留在宫中。

不久，欧律狄刻听到大街上传来的哀号声，而当呼叫声越来越大，她离开内室，来到前廷时，正好有一个使者迎面走来。他就是国王刚才出行的那个引路人。

"我们向冥府的神作了祈祷，"使者愤愤地讲述着，"为死者举行了圣浴，然后焚化了他的遗骸。我们用故乡的泥土为他堆起了坟丘以后，就到囚禁安提戈涅的石洞去了。刚到那里，就有一个走在前面的侍从听到从远处可怖的洞门那里发出的声嘶力竭的悲嚎。他赶快跑回国王身边，这时悲嚎声已传入国王

的耳鼓，而且他已经听出这是他儿子的声音。我们这些侍从遵照他的命令赶快跑到前面去，从岩石的缝隙往里看。哦，好惨啊，我们看到了什么呀！在很深的岩洞背景处，我们看到安提戈涅姑娘吊在用面纱条拧成的绳索上，早就断气了。你的儿子海蒙跪在她前面，抱着她的双膝，放声大哭，而且口出怨言，痛悼他的未婚妻的死，诅咒他父亲的残忍。就在这时，克瑞翁也来到了墓穴，从开着的门走了进去。'不幸的孩子呀，'他呼唤着，'你想要做什么？你的迷乱的目光怎么这样吓人？出来，到父亲这里来吧！我跪在这里求你了！'但海蒙绝望地凝视着他，不作回答，只是从剑鞘里抽出他的那把双刃剑，父亲只好躲出来了。不幸的海蒙向利剑上一扑，就立刻死去，倒在他未婚妻的尸体旁边了。"

欧律狄刻一直默默倾听着。听到这里，她仍然是好言或恶语一句也没有说，就急匆匆地跑开了。绝望的国王悲痛地回到王宫，噩耗便劈面而来：他的妻子欧律狄刻在内宫里倒在血泊里死了，胸口上有一个很深的剑伤。

俄狄浦斯的整个家族里，现在活着的，只有死去的两兄弟的两个儿子，以及伊斯墨涅了。关于她的传说极少。有的说她至死没有结婚，有的说她没有子女。这不幸的家族随着她的死而销声匿迹。

赫剌克勒斯后裔的传说

赫剌克勒斯的子孙来到雅典

赫剌克勒斯升入天庭了，他的堂兄欧律斯透斯，阿耳戈斯国王，不必再惧怕他了，于是他便怀着复仇的心理迫害这位半神的子孙。赫剌克勒斯的子孙大部分随着他的母亲阿尔克墨涅住在阿耳戈斯的首都密刻奈。他们逃脱他的追捕后，在特剌喀斯得到了国王克宇克斯的保护。当欧律斯透斯要求这个小国的首脑交出他所保护的人，并以战争威胁对方时，他们感到躲在特剌喀斯已不安全，就离开了那里，在全希腊东藏西躲。赫剌克勒斯的侄儿和朋友，伊菲克勒斯的儿子伊俄拉俄斯像父亲一样照顾着他们。他

青年时期曾与赫剌克勒斯一起冒险、一起吃苦，现在他虽已年迈却仍照料着朋友留下的子女，和他们一起在世界上飘泊。他们的意向是占领他们的父亲所征服的伯罗奔尼撒。

尽管有欧律斯透斯不间断的追击，最后他们还是来到了雅典。现在雅典的统治者是忒修斯的儿子得摩福翁，他刚刚把篡位的墨涅透斯赶下台。到了雅典，这些被追踪者就俯伏在市场上宙斯的圣坛前，祈求雅典人民的保护。他们在这里住下没有多久，国王欧律斯透斯的一个使者也跟踪而来。这个使者非常狂妄，他用嘲讽的口吻对伊俄拉俄斯说："你以为你们在这里找到了一个安全的藏身之地，已经被一个结盟的城所接纳，愚不可及的伊俄拉俄斯！但是，谁会头脑发热，用与强大的欧律斯透斯的友谊换取你的一文不值的友谊！带领你的全体亲属回阿耳戈斯去吧！在那里，你将依法被判处乱石击毙！"

伊俄拉俄斯毫无惧色地回答："我知道，这祭坛不仅保护我们不受你这个渺小奴仆的迫害，而且保护我们不受你的主人的军队的侵扰。这是自由的土地，我们在这里是可以得救的。"

"可是你要知道，"这个名叫科普柔斯的使者针锋相对地说，"我不是一个人来的，我后边有足够的军队，他们很快就会把你所保护的人从你想像中的自由大地抢走！"

听到这话，赫剌克勒斯的子孙们不禁发出悲叹。但伊俄拉俄斯转向雅典居民大声说："雅典虔诚的公民！你们不能眼看着你们的宙斯所保护的人被人强行带走而不管，也不该容忍我们这些求神者头上的花冠遭到污损，因为这是对你们的神明的亵渎，也是对你们城市的侮辱。"

听到这样动人心魄的呼救言词，雅典人从四面八方向市场涌来。这时，他们才看见这伙流亡者拥坐在神坛的周围。"这位可敬的老者是谁？这些满头卷发的英俊少年是什么人？"上百张嘴同时提出这样的问题。

当他们听说请求雅典人保护的是赫剌克勒斯的子孙时，他们不仅很同情，而且很尊敬。他们以命令的口吻叫那个准备拖走一个流亡者的使者离开神坛，去找本地的国王提出他的要求。

"这里的国王是谁？"科普柔斯问，显然是被市民的坚决态度吓住了。

得到的回答是："他可是一个人物，他的裁决你是必须服从的。我们的国王是不朽的忒修斯的儿子得摩福翁。"

得摩福翁

时间不长，国王在宫廷里得到消息：市场上拥坐着几个流亡者，一支外国的军队正向这里进军，打算把他们带回去。于是，他亲自来到市场，从使者口中听取欧律斯透斯的要求。

"我是阿耳戈斯人，"科普柔斯对他说，"我想要带走的全是阿耳戈斯人，我们的国王是有权管制他们的。哦，忒修斯的儿子，你不会丧失理智，为了同情这些流亡者的不幸，而与欧律斯透斯兵戎相见吧？"

得摩福翁是明智而审慎的。"在没有听到双方的见解之前，"他回答道，"我怎么能正确分析，判断争执双方谁是谁非呢？这样吧，保护这几个孩子的老人家，告诉我，你的理由是什么？"

听到对他讲的这句话，伊俄拉俄斯从神坛的台阶上站了起来，向国王恭恭敬敬地鞠了一躬，开口说："国王，现在我头一次知道，我是在一座自由的城里。在这里，一个人不仅可以为自己申辩，而且有人听他辩解。但在别的地方，我和我所保护的人总是遭到驱逐，没人听我们说话。现在，你听我说：是欧律斯透斯把我们赶出阿耳戈斯的，我们一时一刻也不能留在他的国内。既然他剥夺了我们作为臣民的一切权利，他怎么还能说我们是他的臣民，要求我们像阿耳戈斯人那样服从他呢？难道一个逃出阿耳戈斯的人，在全希腊都找不到安身之处吗！不，至少在雅典不是这样！这个英雄城的居民不会把赫剌克勒斯的子孙赶出他们的土地。国王啊，你也不会准许有人把这些祈求保护的人从神坛边拉走。孩子们，都放心好了，我们现在是在一个自由的国度里，而且是跟亲人在一起。雅典的国王啊，要知道，你现在保护的并不是什么外人。这些被迫害的人都是赫剌克勒斯的子孙。你的父亲忒修斯和赫剌克勒斯又是珀罗普斯的孙子。而且他们俩又是战友。对了，这几个孩子的

父亲曾经把你的父亲从冥府里救出来。"说完这一席话以后，伊俄拉俄斯就跪在地上抱住国王的双膝，恳切地拉起他的手，抚摩他的下颏。

国王把他搀起来，说："我不能拒绝你的请求，这里有三个原因：首先是因为有宙斯和这座神坛；其次是亲戚关系；最后是赫剌克勒斯救过我父亲，我应当有所报答。如果我把你们从神坛这里赶走，那么，这个国家就不是自由的国家，就不是敬神的和讲道德的国家了！因此，使者，你回密刻奈去，把我的话报告给你的国王。你永远也不能把这些人带走！"

"我走，"科普柔斯说，同时举了举他的使者仗以示威胁，"但我会带领一支阿耳戈斯军队再来的。有一万名盾甲兵正在等待着国王的号令。他将亲自统率全军。要知道，他的军队已经驻扎在你的边境了。"

"见你的鬼去吧！"得摩福翁轻蔑地说，"我不怕你，也不怕你的阿耳戈斯！"

使者走了。赫剌克勒斯的子孙，一群朝气蓬勃的少年和男孩，从神坛旁跳起来，热烈地问候他们的亲戚，雅典的国王，他们心目中的大救星。伊俄拉俄斯再次代表他们讲话。他激情满怀地感谢这位英明的国王和雅典城的人民。"如果我们能够返回故乡，"他说，"如果你们，孩子们能够重新夺得你们的父亲赫剌克勒斯的王朝和王位，你们永远也不要忘记你们的这些救星和朋友。你们永远不要头脑发昏，把战争强加给盛情招待过你们的这座城市。确切地说，你们应该永远把这座城看成朋友和最忠实的同盟。"

现在，得摩福翁开始准备迎击新的敌人了。他把预言家召集起来，命令他们举行隆重的献祭。他打算让伊俄拉俄斯和他所监护的人住到王宫里去。但伊俄拉俄斯声明，他们不愿意离开宙斯的神坛，他们想在那里为忒拜城祈福。"只有靠神的护佑取得了胜利，"他说，"我们疲倦的身体才能躺在你的贵宾住房里休息。"

随后，国王登上最高的城楼，观看渐渐走近的敌军。他集合雅典的战斗部队，作了战斗部署，然后又和预言家们进行磋商，准备举行隆重的献祭。

　　当伊俄拉俄斯和他的那一群孩子正在宙斯的祭坛旁潜心祈祷时，得摩福翁突然面带愁容快步朝他们走来。"朋友，你说我该怎么办？"他无限忧虑地对他们高声说，"我的军队已经武装起来，准备迎击越来越逼近的阿耳戈斯人，但我的预言家却说胜利取决于一个无法兑现的条件。他们说，神谕的意思是：'你们不应该宰杀牛犊和公牛，而要牺牲一个出身高贵的少女，只有这样，你们，或者说这座城才有希望胜利或得救。'但这怎么办得到呢？我自己有几个年轻美丽的女儿住在王宫里，但谁又能指望一个父亲作出这样的牺牲呢？即使我提出要求，又有哪一个高贵的市民会把他的女儿交给我呢？"

　　赫剌克勒斯的子孙惶恐地倾听着他们的保护者提心吊胆的疑问。"哎呀，"伊俄拉俄斯惊呼，"这真像我们这些沉船遇难者一样，本来已经到了海滩，又被暴风裹进了大海。孩子

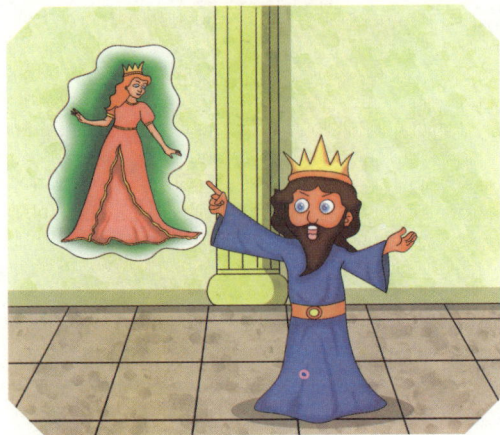

们，咱们没希望了！即使他把我们交出去，我们也不能责怪他。"但是，猛然间，老人的眼里闪出一线希望之光。"国王，你知道我产生了一个什么念头？你知道怎么样

拯救我们大家吗？你只要帮帮我，这事就成了！你把赫剌克勒斯的这几个孩子留下，把我送交欧律斯透斯好了！他一定很愿意看到我，伟大英雄的忠实伙伴，惨死在他手下。我是一个老年人，我愿意为这些年轻人献出我的生命！"

"你的提议充满高尚的精神，"得摩福翁悲伤地说，"但这帮不了我们。你以为欧律斯透斯会满足于处死一个老人吗？他是想杀死这些朝气蓬勃的年轻人，他要灭绝赫剌克勒斯这一族。你要是有别的建议，就说给我听。这个提议没有用。"

玛卡里亚

现在，这样的悲叹不仅发自赫剌克勒斯的子孙了，而且发自雅典的民众：这扰攘的悲号一直传到王宫里去。那些逃亡者刚到不久，赫剌克勒斯的老母亲阿尔克墨涅，和他与得伊阿尼拉所生的美丽的女儿玛卡里亚就被得摩福翁藏在宫中，以防好奇者的干扰。她们一直静静地等待着可能到来的一切。阿尔克墨涅年迈力衰，整日昏昏沉沉，外面发生的一切什么也听不见。但她的孙女却十分注意倾听从市中心传来的悲鸣。她很担心她的兄弟们的命运，便匆匆离开内宫，来到熙熙攘攘的市场。

当人们见到这个少女走进人群时，不仅国王和聚在那里的民众感到惊讶，就连伊俄拉俄斯和他所监护的人也很惊诧。

她不声不响地隐没在拥挤的人丛里呆了一阵子，便知道了雅典和赫剌克勒斯子孙正面临什么灾祸，了解到一道什么样不祥的神谕使成功遇到了难以克服的困难。玛卡里亚因此迈着坚定的步子走到国王得摩福翁面前说："你们正在寻找一个能使战争获得胜利的祭品，它的死可以保护我可怜的兄弟们免遭那个专制暴君的屠戮。难道你们真的忘了门第高贵的赫剌克勒斯的年轻的女儿就在你们中间吗？好了，我愿意作这个祭品，诸神一定会更欢迎，因为我是完全出于自愿。既然雅典城襟怀如此高尚，能为了保护赫剌克勒斯的后代进行一场冒险的战争，在赫剌克勒斯的后代里怎么就不应该有一个人为保证这些高尚的人所进行的战争取得胜利而牺牲自己呢？因此，你们就把我带到我应该作牺牲的地方去吧。像装饰一个作牺牲的羊一样给我戴上花环吧。抽刀吧，我的灵魂将心甘情愿地飞走！"

这个正气凛然的少女慷慨激昂地说完以后，伊俄拉俄斯和所有站在周围的人沉默了好长时间。最后，那位赫剌克勒斯后代的监护人说："姑娘，你不愧为你的父亲赫剌克勒斯的

女儿。不过，我认为最好还是抽签决定你们姐妹中谁去为你们的兄弟牺牲自己。"

"我不愿意由抽签决定我死，"玛卡里亚答道，"因此不要再犹豫了，免得敌人突然袭击你们。让本城的妇女陪我一起去吧，因为我不想让男人看见我死。"

于是，这位品德高尚的少女，便由雅典高贵的妇女伴随，心甘情愿地走向死亡。

战　争

国王和雅典的公民十分敬佩地目送着那位少女，伊俄拉俄斯和赫剌克勒斯的后裔无比悲伤和痛苦地望着她的背影。但命运没让这两部分人过久地沉溺于对她高尚的思想感情的追忆，因为玛卡里亚的身影刚刚消失，一个面带喜悦的使者就高声呼喊着向神坛跑来。"亲爱的赫剌克勒斯的子孙，我向你们致敬了！"他喊道，"告诉我，伊俄拉俄斯老人在哪里？我给他带来了一个好消息！"伊俄拉俄斯站起身来，但他无法掩藏深切的悲痛，所以使者不得不问他为什么这样悲伤。

"我是在为这个家族犯愁啊，"老英雄答道，"不要问了，从你的快乐的目光看得出，你是带来了什么好消息！"

"你不认识我了？"那个使者说，"你连赫剌克勒斯和

得伊阿尼拉的儿子许罗斯的老仆都不认识了吗？我的主人在逃亡的半途中，为了去寻找同盟军，和你们分开了，这你应该知道啊。现在他带领一支强大的军队回来了，驻扎的地方与欧律斯透斯的军队遥遥相对。"

　　一种快乐兴奋的心情从围在神坛旁的逃亡人群中产生，很快就传给了雅典公民。就连年迈的阿尔克墨涅也被这个快乐的消息引到王宫女眷居室的外边来了。而老伊俄拉俄斯则叫人取来战斗的武器，扣紧甲胄，把朋友的孩子们和他们的祖母阿尔克墨涅托付给留在城里的雅典的老人们照料。他自己则同青年人和他们的国王一起出发与许罗斯的军队会合去了。

　　欧律斯透斯亲自统率的强大军队已列队站在对面。当同盟军布好了有利的阵势，广阔的原野闪烁着武器装备的亮光时，赫剌克勒斯的儿子许罗斯从他的战车上走下来，站在敌军留出的狭窄地带中间，向阿耳戈斯的国王喊道："欧律斯透斯国王

呀，趁毫无意义的流血事件还没有开始，在两个大城市为了少数人的利益作战，而双方又以毁灭相威胁之前，请听听我的建议！还是让我们二人以正当的方式单独交手决定胜负吧。如果我败在你手下，你就带走赫剌克勒斯的孩子，我的兄弟姐妹，随你怎么处置。如果我胜了你，那就把我父亲在伯罗奔尼撒的王位和统治权归还我和我的亲族。"

同盟者的军队高声呼叫，表示欢迎，阿耳戈斯人的军队也小声议论着表示赞同。欧律斯透斯过去在赫剌克勒斯面前就表现得十分怯懦，现在他又非常害怕命丧刀下，就没走出他的队伍。这时，许罗斯也走回了他的部队，预言家举行献祭，随后便吹响了战斗的号角。

"公民们，"得摩福翁对他的战士高喊，"你们要记住，你们现在是为你们的家园，为生你养你的这座城而战！"

41

在另一边，欧律斯透斯也提醒他的士兵不要使阿耳戈斯和密刻奈受辱，要为他们的强大的国家争光！

这时，响起了提瑞尼亚人的喇叭声，盾牌与盾牌撞得山响，战车的隆隆声，刀剑的铮铮声，长矛刺杀发出的嗖嗖声，轰轰然响成一片，其中还夹杂着受伤者的呻吟声。有那么片刻，赫剌克勒斯的联军在阿耳戈斯人长矛队的冲击下开始后退，阵线险些被敌人突破。但不大工夫，他们就击退了敌人的进攻，于是便展开了肉搏战，以致战斗长时间难分胜负。

最后，阿耳戈斯人的队列动摇了，他们的重兵和战车纷纷向后溃逃。年老的伊俄拉俄斯突然渴望建立一次奇功，为自己的晚年增加一份光荣。于是，当许罗斯在战车上从他身旁驶过追击逃窜的敌人时，他就一把拉住了他，请求许罗斯让他登上战车代替他。许罗斯恭恭敬敬地答应了他父亲的朋友，他兄弟的保护人的要求；他下了车，老伊俄拉俄斯跳上去坐在了他的座位上。

伊俄拉俄斯用他老年人的双手驾驭四马战车虽然并不容易，但他仍然驱车向前。当他到达雅典娜神庙时，

他看见了欧律斯透斯的战车在前面很远的地方往前奔逃。他立刻在战车上站起来，祈求宙斯和青春女神赫柏——他的朋友赫刺克勒斯升入奥林帕斯后的妻子——在战斗的当天赐给他青年人的力量，好让他能向赫刺克勒斯的敌人复仇。

紧接着，一个惊人的奇迹出现了：两颗星星从天而降，落在骏马的轭上，同时，整个战车都被浓密的云雾笼罩。片刻间，云雾消散，星星也不见了。但在战车上却站着一个重获青春的伊俄拉俄斯，他满头褐发，昂首挺胸，挥着年轻人强有力的臂膀，手里紧握四马缰绳。伊俄拉俄斯就这样向前突进，追上了欧律斯透斯，这时他已越过斯喀洛尼亚山崖，走在他想穿过去逃跑的峡谷入口处。欧律斯透斯不认识追他的人是谁，便站在战车上回身阻挡。由于得到了神赐的青年人一样的力量，伊俄拉俄斯胜利了；他把他的老冤家打下车来，绑在自己的车上，押送给了联军。现在，这次会战胜利了。阿耳戈斯人失去了统帅，个个疯狂逃窜；欧律斯透斯的儿子和无数战士被杀。很快在阿提刻的土地上就见不到一个敌人了。

欧律斯透斯和阿尔克墨涅

凯旋的军队开进了雅典。又恢复了老年常态的伊俄拉俄斯把那个疯狂迫害英雄家族的欧律斯透斯五花大绑地押到赫刺克勒斯的母亲阿尔克墨涅面前来。

"你终于来了，可恨的欧律斯透斯！"老妇人一见他站在眼前，便朝他喊道，"尽管时间很长，但你终归逃脱不了神的正义的惩罚！不要低头瞅着地面，你要正视你的敌对者！多少年里把艰难困苦的差事和种种莫名的污辱强加在我儿子头上的，不就是你吗！你派他去捕杀毒蛇和猛狮，不就是要他死在致命的搏斗中吗？你把他赶到黑暗的冥府里去，不就是为了让他永远坠入阴间吗？后来，不又是把我——他的母亲，和他的那些孩子，赶出了全希腊，还想从庇护他们的神坛那里把他们抢走吗？但你碰到的是一些不惧怕你的强人和一座自由的城市。现在该你去死了，如果你被一下子处死，你倒应该庆幸呀。因为你罪孽深重，对你处以凌迟也不为过。"

欧律斯透斯不愿意在女人面前示弱，他振作起来，故作

镇静地说："你休想从我嘴里听到一句祈求的话。我不拒绝处我死罪。只不过请允许我辩白两句：把赫剌克勒斯当作仇敌对待，不是出于我的自愿，是赫拉女神委托

我展开这场斗争的。我所做的一切都是出自她的嘱托。因为我是违心地把这个强大的英雄，这个半神当作敌人的，所以我不是总在考虑竭力防止他发怒吗？所以在他死后，我不是被逼无奈，才迫害他的后代，迫害可能成长为我的敌人和向我报仇的人吗？怎么处置我，随你便吧！我并不求死，但是如果我非死不可，死也不会使我痛苦。"

　　欧律斯透斯这么说着，似乎正以平静的心态等待着命运的安排。许罗斯亲自站出来为欧律斯透斯说情，雅典的公民也请求按照本城的宽大惯例对被征服的罪犯予以赦免。但阿尔克墨涅依然毫不宽容：她回忆起她的现已步入神界的儿子在尘世

间作这个残暴国王的奴隶时所蒙受的种种苦难。她眼前仍然浮现着她刚刚死去的可爱孙女，那孩子是为保证战胜率领大军来犯的欧律斯透斯而自愿赴死献祭的。她以恐怖的色调描绘她本人和她的孙儿们可能遭遇的命运；如果欧律斯透斯现在不是作为俘虏而是作为胜利者站在她面前，她们的命运将如何凄惨。

"不，要他死！"她高声说，"谁也不能把这个罪人从我这里带走！"

欧律斯透斯转身对雅典人说："你们这些英雄，你们如此好心地为我求情，我的死不会给你们带来不幸。如果你们认为我还配作为一个诚实的人给我立一座坟墓，把我埋在我遭难的地方，雅典娜的神庙旁，那么，我就会作为一个吉祥的客人守卫你们的边界，任何时候都不准任何敌人越过。你们要知道，你们现在所保护的赫剌克勒斯这些子孙的后代，总有一天会恩将仇报，率领军队袭击你们。那时，我这个赫剌克勒斯家族的死敌，将成为你们的救护者。"这番话一说完，他便无畏地赴死了。可以说，他的死比他的生还光荣。

许罗斯、他的预言和他的子孙

赫剌克勒斯的孩子们发誓永远感谢他们的保护者得摩福翁。然后，他们就在他们的哥哥和父亲的好友伊俄拉俄斯带领

下离开了雅典。现在，他们发现到处都是同盟军。不久，他们就
进入了原属父亲的领地伯罗奔尼撒半岛。在这里，他们一个城一
个城地转战了整整一年，征服了除阿耳戈斯以外的所有地方。

　　这时，在整个半岛上流行起了无法制服的凶残的瘟疫。
最后，赫剌克勒斯的子孙们从一道神谕里得知，有此不幸是他
们自己的过错，因为他们没得到允许就回来了。因此，他们离
开了他们已经占领的伯罗奔尼撒，又来到阿提刻地区，住在马
拉松田野里。许罗斯遵照父亲的遗愿，娶美丽的姑娘伊俄勒为
妻。赫剌克勒斯在世时，曾经向她求过婚。现在，许罗斯不停
地思谋如何重新获得父亲留下的封地。他又一次来到得尔福请
求神谕。他得到的答复是："第三次结果时，你们可成功地回归。"
许罗斯以为这里指的是在第三年庄稼成熟的时候，便耐心地等
到第三年夏天，又一
次率领大军入侵伯罗
奔尼撒。

　　欧律斯透斯死
后，坦塔罗斯的孙子，
珀罗普斯的儿子阿特
柔斯成了密刻奈的国
王。在赫剌克勒斯的
后代许罗斯的大军逼

近时，阿特柔斯与忒革亚以及其他邻城结成同盟，迎击进犯的敌人。在科林斯地峡，两军相遇了。许罗斯不愿意伤害希腊，他又提出通过双方首领的单独搏斗来解决争端。他向敌方的随便哪一个挑战。因为他相信他的行动是神谕所准许的，所以他提出了这样的条件：如果他，许罗斯，战胜了，就要让赫剌克勒斯子孙兵不血刃地占领欧律斯透斯的王国；如果他失败了，赫剌克勒斯的子孙就在 50 年内不得进入伯罗奔尼撒。当他的挑战条件传到敌军阵营时，忒革亚国王厄刻摩斯，一个正当盛年的勇猛的斗士，便出来应战。两个勇士以罕见的勇气厮杀得难解难分；但最后还是许罗斯被打败了，他至死都没有忘记那道意义模棱两可的神谕。现在，赫剌克勒斯的子孙根据协议撤出战斗，转回伊斯特摩斯，仍然住在马拉松地区。

50 年过去了。赫剌克勒斯的子孙从未想过违反协议重新夺取他们应继承的领地。在这期间，许罗斯和伊俄勒所生的儿子克勒俄代俄斯，已经 50 多岁了。因为这时协议已经失效，他的手脚已不受束缚了，所以他便同赫剌克勒斯的其他子孙一起，起兵奔向伯罗奔尼撒。

这时，特洛亚战争已经结束 30 年了。但他也像他父亲一样不幸，在这次战役里，全军覆没，他也战死沙场。

又过了 20 年，他的儿子，即许罗斯的孙子，赫剌克勒斯的重孙阿里斯托玛科斯又做第二次进军的尝试。这次战争发生在俄瑞斯忒斯的儿子提萨墨诺斯统治伯罗奔尼撒的时期。这一次，也是一道语义双关的神谕使他走上了歧途。神谕说："通过地峡小道，神会保佑你们胜利。"他从科林斯地峡进军，结果被敌方击退了，他也像父亲和祖父一样丧了命。

再 30 年后，即特洛亚战争结束 80 年后，阿里斯托玛科斯的三个儿子忒墨诺斯、克瑞斯丰忒斯和阿里斯托得摩斯发起最后一次进军。尽管有过神谕一次又一次的模棱两可，他们并没有失去对神的信仰，他们又来到得尔福请求女祭司点破迷津。但这一次的神谕和他们前辈得到的神谕一字不差："第三次结果时，你们可成功地回归。"又是："通过地峡小道，神会保佑你们胜利。"

三兄弟中最年长的忒墨诺斯诉苦说："我的父亲、祖父和曾祖父都是遵循神谕的，但他们都遭到了毁灭！"于是，神怜悯他们，通过他的女祭司向他们讲解了神谕的真正意义。

"你的先辈的不幸，"她说，"过错都在他们自己，因为他们没有弄明白神的充满智慧的箴言！神所说的第三次结果，不是指土地的庄稼成熟，而是指你们家族生出第三代人。第一代是克勒俄代俄斯，第二代是阿里斯托玛科斯，第三代便是预言所指的取得胜利的一代，这就是你们三兄弟。引导你们走向胜利的地峡小道，不像你们的父亲错误理解的那样，以为是指科林斯地峡，而是指右边的那个科任科斯海峡。现在，你们已经知道了神谕的意义。你们希望做的事，会在神的帮助下顺利成功！"

忒墨诺斯听到这番讲解，才恍然大悟。他和他的兄弟们赶快装备起一支军队，并在罗克里斯造起战船来。这地方因此得名堷帕克托斯，也就是"造船厂"的意思。但这次出征对赫剌克勒斯的后代来说也不是很容易的，他们不知经受了多少痛苦，流了多少眼泪。

军队集结后，他

们弟兄中最年轻的阿里斯托得摩斯遭了雷击。他的妻子阿耳癸亚，波吕尼刻斯的重孙女，成了寡妇，他的双生子欧律斯忒涅斯和普洛克勒斯成了孤儿。他们埋葬了暴死的兄弟。舰队正要起航时，突然来了一个预言家，他声称他是受神之托前来宣示神谕的人。但他们却把他当成一个巫师，当成伯罗奔尼撒方面派来捣乱的探子。争来争去，他总认为他们不服管束；最后费拉斯的儿子，赫剌克勒斯的重孙希波忒斯，一标枪投中他，把他当场打死了。误杀预言家激起了众神对赫剌克勒斯子孙的愤怒。于是，舰队遭到了暴风雨的袭击，战船沉没在大海里；地面部队也受尽饥饿的煎熬，全军渐渐瓦解。

忒墨诺斯又就这次不幸请求神谕。"因为你们杀了预言家，"神向他揭示，"所以你们遭到了不幸。你们必须把杀人凶手驱逐出境十年，把军队指挥权交给三只眼的人。"

神谕的第一部分很快就实现了：希波忒斯被赶出了军队，被迫去过流放的生活。第二部分却使可怜的赫剌克勒斯的子孙感

到绝望。怎么样去找，到哪里去找一个三只眼睛的人呀？但他们仍然怀着对神的信赖心理不知疲倦地寻找这样一个人。他们偶然碰到俄克绪罗斯。他是海蒙的儿子，埃托利亚族的后裔。就在赫剌克勒斯的子孙进入伯罗奔尼撒的时候，俄克绪罗斯因为杀了人不得不离开故乡埃托利亚，逃到伯罗奔尼撒的小国厄利斯来避难。现在已经过了惩罚年限，他正准备从厄利斯返回故乡，中途遇见了赫剌克勒斯的子孙。因为他只有一只眼睛——另一只眼睛小时候就被飞箭射瞎了，所以不得不靠他的骡子帮他看物，这样加起来不就是三只眼睛了吗。这样，赫剌克勒斯的子孙也就满足了这道奇异的神谕的第二个要求。他们便推选俄克绪罗斯做军队的统帅，率领新组建的军队和重造的战船，向敌人发起进攻，杀死了敌军的领袖提萨墨诺斯。

赫剌克勒斯的后裔瓜分伯罗奔尼撒

在赫剌克勒斯的子孙经过如此艰苦卓绝的征战征服了整个伯罗奔尼撒半岛以后，他们为先组宙斯建立了三个神坛，在神坛前举行了献祭。然后，他们开始通过抓阄分配各个城市。第一个阄儿得阿耳戈斯，第二个阄儿得拉刻代蒙，第三个阄儿得墨塞涅。大家一致同意各自把写着自己名字的阄儿投进一个装满水的坛子里。忒墨诺斯与阿里斯托得摩斯的双生子欧律斯忒涅斯和普洛克勒斯把两个有标记的石子投进水缸，狡猾的克瑞斯丰忒斯因为最想得到墨塞涅却把一个土块抛在水中，那土块很快就溶化了。首先抓阄儿决定阿耳戈斯的归属，忒墨诺斯的石子即刻露了出来。然后决定拉刻代蒙的占有者，这时阿里斯托得摩斯两个儿子的石子浮出了水面。寻找第三个石子，怎么也找不到；不过，也没有必要去寻找了。墨塞涅理所当然地属于克瑞斯丰忒斯。

当他们各自带着随从走到各自的圣坛前向神献祭的时候，他们都得到了奇异的征兆。每个人都在自己献祭的神坛上发现一只动物。通过抓阄得到阿耳戈斯的人看到的是一只蟾蜍，分到拉刻代蒙的人发现一条蛇，获得墨塞涅的人眼前则是一只狐狸。他们对这些征兆百思不得其解，便请教当地的一些预言家。

预言家们解释说："得到蟾蜍的人，最好留在城里，因为蟾蜍外出时得不到保护。在自己的神坛上卧着蛇的那些人，将成为强大的进攻者，可以大胆地越过本国的边界。摆着狐狸的神坛的主人，既不可轻信，也不要使用暴力，他们的防卫武器是施展诡计。"后来，这三种动物成了阿耳戈斯人、斯巴达人和墨塞涅人盾牌上的徽章。

赫剌克勒斯的子孙们也想到了他们的独眼统帅俄克绪罗斯，于是把厄利斯王国送给他，作为对他担任统帅的奖赏。在伯罗奔尼撒全境，只剩下山上的阿耳卡狄亚牧区没有被赫剌克勒斯的子孙征服。他们在这个半岛上建立的三个王国中，只有斯巴达王国存在的时间较长。在阿耳戈斯，忒墨诺斯把他的女儿许耳涅托嫁给了赫剌克勒斯的一个曾孙得伊福涅斯，一切国务都与女婿商定。所以人们推测，他是想把王国的统治权也交给他的女婿。他自己的儿子们对此异常气愤，他们便合谋反对父亲，竟至把父亲打死。阿耳戈斯人虽然承认他的长子继承王位，但因为他们热爱自由和平等超过热爱一切，所以他们便极力限制国王的权力，以致他和他的后人只空有国王的称号而已。

墨洛珀与埃皮托斯

墨塞涅的国王克瑞斯丰忒斯的命运，也不比他哥哥忒墨诺斯的好。他娶了阿耳卡狄亚国王库普塞罗斯的女儿墨洛珀为妻，墨洛珀为他生了许多孩子，其中最小的儿子叫埃皮托斯。克瑞斯丰忒斯为他自己和他的儿子们修建了一座华丽的王宫。他本人是普通人民的朋友，只要他办得到，他就极力照护他们。富人对此异常愤怒，便联成一气打死了他和他的几个儿子。只有他的小儿子埃皮托斯幸免于难，他母亲墨洛珀保护他躲过凶手，救出他后又把他送到阿耳卡狄亚她的父亲库普塞罗斯那里秘密地抚育。

与此同时，赫剌克勒斯的另一个后裔波吕丰忒斯在墨塞涅夺得了王位，并逼迫遇难国王的遗孀嫁给了他。后来，人们传言，有一个克瑞斯丰忒斯的王位继承者还活在世上，这个新的统治者波吕丰忒斯便悬重赏收取那个王位继承者的人头。但没有一个人愿意，也没有人能拿到这份重赏，因为谁也不知道这个被剥夺了继承权的人究竟在什么地方。

埃皮托斯渐渐成长一个青年。他私下里离开他外祖父的王宫，出人意料地来到了墨塞涅。他听说国王悬赏收取不幸的埃皮托斯的人头后，就装作一

个陌生人大胆地来到波吕丰忒斯国王的宫廷，走到国王面前，当着王后墨洛珀的面说："哦，国王，我想得到那份重赏。你不就是想要那个威胁你王位的克瑞斯丰忒斯的儿子的人头吗。我熟悉他，就像熟悉我自己一样。我愿意把他交到你手里。"

他母亲听到这里，吓得脸色煞白。她赶忙派人去找来一名曾经帮助营救过小埃皮托斯的忠实的老仆。由于害怕新国王的迫害，他现在居住在离王宫很远的地方。她秘密地派他前往阿耳卡狄亚保护她的儿子不被追捕，或者干脆把他召来领导憎恨专制暴君的人民推翻波吕丰忒斯的王朝，重新夺回父亲的王位。

老仆人来到阿耳卡狄亚时，发现国王库普塞罗斯和整个王宫的人都神色十分惊慌，因为他的外孙埃皮托斯不见了，谁也不知道他出了什么事。老仆人很失望，急忙赶回墨塞涅，向王后报告那里发生的一切。二人只有一个想法：必定是这个站在国王面前请求领赏的陌生人在阿耳卡狄亚杀害了可怜的埃皮托斯，并把尸体带到墨塞涅来了。

他们没有细加思索，报仇心切的王后便同老仆人一起，手持斧头，深夜闯进陌生人的居室，想趁他熟睡时把他砍死。但这个青年睡得很安稳很香甜，月光正照在他脸上。二人俯身在他的床上，墨洛珀举起杀人的斧头时，老仆死命地惊叫一声抓住王后的胳膊。"住手！"他大声喊道，"你想要杀的这个人，正是你的儿子埃皮托斯呀！"墨洛珀垂下拿着斧头的手臂，扑到儿子的床上，一阵哭叫把他惊醒。

母子二人拥抱了很长时间以后，儿子告诉母亲，他到这里来不是为了自投罗网，而是为了惩罚那些杀人的凶手，使她摆脱可恨的婚姻，他自己能在承认他合法地位的人民的帮助下重登王位。

接着，他便同母亲和宫中老仆商量向卑鄙无耻的波吕丰忒斯复仇的措施。墨洛珀穿起丧服走到丈夫面前对他说，她刚刚得到她的唯一活下来的儿子死亡的消息。她决心从今以后跟他和睦相处，不再去想过去的烦恼。这个暴君果然落入了设下的圈套。他变得愉快起来，因为他心中最大的忧虑总算解除了。于是，他宣布要向诸神作一次谢恩献祭，因为现在他的一切敌人都从世界上消失了。

全体人民来到了集市广场，但心情十分沉重，因为他们怀念充满爱心的克瑞斯丰忒斯国王，现在又哀悼他的儿子埃皮托斯，他们以为寄托在小王子身上的最后希望也破灭了。当国

王波吕丰忒斯正在进行献祭时，埃皮托斯突然冲向他，用利剑刺中他的心脏。墨洛珀和老仆立刻走出来，告诉民众这个陌生人就是埃皮托斯，王位合法的继承人，他并没有死。人民高声欢呼，热烈欢迎。当天，这个青年就继承了父亲克瑞丰忒斯的王位，并且在她母亲的引导下进入了王宫。不久，他便由于为人温和善良而受到高贵的墨塞涅人的拥戴，由于慷慨大方而受到全体平民的热爱，他获得了极高的敬重，他的后裔不再被称为赫剌克勒斯的子孙，而被称为埃皮托斯的子孙。

忒勒玛科斯及众多求婚人

希腊人都从特洛亚返回了他们的家乡，只有拉厄耳忒斯的儿子，伊塔刻的国王俄底修斯还一直在海上漂流，经历了一种罕见的遭际。在无数险遇之后，他登上了远方的一座荒芜的、覆盖着茂密森林的小岛，岛的名字叫俄古癸亚，一个高贵的女仙卡吕普索——她是提坦神阿特拉斯的女儿——把他抓来关在她的山洞里，因为她要他做自己的丈夫。她答应他永生和永葆青春，但他忠于留在家乡的妻子，娴淑的珀涅罗珀。到最终就是奥林帕斯圣山上的众神也为俄底修斯的命运感到哀伤；只有海洋之神波塞冬对他的愤怒是无法化解的，即使他不敢

把他毁灭掉，他也要在他返乡的路上设置重重的障碍，让他四处飘泊。使他身陷这座荒岛，也是海神的安排。

但上界诸神在会上做出了决定，要俄底修斯摆脱掉卡吕普索女神的桎梏。根据雅典娜的请求，众神使者赫耳墨斯被派往俄古癸亚去向这个美丽的仙女宣布宙斯的不可抗拒的命令：让俄底修斯返回他的故乡。雅典娜本人在脚上穿上那双黄金神鞋，这样就能穿山越海。她手执威力强大的长枪，飞速地从奥林帕斯山崖冲下，不久就来到位于希腊西海岸的伊塔刻岛的俄底修斯的宫殿。她化身为塔福斯国王勇敢的门忒斯，手执长枪。

俄底修斯的家里呈现出一幅可悲的景象。伊卡里俄斯的女儿，美丽的珀涅罗珀和她年轻的儿子忒勒玛科斯在这座宫殿里早就不是主人了。在得到特洛亚陷落和其他英雄早已返乡的消息之后很久很久，只有俄底修斯没有回来，于是关于他确切死亡的传闻逐渐散布开来。这样没过多久，就有上百个本岛的和四周岛屿的求婚者藉口向年轻的寡妇求婚，住到珀涅罗珀家里，挥霍俄底修斯的家产，纵情享乐，无耻之尤。这些坏家伙已经在这里呆了三年之久了。

当雅典娜化身为门忒斯到来时，她发现这批求婚人正在宫中恣情嬉戏。俄底修斯的儿子忒勒玛科斯闷闷不乐地坐在他们中间，他在思念他那伟大的父亲。他别无所求，只希望父亲返回家中，把这群求婚人赶走，重新成为主人。当他看到化身为陌生的国王的女神时，他奔向门口迎了上去，握住她的手，表示欢迎。他俩进入拱形大厅，雅典娜把她的长枪搁置到厅柱旁的枪架上，与俄底修斯的长枪摆放在一起；随后忒勒玛科斯把他的这位客人领到餐桌，让他坐在一张脚凳上，一个女仆端来一金罐净水供陌生人洗手之用；随后送上来面包和肉，一个男仆给金杯斟满美酒。不久，那些求婚人相继进来，也享受美味佳肴。随后，他们要求演唱，于是侍仆给歌者斐弥俄斯递上一张漂亮的竖琴，在这群胡作非为的求婚人的逼迫下，歌者拨动了琴弦，开始唱起了愉快的歌儿。

就在这些人听得入神期间，忒勒玛科斯把头靠近他的客人，对化身为门忒斯的女神悄声说："你看到了，这些人是怎样在挥霍他人的财富，这是我父亲的家产啊。他的尸骨也许早就腐烂在海滨的大雨之中，或者在海浪中到处飘零！他肯定再也不会回来惩治这帮人了！但请你告诉我，高贵的陌生人，你是谁，在何处生活，你的父母在哪？""我

是门忒斯，安喀阿罗斯的儿子，"雅典娜回答说，"是塔福斯岛的统治者。我乘船来到这里，是为了在忒墨萨用铜来换铁，并想趁机来拜访你的父亲，遗憾的是他没有回来。但他确实还活着。肯定他飘落在某一个荒岛上，被强制羁留在那里。是的，我善于预知未来的思想告诉我，他不久就会返回家中。告诉我，你家里为什么这样一团糟？你是在举行一次宴会还是举行一次婚礼？"

忒勒玛科斯长叹一声，说道："啊，亲爱的朋友，我们家过去非常豪华气派，十分富有，可现在完全变样了。你在这儿看见的这些人都是来向我母亲求婚并挥霍我们的家财。"女神怀着一种愤怒的痛苦回答道："你必须把这群无赖从王宫中

赶出去。听从我的劝告！要他们明天就离开这里。告诉你的母亲，如果她心里想再次结婚的话，那她就回她自己父亲那里，去那儿去安排婚礼，去准备嫁妆好了。但你本人去装备你那艘最好的船，带上 20 个水手，然后上路去寻找你失踪很久的父亲；先去皮罗斯岛，上岸去问那位德高望重的老人涅斯托耳。如果你得不到什么消息的话，那就去斯巴达找英雄墨涅拉俄斯，因为他是最后一个回家的希腊人。如果在那儿你听到你父亲活着的话，那就等上一年。但如果你得知你父亲已死的话，那就返回，举行祭礼，为你父亲建立一个墓碑。如果你看到那些求婚人还一直待在你的家里的话，那就设法杀死他们，不管是使用计谋还是堂堂正正。"说罢，女神消逝而去，像一只鸟一样飞入云际。忒勒玛科斯为这个陌生人的消失深为震惊。他想到这是一个神祇，他在思考他的劝告。

这期间，在大厅里演奏的歌唱在继续。歌手在吟唱希腊人从特洛亚的可悲的返乡之行，所有的求婚人都在谛听。这时忒勒玛科斯踏入大厅并把他们招拢在一起，说道："你们这些求婚人，可以继续安心地享乐，但不要这么喧哗！明天我们要举行一次会议，我要坦率地告诉你们，都回自己家去；是该用你们自己的家财去养活你们自己的时候了，不要把别人继承下来的财产挥霍一空！"那些求婚人听了年轻人这番斩钉截铁的话，都目瞪口呆。

翌日清晨，忒勒玛科斯及时地从床榻上跃下，穿好衣服，

把宝剑扛在肩上。随后，他走出自己的房间，吩咐仆人去召集公民大会并也邀请求婚人参加。当人群来齐时，这位国王的儿子出现了，他手执长枪。雅典娜赋予他高贵和优雅的形体，这使市民对他感到惊羡。甚至长老们都敬畏地为他让座，他坐在他父亲俄底修斯的王座上。这时，英雄埃古普提俄斯首先站了起来，他老迈龙钟，见多识广。他说道："自从俄底修斯离开以来，我们一直没有举行过会议。谁会突然想起把我们召集到一起？是一个年老的人还是一个年轻的人？有什么迫切的事情逼使他这样做？是他听到一支军队逼近的消息？或者有一项造福国家的建议？他这样做了，那肯定他是一个诚实的人。不管他心里想做什么，愿宙斯保佑他！"

忒勒玛科斯听出了这番话中的吉兆，他非常高兴，于是面向年迈的埃古普提俄斯，回答说："尊贵的老人，是我把你们召来的，因为苦恼和忧愁使我不安。首先，我失去了我杰出的父亲，你们的统治者。现在，我的家正陷入毁灭，我的所有家财被挥霍一空！我的母亲受到那些不受欢迎的求婚者的骚扰。这些人不接受我提出的建议，去我外祖父伊卡里俄斯那里去向他的女儿求婚。他们长年累月，日复一日呆在我的家里，杀牛宰羊，大吃豪饮，穷奢极侈。我怎么能去对抗这么多人？你们这些求婚人，你们要知道你们是错的！难道你们在其他人面前，在邻人面前不感到害怕吗？难道最终不为众神的复仇而心惊胆战吗？我的父亲什么时候得罪过你们？我本人什么时候冒犯过你们？可你们强加于我的这种毫无道理的痛苦却是如此的揪心！"

忒勒玛科斯一边说一边流泪，他愤怒地将权杖掷到地面。求婚人一声不响坐在四周，没有一个人敢于用激烈的言词对他的这番话做出回答。但只有安提诺俄斯站了起来："你这毛孩子，"他大声喊道，"你竟敢如此侮辱我们？这一切不是求婚

人的过错，错的是你自己的母亲！三年了，很快第四个年头就过去了，可她还一直对我们的愿望加以嘲弄。她对我们所有求婚人都表示好感，可她心里想的却完全是另一个样子。我们看穿了她的诡计，她去自己的房间里开始织布，把求婚人召集在一起说：'你们这些年轻人，你们必须等到我为我丈夫的年迈父亲拉厄耳忒斯织好葬服用布，才能知道我的决定，并举行婚礼，这样他在死去时不会有任何一个希腊女人责备我不给一个受尊敬老人的尸体穿上隆重的寿衣！'她用这种虔诚的口气赢得了我们的敬重。她确也是整天地坐在机前织布，可一到夜里点起烛光时，她就把她白天织成的布重新拆掉。她就这样使我们白白等了三年，她就这样蒙骗了我们这些高贵的希腊儿子。把你的母亲送到她父亲那儿去，但也要求她结婚，不管是同她父亲还是她本人挑选出的新郎，反正都一样。但如果她还要长时间地愚弄我们并用她的织机来蒙骗我们的话，那我们还要挥霍你的家财，在你的母亲挑选出一个丈夫之前，我们是不会离开你家的炉灶的。"

忒勒玛科斯对此回答说："安提诺俄斯，我不能强迫我的母亲离开家门，不管是我的父亲是还活着或者已经死去，她是生我和养我的母亲。她的父亲伊卡里俄斯和众神都不会赞同这样的做法。不，如果你们还知道什么是对什么是错的话，那就离开我的家，去找另一个地方饮酒作乐好了，至少你们不要挥霍我的家产。但如果你们心安理得地认为可以去耗尽一个人的财富的话，那你们就这样做好了！但我要去大声祈求神祇，宙斯会帮助我向你们索取应得到的赔偿！"

就在忒勒玛科斯说这番话的当儿，宙斯给了他一个征兆。两只山鹰挥动巨大的翅膀从空中飞下。它们咄咄逼人地直视会议并用利爪抓挠头顶。随后，它们重新跃起，朝着伊刻塔城疾飞而去。在场鸟类观察人哈利忒耳塞斯把这个征兆解释为求婚人的毁灭；还活着的俄底修斯就在不远的地方，求婚人的死亡已经注定了。但求婚人欧律玛科斯却嘲笑这种征兆说："你回家去吧，向你自己的孩子去宣布他们的命运吧，愚蠢的老家伙！你不要来打扰我们。许多鸟都在太阳下翱翔，可不是都预示着什么！除了说明俄底修斯已死，什么都说明不了！"

忒勒玛科斯要求人民为他准备一艘快速帆船和20名水手，去到皮罗斯和斯巴达询问他失踪父亲的消息。会议在一片嘈杂声中解散了，没做出任何一个决定。每个人回到自己家里，而求婚人重新返回俄底修斯宫中。

忒勒玛科斯在斯巴达

墨涅拉俄斯在他的王宫里与朋友们和近邻饮酒作乐。一个歌手在抚琴吟唱，两个杂要艺人在欢快地跳来跳去。这个国家的统治者在为他两个孩子的订婚举行庆典。一个是他与海伦生的可爱女儿赫耳弥俄涅，她许配给阿喀琉斯的勇敢儿子涅俄普托勒摩斯；一个是他和一个爱妾生的儿子墨伽彭忒斯与一个门第高贵的斯巴达少女定亲。在喧闹声中，忒勒玛科斯和珀西斯剌托斯乘坐的马车停在王宫的门前。首先看到了他们的一个士兵立刻向国王禀报了两个陌生人抵达的消息。墨涅拉俄斯让两人入席并坐在他的身边。忒勒玛科斯看到宫殿的堂皇富丽惊叹不已，他轻声地对他的朋友说："珀西斯特剌托斯，你看，青铜在塔形大厅四周闪闪发光，黄金、白银、熠熠生辉的象牙，都是无价之宝啊！奥林帕斯山上宙斯的宫殿也没有如此美轮美奂，这种景象令我惊叹！"

忒勒玛科斯的耳语十分轻微，使墨涅拉俄斯只听清最后一句话。"亲爱的孩子们，"他微微一笑说道，"没有一个凡人能与宙斯相比！他的宫殿和他所有的财富是永存的！但在人世间难得有一个能与我相提并论，这却是真的。然而，如果在特洛亚城前线死的人们还活着的话，那有这财富的三分之一我就心满意足了。在这些人中间，我尤为悲痛的是俄底修斯，没有一个希腊人像他忍受了那么多的苦难。我一直不知道他活着还是已经死去！也许他那年迈的父亲拉厄耳忒斯，他那忠实的妻子珀涅罗珀和他那离开时还是一个婴儿的年轻儿子忒勒玛科斯在为他哀伤悲痛哩。"听到这些话，忒勒玛科斯的眼泪夺眶而出，墨涅拉俄斯很快就认出了这个年轻人是俄底修斯的儿子。

这期间，女王海伦也从她的房间里走了出来，她美得像一位女神。在侍女们簇拥下，她坐了下来并好奇地向她的丈夫

问起这两个陌生人来自何处。"在这个世界上，我还从来没有看到一个人，如这儿的这个年轻人，竟和高尚的俄底修斯是这样地相像！"她悄声地对她的丈夫说，丈夫回答她："哎，夫人，我也是这样想的。脚、手和眼神、头和头发，全都一样。当这个年轻人悲恸地流下泪水时，我就想到了俄底修斯！"

当忒勒玛科斯的同伴珀西斯特剌托斯听到他们的交谈时，他就大声地说道："你说得对，墨涅拉俄斯国王，他就是俄底修斯的儿子忒勒玛科斯。我的父亲涅斯托耳把他送到你这儿，他希望从你这里能得到他父亲的消息。"

"众神啊，"墨涅拉俄斯喊叫起来，"我最敬重的英雄的儿子真的是我的客人，若是他返乡时能来我家里盘桓，我一

定要向他表示我对他全部的爱！"

他们还长时间地谈论俄底修斯，一种深切的悲哀袭上他们的心头。但他们随后考虑到，只是这样一味地哀伤那是徒然的，于事无补，于是他们各自安息去了。

次日清晨，墨涅拉俄斯问他的客人这次旅行的意图并打听他的朋友俄底修斯伊塔刻家中情况。当他听到那些求婚人的胡作非为时，他义愤填膺地喊道："这群可怜虫，居然想在伟大英雄的家里作威作福！这就像狮子在绿色山谷中觅食返归，竟在自己洞中看到母鹿生下它的幼鹿一样。俄底修斯会回来的，并让他们一个个不得好死！听我说，海神普洛托斯在埃及对我谈及他的预言，那时普洛托斯化身为各种形状，但最终被我制住并强迫他说出返乡希腊诸英雄的命运。'我用神眼看到俄底修斯'，海神说，'在一座孤岛上抛洒下思乡的泪水。那儿的女仙卡里普索强留住他不放，他没有船只没有水手，无法返回故乡。'现在你什么都知道了，亲爱的年轻人，这就是我所能告诉你关于你父亲的一切。你在我们这儿再呆上 11 天或 12 天，然后我赠给你珍贵的礼品，为你送行。"

忒勒玛科斯表示感谢，但他不愿久留。于是，墨涅拉俄斯送给他一只十分华丽的银杯，这是赫淮斯托斯的一个杰作，并为告别的朋友准备了一顿用山羊和绵羊烹制的早餐作为饯行。

俄底修斯与费埃克斯人

瑙西卡已经到了她父亲的宫殿，这时俄底修斯正离开雅典娜圣丛，沿着同一条路向城市走去。雅典娜现在也去帮助他，化身为一个费埃克斯少女引导俄底修斯去见国王阿尔喀诺俄斯。到了那里，她还给他下述的忠告："在这儿，你首先去见王后，她叫阿瑞忒，是她丈夫的侄女。前国王瑙西托俄斯是波塞冬和珀里玻亚的儿子，珀里玻亚是巨人族的统治者欧律墨冬的女儿。这对夫妇生有两儿子，一个是现在的国王阿尔喀诺俄斯，另一个是瑞克塞诺耳；后者活得不长，留下一个唯一的女儿，她就是王后阿瑞忒。阿尔喀诺俄斯尊敬她，世上还没有一个女人得到这样的尊敬，人民也同样尊敬她，因为她睿智颖慧，知道如何用她的聪明去化解男人间的纷争。如果你能得到她的欢心，那就一切顺利了。"

化身的女神说罢，就离去了。随后，俄底修斯进入宫殿，走进国王大厅。费埃克斯的贵族在举行一次宴会，他们正准备向赫尔墨斯神祭酒。被雅典娜用浓雾所笼罩的俄底修斯穿越人群径直走到国王夫妇的面前。这时，随着雅典娜的示意，雾霭

立即散去。他匍匐在王后阿瑞忒的面前，抱起她的双膝，祈求地喊道："噢，阿瑞忒，瑞克塞诺耳的高贵女儿，我跪在你和你夫君面前祈求！愿众神保佑你们健康长寿，你们肯定能帮我，一个飘泊者，返回故乡，我已经远离我的故国流浪多年了！"英雄说罢，就在烈焰熊熊的火炉旁的灰堆上坐了下来。

所有的费埃克斯人看到这意料不到的场面都惊得发呆了，一声不响。终于，客人中的最年长且阅历丰富的老英雄厄刻纽斯打破了沉默，他面向国王说道："阿尔喀诺俄斯，真的，在世上任何一个地方，让一个外乡人坐在灰堆上是不合适的。我们在座的朋友肯定和我一样都是这样想的并等待你的命令。让

这位外乡人靠近我们坐到一个舒服的椅子上，把他从尘土中扶起来！传令官应该重新调酒，让我们向宙斯、客人权利的保护者也献上一杯佳酿。女仆为新来的客人送上酒食！"

仁慈的国王听到这番话十分欢喜。他本人握住英雄的手，引到自己身边的一把椅子坐了下来，这是他宠爱的儿子拉俄达玛斯让出的位置。随之其他的一切也按照厄刻纽斯的忠告做了，俄底修斯在众英雄中间受到尊敬，与他们共同进餐。向宙斯祭献之后，宴会散席，国王邀请所有客人参加明天的一个更为盛大的酒宴。他没有问及这个外乡人的姓名和家世，但却许诺尽地主之谊，盛情款待并保证送他返归故乡。

客人们都离开了大厅，只剩下国王夫妇和这个外乡人。这时，王后在观察俄底修斯身穿的做工精美的披风衣裤，她认

出了这是她的手工，于是说道："首先我必须问你，外乡人，你从何处来，你是谁，是谁给你的衣服。你不是说过，你在海上飘流，被风暴冲到这儿来的吗？"俄底修斯如实地做了回答，

讲述了他被卡吕普索留在俄古癸亚岛上的险遇和他最后一次悲惨的航行，最后也谈到了他与瑙西卡的相遇。

"呐，我女儿这样做是对的，"阿尔喀诺俄斯微笑地说道，"若是神的意愿使你这样一个男人做我女儿的丈夫那该多好！如果你留在我们这里的话，我愿意给你房屋和财产！可我不想强迫任何一个人留在我这里，明天你还可以随意走动，我帮助你。我给你船和水手，这样你就可以动身，随你到任何地方去。"

俄底修斯听了这个许诺，表示衷心感谢。他告别了国王夫妇，在一张软榻上安息，缓解他所忍受的辛劳和疲惫。

翌日清晨，阿尔喀诺俄斯很早就在市集广场上召开一次民众大会。他的客人俄底修斯陪同他前往，他俩并排坐在两块雕刻很美的石头上。随着时间流动，市民越来越多，都向广场涌来。所有人都惊奇地望着拉厄耳忒斯的儿子俄底修斯；他的保护者雅典娜使他变得高大魁梧，显出一种超凡脱俗的威严。

国王在隆重的讲话中向他的子民介绍了这位外乡人并鼓励他们为他准备一艘船和五十二名费埃克斯年轻人。同时，他邀请民众中在场的领袖去参加在他宫中的一个宴会，这是为这个外乡人而举办的。

民众会议散后，那些得到命令的年轻人去装备船只，拿来桅杆和船帆，在皮制桨环上挂上船桨，扯起船帆。随后他们进入王宫，这儿的厅院都挤满了邀来的客人，有年老的也有年轻的。宰了十二只羊、八头猪和两条牛用来待客，空气中充溢着佳肴的香味。

宴席过后，人们谛听歌者得摩多科斯演唱的歌曲，国王命令为表示对外乡人的尊敬进行一场竞赛。"我们的客人，"他说，"回到家乡也能向他们同胞讲述，我们费埃克斯人在拳击、角斗、跳跃和赛跑上如何胜过所有的凡人！"于是宴会结束了，费埃克斯人听从国王的号召，都奔向市集广场。

在那儿有一群贵族青年站了出来，其中也有国王的三个儿子：拉俄达玛斯、哈利俄斯和克吕托纽斯。这三个人首先彼此在他们前面的一条沙道上比赛赛跑。随着一声信号，他们飞速冲出，在他们身边扬起一片尘土，克吕托纽斯第一个达到终点。随后是角斗，在这项竞赛中，年轻的英雄欧律阿罗斯得到了胜利。在随后的跳跃比赛中，费埃克斯人安菲阿罗斯成了优胜者。铁饼投掷上，厄拉忒柔斯获得冠军。在最后的拳击比赛中，国王的儿子拉俄达玛斯赢得了第一。

现在，拉俄达玛斯在人群中站了起来，他说："朋友们，我们也想知道，这位外乡人是不是懂得我们的比赛。他的身材、大腿和脚看来不会太差，他的双臂有力，他的颈部强壮，他的体格高大。虽然他受到了灾难和痛苦的折磨，可他不该缺少青年人的活力！""你说得对，"现在欧律阿罗斯说道，"王子，你去要求他参加比赛！"拉俄达玛斯用友好和客气的言词向俄底修斯提出了要求。

可俄底修斯回答说："年轻人，你们向我提出这种要求

是为了伤害我吗？忧愁在折磨我，我没有心情去参加比赛！我经历了也忍受了足够的苦难，现在我除了想回到我的家乡，别无所求！"欧律阿罗斯不快地回答说："外乡人，你真的不像是一个懂得竞赛的人。你可能是一个很好的船长，同时是一个商人，但你不像是一个英雄。"

俄底修斯听到这话紧皱眉头，他说："这可不是优美的言辞，我的朋友，看来你是一个很鲁莽的孩子。众神并没有把英俊与优雅和能言善辩与聪颖都赋予同一个人啊。我在竞赛上不是一个新手，当我还信赖我的青春和我的双臂的时候，我同最强大的对手进行过较量。现在，战争和风暴使我变得衰弱不堪。可你向我进行挑战，我也想试一试！"

说罢这话，俄底修斯从座位上站了起来，他握起一个铁饼，这铁饼比费埃克斯青年人习惯用的更大、更厚和更重；他用力一掷，铁饼呼啸着在空中飞行，远远落到标线以外的地方。化身为一个费埃克斯人的雅典娜早在青年人掷落铁饼的地方做了标记，他说道："就是一个瞎子也看得出来，你掷得比所有人都远得多！在这项比赛中，肯定没有人能胜过你！"这使俄底修斯感到高兴，他轻松地说道："你们年轻人，如果你们能的话，那就投投看，超过我好了！你们曾那样严重地侮辱了我，来吧，与我比赛，随你们比赛什么好了，我决不畏缩！我愿意与任何人比赛，只是不与拉俄达玛斯竞争，因为谁愿意与一个款待自己的人比呢？我特别擅长的是射箭，如果有许多同伴与我一起向敌人射箭的话，那第一个射中目标一定是我。在投掷长矛上，我会像另一个射箭的人那样准、那样远。只是在赛跑上也许有人能胜过我，甚至就在你们中间，因为狂暴的大海已耗去了我许多力量，再加上我在船上整天整天地吃不到食物。"

　　年轻人听了这番话都一声不响，只有国王接起话头说道："噢，外乡人，你已向我们显示出了你的能力，以后不会有人因为你的强大而非难你了。当你返家后与你的妻儿坐在一起时，请也想到我们的刚强健壮。作为拳击手和角力者我们也许并不出色，但在赛跑上我们却是胜人一筹，我们也擅长航海。在美

食、弹琴和跳舞方面我们也是能手；在我们这里，你可以找到最美的首饰，最舒适的沐浴和最柔软的床榻！动起来，舞蹈家，驾船能手，竞争者，歌唱家！在外乡人面前展示一下，使他回家后能谈论起你们的本事，把得摩多科斯的竖琴也带到这儿来。"

一个侍者立即去把得摩多科斯找来。挑选出的九个维持秩序的人平整出一块跳舞用的场地并圈好看台。一个艺人拿着一把竖琴走到中间，那些花季少年开始跳起舞来。俄底修斯本人感到惊奇，他还从没有看到过如此敏捷和优美的舞蹈。俄底修斯惊羡地转向国王说道："真的，阿尔喀诺俄斯，你能为拥有世上最最出色的舞蹈家而自豪。在这种艺术上，没有人能与你们相提并论。"阿尔喀诺俄斯为这样的评论而感到得意。"你们听到了没有，"他对他的子民喊道，"这个外乡人是怎样赞美你们的？他是一个非常通情达理的人，他值得我们给他一些可观的礼物。开始吧！国家的12位王子和我本人，一共13人，每人给他一件披风和一套衣服，再加上一磅最好的黄金。我们把这些赠给他，这成为一笔财富，他会怀着一颗快乐的心与我们告别。但欧律阿罗斯应当用友好的言词求得他的谅解。"所有的费埃克斯人都欢呼表示赞同。

一个使者去收集这些礼品。欧律阿罗斯拿起他那把银柄宝剑和象牙剑鞘一同递给客人并说道："长辈人，我们用侮辱的语言冒犯了你，就让它随风而去吧！愿众神保佑你返乡之行一路顺风！祝你健康快乐！""愿你也一样，"俄底修斯说，"希望你不会为你的礼品而后悔！"说罢这话，他把这把宝剑悬到肩上。

当使者把礼品收拢上来并把它们都摆放在国王面前时，太阳已经西沉。这些礼品都装在一个箱子里，运到俄底修斯在王宫里的住处。国王和他的全体随从来这里看他，并又给他另外一些赠品，除此还有一只精美的金杯。为客人准备沐浴，在此期间，王后本人把箱子里的全部珍贵礼品指点给他看。"你

要仔细盖上盖子，把箱子关好。这样，即使你在返乡途中睡觉，也不会有人把它们偷走！"她这样说道。

俄底修斯小心地盖好盖子，并用一种多重的绳结把箱子捆好。随后，他洗了一个热水澡，并准备回到业已入席的贵族那里一同欢宴。这时，在大厅的入口处妩媚的瑙西卡站在那里，自从俄底修斯进城以来，她就再没有见到他，现在要在这位高贵客人临行时再一次向他致意。她向高贵的英雄投去长长的羡慕的目光，温柔地挽留他。但最终她说道："尊贵的客人，祝你幸福！请在你父辈的家园里也想念我，因为我救过你的命啊！"

俄底修斯感动地回答说："高贵的瑙西卡，如果宙斯使我得以返归故里的话，我将每天为你，我的救命恩人，像为一位神祇一样祈祷！"说罢这句话，他重新踏入大厅，在国王身边坐了下来。仆人们还在分割烤肉和从一个大调酒瓶中向杯中斟酒。盲歌手得摩多科斯又被带上来，并坐在大厅中间柱子旁的老位置上。这时，俄底修斯示意使者前来，他从放在他面前的烤肉上切下最好的一块，放到一个盘子上，递给他并说道："使者，把这块肉送给歌手！尽管我本人是在飘泊途中，可我愿意向他表示我的爱心；歌手在整个人群中间受到敬重，因为缪斯女神教给他们歌唱并宠爱他们。"盲歌手感激地接受了这份馈赠。

宴后，俄底修斯又一次转向得摩多科斯："亲爱的歌手，我称赞你超过任何凡人！"他对他说，"因为阿波罗或缪斯女神教你唱出如此动听的歌曲！你如此生动和准确地描述了希腊英雄们的命运，就像你亲自看到了和听到了这一切似的！现在，继续为我们唱一唱美丽的木马故事和俄底修斯在这件事上所做的一切吧！"

歌手高兴地听从了，大家都倾听他的歌唱。当俄底修斯听到赞美他的事迹时，他偷偷地流下眼泪，可只有阿尔喀诺俄斯注意到了。因此，他让歌手停了下来并对周围的费埃克斯人

说道："最好是让竖琴休息一会儿。朋友们，因为并不是每一个人都喜欢听歌手唱的那些故事。自从我们坐下欢宴和听歌手演唱以来，我们悲戚的客人就一直郁郁不欢，我们无法使他快乐起来。主人应当爱护客人，就像爱护自己的兄弟一样。现在，外乡人请忠实地告诉我们，你的双亲是谁，你的故乡在何处？如果我们费埃克斯人要把你送回故里的话，我们得知道你的国家和诞生你的城市。"

英雄对这番友好的话做了同样友好的回答："高贵的国王，请不要以为你们的歌手使我苦恼！不，听到这样的歌唱是一种幸福，他使人听到了神一样的声音，我不知道还有比这更愉快的乐事了。但你们，亲爱的好客的主人们希望我能解脱痛苦，可我会陷入更深的悲哀之中，因为我该从何处讲起，到何处结束呢？——那先听我的家世和我的祖国吧！"

俄底修斯到达伊塔刻

俄底修斯的船快速而平稳地航行。当启明星在天空中出现，白昼来临时，船向伊塔刻岛驶去，不久就进入安全的港湾，这是敬奉海神福尔库斯之地。两个怪石嶙峋的海峡在这儿从两个方向伸入海中，形成一个安全的海港门户。在港湾的中间长着一棵枝叶茂盛的橄榄树，在它旁边是一个漂亮的山洞，里面朦胧迷茫，女仙们就住在这儿。在洞里摆了成排的石坛石罐，蜜蜂就在里面酿蜜。这儿还有石制纺织机，女仙们用紫线织成华丽的衣服。那些费埃克斯水手在这个山洞登上陆地，把酣睡的俄底修斯抬出船外，放在橄榄树下的山洞前，把国王阿尔喀诺斯和诸王

子的礼品摊放在身边，没有唤醒俄底修斯就返回船上。

但海神波塞冬却对费埃克斯人大为恼火，他们竟在雅典娜的帮助下放走了他的猎物，于是他请求众神之父宙斯允许他对他们的船进行报复。他答应了他。当这艘船扬帆疾行临近费埃克斯人的国土斯刻里厄岛时，波塞冬从海浪中现身出来，用手掌一击随之又在海水中消逝而去。被击中的船，连同船上的一切突然变成了一块岩石，牢牢地立在大海之中。

这期间躺在伊塔刻海滨的俄底修斯从沉睡中醒了过来，但由于多年不在，他已认不出故乡来了。由于雅典娜给他罩上一层迷雾，他变成了一个生人，在那些求婚者没有为他们的恶行受到惩罚之前，他的妻子和他的同胞都不能认出他来。现在，英雄所看到的一切都令他感到陌生：曲折的小路、海湾、高耸入云的山崖、高高的大树。他从地上站了起来，畏葸地环顾四周，击打自己的额头，痛苦地喊道："我这个不幸的人，我又到一个什么样的陌生地方，置身在什么样的怪物之中？我带着这些礼品跑到哪儿啦？我真不如留在费埃克斯人那里，我在那受到了那么友好的款待！但现在他们也出卖了我，他们答应把我送到伊塔刻，可却把我丢在这个陌生的地方。宙斯会惩罚他们的！"

当俄底修斯忧心忡忡和为故乡而悲哀得在海滨不知所措时，雅典娜女神化身为一个温柔可爱的青年牧羊人来到他的身边，他的打扮像一位王子，身穿精美的丽装，脚登一双漂亮的靴子，手执长矛。

俄底修斯很高兴遇到一个人，他和蔼地问他，这是什么地方，是在大陆还是海岛。"如果你首先问及此地的名字的话，"女神回答说，"那你一定是从远方来的。我保证，无论哪儿，人们都认识这个地方。尽管这儿山多岭峻，不能像在阿尔戈斯那样饲养马群，但并不因此而贫穷，葡萄和粮食长得茂盛，牛羊成群，此处还有森林和泉水。它也因它的居民而名扬遐迩，就是去到遥远的特洛亚问问，那儿就会有人讲起伊塔刻岛的事情！"

俄底修斯一听到他的故乡的名字，心里高兴极了，但是他却小心翼翼，不把他名字立即就告诉给这个所谓的牧人。他说，他是带着他的一半家产从远方的海岛克里特来到此地，他把另一半的财产留给在那儿的儿子。因为他杀死了掠夺他财产的强盗，被迫逃离家园。雅典娜听到这话，不禁微笑起来，她抚摩他的面颊，突然变成一位妩媚的窈窕少女。"真的，"她

对他说道，"若想在计谋上胜过你，那一定得是一个此中高手，即使他是一个神！甚至你在自己的国家里也不露真相！可我们不再谈这些，你确实是凡人中最聪明的人，正如我是众神中最睿智的一样。但你可没有认出我来，没有想到，你身处所有的险境时我一直都在你的身边，并使费埃克斯人对你优待有加。现在我来是为了帮助你把这些礼物隐藏起来，同时告诉你，你在自己的王宫里要经受怎样的考验和给你一些忠告。"

俄底修斯惊讶地仰望着女神并回答她说："当你以各种形象显身时，遇到你的凡人有谁能认出你呢，高贵的宙斯女儿！自从特洛亚毁灭之后，我一直没有看到你的本像。但现在请看在你父亲的份上告诉我，我已身在可爱的故乡，这是真的吗，或者你在用假象来安慰我的心灵？""用你自己的眼睛来看嘛！"雅典娜回答说，"难道你认不出那是福耳库斯海湾，认不出那儿的那棵橄榄树，你曾经献上祭品的女仙洞，那儿阴暗的树林茂密的高山？"

雅典娜一边说着，一边把他眼前的迷雾驱散，故乡

的景象清晰地展现在他的面前。俄底修斯欢快地扑倒在地，他亲吻大地并向女仙祈祷。随后，女神帮助他把带来的礼品搬进岩洞，放好之后并用一块巨石把洞口封上。现在，女神和俄底修斯坐在橄榄树下，讨论如何去结果那些求婚人。雅典娜详细地向她保护的英雄讲述了他们在他家中的胡作非为，讲述了他妻子的忠贞。"痛苦啊，"俄底修斯听了这一切就喊了起来，"仁慈的女神，若是你不把这些事情告诉我，那我会像阿伽门农在密刻奈一样惨死在自己家中。但如果你保证帮助我，就是三百个敌人我也毫无畏惧。"

女神回答说："放心吧，我的朋友，我永远不会使你失望的。我首先要做的是使你在这个岛上不被人认出来。让你强壮身体上的肌肉萎缩；使你头上的金发消失；要你衣着褴褛，每一个见到你都感到可憎；我要使你炯炯有神的眼睛变得呆滞，不仅是那些求婚人，就是你的妻子和你的儿子都感到丑陋不堪。你先去找那个牧猪人，他是你最最忠实的仆人，有着一颗对你忠贞不移的心。你能在科剌克斯崖石旁的阿瑞图萨山泉找到他。你坐在他的身旁，询问家中发生的所有事情。这期间我去斯巴达把你亲爱的儿子忒勒玛科斯召回，他在那儿向墨涅拉俄斯探听你的消息。"

女神说着并用她的神杖轻轻地触了他一下，随之他的四肢就一下子萎顿下来，变成个鹑衣百结的肮脏乞丐。她递给他

一根棍子和一个挂在肩上的破烂口袋，然后就消失了。

俄底修斯就以这样的打扮穿过草木葱茏的高山前往他的女保护神指点给他的地方，他在山的高原上找到了牧猪人欧迈俄斯。有创作才能的俄底修斯向牧猪人讲了一个长长的故事：他来自克瑞忒岛，是一个有钱人的家道中衰的儿子，经历了各式各样的冒险。他也参加了特洛亚战争，在那儿认识了俄底修斯。在返乡的路上，风暴把他卷到忒斯普洛托斯海岸。从那儿的国王嘴里他又听到了一些关于俄底修斯的消息。俄底修斯曾在国王那里做客，可在他到达之前就离开到多多那去求宙斯的神谕了。

当他编的这套谎话说完时，牧猪人十分感动地说："不幸的陌生人，你如此详细地描述了你的海上飘泊，令我十分激动。但是有一点我不相信你：这就是你讲的关于俄底修斯的事情。你不必白费力气用这样的谎话来讨好我了，反正你会受到很好招待的。"

中国学生一定要读的神话故事

世界经典神话与传说故事

上

谢 普 主编

九州出版社
JIUZHOUPRESS

前 言

　　神话是人类早期的一种不自觉的艺术创作形式，是人类童年时期的产物，是文学的先河。神话也是一个民族和国家宝贵的精神财富，在文学史上有着很重要的地位。

　　人类最早的故事大多是从神话开始的，它往往借助丰富的想象和幻想力，把自然力和客观世界拟人化。这些看似荒诞不经的神话，其实都是古代先民对宇宙、人类以及自然万物的起源所做出的各种不同的解释。它充分地反映了原始人对宇宙、人类自身的思考。

　　神话是人类早期的故事，是一个国家和民族宝贵的精神财富。它反映了远古社会人类的生活和思想，推动了后世文学和艺术的发展。世界各国、各民族都有自己的优秀的神话故事。

　　中华民族五千年的文化积淀，五十六个民族丰富的文化内涵，使得中国的神话故事更加曲折离奇、生动活泼。尽早接触这些历经长久岁月而流传下来的神话故事，对孩子们来说是非常益智的。它不仅能让孩子感受到生动有趣的故事所带来的阅读快感，还能让他们从另一个角度，了解我们伟大的中华文明和悠久的历史文化。

希腊半岛三面环洋，与它相邻的爱琴海中，星罗棋布的四百八十多座岛屿，则犹如遍撒海面的玉石玛瑙，爱琴海孕育了灿烂的希腊文化。希腊神话与传说反映了古希腊从公元前11世纪到公元前9世纪被人们称为"荷马时代"的那段历史中的社会生活面貌，赞颂了古希腊人民的智慧和创造。它以丰富的想象和精彩生动的情节，把人们带入群岛环绕、海陆交错的爱琴海区域的古代文明。希腊神话的产生和发展经历了漫长的岁月。它是多个民族的多种思想和多门语言共同熔炼而成的丰富的文化遗产，对人类文明的发展起到了不可磨灭的作用。

　　本丛书包括《中国神话传说（上、下）》《古希腊神话与英雄传说（上、下）》《世界经典神话与传说故事（上、下）》全六册，可以说，神话不仅仅是叙述英雄与诸神事迹的故事集，它还为读者提供了一种理解世界的方式。

目 录

吉尔伽美什

很久很久以前，苏美尔人在两河流域创建了乌鲁克古城。该古城的第五任统治者吉尔伽美什一生峥嵘，立下的功绩前无古人后无来者，他的光辉事迹被刻写在十二块泥板之上。那么，泥板上所叙写的故事究竟是怎样的呢？

相传，天神在创造吉尔伽美什的时候，让他是三分之二的神、三分之一的人。

为什么会这样呢？原来，在苏美尔人的观念里，人都是由神创造出来的，目的就是为神服务。天神在创造人的时候，会像打磨一件精美的工艺品一般仔细和用心，他们将不同的躯体、不同的性格和不同的命运赋予每一个人。

吉尔伽美什便是好几位天神充分发挥通力合作精神的产物。这些天神使出了浑身解数，力图打造出一个极

尽完美的形象：

大力神为他塑造强健有力的躯体，太阳神舍马什为他描画俊美的面庞，雷神阿达特在他的胸膛里倾注了勇敢无畏的精神……于是，一个集智慧与力量于一身的男孩儿就这样被创造出来了。

众神将他放置于乌鲁克城，让他成为女神宁孙和国王卢加尔班达的儿子。

吉尔伽美什降生的这一天，天上乌云密布，雷声隆隆。宫殿顶上雕画的诸神之像目睹了新生儿的降生，他们将一股涌动的力量赋予新生儿。于是，这个孩子哭声洪亮，力量巨大，连身体最强健的乳娘都无法将他抱住，只好将他放置在一张柔软的大床上。因为有了诸神赋予的力量，小吉尔伽美什天生就是三分之二的神。

小吉尔伽美什稍稍长大一些之后，成了王宫里名副其实的捣蛋鬼。他跑起来健步如飞，像风一样，就连最年轻、武艺最强的士兵都无法追上他。他调皮任性，不停地制造麻烦，负责伺候他的女仆根本拿他没办法。但是，那又怎么样呢？小吉尔伽美什注定要成为乌鲁克的王，整个国家都将是他的，况且国王和王后又对他宠爱不已。

日子一天天过去，昔日的小男孩儿慢慢长成了强壮的小伙子。由于从小就被人众星拱月地伺候着，这个小伙子的身上总是呈现出一股天命不凡的气势。

这一天，吉尔伽美什昂首阔步地走在大街上，他身材挺拔，胸膛宽九指尺，就像一头野牛一样强壮。他的腰间别着匕首，手里握着短斧，随从们一个个谨慎地跟随在他身后，生怕他们未来的国王有一点儿不顺心的地方。吉尔伽美什威武不凡的气势足以吸引所有见过他的人。

为了迎接第五任乌鲁克国王继承王位，整个乌鲁克王宫被装饰得焕然一新。

吉尔伽美什穿上了加冕的新装，戴上了沉甸甸的王冠。在主祭司的引领之下，他来到王宫中的高台上开始进行加冕仪式。

祭司已经提前沐浴斋戒了几日，现在她的头上插着羽毛，身上涂了橄榄油，脸上涂画着五颜六色的神图，在台上跪倒，开始祈祷：

高贵的女神伊什妲尔，

乌鲁克城中最勇猛的人，

今天就要成为我们的新王！

但愿您能将稳定的王权赐予他，

让他永戴王冕，

让乌鲁克城久盛不衰！

但愿我们的新国王遍施仁爱，

让幼发拉底河下游灿烂辉煌！

吉尔伽美什身处于高高的祭台之上，听着祭司的赞美，望着下方屈膝跪拜的子民们，心中油然升起一股前所未有的骄傲和热情，他向自己的子民宣誓：

"从今天起，我就是乌鲁克的国王，我对着我的子民宣誓，我要将我的王国治理成一个前所未有的鼎盛王国。"

说干就干，吉尔伽美什对誓言的践行从改造乌鲁克城开始。他先派人建造了环绕在乌鲁克城外围的城墙，以抵御外敌入侵。这座城墙外壁上的石头被打磨得光亮润泽，在太阳的照耀下，闪耀着青铜色的光辉。城墙的内壁洁净而整齐，摸起来十分光滑。环城之墙建造好之后，吉尔伽美什登上去，俯身仔细地察看地上所铺的基石是否牢固、结实。他又走近城墙，对着那些城砖瞧了瞧，看看它们是否被烈火淬炼过。有了这座城墙，乌鲁克城变得焕然一新，所有的乌鲁克人似乎只记得吉尔伽美什，完全忘记了这座城的初建者——七位圣贤。

在这之后，吉尔伽美什又发出命令，要在城墙附近修建一座伊什妲尔神庙。伊什妲尔是天神阿努指定的乌鲁克城的守护女神，建造伊什妲尔神庙正是为了便于乌鲁克的子民们虔诚地供奉女神。这座神庙落成之后，从外面看起来，高大雄伟、金碧辉煌；踏进神庙的门槛以后，里面却古朴典雅，显得庄严而又壮丽。与远近的大小城邦相比，这座神庙绝对是无可比拟的。

每当有其他城邦的人到访，一走进乌鲁克城，望着那雄伟壮观的城墙和美轮美奂的伊什妲尔神庙，都会不由自主地发出赞叹。而乌鲁克人民都会将右手的手掌伸出来，四指合拢在一起，指着王宫说道：

"这是我们伟大的国王吉尔伽美什命人建造的，我们的国王英武不凡，是天神降生。"

由于国内的称赞之声不绝于耳，吉尔伽美什开始变得虚荣和骄傲起来。起初，但凡他走上街头，人们都会大开门窗，纷纷上前跪地迎接。可是后来，当他再到街上的时候，家家户户都门窗紧闭，大街上连一个人影都看不到。这是为什么呢？

原来，吉尔伽美什在大街上闲逛的时候，看见身强力壮的小伙子就让人抓回去当苦力，从来不考虑他家中是否有老母和妻儿；看到貌美的姑娘，他就抢回王宫做自己的王妃，不论她是武士的女儿，还是哪个英雄的未婚妻。不仅如此，吉尔伽美什还频繁制造恶作剧。他在乌鲁克城中心的广场上竖起了一面巨大的鼓，那面大鼓敲起来的时候在百里之外都能听到，有紧急情况发生时，敲响这面鼓就能将乌鲁克城内所有的武士召集起来。吉尔伽美什闲极无聊的时候，就敲这面鼓，看到武士们急急忙忙地赶来，他觉得相当有趣，便不能自已地哈哈大笑。而武士们知道他们的国王不过是拿他们取乐时，气得脸色青紫，但也无可奈何。

乌鲁克城的人民对他们先前称道不已的国王失望至极，他们无法相信眼前这个残忍无道的人竟然曾经建造了环城之墙和壮丽的神庙，他们无法相信这个暴虐的人竟然是乌鲁克城的守护者。因此，他们纷纷来到伊什妲尔神庙祷告，向女神诉说他们的满腔怨愤：

天上的诸神啊！

为什么要创造出这强悍的野牛？

他不给父亲们保留儿子，

不给母亲们留下女儿。

日日夜夜，

他的残暴从不敛息。

他哪里是一个伟大的国王？

分明就是一个暴君！

诸神啊！

为什么要创造出这么一头野兽？！

恩奇都降世

乌鲁克城中的怨怒之声传到了天神阿努的耳中。阿努立刻召来女神阿鲁鲁，对她说：

"阿鲁鲁啊，众神在创造吉尔伽美什的时候实在是太不谨慎了，令他那样勇猛，竟然无人可以成为他的对手。现在，我命你仿照他的样子，再去造一个跟他旗鼓相当的对手，让他们互相争斗以消耗他的精力。如此一来，乌鲁克城的百姓就能够获得安宁了。"

接到命令以后，阿鲁鲁在心中暗自思忖：应该创造一个什么样的形象，才能和吉尔伽美什相匹敌呢？她一边思索这个人的身躯与形貌，一边将手洗了一遍，然后将造人所用的泥巴取来，扔在地上。

没用太长时间，一个"人"就被创造出来了——浑身长满长毛、头发像女人一样长而卷曲。与其说他是人，不如说他更像是某种野兽，或者是什么怪物。阿鲁鲁又将战神尼努尔塔找来，让他赐予他无上的力气。如此一来，他就有了同吉尔伽美什相抗衡的能力。他们为这个新的生命赐名"恩奇都"，然后将他放置于乌鲁克城外的森林中。

恩奇都刚刚来到世上的时候，从未见过人类，也没有自己的家，对世间的事情更是闻所未闻。他不知道自己来自何处，又要到何处去，就连他身上所穿的那件动物皮毛做的衣服，都不知道是从哪里来的。恩奇都在森林里看到羚羊身上也长满了棕色的长毛，便以为自己和羚羊是同类，就和羚羊一起啃食地上的青草。他还同其他野兽一起，挤挤挨挨地趴在水塘边饮水。这样的生活使恩奇都觉得惬意极了。

森林中也并不是一直安宁的，猎人经常会在动物们饮水的水塘边设下圈套，抓捕各种猎物，企图用它们那光滑的皮毛制作一身华美的衣裳，拿到乌鲁克城卖上个不错的价钱。

这天，猎人又像以往那样来到水塘边察看陷阱中是否有收获。这一次，可把他吓坏了。他在水塘边竟然瞧见了一只浑身长满长毛的怪物！猎人从未见过这种"野兽"。当他呆呆地瞧着那头"野兽"的时候，那头"野兽"也抬头看着他，目光

如炬，吓得猎人浑身颤抖，连大气都不敢出，慢慢挪开脚步，然后飞一般地逃走了。

在接下来的两天，还是在那个水塘边，猎人又鬼使神差地迎面碰上恩奇都，然后两人各自东逃西窜。

猎人满脸忧愁，恐惧的情绪就像一片乌云笼罩了他的内心。他的父亲忍不住向他询问缘由：

"儿啊，你是不是在森林里碰到了什么棘手的野兽？"

猎人回答说："父亲啊，森林的深处来了一个十分强悍的怪物，他力气极大，终日游荡在山中，与野兽们一起吃草，还和它们一起在水塘边饮水。我费尽力气在森林中挖好的陷阱被他填平，我设置的套索也被他识破、扯掉。自从他出现以后，我几乎连一只野兽都捕不到了。"

听了儿子的诉说，父亲不由得微微一笑，心中早已有了一条妙计：

"我的儿啊，你难道忘记了吗？在那乌鲁克城中，还有一个天下无敌的吉尔伽美什。你只需要向他讨要一名神妓，让女人的魅力来使这头有智慧的'野兽'完全屈服。"

猎人觉得父亲的计策十分妙，便马上动身前往乌鲁克城，向他们伟大的国王报告了他所遇到的怪事。吉尔伽美什从未听过这么奇特的事情，他连连拍手叫好，说道：

"去吧，我的猎人，我可以将伊什妲尔神庙最温柔、最美貌的神妓莎玛赫派去，与你一起回到森林，让她吸引那怪物。只要他与人类走得近，一定会为野兽们所不容。"

猎人带着神妓一起返回森林深处，躲在了水塘边的树藤下，然后耐心地等待着怪物出现。一连等了两天，都没有看到怪物的身影。到了第三天的时候，所有的野兽都来到水塘边喝水，那个怪物也出现了。

神妓莎玛赫偷偷一瞧，果然，那个浑身长毛、身材高大的怪物，正在啃着地上的青草，然后趴在水塘边喝水。她记起自己身上的使命——用美人计引诱这个怪物，让他学会爱，从而使他脱离现在所过的野性生活。莎玛赫轻轻地站起身走向恩奇都，想要引起他的注意。

恩奇都从未见过如此漂亮的"动物"——她的容貌胜过森林里所有的动物，连长着五彩斑斓的羽毛的神鸟都不及她。她的魔力是那样的神奇，恩奇都的眼睛一刻都无法离开这个美

丽的女人，他亦步亦趋地跟随在莎玛赫的身后。就这样，他和莎玛赫共处了六天六夜，他感觉到了一种从未有过的快乐，他在森林中所有美好的经历加在一起都无法与此相提并论。

自此以后，恩奇都惊讶地发现，森林中的那些动物再也不靠近他了。一看到他，它们就纷纷跑开，仿佛根本不认识他一样。他想追上去，但是突然发觉自己先前轻巧敏捷的身体一下子变得僵硬了，两条腿再也不似以前那样跑得飞快。

追不上那些野兽，恩奇都又返回莎玛赫的身边。但是，他突然觉得自己的头脑似乎比以前更具智慧了。

莎玛赫对她的爱人说：

"恩奇都，你是一个富有智慧和力气的人，如同天神一般，何必整天和野兽待在一起，在这荒野中虚度时光呢？跟我走吧，我将带你去那建造着环城之墙和伊什妲尔神庙的乌鲁克城中，城中有一个名叫吉尔伽美什的国王，他就像一头野牛一样统治着他的人民，他的力气跟你不相上下。"

恩奇都一听这个消息，满心欢喜，

心想："这个世界上竟然还有一个和我一样强壮的人！"

于是他对莎玛赫说：

"走吧，我都听你的！带我去看一看乌鲁克城，然后再去见见那头'野牛'，我要向他挑战，看看我们俩谁更胜一筹。我要站在乌鲁克的城墙上大声呼喊'我是这个世界上最强大的'。我要让所有人知道，出生在原野上的人是不可战胜的。"

莎玛赫见他这样踌躇满志，便继续鼓动他：

"快跟我走吧，恩奇都，我带你进入那高墙之内，到那热闹的人群之中。你将在乌鲁克城看见年轻英俊的小伙子，还有跟我一样充满魅力的神妓。大街上车水马龙，人流涌动，你肯定会看得眼花缭乱的。

"在那里，你还能见到那个快活的好汉吉尔伽美什。你得瞧瞧他那英武不凡的仪表、大丈夫的气度，以及饱满的精气神。他全身上下的每一个毛孔都散发着男子汉的魅力。事实上，他比你更强健，他能够整日整夜地不眠不休。"

恩奇都听莎玛赫这样说，心中不服，脸庞上也不由得现出一丝不悦，莎玛赫劝解道：

"喂，恩奇都，快把你的傲慢丢掉！你要知道，吉尔伽美什不但拥有强健的身躯，还有无尽的智慧。不过，你也不必生气，说不定他此刻已经在那高墙之内做着梦与你相见了呢！"

流星与神斧之梦

神妓莎玛赫的一句话竟成了谶语。此时此刻，吉尔伽美什刚刚从自己的王榻上醒来，他揉了揉惺忪的睡眼，回想着夜里所做的那个奇特的梦，他急不可耐地要将这个梦告诉自己的母亲：

"母亲啊，我昨天晚上做了一个奇特的梦，我在梦中心情很不错，昂首挺胸地大步向前走着。夜晚的天空群星闪烁，有一颗星星忽然坠落下来，仿佛是天神阿努为我降下来的精灵。我竭尽全力想高高举起这颗星星，但它实在是太重了，想要挪动它根本难以实现。整个乌鲁克城的百姓全部来帮我，将它重重围住，英雄们弯下腰亲吻它。我又试着用头把它顶起来，在众人的相助之下，我终于做到了。我顶着这颗星星，将它带到您的面前。这个梦真的太奇怪了，您说是不是？"

听完儿子的讲述之后，宁孙女神轻轻地抚摩着儿子的头，为他揭示了梦中所隐含的真相：

"我的孩子啊，事实上，从天而降的那个精灵是一个跟你一样的人啊！他在原野上降生，在深山里长大成人，如果有一天你碰到了他，你会兴奋至极的。英雄们会对他十分赞赏，你也会迫不及待地拥抱他，将他带来介绍给我认识。"

听母亲如此说，吉尔伽美什这才放心地回到自己的寝宫睡下。刚刚躺在床上，他又昏昏沉沉地睡着了。他又做了一个梦，梦醒之后，他回顾着梦中的情景，再一次找到自己的母亲，将梦中所见的情景讲给她听：

"母亲，昨晚我回到寝宫以后又做了一个怪异的梦。我梦见，一柄样子奇怪的斧头出现在乌鲁克城的中心广场上，众人将它围得水泄不通，我挤进去一瞧，这把斧头仿佛是某种神物变成的，充满了魔力。我看着它竟然不由得心花怒放起来，就像我爱上某一个美丽的少女一般。我俯下身去，小心翼翼地捧起它，将它带到您的面前。"

通晓一切的宁孙女神和蔼地对自己的儿子解释道：

"斧子象征着力气，你的这个梦预示着你将有一位跟你

一样拥有神力的朋友了！"

当母子俩正在谈论梦境的寓意时，森林深处的恩奇都正与他的爱人一起，准备打点行装，来到热闹的乌鲁克城。

但是，恩奇都身无长物，甚至连一件像样的衣服都没有。莎玛赫将自己的裙子扯下一截，披在他的身上，然后温柔地拉着他的手，就像一位母亲带着自己那没见过世面的孩子，走向森林之外。

森林的边缘，生活着许多牧羊人。牧人们早就听说过浑身长满长毛、力大无穷的恩奇都，但见到他本人时，还是猝不及防地打了一个哆嗦。当人们看见恩奇都的身边站着莎玛赫时，这才稍稍地放下心来。

那个时候，牧人们正准备吃午餐，餐桌上满满地摆着刚烤熟的羊肉和装满美酒的酒壶。牧人们示意两位客人跟他们一起吃饭，但恩奇都呆呆地站在那里，直盯着桌上的美味不知道该如何是好。恩奇都自降生以来就是喝动物乳汁的，从来没有见过美酒与熟肉。他不知道那些是吃的、喝的，更不知道应该怎么吃、怎么喝。

这时，莎玛赫指着桌上的食物，对他说：

"吃吧，人类通常都是吃这些食物的！看，这是熟羊肉，这是酒……"

恩奇都拿起肉吃了，这种味道他从来没尝过，味道还不错。经过莎玛赫的鼓励，他又端起一杯烈酒喝下。在酒精的作用下，恩奇都觉得内心振奋，脸上露出了会心的笑容。等到喝下第七杯酒的时候，恩奇都觉得脸上仿佛火烧一般，他将动物的油脂抹在自己的头发上，使他那蓬松的卷发变得光亮顺滑。他又换上了牧羊人赠送的衣裳，莎玛赫帮助他穿戴整齐，经过一番收拾，他仿佛一位新郎一样容光焕发。

没过多久，恩奇都就适应了牧羊人的生活。为了感谢牧人们的款待，让他们可以在夜晚睡个好觉，他手持兵器，捕捉了一匹前来偷袭羊群的狼，甚至还捉到了一头雄狮。从此之后，这些猛兽再也不敢来骚扰圈养的羊群，恩奇都成了牧人首领的绝佳帮手。

"嘿！他真是勇猛无敌啊！"

"不，他简直应该说是英雄盖世！"

牧人们对他赞不绝口。很快地，恩奇都的美名就传到了乌鲁克城的高墙之内。乌鲁克城的人们对他热烈地讨论起来，纷纷称赞他是盖世英雄。

有一天，莎玛赫正站在帐篷外等待恩奇都放牧归来，恰好看到一名男子急急忙忙地来到牧人的帐篷前。莎玛赫问那名男子：

"贵人为什么这样行色匆匆，辛苦奔波？"

那名男子并不回答，而是开口问道：

"大英雄恩奇都现在何处？我请求一见。"

恩奇都此时正好返回帐篷，听到陌生的男子正在找寻他，心中不免疑惑重重。

他询问了这名陌生男子的名字，并问他为什么会如此慌张地出现在这里。

男子向恩奇都细说了自己此行的缘由：

"我从遥远的乌鲁克城赶来，专门来向您请求帮助。您听说了吗？我们的国王吉尔伽美什将一面大鼓竖立在城中央的广场上，每一次他将这面鼓敲响的时候，人们就得为他送来一位女子，不管这位女子是否嫁人。他要做未婚少女的第一任丈夫，他还要将别人娇美的妻子也给抢走。"

听完男子的话，恩奇都气得脸都青紫了，牙齿之间发出"咯吱、咯吱"的声音，全身的毛发都竖了起来。他恨不得马上飞到乌鲁克城去，将这个暴虐的国王狠狠地教训一顿。

于是，恩奇都和莎玛赫简单地打点一下行装，就朝着乌鲁克城的方向走去。

吉尔伽美什与恩奇都之战

恩奇都大步流星地走向乌鲁克城，神妓莎玛赫和前来求见的男子则紧紧地跟随在他的身后。恩奇都穿过了雄伟的高墙，经过了美轮美奂的伊什妲尔神庙，但他根本无心驻足欣赏这些壮美的建筑。

很快地，他便来到乌鲁克城中央的广场上。他刚刚走上广场的石阶，乌鲁克城的百姓便将他团团围在中央，从上到下不住地打量他，并且连连称赞起来：

"这个人竟然长得跟吉尔伽美什一模一样，虽然个头儿稍微矮了些，但看起来更加强壮有力。"

"听说他之前是在森林中长大的，一向喝的是野兽的乳汁。"

失去女儿的父亲们、失去妻子的丈夫们全都无比激动：

"现在英雄恩奇都抵达此地，他要与那个天生神力的吉尔伽美什一决高下，从此乌鲁克城将充满刀光剑影。"

恩奇都被安置于伊什妲尔神庙中，因为那些被强夺而来的女人也要在这里等候着国王的驾临。

当夜幕降临的时候，吉尔伽美什像以往那样，昂首阔步

地走了进来。趁吉尔伽美什不留神的时候，恩奇都一下子跳了出来，出现在他的面前，将他的去路挡住了。吉尔伽美什毫无防备，被吓了一大跳。

还从未有人敢这样无礼地对待自己！吉尔伽美什怒火中烧，眼睛里也闪着愤怒的火花，吓得身边的随从不停地往后退，而恩奇都却毫无惧色，伸直腿挡在神庙的门口，不让吉尔伽美什往里面走。吉尔伽美什怒不可遏，他一把揪住恩奇都的衣领，将他的头往地上摔去。恩奇都灵巧地躲闪，反身抡起拳头朝国王打去……

两个人就这样狠狠地扭打在一起，仿佛两头顶角的牦牛，时进时退，难以分出胜负。他俩有时将庙门撞坏，有时又将墙壁撞塌，但还是互不相让，直打得浑身汗水湿透，精疲力竭。两人都不禁在心里对对方产生了一丝敬意，心中暗自思忖道：他竟然这样勇武有力！

吉尔伽美什大口大口地喘着粗气，首先请求停战。此时，他先前的怒气已经完全消退。

恩奇都见了，马上休战，靠在墙壁上休息，并且感慨地说道：

"人人都说你是一头野牛，我看你确实是所有野牛中最强悍的那头！我听人说你是女神宁孙的儿子，众神赋予了你无穷的力量与智慧,让你来做这乌鲁克城的国王。真是相见恨晚啊！"

听了对手的这番话，吉尔伽美什不禁有些动容，他忽然想起自己曾经做过的那两个梦。眼前的这个人，不正是自己梦中的流星与神斧吗？这难道就是母亲所说的他的来自森林深处的伙伴吗？

想到这里，吉尔伽美什猛然站起身来，就像好兄弟一样，一把拥抱住恩奇都：

"嘿，原来，你就是天神赐予我的伙伴啊！"

国王的神勇也使恩奇都深深折服，同时他也由衷地觉得，只有眼前这个人才是自己的同类，只有眼前这个人才配与自己做朋友。

吉尔伽美什带着恩奇都回到了王宫，将他带到了母亲宁孙的面前。宁孙一见儿子带着一个相貌与他十分相似的陌生人回来，便一下子明白了，她开口对吉尔伽美什说道：

"我的儿子，你梦中的流星与神斧正是他啊！他是天神恩利尔的使者，将成为你的左膀右臂和终生的挚友。"

在女神宁孙的见证下，两个人结拜为兄弟，从此朝夕相处，形影不离。

帝释天屠龙记

帝释天，也叫"因陀罗"，是印度神话中著名的天神之一。帝释天凭借手中一把神奇的巨锤，开天辟地，创造宇宙。他英勇无比，武艺高强，杀死恶龙，除掉巨人，战胜了人类所有的敌人。

帝释天掌管雷雨，负责向干旱的大地供应雨露，因此被称为"雷神"。万物生长离不开雨露的滋养，由于帝释天的护佑，农作物年年获得丰收。因此，他又被赋予"丰产之神"的美誉。

关于帝释天的传说有很多，其中最为精彩的就是他战胜旱魔的故事。

有一年夏天，骄阳似火，酷热难耐，大地干旱，河流干涸。由于缺乏雨水的浇灌，农作物枯死绝收，人类面临着可怕的饥荒。因为食物奇缺，人们软弱无力，在极度炎热的气候中束手无策，只能眼巴巴地渴望天降甘霖，以缓解旱情，解救生命。

正当人们处于绝望之中的时候，天空中突然乌云密布，狂风怒吼，继而电闪雷鸣，大雨倾盆。山上的雨水汇成溪流，

小溪汇成洪流，从山上滚滚而下，流到地上，注入江河，河水暴涨。有了充足的雨水，干枯的牧场很快就长出了青草，到处都是绿油油的，十分美丽。不仅牧场水草丰盛，农田里金黄的谷穗也被压弯了腰，到处呈现一派丰收的景象。

后来人们才知道，原来是雷神帝释天战胜了旱魔，大地才获得了丰收。

传说帝释天神勇无比，不费吹灰之力就打了一个大胜仗。他的手下败将不是别人，正是给人间带来灾难的旱魔。这个恶魔原本是一条巨龙，蛮横无理，称霸一方。他占山为王，筑造城堡，关押了天上的"云牛"。

面对旱魔造成的灾难，人类恳请万能的天神拯救他们：

谁能把我们怜悯？

谁能把我们解救？

谁能帮我们脱苦？

万能的天神们啊！

全靠你们发慈悲，

都靠你们来解救。

我们心儿像小鸟，

直奔你们展翅飞。

帝释天听到人类的祈祷，马上自告奋勇，挺身而出，表示愿为人类而战。他一把抓起天神们的酒瓶，痛痛快快地喝上一大口醉人的琼浆，然后他又拿起了雷石。

年轻的侍从马鲁特兄弟把他心爱的两匹栗色马拴在他的金车上。

帝释天神奇无比，天生就是天国、人间和阴间的三界之王。他的功绩万人称颂，因为造出空气的是他，给人们力量的也是他。就连威风凛凛的天神们都尊敬他的为人，服从他的命令。他象征着永恒，象征着不朽。

他的侍从马鲁特兄弟是暴风骤雨和雷的神灵。他们的车子前面各拴着两头斑鹿和一头脚步飞快、从不疲倦的红鹿。他们兄弟二人身材高大，体魄强健，而且非常英勇。他们头戴金盔，胸挂金甲，身穿皮衣，双臂双脚佩戴金镯。

马鲁特兄弟总是携带弓箭、斧头和闪闪发光的长矛。他们常常会带着"闪电矛"勇猛而来，他们也常常劈开"云岩"，汇聚雨水，降到地上。

帝释天驾着马车去袭击旱魔时，马鲁特兄弟就紧紧地跟在他后面飞奔，而且还大喊大叫。他们兄弟俩降下一阵骤雨，然后向被关押的"云牛"们冲去，继而追赶它们。旱魔看到帝释天来临，大吼一声。这吼声震动天国，诸神落荒而逃。

大地女神对自己的孩子帝释天忧心忡忡。然而，帝释天毫不畏惧，带领大声吼叫的马鲁特兄弟，勇敢地向前冲。他被祭司们的赞歌所鼓舞，他喝过天国的琼浆，他从人类祭品中获得力量，他挥动着自己的雷石。

旱魔不自量力，以为自己刀枪不入，谁都不能伤害他。然而，帝释天抛出他的武器，没打几个回合，就杀死了恶龙。顷刻间，雨水从天空降落，大地得到了久违的滋养。不久洪水暴发，把龙的尸体冲进永远黑暗的大海里。

大地上崇敬天神的人个个喜笑颜开，祭司唱出一首歌颂帝释天的赞歌：

劳苦功高帝释天，

让我歌颂乐开颜！

使用雷石斗旱魔，
大战恶龙真勇敢。
天国工匠造妙器，
妖龙死于帝释天。
雨露及时他降下，
山溪汇聚成甘泉。
山洪犹如牛群吼，
滚滚向海流不断。
恶龙尸体入洪流，
山洪汹涌冲向前。
恶龙葬身巨浪里，
流到大海进深渊。
战胜旱魔功劳大，
雨水降落万物欢。

莎维德丽

很久很久以前，印度西北部有个古国叫摩德罗。国王马主是世界上最富有的国王，金银财宝数不尽，还有一位美丽的妻子。但美中不足的是，他和妻子结婚很多年也没有孩子。这使他感到非常苦恼，于是他开始艰苦地修行，希望得到一男半女。

马主向梵天的妻子萨毗多莉女神祭拜祈求，恳请女神赐给他一个女儿。他的诚意终于感动了女神，女神赐给他一个女儿，她就是莎维德丽公主。公主美丽无比，就像仙女一样。

莎维德丽长大后爱上了美少年萨谛梵。萨谛梵本是王室子弟，他的父亲耀军是一位德高望重的国王。因为双目失明，这位国王被邻国一个仇人夺走了王位。没有办法，国王只好携妻带子，隐居在山林中的一座修道院里。后来，他的儿子渐渐长大，成为一名英俊少年。

莎维德丽高高兴兴地把自己的恋情告诉父亲。没想到坐在一旁的先知那罗陀却说公主选萨谛梵王子为夫，是个巨大的错误。他说萨谛梵王子确实英俊无比，而且勇敢、诚实、正直、善良，集百般美德于一身，但他有一个天大的缺点，那就是天生短命。从现在算起，他只能再活一年就要死掉。上天规定，一年后阎罗王就要来接他回去。

听先知这么一说，国王就劝女儿另选他人为夫，因为萨谛梵王子的死期已经不远了。可是，善良、坚毅的莎维德丽公主坚持要嫁给萨谛梵，不管萨谛梵王子命长命短，她都非他不嫁！

公主这样说，先知非常感动，称赞公主态度坚决。他认定公主一定会坚持走自己选择的路，别人想拦也拦不住。于是他说，既然这样，他赞成莎维德丽嫁给萨谛梵。

于是，马主就领着莎维德丽一起前往森林，寻访萨谛梵王子双目失明的父亲耀军。

耀军见到马主非常惊讶，连忙问他为什么到这里来。马主说他来这里，是为了女儿莎维德丽的婚事。他恳求耀军收她为儿媳。耀军说他已经失去了自己的王国，现在和妻儿住在森林里，一边过着苦行者的生活，一边修行。他因此担心公主过不惯森林里的艰苦生活。

马主说他女儿态度坚决，一定要和萨谛梵在一起，哪怕过苦日子也不在乎。耀军深受感动，于是同意了这门亲事。

萨谛梵王子非常高兴，因为他娶了一位才貌双全、德行兼备的妻子。莎维德丽公主也很满意，因为她嫁给了一个如意郎君。于是，她脱下公主的衣服，取下豪华的装饰，根据当时当地的习俗，穿上树皮衣和红衫，成为一位隐居修道的妇人。

这对夫妻婚后虽然过着幸福的生活，但是莎维德丽从来没有忘记先知可怕的预言，她每天都在心中数着日子。萨谛梵的死期在一天天地逼近，当他只有四天可活的时候，莎维德丽发愿实行"三夜斋"。

耀军十分悲伤，因为"三夜斋"艰苦无比。莎维德丽劝他不要悲伤，表示会坚守誓愿，苦度斋

期。莎维德丽态度坚决，谢绝所有人的好心劝告，义无反顾地开始"三夜斋"。因为进食不足，加上心情沉郁，莎维德丽很快就消瘦下来，尤其是那张美丽的面庞，已经变得毫无血色，看上去十分憔悴。

就这样熬过了三天，莎维德丽认准她亲爱的丈夫明天就要死去，非常伤心，一整夜都没能合眼。她忐忑不安地挨到天亮。可怜的莎维德丽悲伤地想，可怕的日子终于来到了。她虽然憔悴不堪，但是很勇敢。她向神明默默地祈祷，虔诚地献祭。然后，她默默地起身，慢慢地走到公婆面前，合掌行礼。

耀军心疼地告诉儿媳，斋戒已经结束，可以尽情地吃早饭了。但是，执拗的莎维德丽说要到太阳下山的时候才能吃饭。

听她这样说，健硕而高贵的萨谛梵立刻站起身，拿起一把斧头，就要到远处的丛林里为爱妻采集野果和药草。温柔善良的莎维德丽看在眼里，疼在心中。她说什么也不忍心让丈夫单独行动。温柔而又坚强的莎维德丽表示很想和丈夫一起去，因为她舍不得和心爱的丈夫分离。萨谛梵说那片黑暗的丛林十分遥远，而且道路崎岖坎坷，充满危险。就连他这个身强力壮的男子汉都不能轻易到那里去，何况一个斋戒后体力不支的弱女子。

莎维德丽亲昵地依偎在丈夫的怀里，说自己不仅没有因为斋戒变得虚弱不堪，反而更加强健了。她还说，只要有他在自己身边，她就会精神抖擞，一点儿也不会感到疲惫。所以，她一定要和他一起去。她恳求萨谛梵不要拒绝。

最终，莎维德丽和丈夫一起来到了丛林。在萨谛梵的眼里，这真是一个吉祥的好日子。阳光灿烂，万里无云，有美丽的香花铺路，有快活的小鸟在唱歌。萨谛梵情不自禁地赞美溪流是多么的清澈，花木是多么的美丽。然而，莎维德丽喜忧参半。喜的是有丈夫陪伴在身边，忧的是阎罗王马上就要来临。这种说不出的恐惧，就像一块沉重的大石头死死地压在她的心上。

萨谛梵兴高采烈地采集野果，他把香甜的野果装满一大筐，然后又去砍树枝。这时，天气开始变得十分炎热，太阳晒得他浑身是汗。突然之间，他头痛难忍，神志不清，四肢发软。他感到好像万箭穿心。他对妻子说想休息一下，甚至想睡上一觉。

莎维德丽立刻吓得连话都说不出来，只能张开双臂，紧紧地抱住他。萨谛梵立刻便沉睡过去。

这时，她突然想起先知那

罗陀的话，知道可怕的时刻已经来到眼前，心爱的丈夫死期已到。

她心如刀割，这时森林开始暗下来，周围的一切都被可怕的寂静包围起来。

突然，一个可怕的天神从黑影中走出来。只见他人高马大，浑身漆黑，身穿血红的衣服，头戴发光的王冠。更可怕的是他凶神恶煞，双眼通红，手里还拿着一条绳子。

这个天神就是阎罗王。他默默地站在那里，死死地盯着昏睡的萨谛梵。

莎维德丽把头抬起来，看到一位天神站在自己面前。她十分恐惧，把萨谛梵放到草地上，用颤抖的声音问天神从哪里来，到这里来做什么。天神说他知道她非常爱自己的丈夫，而且也进行过艰苦的修行，所以他很想面对面地和她说话。他告诉莎维德丽，他就是阎罗王，还说她丈夫的阳寿已尽，他来这里就是要把他带走。

莎维德丽说，她听说天神办事不会亲自出马，如果人间有事要办，都是派使者下凡替他办理，不会亲自到人间来。阎罗王说，这位王子的情况是个例外。因为他心地善良，纯洁无比，具备各种美德，而且才华横溢。如果派使者来把他带走，那就非常不合适。所以，他才不辞劳苦，亲自来办。

正说着，阎罗王把手中的绳子扔出来，将萨谛梵的灵魂从他体内拽出来，用绳子紧紧地捆住。顷刻之间，可怜的萨谛梵就这样被阎罗王索去了性命。失掉魂魄的萨谛梵完全停止呼吸，身体扭曲变形，一动不动地被抛弃在那里，使人看了非常害怕。

阎罗王死死地抓住王子的灵魂，急忙转身，朝地狱所在的南方匆匆走去。他默默无语地赶路，而孤独无助的莎维德丽却紧紧地跟着他。她非常悲痛，她不能抛弃亲爱的丈夫。她一步不离紧紧地跟着阎罗王，奔向恐怖的阴曹地府。

此情此景使阎罗王非常感动。他劝她赶快回家，不要跟在他的身后。他让她赶紧去为亡夫举办葬礼。他郑重其事地告诉她，她和萨谛梵的关系已经到此为止，她不再有妻子的义务和责任，所以她没有必要跟着自己到阴间去。

莎维德丽告诉阎罗王，她曾经修过不少苦行，因此必须坚守誓愿，绝不能有丝毫退却。不管亡夫被带到哪里，她都必须紧紧地跟在他的身边，她对亡夫忠贞不渝。

听了这番肺腑之言，阎罗王十分感动，于是开始有些让步。他让她转身回家，但是看在她十分聪明的份儿上，答应她可以在转身回家之前，向自己请求一个恩典。只要她提出来，自己就会答应。但有一个例外，那就是不能把萨谛梵的灵魂交还给她。阎罗王信誓旦旦地保证，除此以外，他愿给她所要求的一切。

善良的莎维德丽告诉阎罗王，她的公公因为双目失明而丢掉了自己的王国，她请求天神能让可怜的公公恢复视力，重见光明。阎罗王立即答应了她的这个请求，说她公公的视力马上就能恢复。之后，他再次劝她马上回家，因为她现在已经筋疲力尽，不能再继续劳累下去。

莎维德丽说，只要和自己的丈夫在一起，她就会解除疲劳。她说丈夫的命运就是她的命运，她坚决地表示要永远跟随丈夫，丈夫被带到哪里，她就跟到哪里。她还说十分珍惜自己和天神的情谊，因为看到一位天神就是一件幸福的事，和天神讲话，就会更加幸福。

听了她这番表白，阎罗王被她的善良深深地感动了，因此答应她可以提出第二个要求。当然，还是不能把她丈夫的灵魂交还给她。

莎维德丽说她希望贤明的公公能够重新获得失去的王国。她说完之后，阎罗王立即保证她这个要求也能得到满足，并让她早日回家，说她公公的王国已经失而复得。

莎维德丽听了阎罗王的话，并没有急着回家，她十分虔诚地说，天神的职责神圣无比，就是因为他们慈悲为怀，爱护众生，对他们以功论赏，即便对自己的敌人也依然怀有怜悯之心。

阎罗王听后，夸赞她善良美好的话语就像送给口渴之人的甘露，因此她可以再提出第三个请求。当然，这个请求不包括她丈夫的生命。只有这样，她的要求才能得到满足。

贤惠的莎维德丽告诉阎罗王，她的父王马主一个儿子都没有，她希望他能有儿子，而且要有一百个。

阎罗王说这个请求也不难，她父王将会有一百个儿子。但是，阎罗王紧接着就让她立即返回，不能再继续往前走，因为她已经走了很长的路。

莎维德丽一往情深地说，她一直跟随丈夫，并不觉得道路有多长，因此还想继续往前走。随后她话题一转，开始赞扬天神的贤明正义和英明伟大。她的赞美之词诚挚动人，让阎罗王不得不心悦诚服，说从来没有一个凡人像她这样和自己讲话，因此破例答应她可以提出第四个请求，但仍然不能交还她丈夫的性命。

聪颖贤惠的莎维德丽

表示希望自己和丈夫也能喜得百子，以便传宗接代，使他们的种族绵延不断。她恳请天神，无论如何也一定要答应她这第四个请求。

令人惊喜的是，阎罗王爽快地答应让她喜获百子，而且个个聪明健硕，以使他们的家族绵延不断。说到这里，阎罗王劝她不能再过分劳累，因为她真的已经走出很远了。

莎维德丽没有听从阎罗王的劝阻，而是继续美言。她说善人必须永远修德。善人是世间万事万物的支持者。善人施恩，不图回报；善人施恩，慷慨大方；善人施恩，绝不落空；善人施恩，不损光荣；善人施恩，不损利益。善人的天职就是行善，善人的天职就是保护苍生。

莎维德丽滔滔不绝，阎罗王非常感动。他说，她越是说话，他就越是尊敬她。最后他说，既然她这样爱自己的丈夫，他就答应赐给她一个莫大的恩典。

莎维德丽立即顺水推舟，说阎罗王是慷慨的施恩者，而且提醒阎罗王已经答应她一件根本做不到的事，除非把丈夫还给她，否则这件事永远也无法做到。接着，她说阎罗王已经答应给她一百个儿子，所以恳请阎罗王，立即把自己亲爱的丈夫还给她，因为没有他，她根本无法得到儿子。她还表示，没有丈夫在自己身边，她就像死人一样；没有丈夫，她就没有希望；没有丈夫，她就没有追求幸福的愿望；没有丈夫，她甚至都不希望进入天国。她不贪图荣华富贵，只求丈夫重生。

接着，她又把话题一转，开始抱怨阎罗王。说他已经答应给她儿子，却把她的丈夫从她怀中夺走。最后，她声泪俱下，苦苦哀求阎罗王赐给她一个最重要的恩典，让萨谛梵浴火重生，重新回到她的身旁。

聪明的莎维德丽面对阎罗王毫不退缩，巧妙地迫使阎罗王妥协了。阎罗王既万般无奈，又心悦诚服。最后，阎罗王居然说他非常开心，立刻就会释放萨谛梵的灵魂，使他死而复生，而且从此以后不再遭受疾病的袭击，因此会万事如意。不仅这样，他们夫妻二人都会长寿，能活到四百岁。他们也真的会有一百个儿子，而且每个儿子都会做国王。他们儿子的儿子，孙子的孙子，也都会做国王。从此以后，他们代代相传，辈辈为王。

正气凛然的天神，亲口答应莎维德丽的所有请求，然后就迅速离开了。莎维德丽返回森林，来到丈夫冰冷苍白的尸体前。她坐在地上，把他的头轻轻地抬起来，又慢慢地放到自己的双膝上面。

眨眼之间，萨谛梵就活了过来。他含情脉脉地望着莎维德丽，犹如刚刚结束远程旅行，迫不及待地归来一样。

萨谛梵笑问爱妻，自己睡了这么久，怎么不把他叫醒。接着又问，那个把他拖走的黑家伙到底去了哪里。莎维德丽说那是天神阎罗王，来过不久就离开了。她还说他已经在她的怀里睡了很久，如果他能起来，夫妻二人就赶快离开这里，因为夜幕早已降临。

萨谛梵毫不费力地站起身，他现在神采奕奕，十分强健。他环视四周，发现自己是在森林中央。眼前的情景使他逐渐恢复记忆。他似乎恍然大悟，自己到这里来是为了给爱妻采摘野果。可就在砍树枝的时候他突然感觉一阵疼痛，紧接着昏迷过去，倒在地上，头靠在爱妻怀里。

萨谛梵就那样让她抱着进入梦乡，随即感到周围一切都被笼罩在漆黑的夜里。猛然间，他回想起似乎曾看到一个黑乎乎的人浑身发光。他问她这是幻觉，还是真事。莎维德丽说，现在已经是深夜，等到第二天，她就会把一切都告诉他。野兽都在黑夜走出洞穴，出没在森林中。莎维德丽已经听到它们可怕的声音，豺狼的嚎叫声使她毛骨悚然。

萨谛梵战战兢兢地说，黑夜让森林变得可怕，也让他们无法找到回家的路。莎维德丽看到远处有一棵枯树在燃烧，她要去捡一些树枝点燃篝火。她建议两人先待在原地不动，等到天亮再接着往前走。

萨谛梵说自己的疾病已经痊愈，他现在渴望见到父母，因为他从来没有离开过他们到外面过夜。他还伤心地说父母早已年老体弱，只能依靠他来维持生命。天色已晚，再不回家，父母一定非常担心。

说着说着，萨谛梵伤心地哭了起来。莎维德丽连忙为他擦干眼泪，说她曾经修过苦行，曾经施舍和祭神。她还强调自己从不说谎，就凭这一点功德，神明会答应她的恳求。所以，她虔诚地祝福公婆受神明保佑。当然，她也不忘为自己的丈夫衷心祈祷，恳请天神保佑自己的如意郎君萨谛梵。

萨谛梵听爱妻这样说，也恳求神明让他们早点儿回到自己的家。莎维德丽把丈夫搀扶起来，她把他的左臂放在她的左肩上，自己的右臂挽着他的腰。他们二人一同前行，毫不退缩。此时此刻，一轮明月渐渐升起，照亮了他们的道路，也照亮了他们的心。

值得一提的是，就在同一时刻，萨谛梵的父亲耀军已经恢复视力，决定和妻子外出寻子。但很快他们就忧心忡忡、大失所望地重新返回

修道院。修道士们耐心安慰这对泣不成声的老夫妇，让他们相信，莎维德丽修过不少苦行，因此萨谛梵一定还活在人间。

不久，萨谛梵和莎维德丽就回到了修道院。此时此刻，夫妻二人，还有他们的父母心中的石头终于落地。莎维德丽向修道士们讲述了过去所发生的一切。修道士们都夸赞莎维德丽贤惠无比，聪明能干，仅仅凭着自己的胆略和智慧，就拯救了耀军的家族！

第二天早上，有使者登门造访，耀军这才得知，那个掠夺他国土和王位的歹徒，现在已经成为下属臣僚的刀下之鬼。为此，所有人都要求合法的国王恢复统治。使者们都在催促国王赶快离开森林上路，而且车辆早已备好，迫切希望耀军赶快重返故国。就在大家你一言我一语地说话时，使者们惊讶地发现，耀军早已恢复视力。

就这样，凭借莎维德丽从阎罗王那里求得的恩典，耀军终于回到阔别多年的国土，重新登上王位。后来，莎维德丽的父亲马主和王后真的喜获百子。

淑惠贤德的莎维德丽，凭借虔诚忠贞，为自己和丈夫的家庭求得了莫大的恩典，使大家过上了幸福的生活。莎维德丽公主这段美丽的传说故事也早已成为人间佳话，世世传颂，代代不绝。

鲁莽的须佐之男

诸神之父伊邪那岐去黄泉国寻找自己的妻子伊邪那美失败，回到苇原中国时，来到一条清澈的河流岸边休息，为了祛除不洁，就下河去洗了个澡。

伊邪那岐在上游洗澡时说："这里的水流太湍急了。"

于是，他换到下游来洗，但又说："这里的水流太缓了。"

最后，他是在河流中段洗的澡。水珠顺着他俊美的面庞滴落下来，三位尊贵的神灵由此诞生，分别是天界的太阳女神——天照大神、月夜统治者——月夜见尊，以及海神——鲁莽的须佐之男。

伊邪那岐一下子开心起来，说："看，这三个尊贵的神都是我的孩子，他们将永葆杰出。"

他顺势从脖子上取下一大串珠宝，赐予太阳女神天照大神，并对她说："我让尊贵的你来掌管高天原，要让它每天散发着光彩。"于是，天照大神接过珠宝，把它们藏入神灵的宝库里。

诸神之父对月夜见尊说："我让尊贵的你来掌管夜之食

41

原。"如今，夜之食原便由这位面容俊美动人的青年统治着。

面对那位最小的神灵海神须佐之男，尊贵的伊邪那岐把沧海之原分封给他。

从此，天照大神掌管着白天，月夜见尊温柔地统治着黑夜。但鲁莽的须佐之男并不满意，他从大地上飞升起来，大哭着说："哦，我真可怜，将要永远住在冰冷的大海中！"他不停地哭泣，把山谷间的露水也化为眼泪，弄得绿草枯萎，溪流干涸。恶灵日益滋生，挤满大地，如五月里的苍蝇一样嗡嗡作响，到处都是不祥之兆。

于是，他的父亲走过来，站在他身边严肃地说："我看见的是什么？听见的又是什么？你为何不按我的命令去统治疆域，却像个孩子一样，满脸是泪，还哭喊着躺在这里？回答我。"

鲁莽的须佐之男回答说："我之所以哭泣，是因为心里悲伤，不再爱这个地方了。我要到母亲掌管的遥远的阴间去，她是黄泉国之后。"

伊邪那岐生气了，下令流放了他，令他离开这里，永世不得回来。

鲁莽的须佐之男回答说："就这样吧。但我在离开前，要先飞到高天原，向我尊贵的天照大神姐姐道别。"

于是，伴随一声巨响，他飞速前往高天原。山脉全都随之摇晃，大地震动起来。

天照大神在目睹他降临的阵势后颤抖着说："我尊贵的弟弟来了。他没安什么好心，只是为了抢夺我的财产。他就是冲着这个目的，入侵了高天原的堡垒。"

天照大神立马分开了垂在肩上的华贵头发，束成左右两股，又佩戴上珠宝。她装备得像年轻武士一样，还背了一把巨弦弓和一千五百支箭。她手上挥着武器，全副武装，踏过大地，扬起了飞雪般的尘土。她来到天界的天安河岸边，如壮士般英勇地站着，等待弟弟的到来。

鲁莽的须佐之男站在远方的河岸上说："我亲爱的姐姐，尊敬的天照大神，你为何全副武装地迎接我？"

她回答说："我可没有全副武装。不过，你是从哪儿飞到这里的？"

须佐之男答道："我想去黄泉国，父亲便下令流放了我。我飞到这里，是为了向你告别。我没有任何恶意。"

而天照大神瞪着眼睛对他说："请你发誓。"

须佐之男先以身上佩带的十拳剑起誓，又以天照大神的

珠宝起誓。随后，她允许他穿过了天安河，又跨过浮桥。于是，鲁莽的须佐之男进入了姐姐天照大神的领地。

但是，须佐之男性格不羁，总惹是生非。他先是肆意破坏天照大神的沃土，又糟蹋了她已插上秧苗、划好垄埂的稻田，还把沟渠都填满了。但天照大神并没有责骂他，只是说："在我尊贵的弟弟眼里，这片土地可不能被沟渠和田埂荒废了，每个角落都要插上秧苗。"尽管她好言好语，鲁莽的须佐之男仍然继续行恶，变得越发暴戾。

一天，天照大神和她的侍女正坐在高天原的纺织堂，看着织女纺着神灵的华美衣袍。这时，须佐之男在纺织堂的屋顶上砸开了一个大裂口，放出一匹天界的花斑马。惊恐的马儿在纺车和织女间四处乱窜，大肆破坏。一切变得混乱不堪，十分可怕。一片推搡中，天照大神被金梭子伤到了。她大哭一声，逃出了高天原，藏到了一个岩洞里，又推来一块岩石，堵住了洞口。

随即，高天原陷入了黑暗之中，苇原中国也变得漆黑一片，不见天日。神灵在大地上行走时发出的声音好似五月的蝇虫声，到处都是

不祥之兆。八百万诸神和另一群神灵在天安河原集合，商谈处置方法。

在尊贵的思兼神的指导下，他们召来长夜里的常鸣鸟，还要求锻冶匠天津麻罗打造了一面亮白的金属镜，又让玉祖命把几百块月牙形的玉石穿在了一起。他们用天香山上一头牡鹿的肩胛骨进行占卜，又拔起一棵生着五百根树枝的真贤木，把玉石和镜子挂在树枝上。他们在低矮的树枝上摆满供品，挂满蓝色和白色的布条，然后把树栽在天照大神藏身的岩洞前。鸟儿聚在一起唱起歌来。

一位著名的神女来到岩洞前，翩翩起舞。她的舞技优雅精湛，在苇原中国和高天原无人能敌。她身边悬挂着一个由天香山上的苔藓做成的花环，头上缚着黄杨树叶和金银花朵，手中还拿着一束绿竹叶。她像着了魔似的在岩洞口跳舞，无论是在天界还是人间都没有这样的舞蹈。这舞姿比在风中摇曳的松树和海中翻滚的浪涛还要优美，连高天原上的飞云都难以媲美。大地震颤，高天原撼动，八百万诸神齐声大笑。

此时，天照大神正躺在岩洞里。一缕缕光束照在她美丽的身躯上，让她看起来宛若美玉。岩洞地上的一滩水洼泛起微光，墙上的污泥闪耀着各种色泽，幼小的岩生植物在罕见的酷暑中苗壮生长。天照大神原本躺在阴凉处睡觉，在听到常鸣鸟的吟唱后就醒了过来。她起身把头发甩到肩后，说道：

"唉，这些在长夜里歌唱的可怜鸟儿啊！"随后，天照大神感到了高天原的震动，又听见了八百万诸神的齐声大笑。她起身走到岩洞口，稍稍挪开大石块，看见一束光线正落在跳舞的神女身上。她身着盛装，站在光线中，气喘吁吁。其他神灵仍身处幽暗，面面相觑，纹丝不动。见此情景，天照大神说："看来，正因为我藏在高天原的角落，苇原中国才变得一片黑暗。为何要神女这样跳舞，还戴着花环和头饰？为何八百万诸神要齐声大笑呢？"

跳舞的神女回答说："哦，尊敬的天照大神，神灵们多高兴啊！他们看见神女披戴着花朵，便叫喊起来。大家这样高兴，是因为有位神女比尊敬的您还要出色。"

天照大神听罢便暴怒起来，用长袖遮着脸，好让神灵们看不到她在哭泣。可是，泪水还是像流星一样滑落下来。天界的青年站在真贤木边，树上悬挂着锻冶匠天津麻罗打造的镜子。他们喊道："夫人，请看天界的新一代神女！"

天照大神说："我是不会看她一眼的。"

话虽如此，她还是挪开了掩面的袖子，望向镜子。她看着看着，不禁被跳舞者的美貌所吸引，便从岩洞里走了出来。顿时，黑暗的高天原重见光明，地上的稻穗开始摇曳，野樱树绽开花朵。所有神灵手牵手围成一圈，环绕着天照大神，岩洞口被堵上了。

跳舞的神女大喊："哦，尊贵的夫人，怎么会有任何一位神灵能比过您呢，天照大神？"

于是，他们满心欢喜地载着天照大神回去了。

而敏捷、勇敢又鲁莽的须佐之男，也就是长发飘飘、心中不悦的海神，由于受到各位神灵的指控，要在天安河原受审了。神灵们商量后，决定以重刑处罚他。他们剃去了令他骄傲的漂亮头发，又把他永远地驱逐到天界之外。

须佐之男经由浮桥回到大地，心中十分苦闷，好几天都处于绝望之中，不知该往哪里去。他走过美丽的稻田和贫瘠的荒原，都无心留意，最后来到了出云国的肥河边歇脚。

他坐在那儿，心情低落，双手抱头，望着河水，看见一根筷子漂浮在河面上。鲁莽的须佐之男立马站起来说："上游有人家。"他便沿着河岸往上游走，想要找到那些人家。

没走多远，他就看见一个老人正坐在河边的芦苇和柳树边，痛苦地哭泣哀叹。一个庄重美丽、好似天神的女人正陪在他身边，但她迷人的眼睛因泪水而失了神。她不停地悲叹，拧着双手。在这两人中间，有一位身姿瘦削优美的年轻姑娘。但

须佐之男看不清她的面容，因为她脸上蒙着一层纱。她不时挪动着身子，似乎因恐惧而颤抖着，看上去像是在哀求老人，又像是在拉扯女人的袖子。但最后，两人依然悲伤地摇了摇头，继续哀叹着。

须佐之男满心好奇，走上前去问老人："你是谁？"

老人答道："我是山中的土地神，正在哭泣的这位是我的妻子，这孩子是我最小的女儿。"

须佐之男又问他："你们为何哭泣哀叹？"

老人回答："你知道吗，先生？我是很有名的土地神，生了八个漂亮的女儿。但这片土地已被恐怖笼罩，因为一个叫作八岐大蛇的怪物每年此时都会来这里作祟，以吞食年轻少女为乐。七年来，我的七个孩子都被它吃了，而如今，我最小的女儿也将遭遇不测。这就是我们在这儿哭泣的原因，尊敬的先生。"

听罢，鲁莽的须佐之男问："那怪物长什么样？"

土地神回答说："它凶残的眼睛血红如酸浆果，身上不仅长了八颗脑袋和八条披着鳞甲的尾巴，还披挂着苔藓、枞木和柳

杉。它穿行在八个峡谷和八座大山间，身子下面血淋淋的。"

鲁莽的须佐之男喊道："大人，把你的女儿许配给我吧，我会帮你对付八岐大蛇。"

土地神看着强壮俊美、容光焕发的须佐之男，便明白他是一位神灵。

于是，他回答说："能把她托付给您，我深感荣幸。但是，请问您尊姓大名？"

须佐之男说："我是海神须佐之男，被天界流放至此。"

土地神和他美丽的妻子说："好吧，尊敬的大人，把我们的小女儿带走吧。"

须佐之男立刻掀起姑娘的面纱，看见她的脸庞苍白得好似冬夜之月。他抚摩着她的前额说："亲爱的美人，亲爱的美人……"

姑娘站着，脸上泛起淡淡的绯红。只消须佐之男的眼神就足以让她害羞了。须佐之男又说道："亲爱的美人，我们未来的日子将充满快乐。现在就别犹豫了。"

他把姑娘变成了一顶皇冠，雄赳赳地戴在头上。他指导着土地神，与他一起反复酿造八次，制成了清酒，倒入八个桶中待用。一切准备就绪后，他们便开始等待。不多时传来一声好似地震的巨响，山脉和山谷都随之震颤。大蛇爬了过来，看起来巨大而丑陋，吓得土地神都遮住了脸。但鲁莽的须佐之男

紧盯着大蛇，抽出了宝剑。

此时，八岐大蛇立马把八颗脑袋分别探到每一个酒桶里，畅饮起来。不一会儿，大蛇就喝醉了，垂下脑袋睡着了。

须佐之男见状，挥起十拳剑，跳到怪物身上，猛砍八剑，砍下了它的八颗脑袋。八剑下去，大蛇被杀死了，流淌的肥河水也被大蛇的血染红了。须佐之男又开始砍大蛇的尾巴，但在砍到第四条尾巴时，宝剑被弹了回来。他用剑尖将尾巴剖开，发现里面有一把镶着宝石的大刀，刀刃锋利，似是连铁匠都难以锻造。他拿走大刀，献给了他尊贵的姐姐天照大神。这把刀就是草薙剑。

后来，鲁莽的须佐之男在须贺造了一座宫殿，和新娘住在一起。天庭中的云朵如幕帘般围绕着宫殿，须佐之男唱起了这支歌：

　　云气缭绕生，

　　翻涌成阑干，

　　夫妻居其中。

　　哦，翻涌成阑干……

辉夜姬

从前有一个伐竹翁，名叫竹鸟。他虽然贫穷，却诚实正直，非常勤劳，和善良的老妻住在山上的茅屋里。老夫妇很可怜，晚年膝下没有儿女。

一个夏天的早晨，竹鸟早早起床，像往常一样上山砍竹子。他要把砍下的竹子拿到镇上去卖，以此养家糊口。

伐竹翁爬上陡峭的山坡，来到一片竹林，已累得气喘吁吁。他掏出毛巾擦了擦额头上的汗珠。

"唉，我这把老骨头！"他叹道，"我不再年轻啦，老伴儿也一样，却没有一男半女陪伴我们度过晚年，真是悲哀呀！"他一边伐竹，一边叹气。

突然，他看到葱翠的竹林中有什么东西在闪闪发光。

"会是什么呢？"竹鸟疑惑道，竹林里通常是幽暗无光的。

"是阳光吗？"他猜测，"不，不会的，因为亮光是从地面照过来的。"

他拨开竹枝向前穿行，想看看光究竟是从哪里来的。走近一看，发现亮光来自一棵粗壮绿竹的根部。

　　竹鸟用斧子砍倒竹子，发现竹筒里有一颗闪闪发光的美丽绿宝石，足足有他两个拳头那么大。

　　"太神奇了！"竹鸟不禁惊呼，"太神奇了！我砍了三十五年竹子，这还是第一次在竹子里发现绿宝石。"

　　说着，他拾起宝石。就在这时，伴随着一声巨响，宝石突然裂开了。难以置信的是，一个小女孩儿正站在竹鸟的手掌上。

　　女孩儿身姿纤细，却非常漂亮，穿着绿色的丝绸裙子。

　　"您好，竹鸟。"她跟竹鸟打了个招呼。

　　"天哪！感谢上天！"竹鸟感叹道，然后又问小女孩儿，"我冒昧地问一句，我猜你是个仙女吧？"

　　"您说对了，"她回答，"我是个仙女，我会陪您和老婆婆生活一段日子。"

　　"什么？"竹鸟吃了一惊，"对不起，我们穷得叮当响。我们的小屋子虽然还不错，却不适合像你这样的仙女居住。"

　　"那一大颗绿宝石在哪里？"仙女问。

　　竹鸟捡起碎成两半的宝石。

　　"我的天哪！里面全是黄金！"他惊呆了。

　　"这足够我们生活了，"仙女说，"好了，竹鸟，我们回家去吧。"

　　他们走到家门口。

"老伴儿！老伴儿！"竹鸟呼喊，"有一个仙女来和我们一起生活了，她给我们带来了柿子那么大的闪亮宝石，里面装满了黄金。"

善良的妻子忙跑来应门。

"发生什么事啦？"她问，"什么又是柿子又是黄金的？柿子我倒是经常见——黄金嘛，我还真没见过。"

"别唠叨了，老太婆，"竹鸟说，"真没见识哟。"说着，他把仙女带进了家。

仙女神速地长大了。一转眼的工夫，她就出落成亭亭玉立的少女，如早晨般清新美丽，如正午般明媚和煦，如傍晚般亲切恬静，又如黑夜般深沉内敛。竹鸟叫她"辉夜姬"，因为她从闪亮的宝石里出生，夜间也光彩照人。

竹鸟每天都能从宝石中拿到许多黄金。他变得富裕起来，不用再过省吃俭用的日子，生活宽裕有盈余。他盖了一座漂亮的房子，雇了佣人伺候他。辉夜姬更是得到了公主般的宠爱。她的美貌远近闻名，很多王公贵族倾慕辉夜姬的绝色美貌，都赶来向她求婚。但辉夜姬向他们提出了各种难题考验他们的诚意，要求他们取来佛前的石钵、蓬莱的玉枝、火鼠裘、龙头上的珠子、燕子的子安贝，求婚者都失败了。

辉夜姬和善良的老夫妻一起度过了三年幸福的时光。

"竹鸟和老婆婆才是我最亲爱的人，"她说，"我会一直和他们生活，当他们的好女儿。"

第三年，天皇亲自来向辉夜姬求亲。他是个勇敢的爱慕者。

"小姐，"他说，"向你鞠躬，向你致敬。美丽的姑娘，做我的皇后吧。"

辉夜姬叹了口气，一时间热泪盈眶，只好用衣袖半掩芳容。

"陛下，我不能。"她说。

"不能？"天皇问，"为什么不能，辉夜姬？"

"我有难言之隐，陛下。"

天皇深深地迷恋着辉夜姬，不肯轻易放弃。辉夜姬感到十分无奈，突然在天皇面前影迹全无了！天皇苦苦哀求辉夜姬

恢复原形。自此他终于知道，自己深爱的美人并不是普通人，是不可能与自己在一起的。然而，天皇还是深深地爱着辉夜姬，他每天只是独自闷闷不乐地过日子。他意志消沉，只是写信给辉夜姬，诉说衷情。辉夜姬也写优美的回信给他，他们就这样保持书信往来。

又一年春天，在夜晚辉夜姬总是仰望着月亮，陷入沉思之中。她总是愁眉不展，家人的安慰劝说也无济于事。七个月后，辉夜姬因为悲伤过度而变得非常虚弱，无法外出行走，只能待在竹鸟家的庭园长廊上。她白天在庭园静坐沉思，夜晚仰望月亮和星星。一个满月之夜，辉夜姬、侍女、竹鸟夫妇和天皇，一同坐在庭园里赏月。

"月光真明亮啊！"竹鸟赞叹道。

"可不是，"老婆婆附和道，"就像擦得锃亮的黄铜锅。"

"可是它多么苍白黯淡啊！"天皇说，"就好像悲伤绝望的相思者一样。"

"它的光芒洒得好远！"竹鸟说，"好像从月亮上伸出一条天路通向我们的庭园长廊一样。"

"哦，亲爱的养父，"辉夜姬叹道，"您说得不错，它确实是一条路。今夜，天兵天将会飞下来接我回去。我的父亲是月王，我违背了他的旨意，他将我贬谪人间流放三年。如今三年期满，我要返回故园了。啊，我好舍不得离开！"

"雾气正在下沉。"竹鸟说。

"不，"天皇说，"那是月王的兵马。"

成百上千的月王军举着火把降临人间。他们安静肃穆，照亮了庭园长廊。将军拿出了一件天之羽衣，他扶起辉夜姬，把羽衣披到她的身上。

"别了，竹鸟，"她说，"别了，亲爱的养母，我把宝石留给你们当作纪念……至于你呢，陛下，我好想让你和我同去——可惜你没有羽衣。我留给你一瓶不死之灵药，喝下去，陛下，你就能长生不老了。"

随后，她展开闪亮的翅膀，月王军紧随其后。他们一起从天路飞向月亮，直至消失不见。

天皇手握长生不老药，爬上了帝国最高的山峰。他用熊熊烈火烧尽了长生不老药，说："和辉夜姬分别了，永生于我何益！"

长生不老药消失了，化为一缕蓝色烟雾飘向长空。天皇说："希望我的思念能和雾气一起升天，传达给我的辉夜姬。"

狐女玉藻前

背着行囊的小贩走在通往京都的康庄大道上。他看到一个小女孩儿独自坐在路边。

"咦，小姑娘，"他问，"你怎么一个人待在路边啊？"

"你又为什么在这里，"小女孩儿反问，"还拄着木棍，背着行囊，连鞋子都磨破了？"

"我要去京都，去天皇的宫殿，把这些华丽的饰品卖给宫廷女眷。"

"哦，"小女孩儿说，"把我也带上吧。"

"你叫什么名字，小姑娘？"

"我没有名字。"

"你的家乡在哪儿？"

"我没有家乡。"

"你差不多七岁吧？"

"我不知道自己几岁。"

"那你为什么在这里？"

"我在等你呀。"

"你等了多久了？"

"一百多年了。"

小贩笑了起来。

"带我去京都吧。"小女孩儿说。

"你愿意的话就跟我走吧。"小贩说。

他们就一起上路了，很快到了京都的皇宫。

小女孩儿为威严的天皇跳了一支舞。她的舞姿优美轻盈，就像海鸟在浪尖上起舞。

一曲舞毕，天皇把她叫到跟前。

"小姑娘，"他说，"你想要什么赏赐？什么都行！"

"哦，陛下，"小女孩儿说，"我不能要……我害怕。"

"说吧，别害怕。"天皇说。

小女孩儿小声说："让我留在您恢宏明亮的宫殿里吧。"

"我准了。"天皇说，他将小女孩儿接到他的宫里，给她取名叫玉藻前。

玉藻前很快便长大了，她精通每一门技艺。她不仅歌喉动人，还能弹奏各种乐器；她的画技超过了许多画家；她绣工精湛，擅长纺织；她写的诗句能让人恸泣，也能让人开怀；她能轻松记下几千字，对艰深的哲学思想如数家珍；她通晓儒学、佛学经典和汉学精华。她出落成了世人所谓的"精致完美""金玉其质"或"美玉无瑕"的美女。

天皇很爱慕她。

天皇很快把君王之责和国事政务全抛在脑后，日夜让玉藻前陪在身边，天天沉湎于酒色。他变得粗野、暴躁、喜怒无常，随从都害怕侍奉他。渐渐地，天皇整日无精打采，倦怠无力，郁郁寡欢，病恹恹的，御医也束手无策。

"呜呼哀哉！"他们痛心疾首，"陛下这是怎么了？他一定是被妖怪迷了心窍。悲哀！悲哀！我们已经无力回天了。"

"统统都滚出去！"天皇大喊，"全是一群废物！至于我，我想怎么样就怎么样。"

他疯狂地迷恋着玉藻前。他把她带到自己的避暑行宫，为她准备了大型宴会。宴会邀请了所有身居高位的人，王子、高门显贵和贵妇，悉数前来赴宴。整个行宫推杯换盏，一片狼藉。天皇面无血色、近乎疯狂地沉湎于酒色，玉藻前身穿霓裳羽衣坐在他身旁，她美丽绝伦，不停地用金酒壶为天皇斟倒清酒。

他望着她的双眼。

"其他所有女人在你面前都黯然失色，"他说，"她们甚至都不配触碰你的衣袖。哦，玉藻前，我多么爱你……"

天皇大声地说着，所有人都听见了，他们只有苦笑。

"陛下……陛下……"玉藻前娇嗔着。

正当众人共享盛宴之时，天空突然乌云密布，星月无光。刹那间，一阵阴风袭来，吹灭了宴会大厅里所有的灯火。紧接着，暴雨倾盆。众人在一片漆黑中惶惶不安起来。侍臣慌张地跑来跑去，只听到混乱中人们惊声尖叫，宴会的桌子被掀翻了，杯盘狼藉，清酒飞洒在白色叠席上。这时，一道亮光刺破黑暗。

这缕光线来自玉藻前，只见她身上蹿起了一丛丛火光。

天皇大惊，撕心裂肺地喊了三次她的名字："玉藻前！玉藻前！玉藻前！"喊完之后，当即昏厥在地上。

几天过去了，天皇还没有醒过来，既像在沉睡，又像是死了一般，谁也不能把他从昏迷中唤醒。国内的智者和苦行僧

聚集到一起向神仙祈求，找来了阴阳师安倍泰亲。他们说：

"安倍泰亲，您通晓鬼神之事，可否为我们查明陛下怪疾的原因，并看看能否治愈。为我们占卜吧，安倍泰亲。"

于是，安倍泰亲开始占卜，他走到众人身前说：

美酒虽香醇，余韵尤苦涩。

勿食金柿子，内里已堕落。

猩红百合美，不详切莫折。

何为美？

何为智？

何为爱？

色即是空，不可上当！

智者说："说明白点儿，安倍泰亲，您说得太晦涩，我们听不懂。"

"我还会有所行动的。"安倍泰亲说道。

随后，安倍泰亲便斋戒祈祷三日，并从寺庙里拿了神圣的御币，在智者面前挥动，一一触碰他们。他们一起去了玉藻前的闺阁，安倍泰亲把御币拿在右手中。

玉藻前正坐在闺阁里梳妆打扮，侍女在一旁侍候。

"大人，"她问，"您不请自来，找我有何事？"

"玉藻前夫人，"阴阳师安倍泰亲说，"我依照中国流行的调子写了一首歌。您精通诗赋，请您品评一下我这首歌。"

"我没心情听歌，"她说，"陛下还躺在那里奄奄一息呢。"

"可是，玉藻前夫人，我这支歌您一定要听听。"

"为什么？如果我一定要……"她说。

这时，安倍泰亲已经唱起来：

美酒虽香醇，余韵尤苦涩。

勿食金柿予，内里已堕落。

猩红百合美，不详切莫折。

何为美？

何为智？

何为爱？

色即是空，不可上当！

阴阳师安倍泰亲唱歌的时候，走向玉藻前，用神圣的御币触碰了她。

她发出一声可怕的尖叫，转瞬之间，她的身体变成了一只金色的大九尾狐。狐狸从闺阁中落荒而逃，一直跑到遥远的那须野，藏在平原上的一块黑色巨石下。

天皇的病立即痊愈了。

不久以后，关于那须巨石的奇闻在民间传得沸沸扬扬。有人说从石头下流出了毒液，所到之处百花凋零。不管是人还是牲畜，只要喝了流经石头的溪水就会暴毙而亡。接近过那块石头的人都无法活命，在石头的阴凉中休憩的旅人再也无法醒来，落在石头上歇脚的小鸟也会立刻死去。人们管那块石头叫"杀生石"，这个名字流传了百年。

有一位名叫玄翁的高僧背负行囊，拿着化缘钵周游各地。当他路过那须野时，当地居民纷纷为他送来饭食。

"哦，长老，"他们提醒道，千万小心那须的杀生石，别在石头下面歇脚。"

可是，玄翁冥思了一会儿，回答道："孩子，知道吗？佛经有云：'一切众生，悉有佛性。'一草一木一石，都可进入涅槃。"

他还是走向杀生石，点燃香火，用法器敲击石头，然后说："出来吧，杀生石之灵；出来吧，我在召唤你。"

石头上瞬间蹿起熊熊烈火，伴随着一声霹雳，巨石崩裂。从火焰中走出了一个女子。她停在高僧面前，说：

我是"精致完美"玉藻前，

灿灿金毛九尾狐。

精通东方妖蛊术：

印度王子被我惑，

契丹之国因我灭。

智慧美貌于一体，

却是邪恶之化身。

佛法困我一百年，

泪水蹉跎我容颜。

请求高僧宽恕我，

放我平安把家还。

"可怜的魂魄啊，"玄翁说，"拿上我的行囊和化缘钵，踏上忏悔之路吧。"

玉藻前披上僧袍，一只手接过行囊，另一只手接过化缘钵。随后，从世人眼前消失了。

"噢，如来佛啊！"玄翁叹道，"还有慈悲的观音菩萨，请宽恕玉藻前，让她有一天也能进入涅槃吧！"

桃太郎

如果你相信我，就会知道，在过去，神仙不像如今这样不露真容。野兽也通晓人语，符咒、妖术和魔法在世间随处可见，遍地的珍宝等着人们挖掘，很多奇异的事物等待人们去探索。

从前，有一个老公公和一个老婆婆离群索居。他们非常善良，却十分贫穷，没有孩子。

一个阳光明媚的日子，老婆婆问："老头子，你今早有什么打算啊？"

"哦，"老公公回答，"我打算带着我的砍刀上山砍柴，好用来生火。你有什么打算呢，老太婆？"

"哦，我要去河边洗衣服，今天是洗衣服的日子。"老婆婆说。

于是，老公公上了山，

老婆婆则去了河边。

就在老婆婆浣衣的时候，她看见一个熟透了的桃子顺着河水漂过来，桃子通体红润，个头儿非常大。

"今早真走运呀。"老婆婆说，然后用劈开的竹竿把桃子拉到了岸上。

等到老公公下山回家，她把桃子放到他面前。

"老头子，快吃了吧，"她说，"这是我在小河里发现的幸运桃子，专门带回来给你吃的。"

可是，老公公没能尝到一口桃子。这是为什么呢？

因为突然间，桃子裂成了两半，里面没有桃核，却有一个相貌漂亮的男婴。

"我的天哪！"老婆婆说。

"我的天哪！"老公公说。

婴孩先是吃掉了桃子的一半，然后又吃光了另一半。

吃完后，他变得更俊俏，更结实了。

"桃太郎！桃太郎！"老公公叫道，"桃子的大儿子。"

"名副其实，"老婆婆很赞同，"他是从桃子中诞生的。"

两位老人精心地抚养桃太郎，很快，他就成了当地最强壮、最勇敢的男孩子。老两口都以他为荣。邻居们都交口称赞："桃太郎是个好小伙儿！"

"母亲，"有一天，桃太郎对老婆婆说，"给我多做些糯米团子吧。"

"为什么要那么
多糯米团子呢？"
母亲问。

"因为呀，"
桃太郎说，"我
想出趟远门，去探
险，我在路上需要吃糯
米团子。"

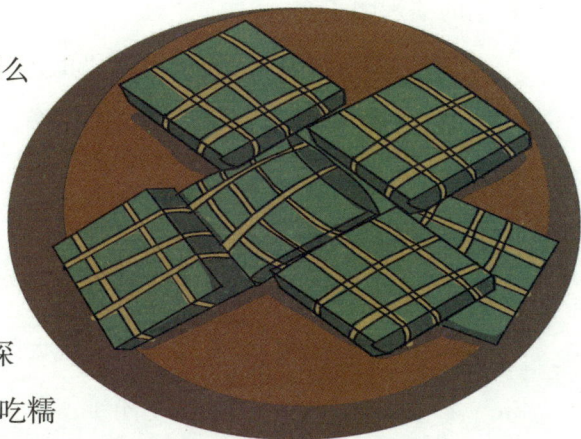

"你想去哪儿呢，桃太郎？"母亲问。

"我想去魔岛，"桃太郎说，"去寻找宝藏，您要是能
尽快做好很多糯米团子就太好啦。"他说。

于是，老两口便为他准备了许多糯米团子。他把它们装
在一个袋子里，系在腰间，然后就出发了。

"再见，祝你好运，桃太郎！"老公公和老婆婆向他告别。

"再见！再见！"桃太郎喊道。

他没走多远便遇上了一只猴子。

"吱吱！吱吱！"猴子叫道，"你到哪儿去啊，桃太郎？"

桃太郎回答："我去魔岛探险。"

"你腰带上挂的小袋子里装的是什么？"

"这你可问着了，"桃太郎回答，"我这里装着全日本

最好吃的糯米团子。"

"请给我一个吧,"猴子说,"我会跟你一起走。"

于是,桃太郎给了猴子一个糯米团子,他们一起上路了。没走多远又碰到一只雉鸡。

"咕咕!咕咕!"雉鸡叫道,"你往哪儿去呀,桃太郎?"

桃太郎回答:"我去魔岛探险。"

"那么你的袋子里装着什么呢,桃太郎?"

"装着全日本最好吃的糯米团子。"

"给我一个吧,"雉鸡说,"我会跟你一起去。"

桃太郎又给了雉鸡一个糯米团子,现在他有两个伙伴同行了。

他们没走多远便遇上了一只狗。

"汪!汪!汪!"狗叫道,"你要去哪儿,桃太郎?"

桃太郎回答:"去魔岛。"

"你的袋子里装着什么啊,桃太郎?"

"全日本最好吃的糯米团子。"

"请给我一个,"狗说,"我就跟你一起去。"

桃太郎便给了狗一个糯米团子,四个伙伴一起上路了。

他们走呀走,终于到了魔岛。魔岛上住着许多食人魔,他们无恶不作,附近的人都痛恨他们,希望有人能打败这些恶魔。

为了消灭这些可恶的魔鬼，桃太郎制订了周密的计划。"好了，伙伴们，"桃太郎说，"听听我的计划。雉鸡先飞过城堡的大门啄食人魔。猴子爬过城墙，狠狠挠他们。狗和我一起砸碎门锁和门闩。狗去咬食人魔时，我便与他们打斗。"

激烈的战斗开始了。

雉鸡飞过了城堡的大门："咕咕！咕咕！咕咕！"

猴子爬过了城墙："吱吱！吱吱！吱吱！"

桃太郎砸碎门锁和门闩，狗与他一起跳进城堡的庭院："汪！汪！汪！"

勇敢的伙伴们和食人魔一直战斗到日落，终于大获全胜。他们用绳子把抓获的妖魔捆了起来，还真抓了不少。

"现在，伙伴们，"桃太郎说，"把食人魔的财宝拿出来吧。"

伙伴们取来了财宝。

这里真的有数不清的宝贝。有魔法宝石、隐形帽与隐形衣、金银、翡翠、珊瑚，还有琥珀、玳瑁和珍珠母。

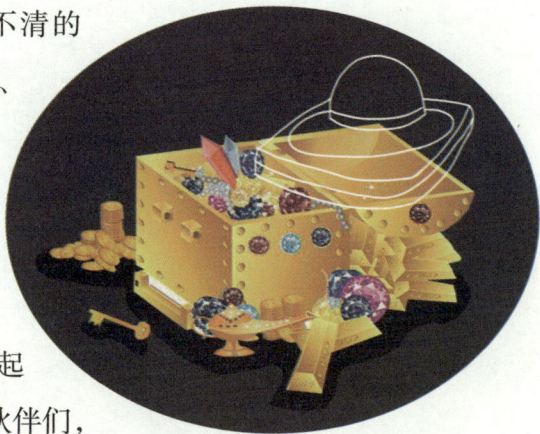

"财宝大家一起分享。"桃太郎说，"伙伴们，

挑选你们喜欢的带走吧。"

"吱吱！吱吱！"猴子叫道，"谢谢，我亲爱的桃太郎大人！"

"咕咕！咕咕！"雉鸡叫道，"谢谢，我亲爱的桃太郎大人！"

"汪！汪！汪！"狗叫道，"谢谢，我亲爱的桃太郎大人！"

彝神创世

混沌未分天地乱，茫茫渺渺无人见。混沌未开之时，世界上静悄悄的，到处都是漆黑一片。绵延起伏的大山寸草不生，没有任何活动的物体，山顶上连一丝风声也没有。

没有任何声音来打破这一片死寂。大地上有无数洞窟，里面藏着各类动物。此时此刻，它们都一动不动地在休眠。它们一边睡觉，一边等待着生命被唤醒。

在茫茫的宇宙之中，太阳女神彝神也正在酣然而眠，她正在等待大神拜艾梅将她唤醒。

不知等了多长时间，大神终于说话了，他一开口就唤醒了世界。彝神睁开双眼，立刻把世界照亮了。更为神奇的是，她的身体能发出闪闪的光芒。漫长的黑夜就这样彻底结束了。

彝神从天上飘下来，开始周游世界，由东到西，由南到北，很远很远。她走到哪里，哪里就是欢呼一片、阳光明媚，哪里就是草木茂盛、鸟语花香。彝神来来往往，足迹遍布天下，就这样，她使整个大地都变得生机勃勃。

这是彝神做出的第一桩美事。结束之后，她就在努拉保

平原上休息。她环顾四周，非常开心，因为她知道大神拜艾梅对她的劳动成果非常满意。

事情果真如此，大神拜艾梅连声夸赞彝神创世劳苦功高。不过，他又说这只是一个开端，整个世界虽然现在很美，但还有很多事情需要完成。

紧接着，他就要求彝神用自己的光芒，把大地上阴暗的地方照亮，特别要照到从来没有阳光照射的洞穴中。

根据大神的指令，彝神站起身来，走进阴暗的地方。她发现那里的种子正在渴望她神奇的碰触，然后生命才能开始。

不过她也发现，光辉后面隐藏着可怕的阴影，其实那是各种恶鬼的身影，他们阴险地躲在那里喊叫。

恶鬼疯狂的喊叫声四处回响。

与此同时，阴影渐渐变淡，闪烁的光芒在浓雾中越来越清晰，模糊的形象开始不断地躁动。

恶鬼们不愿意让万物醒来，然而所有的生命都在等待太阳女神的温暖来抚爱它们。

无数昆虫从无数黑暗的角落里爬出来，继而聚集在彝神周围。

彝神慢慢倒退，昆虫也立即跟着她走出黑暗，来到世界上，来到阳光中，来到正在等待它们的花草树木的怀抱中。恶鬼们声嘶力竭地嚎叫，不过嚎叫声很快就开始逐渐消失，成为一片无力的混杂之音，最后完全消失。

拜艾梅大神告诉彝神，世上还有无数个山洞，那里常年结冰，永久不化，需要太阳女神的温暖。

听大神这么一说，太阳女神就走进一个巨大的山洞中。只见那里有厚厚的冰层，还有很多下垂的冰柱。彝神从来没有进过这样的山洞，她感到彻骨的寒冷，不禁打了个寒战。

于是，她使出浑身解数，发出强烈的光芒。彝神发出的光极具穿透力，照到冰面上，很快就有薄薄的一层先融化，久而久之，大块的冰也开始融化，形成浮冰。浮冰漂在水面上，然后渐渐缩小，最后融化成水，水又毫无拘束地到处流动。

这时，很多形态模糊的东西开始在水里游动，最后浮到水面，逐渐成为鱼和蛇，以及各类爬虫。

与此同时，洞中的水越积越多，最后水流出洞穴，冲下山坡，一路上滋润着万物。这些水在流动过程中，开始形成小溪，小溪汇聚成大河，大河流入大海。与此同时，各类爬虫也从江河湖海里爬到岸上，在青草中和岩石下栖息生存。

彝神又进入了别的山洞，她在那里发现了各类有生命的东西，有长羽毛的，有生毛皮的，也有体表光秃的，它们是飞鸟和走兽。各类飞鸟和走兽逐渐聚集在她的周围，它们用各自的声音尽情鸣唱，竞相下山，寻找各自栖身的巢穴。置身于精彩纷呈的世界里，它们一个个都欢天喜地，整个世界呈现出一派生机勃勃的繁荣景象。

面对如此美妙的新世界，大神拜艾梅满心欢喜。美丽的彝神看着由她亲自赋予生命的万物，感到无比激动。她情不自禁地拉起大神的手，用高亢洪亮的声音告诉万物，这是大神拜艾梅，这里就是他的土地。她又宣布，这广袤的大地永远归于它们，任由它们享用。她还向它们保证，拜艾梅是大神，他有能力保护它们，他会倾听并答应它们的请求。

后来，彝神将冬夏两季送给万物。夏季炎热，可使果实成熟，供动物们食用。冬季寒冷，经常有大风吹过大地，顺便能把夏季残留的废物吹走，使动物们能够安然入睡。

接着，她又表示马上就要离开大地，到天上很远的地方居住。话音刚落，她就从地面缓缓升起，在空中逐渐缩小成为

一个光亮的球。这颗神奇的球体渐行渐远，最后在西方大山背后慢慢沉落，直至消失。此时此刻，天下万物都无比地悲伤，因为彝神这一走，世间又将重新被可怕的黑暗吞没。

时间慢慢过去，一段时间过后，它们的悲伤暂时减缓，因为它们全都进入了梦乡。突然之间，有些小鸟唧唧地叫起来，它们被什么东西惊醒了，它们看到东方闪过一道亮光。亮光越来越强，把更多的鸟儿照醒。它们尽情地放声歌唱，因为它们渴望见到的彝神又在空中出现，用她神奇的晨晖把大地照亮。

天上的飞鸟和地上的走兽都醒了，它们兴高采烈地奔走相告。这是它们第一次因为黑暗感到惊恐，又因重见光明感到高兴。从此以后它们知道，白天在黑夜消失的时候就会重新来到，日出和日落是永久的常态。白天用来做工，黑夜用来睡觉。

动物世界非常奇妙，有的动物喜欢白天，有的动物喜欢黑夜。面对这种情况，彝神派遣晨星每天预报她的来到。晨星尽职尽责，但同时她也感到特别孤独。彝神为她的孤单感到十分内疚。后来，彝神把月神巴卢介绍给晨星做丈夫，这样她就不会孤单了。

明月从天空缓缓经过，无数星星也出现在夜空中。灿烂的星光使天空景象蔚为壮观，大地万物仰望着这样的壮景，都为之发出由衷的赞叹。

拜艾梅大神造人

人到底从哪里来？这是一个永恒的话题。远古时期的人们认为人是由天神所造。关于天神造人，世界各地流传着各种不同的传说。大洋洲的原始居民认为，人类是由拜艾梅大神创造的。

话说天上有一位美丽的彝神，她就是完成创世壮举的太阳女神。创世之后，她的温暖和慈爱使大地充满生机，到处一派欣欣向荣的景象。后来，太阳女神离开大地，世间万物就交给大神拜艾梅来呵护。

拜艾梅是一个威力无穷的大神，却只有思想、智慧和生命，没有形体。拜艾梅也为这个缺陷感到烦恼。经过认真考虑之后，他决定把自己的精神力量输入一个形体中。他认为这样万物就能看见他，并且知道他才是它们真正的父亲。

他把这个决定告诉彝神。他满以为会得到彝神的赞同，然而彝神却觉得这个决定不妥当，因为天神和动物属于不同的种类。如果天神把他全部的精神输入一种动物的形体中，那就贬低了天神的精神，如果这样，他就会失去万物的尊崇。

听彝神这样一说，拜艾梅就决定把自己少量的精神力量输入动物的形体。

于是，他就找来鸟儿、昆虫、爬虫、鱼儿和走兽，把他自己少量的精神力量输入它们体内，这部分精神力量被称之为"本能"，而从此以后，这些动物就被这种"本能"所支配。不过，拜艾梅还是不满意。最后，他决定创造一种新的动物，将自己最重要的精神力量输入到它的形体中。

于是，拜艾梅大神立刻行动起来，他决定创造一种叫作"人"的动物。他先把微小的尘粒结合在一起，做成筋血、软骨、肌肉，然后创造出一种两条腿直立行走的动物。除此之外，这种动物还有双手，双手又能制造工具和武器。而最与众不同的是，"人"还有一个能体现大神思想的大脑。至此，超越其他任何一种动物的"人"已经被创造出来。而这种高贵的物种，就是大神拜艾梅精神力量的寄托安放处。

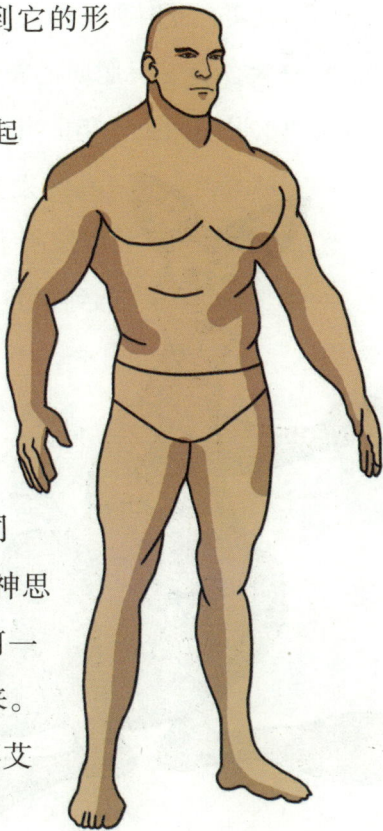

　　造人是创世的最后一件工作，也是最重要的一件。拜艾梅大神创造"人"的整个过程是秘密进行的，不为肉眼所见。这项工作进行了相当长的时间，其间，世界变得黑暗无比。大地上洪水泛滥，动物们纷纷逃难，一个个都躲在高山的洞穴里。

　　在幽暗恐怖的日子里，天上没有太阳，地上汪洋一片。动物们不时走到洞口，想看看洪水是否已经退去，但什么也看不到。其实，此时拜艾梅大神就化身为"人"，站在洞外。

　　一天，有一只聪明的爬虫从洞穴中爬出来张望一番，然后又匆忙退缩回去。爬虫当众宣称，它在洞外看见一个又圆又亮的发光体，样子就和月亮一模一样。老鹰听了不服气，它说月亮在天上。爬虫感到很委屈，辩解说圆圆的发光体只是像月亮，不一定就是月亮。它还说这样的形容只不过是它自己的印象。

　　老鹰半信半疑，就到外边亲自观看。它回来时，大家都急切地盯着它。老鹰慢条斯理地说那是一只袋鼠，这只袋鼠有两只明亮的眼睛，那两只眼睛很亮，发出的光完

全能够穿透自己的身体。

后来，乌鸦又飞出洞口，想弄明白那个怪物到底是什么。过了一会儿，乌鸦回来了，它一本正经地让大家都不要去寻找那个圆东西，因为这种事鸟兽根本就不应该管。如果大家都不理会那个圆东西，它也许就会自然地从天上掉下来。

动物们感到莫名其妙，鸟儿和走兽就一个又一个地踮起脚，轻轻地走到洞口，亲自去看那个怪物。

那个怪物在动物之中引发了激烈的争论，大家都说不清那到底是什么。因为拜艾梅大神只把一小部分精神力量分给了动物，所以它们不能正确地认识到那就是"人"。

漫漫黑夜持续了相当长的一段时间，由于食物匮乏，动物之间开始出现弱肉强食、相互残杀的现象。一时间，洞穴中血腥混乱，惨不忍睹，拜艾梅大神看在眼里，悲在心头，于是离开了动物们。

拜艾梅大神离开以后，彝神就用自己的光来照耀世界。幸存的动物走出洞来，聚集在山顶上。它们在高高的山巅，终于看到拜艾梅向它们显形。拜艾梅以"人"的形体站在动物们面前。人统治万物，因为拜艾梅的灵魂和智慧早已输入他的躯体。

随着时间的推移，具有拜艾梅精神力量的人，在世界上走来走去的时候逐渐感到孤独。一种奇怪的感情，一种模糊的

欲望在他的心中油然而生。他需要一个伴侣来和他共同管理这个奇妙的世界。

于是，他去寻找伴侣，但是怎么也找不到。他找过熊和袋鼠，找过蛇和蜥蜴，找过鸟儿和狐蝠，找过鱼和虾蟹，几乎找遍了所有动物，但仍没有找到合适的伴侣。

除了动物，他也去找过花草树木。它们的美使人陶醉，但它们只是对他的感官具有吸引力，因为拜艾梅没有把他的永恒精神传授给它们。因此，人的心灵依然感到空虚。人和它们有一个共同之处，那就是都爱大神拜艾梅。不过，它们只具有一点儿拜艾梅的精神力量，而这根本就不足以满足人在精神上的渴望。

夜幕降临，这个人在一棵罗汉松下面睡觉。他整夜都不断地做梦，这些梦都很奇怪，他的愿望在这些梦里似乎就要实现。他一觉醒来，发现彝神的光辉早已普照平原，灿烂的阳光似乎都集中在罗汉松上。他回头一看，大吃一惊，因为他看到所有的动物都已聚集在这片平原上，似乎在期待着什么。

他再回头去看那

棵树，发现它正在变形。枝条变得又短又粗，而且圆乎乎的，十分奇怪。更为神奇的是它开始长出四肢，很明显，大树正在变成一个和他一样有双臂双腿的人。

但是，仔细看去，这个人又和他有所不同，主要表现是四肢光滑柔软，胸部高耸，秀美的脸上现出快乐的神情。这是一个女人。于是，他向她伸出双手，她马上握住，然后离开大树，走出草地。她步履轻盈，婀娜多姿。

二人似曾相识，他们紧紧拥抱，携手前行。动物们兴高采烈，载歌载舞，它们都为男人结束孤独的生活而高兴。

从此，男人开始勤奋努力，尽职尽责地为女人猎取食物，也为她寻找住处。他教她认识飞鸟走兽，教她记住它们的名字和特点。女人渐渐地和他坠入爱河，她既为他辛劳，也为他分忧，最终成为他所需要的终身伴侣。他们生下了许多子女，人的足迹渐渐布满大地。这一切，都源自拜艾梅大神的不朽精神。

辛格比捉弄北风

很久很久以前，当时大地上还人烟稀少。在北方，生活着一个渔民部落。夏天的时候，那里能捕到最鲜美的鱼，而再往北，就是一片冰天雪地，根本没人能捱得过冬天。因为这个冰之国的国王是个脾气暴躁的老头儿，名叫卡比昂欧卡，在印第安语里，是"北风"的意思。

尽管冰之国在世界最北之地，绵延千万里，但卡比昂欧卡依然不满足。如果真遂他心愿的话，大地上将处处没有青草，没有绿树；全世界一年到头将一片雪白，所有河流冻得死死的，整个国度将被冰雪覆盖。

所幸，他的力量是有限的。虽然他体格健壮、狂暴凶猛，但他依然不是南风沙文达斯的对手。南风的家乡是晴朗的向日葵之国，他居住的地方四季如夏。只要他吹一口气，紫罗兰就会在树林里绽放，野玫瑰就会在黄澄澄的原野上盛开，鸽子们就会一展动人的歌喉，咕咕叫着求偶。瓜果因之生长，葡萄因之成熟。他温暖的气息让地里的玉米结穗，为森林穿上绿衣，让大地风光明媚，分外美丽。而在北方，当夏天来临的时候，沙文达斯会爬上山顶，往他上好的烟斗里填满烟叶，坐在那儿打着盹儿，抽着烟。这一抽就不知抽了多久，他吐出的烟袅袅升腾，变成轻柔的雾气，弥漫在空气中，将山丘湖水完全笼罩起来，仿佛仙境一般。没有一丝风的气息，天上也没有一朵云，一切都那么安详平静，世上再也找不到这么美妙的风景了。这便是印第安的夏天。

此时，北方的渔民们正在加紧劳作，他们手脚麻利地往水中撒网，因为他们知道，一旦南风入睡，脾气暴躁的老卡比昂欧卡就会即刻席卷而来，把他们赶走。这是肯定的！一天早晨，他们撒网打鱼的时候，发现湖面上结了层薄薄的冰，他们茅舍的树皮屋顶上也铺上了厚厚的霜，在阳光下闪闪发光。

这些迹象很明显是个警告。冰越结越厚，天空飘下鹅毛大雪，郊狼披着它毛茸茸的白色冬衣快步行走。它们已经听到远方依稀传来的呜咽声。

"卡比昂欧卡来啦！"渔民们大喊，"卡比昂欧卡马上就要到这儿啦！我们快跑吧。"

但是，"潜水高手"辛格比笑而不语。

辛格比脸上总是挂着笑容。他抓到大鱼会笑，一无所获也会笑。不管碰到什么事，他都不会沮丧。

"我们依然可以打鱼呀！"他对同伴们说，"我可以在冰上打个洞，这样我们就可以不用渔网，改用钓线从洞里钓鱼。我才不怕卡比昂欧卡那个老头儿呢！"

渔民们惊讶地看着他。的确，辛格比会法术，能把自己变成鸭子。他们见他变过，所以才叫他"潜水高手"。但北风那么可怕，仅凭辛格比的能力，又如何能与怒气冲冲的北风抗衡呢？

"你最好还是跟我们走吧，"渔民们说，"卡比昂欧卡比你强健多了，就算是森林中最粗壮的大树都会在他的愤怒前折腰，就算是最迅疾的河流都会在他的碰触下冻结。除非你可以把自己变成一头熊或一条鱼，否则完全没有胜算。"

但辛格比只是更大声地笑了起来。

"我的毛皮大衣是问河狸大哥借的，我的连指手套是问麝鼠表弟借的，这些

可以在白天保护我，”他说，“并且在我的小屋里，有一大堆木柴，一旦点上，看卡比昂欧卡敢不敢靠近。”

于是，渔民们不无伤心地离去，因为他们很喜欢爱笑的辛格比，而他们之所以伤心，是因为他们觉得以后再也见不到辛格比了。

渔民们走后，辛格比按照自己的方式行动了起来。首先，他收集了足够的干树皮、树枝、松针，这样晚上他回到小屋的时候，就能把火点上。这时的积雪异常深，而雪的表面冻得特别硬，太阳都融化不了，他得以在雪上行走，却不会陷进去。而鱼呢？他熟知怎样凿冰窟窿钓鱼，所以到了晚上，他身后拖着一大串鱼，哼着自己编的小曲，大踏步往家里走：

老头儿卡比昂欧卡，

有胆过来将我吓。

块头大来气凌人，

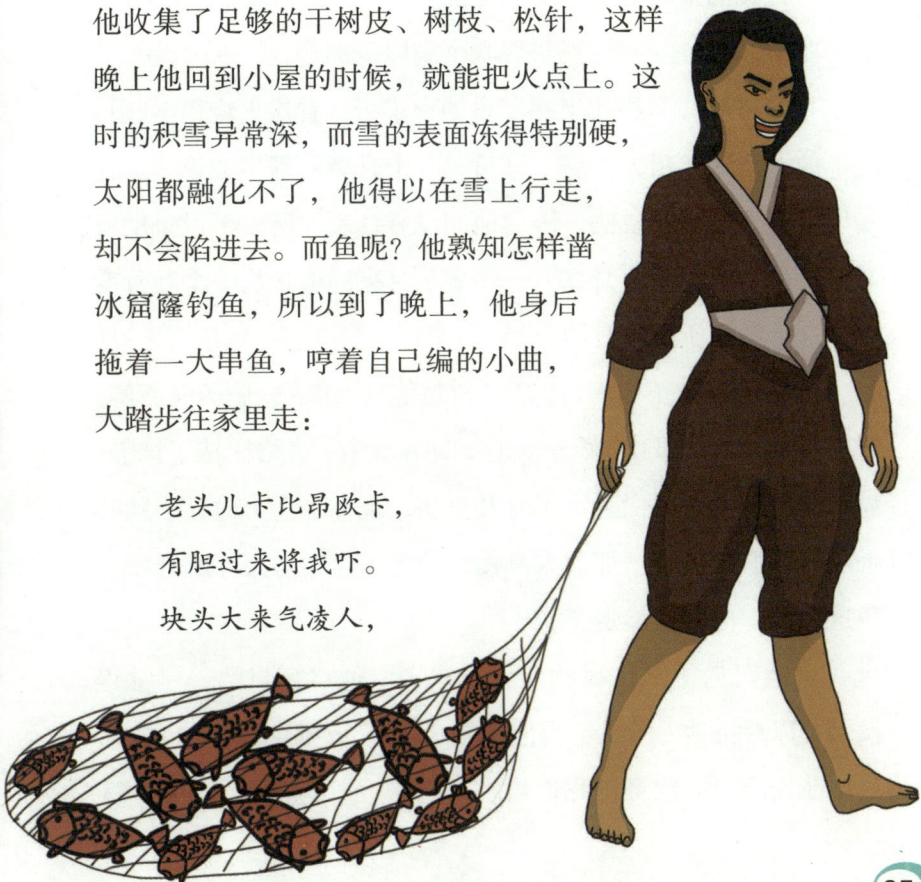

量你没法儿一直横！

一个傍晚，卡比昂欧卡循着歌声，找到了正在雪地里缓慢行走的辛格比。

"呼——呼——"北风呼吼着，"这放肆的两腿生物是何方神圣？胆敢在此逗留许久。如今，连野鹅和苍鹭都已飞到了南方，我们来瞧瞧谁才是冰原的主人。就在今夜，我会冲进他的棚屋，吹熄他的火，把灰烬吹个满屋子都是。呼——呼——"

夜幕降临，辛格比坐在屋里的火堆旁。看这火烧得多旺！底下的木柴那么粗大，烧上整整"一个月亮"都不会熄灭。这是印第安人计时的说法，因为他们没有钟表，所以不说星期或月份，而是说"一个月亮"——表示月亮的形状从一个新月变到下一个新月所需的时间。

辛格比当时正在烤鱼，那条鱼是他当天抓的，肥美又新鲜。放在炭上一烤，那真是酥软无比，回味无穷。辛格比抹了抹嘴，满足地搓着手。他白天走了好几里路，现在坐在火边，小腿暖融融的，惬意极了。那些人真傻，他想，这边冬天才刚开始，鱼这么多，他们竟然走了。

"他们觉得卡比昂欧卡会法术，"他自言自语，"觉得没人可以对抗他。但我觉得他就是个普通人，跟我一样。的确，我比他怕冷，但他可比我怕热。"

这个念头令他很开心，所以他大笑着唱起歌来：

卡比昂欧卡霜之民，

有本事将我冻成冰。

哪怕你吹到没力气，

靠着火我就不怕你！

他心情实在太好了，都没听到屋外突如其来的一阵呼号。大雪纷纷落下，雪刚落到地上，就马上又被风卷起，像面粉一样吹向小屋。不一会儿，小屋就被雪埋了起来。而厚厚的雪并没有让屋内变得寒冷，反而像一块厚毯子一样，把寒风挡在外面。

很快，卡比昂欧卡发现自己弄巧成拙，这让他非常生气。他对着小屋的烟囱大吼，他的声音是那么粗野可怕，一般人准会被吓到。但辛格比只是大笑。他的小屋里太安静了，他正盼着能有些声响呢。

　　"哈，哈！"他对着北风大喊，"你好啊，卡比昂欧卡！吹气的时候当心点儿，别把腮帮子吹破了。"随即小屋被狂风吹得摇了起来，水牛皮做的门帘被风吹得哗啦作响。"进来啊，卡比昂欧卡！"辛格比开心地招呼，"进来暖暖身子，外面一定好冷吧。"

　　听到辛格比这么嘲笑自己，卡比昂欧卡用力撞向门帘，系住门帘的一根鹿皮绳被撞断，北风进入了小屋。啊，他吹出来的风是如此冰冷，在温暖的小屋内形成了一层浓雾。

　　辛格比假装什么都没看到，依然唱着歌。他站起身，往火堆里又扔了根木柴。这是一根粗大的松木，烧得特别旺，释放出的滚滚热浪使辛格比都不得不往后挪了挪再坐下。他用眼角瞄了一眼卡比昂欧卡，所看到的景

象让他又笑了起来。汗水从卡比昂欧卡的额头不住淌下，他飞舞的头发上的白雪与冰凌很快就无影无踪了。就好像孩子们堆的雪人在三月温暖的阳光下融化一样，暴躁的老北风也开始解冻了！毫无疑问，骇人的卡比昂欧卡正在融化！他的鼻子和耳朵变得越来越小，他的身体开始变矮。如果他在这里再多待一会儿，这个冰之国的国王就会化成一滩雪水。

"来火堆边嘛，"辛格比坏坏地说，"你一定冻坏了。靠近点儿，烤烤手，暖暖脚。"

然而，北风一溜烟儿似的从门口逃了出去，动作比进屋时还要快。

一到了外面，寒冷的空气让北风又恢复了活力，他又变得和之前一样愤怒。因为他没法儿让辛格比受冻，所以他把怒气都往身边撒。在他的踩踏下，雪变得异常坚硬；他四处吹气，还打着响鼻，脆弱的树枝因此纷纷折断；外出觅食的狐狸迅速逃回洞中；来回游荡的郊狼赶忙就近躲了起来。

北风又一次来到了辛格比的小屋，在烟囱外朝屋里大吼："出来！"他喊道，"有本事就出来，跟我在雪地里摔跤。我们来比试比试，看谁厉害！"

辛格比思索了一下。"火已经削弱了他的力量，"他自言自语，"我身体也暖和了，打败他应该不成问题。这样，他就再也不会来找我麻烦了，我就能在这里想待多久就待多

久了。"

他快步走出小屋，卡比昂欧卡随之来到他面前。一场酣斗开始了。他俩双臂绞在一起，在坚硬的雪地上来回翻滚。

他们摔了一整夜都没停。狐狸从洞里钻了出来，远远围坐成一圈观看这场比试。辛格比因为一直在运动，所以热血沸腾，全身上下都很暖和，他能感觉到北风的力气越来越小，冰冷的呼吸也不像先前那样强劲，成了虚弱的喘息。

最后，太阳从东方升起，两人罢手分开，喘着粗气面对面站着。卡比昂欧卡输了，绝望地哀号着，转身逃之夭夭。他向北方一路狂奔，一直跑到了白兔之国。而在他奔跑的时候，辛格比的笑声一直萦绕在他耳边。只要乐观而勇敢，即便是北风一样的强敌，我们也能战胜。

中国学生一定
要读的神话故事
世界经典神话与传说故事
下

谢　普　主编

九州出版社
JIUZHOUPRESS

前　言

　　神话是人类早期的一种不自觉的艺术创作形式，是人类童年时期的产物，是文学的先河。神话也是一个民族和国家宝贵的精神财富，在文学史上有着很重要的地位。

　　人类最早的故事大多是从神话开始的，它往往借助丰富的想象和幻想力，把自然力和客观世界拟人化。这些看似荒诞不经的神话，其实都是古代先民对宇宙、人类以及自然万物的起源所做出的各种不同的解释。它充分地反映了原始人对宇宙、人类自身的思考。

　　神话是人类早期的故事，是一个国家和民族宝贵的精神财富。它反映了远古社会人类的生活和思想，推动了后世文学和艺术的发展。世界各国、各民族都有自己的优秀的神话故事。

　　中华民族五千年的文化积淀，五十六个民族丰富的文化内涵，使得中国的神话故事更加曲折离奇、生动活泼。尽早接触这些历经长久岁月而流传下来的神话故事，对孩子们来说是非常益智的。它不仅能让孩子感受到生动有趣的故事所带来的阅读快感，还能让他们从另一个角度，了解我们伟大的中华文明和悠久的历史文化。

希腊半岛三面环洋，与它相邻的爱琴海中，星罗棋布的四百八十多座岛屿，则犹如遍撒海面的玉石玛瑙，爱琴海孕育了灿烂的希腊文化。希腊神话与传说反映了古希腊从公元前11世纪到公元前9世纪被人们称为"荷马时代"的那段历史中的社会生活面貌，赞颂了古希腊人民的智慧和创造。它以丰富的想象和精彩生动的情节，把人们带入群岛环绕、海陆交错的爱琴海区域的古代文明。希腊神话的产生和发展经历了漫长的岁月。它是多个民族的多种思想和多门语言共同熔炼而成的丰富的文化遗产，对人类文明的发展起到了不可磨灭的作用。

　　本丛书包括《中国神话传说（上、下）》《古希腊神话与英雄传说（上、下）》《世界经典神话与传说故事（上、下）》全六册，可以说，神话不仅仅是叙述英雄与诸神事迹的故事集，它还为读者提供了一种理解世界的方式。

目　录

拉神的传说

拉神创世

　　传说，世界的原初是一片混沌的海水。这一片海水就是天神的住处，这天神就是努。拉神就是从海水上一个发光的蛋里诞生的，他被认为是海水之神努的儿子。

　　拉神逐渐长大，他的神力也越发强大。他在世间感到寂寞，决定创造出其他神明。他先是生下了大气之神舒和他的妻子泰芙努特。泰芙努特是一位长着狮首的女神，她送来雨水，因此被称为雨水之神。舒和泰芙努特又生下一对兄妹——大地之神盖布和天空之神努特，然后他们结合生下了第四代，即农业之神奥西里斯和他的王后伊西斯、干旱之神塞特和他的妻子奈芙蒂斯。神的家族就这样不断壮大

起来，后世的埃及人把上面的九位神明称为"九柱神"。

虽然世上有了许多神明，但此时天与地仍然是连在一起的，众神都生活在那片茫茫的海水之中，众神之王拉神决定开辟天地。他命令地和天从那片茫茫大海中升起来，于是天和地就在拉神的光辉照耀下升了起来。大气之神舒把努特举起来，放在天上，于是女神努特造就了苍穹，笼罩着大地之神盖布。就这样，天地产生了，拉神用自己的光将天地之间照亮，世界终于迎来了光明。

然而，伟大的拉神并不满足，他觉得这个世界太单调了，于是他又创造了天空中飞翔的鸟儿、河水中游荡的鱼儿、大地上生长的动物和植物，还创造了夜空中的月亮和繁星。世界一天天变得生机勃勃起来。最后，拉神流下了几滴眼泪，泪水落到地面上变成了一个个的人。人们不断繁衍生息，大地上处处都是热闹繁忙的景象。

完成这一切后，造物主拉神也成了地球上的第一位国王。拉神经常走出来看他所创造的世界，他变成人形，在人世间到处巡视。

拉神的真名

拉神有很多名字，是众神和人们所不知道的，其中一个最为神圣的，就是拉神的真名。正是因为有了这个名字，拉神才具有非凡的神力，变得越来越强大，而这个名字是努神在开始时为他取的名字。不过，这个秘密的名字一直藏在拉神心中，其他的神并不知道他的这个名字究竟是什么。

女神伊西斯以知道数百万个神和精灵的真名与特性而著称。只要知道了哪个神或精灵的真名，她就能轻而易举地自由操控他的力量。但只有一位神的真名是她所不知道的，那就是年迈的众神之父——拉神。在伊西斯厌倦了人间的生活，回到天国后，为了让自己的儿子荷鲁斯拥有像拉神那样强大的统治天地的权力，她开始变得野心勃勃。她寸步不离地跟在拉神身边，密切注意他的一举一动，想寻找机会探知拉神的真名。

千万年过去了，此时的拉神已经衰老得连嘴巴都闭不紧了。当他说话时，口水就会沿着嘴角，滴滴答答地流到地上。有一次，伊西斯悄悄把拉神的口水和着泥土捡回去。把泥土和好烘干后，伊西斯把它做成了一支长矛，又施魔法把长矛变成了一条毒蛇。

她把毒蛇偷偷放在拉神经常巡视的地方，而这条蛇是众

神和人类看不见的。不久之后，当拉神在众神的陪伴下路过时，那条毒蛇突然扑上去狠狠地咬了他一口。很快，灼人的毒液流遍了拉神的全身，就像尼罗河发大水时在埃及的土地上泛滥一样，他忍不住痛苦地大声叫了起来。陪同他的众神听到后，大惊失色，一时不知道如何是好。

大家关切地问道："尊贵的拉神，您这是怎么了？"

拉神强忍着剧痛，说："我被一种不知道名字的东西咬了，全身疼痛无比。"

众神都很诧异："怎么可能？您是最伟大、最厉害的神，什么东西能伤害得了您呢？"

拉神控制了一下情绪说："我的孩子们，我现在身体剧痛，仿佛有无数火苗在我体内燃烧，又像有无数条河在我身体中流淌，将这痛苦带到全身各处。现在，我所有的孩子们，你们都聚在我身边，我需要你们念破除巫术的咒语，来减轻我的疼痛。"于是，所有的孩子都来到他身边，大家都很悲伤。

这时，伊西斯混在众神之中，她假装上前念咒语为拉神祛除疼痛，却压低声音威胁说："尊敬的拉神，我知道是一条毒蛇咬了您，我可以为您驱除这蛇毒，但您必须说出那个最秘密的真名。因为您的名字有法力，只有用这法力，我才可以帮您解除疼痛，否则您只能在这疼痛中被慢慢折磨而死。"

听了她的话，拉神悲伤地说："我的名字是造物主，我创造了天地和万物。你看，地球是我创造出来的，那些高山都是我亲手做成的；我创造了海，这才使尼罗河的河水灌溉了埃及的每一寸土地。我是众神之父，我给了你们生命。我创造了陆地和海洋里的一切动物。我张开眼睛，世界上就有了光明；我闭上眼睛，世界就陷入一片黑暗。我的那些名字，是众神所不知道的。而你如果知道了那个最秘密的名字，你就将获得巨大的法力，从而成为这个世界的统治者。"

然而，伊西斯无动于衷，坚持要拉神说出自己的真名才肯帮助他缓解痛苦。

后来，疼得浑身颤抖的拉神无奈，只好向伊西斯说出自己的一些名字。破晓时他叫"克佩拉"，白昼时叫"拉"，傍晚时叫"塔姆"。伊西斯听了这些名字后并不满足，她还要拉神说出他最秘密的名字，即真名。

拉神担心一旦将自己的真名透露给伊西斯，她就会动用全部

的力量来对抗他，并让荷鲁斯接掌王位。他很不想说，可毒液在自己的身体里沸腾着，他痛苦得浑身发抖，感觉自己的肉体像要死去一样。最后，奄奄一息的拉神觉察到只有伊西斯才能医治自己的重伤，只好庄严地向伊西斯说出了自己最秘密的名字——真名"兰"。当他说完后，一下子就在众神眼前消失了。

于是，天地间陷入一片黑暗。拉的秘密名字"兰"进入了伊西斯的体内。伊西斯又让她的儿子荷鲁斯念了一道咒语，迫使拉神交出他的两只眼睛——太阳和月亮。最后，"兰"进入伊西斯的心里，她让儿子荷鲁斯成了埃及的主神。

将拉神的神力完全转移到自己身上的目的达到后，伊西斯念起了符咒："毒液啊，你离开拉神的肉体吧。从他的心里、身体里出来吧，从他的口角流出来吧……现在，拉神活过来了，因为毒液已经被消灭了。"施过魔法后，毒液果然从拉神的身体里消失，拉神终于不再疼痛了。

拉神退位

拉神统治了人类千万年，他教会了人类创造发明，为人类趋吉避凶，降福于人间，因而深得古埃及人的爱戴和颂扬。

后来，他慢慢地年迈力衰了。这时候，他的一些臣民开始轻视他说："拉神真的老了，他的头发稀疏，牙齿脱落，眼睛黯淡无光，他甚至没有能力再统治我们了！"

拉神得知后很气愤，因为有人开始对他的威信产生了质疑，他们不但讲那些叛逆的话，甚至还想杀了他。

拉神一忍再忍，终于有一天，他愤怒到了极点，便对随从说："你们快去把我的孩子们叫来：舒神和泰芙努特女神、盖布和努特……还有把努神也请来。我有一件重要的事和他们商量，马上就去叫他们！"

于是，众神按照拉神的意愿来到太阳城大厅里，一起向拉神礼拜。

拉神便对众神说："生我的努神，以及我的孩子们啊！我生下了众神，创造了世间万物，创造了人类，所有人和神都应该尊重我才是。"

众神不明白发生了什么，连忙说："最尊贵的拉神！我们一直很爱戴您、尊敬您啊！我们对您不敢有一点儿怠慢和亵渎！"

拉神接着说："你们确实做得很好，然而，大地上的人类却开始说我的坏话了！我辛苦创造了他们，如今他们却对我没有丝毫敬意，我要惩治他们！我想把我所创造的东西全部毁灭。我要把整个世界变成一片茫茫大海，就像开始时那样！"

世界之初的大海之神努开口劝解："我的儿子啊，你虽然是我生的，却比我强大得多。你的王位十分稳固，人们都很尊敬你。千万不要让世界回到原来的样子，否则一切努力就白费了！"

众神也都劝拉神息怒，然而拉神正在气头上，坚持要让人类得到应有的惩罚。后来，众神提议："就让您的眼睛——您的女儿哈托尔女神下去惩罚世间的叛徒吧，她将把他们全都毁灭。"

拉神听从了众神的意见，放出了他的眼睛——哈托尔女神去惩罚人类。得到"神眼"后的哈托尔女神凶残嗜血，这项工作让她很开心，没过多久，她就杀死了许多人。

目睹血流成河的世间，拉神很后悔，他的怒火渐渐得到平息，他决定制止哈托尔女神的行为，想方设法挽救那些剩余的人类。

他将哈托尔唤回，劝她不要再屠杀人类了。

然而，哈托尔已经杀红了眼，她对拉神说："父亲啊，人类不尊重您就应该受到严厉的惩罚。我要替您重重地惩罚他们，请您不要阻止我。"

拉神不知怎么办才好，征求众神的意见。众神说："有一种药草叫作'美德之草'，它的汁液和酒融合在一起，就像鲜血一样。可以用这个方法制造假的鲜血，嗜血的哈托尔喝下后会喝醉，就不能再去杀人了。"

于是，拉神派出一些跑得比风还要快的使者去采集了许多"美德之草"，然后把这些草碾成汁液送到太阳城，让那里的妇女将草汁和大麦酒混合，这些和人血一样的啤酒装满了七千个坛子。

夜幕降临时，拉神下令把那些啤酒坛子搬到哈托尔女神歇息的地方，酒被倒了出来，淹没了那一带的田野，四周顿时变成了一片血海。

天亮了，哈托尔女神醒来。她看见大片的血海，以为人类都被自己杀光了，就高兴地俯下身子，开始忘形地大口吸起田间的"血"来。她拼命地吸啊，吸啊，结果被大麦酒灌醉了，她忘记了屠杀人类的事，又恢复成美丽的哈托尔女神了。

9

拉神说:"美丽的女神啊,快回到天上来吧!"哈托尔女神终于回来了。

拉神说:"既然你喜欢喝这种酒,今后我会叫侍女们为你酿造甘美的啤酒,让你喝个够!"

从此,每当尼罗河水泛滥,淹没埃及的土地时,人们便向哈托尔女神祭供啤酒和红石榴汁,以祈求神明的保佑。

人间的这场灾难终于结束了,人们对自己之前的行为感到非常后悔,他们抓住那些亵渎拉神的人,严厉地惩罚了他们。从此,人们又像以前那样虔诚地朝拜伟大的太阳神。

然而,经过这场变故,拉神感到十分疲惫,他不愿再统治人类了。众神纷纷劝阻,希望他继续做人类和神明的统治者。但拉神态度坚决,他决定今后就住在天上,不再管理这个世界了。拉神派大气之神舒和天空之神努特去治理人类,后来又传位给了努特的儿子奥西里斯,让他来统治大地。

奥西里斯

奥西里斯治国

在古埃及神话中，奥西里斯是尼罗河神、作物生长和丰收的保护神，埃及人民都很崇拜他。他还是死而复生的化身，他死后，又做了冥王之神。

相传奥西里斯出生时，天上传来一个声音，说他将会成为万物之主！

当至尊的太阳神，也就是拉神老了，即将升入天国时，他果然把统治大地的权力交给了奥西里斯。于是，奥西里斯继承王位成为埃及的国王。

当时，埃及还处于人类的野蛮时期，人们以打猎为

生。为了争夺猎物和领地，各个部落之间经常发生战争，手段残忍，死伤严重。

奥西里斯开始治理国家后，他和妻子伊西斯一起教人们开垦田地，播下种子。到了秋天，又带领人们去收割庄稼，教人们把谷粒碾成粉，做成粮食，这样人们就不会挨饿了。他教人们种植果树，采摘果实。他还教会人们种植葡萄和大麦，并且拿来酿成饮料和啤酒。他还用智慧之神托特创造出来的知识教化人们，让人们按照太阳历进行农业生产和日常生活，什么季节种植什么庄稼，这使人们的生活水平大大改善。奥西里斯还制定了正义、公正的法令，规范人们的日常行为，指导他们学习敬神的仪式，改正他们以前粗俗、好斗的习惯，平息了部落战争。

在埃及，奥西里斯是一位开明、仁慈的国王，他推行太阳历法，因此成了土地、植物和尼罗河水的化身。在他的带领下，埃及在各方面都有了极大的提高，逐步成为一个和平、统一、繁荣的国家。百姓生活富足，安居乐

业。所有人都歌颂奥西里斯，称赞他是最贤明的君主。他无论
走到哪里，总会得到人们的热烈欢迎。

为了教导所有的人类，让他们改善不良行为，拥有同样
美好的生活，奥西里斯去往世界各地巡游。在外出期间，他把
王权交给了妻子伊西斯女神。

奥西里斯遭难

伊西斯是一位忠贞的妻子，也是自然和魔法的守护者。
她是穷人的朋友，能够听取民众的祷告。她为人善良，保护妇
女和孩子，与丈夫奥西里斯一样受到埃及人民的尊崇。

奥西里斯的兄弟塞特是个诡计多端的人，他生性邪恶，
喜欢战争，经常在国内兴风作浪。他看见哥哥得到了崇高的统
治地位，并且赢得了全国人民的称赞，心里非常妒忌，一直在
寻找机会推翻奥西里斯的统治。

奥西里斯外出没多久，他那生性嫉妒的兄弟塞特，便来
到了王宫里挑拨是非，妄图煽动叛乱，但很快被伊西斯识破并
挫败了他的阴谋。于是，他又密谋利用诡计来杀死奥西里斯。

当奥西里斯从亚洲巡游回来时，举行了一场盛大的庆功
宴会，并邀请了他的亲友们。塞特带着他的七十二名随从参加
了宴会，这些人是埃塞俄比亚一个诡计多端的女王的手下。在

宴会上，塞特让他恶毒的同谋者拿出了一个镶满美丽宝石和黄金的箱子，并且宣布说，谁在里面躺下最合适，就把这个箱子送给谁。其实，这个箱子是按照奥西里斯的身材大小做成的。

参加宴会的人谁也没有想到这是塞特的阴谋，他们都想得到这个精美的箱子，于是一个个欢天喜地躺进箱子里去试，可是没有一个人与这个箱子的尺寸相吻合。

这时候，塞特怂恿他的兄弟去试一试。奥西里斯对这个箱子本来没有什么兴趣，可是大家都想知道箱子对他是否合适，奥西里斯只好走进箱子里躺下，刚好合适。照着他的身材量身定制的箱子当然是最适合他的了。

正当众人欢呼庆祝时，塞特和他的同谋者一拥而上，猛然合上了盖子，将奥西里斯关在了箱子里，用钉子钉住箱盖，最后用铅水封死。就这样，奥西里斯在里面咽了气，那个精美的箱子成了奥西里斯的棺材。塞特让他的同谋者把箱子抬走，并且连夜悄悄地把箱子扔进了尼罗河。在黑夜中，奔流的河水将这个精美的箱子冲到了大海上，它就在海面上漂来漂去，没有人知道里面隐藏的秘密。

得知丈夫被害，忠贞的妻子伊西斯万分悲痛，她伤心地哭泣，几乎流尽了所有的眼泪。因此，在埃及有这样一种说法：尼罗河每年泛滥的河水，就是悲痛欲绝的伊西斯为奥西里斯哭泣时，泪水落入尼罗河中，致使河水猛涨造成的。

伊西斯寻夫

伊西斯发誓，一定要找回丈夫的尸体。从此，这寡居的王后穿上了丧服，在全埃及四处流浪，打听那箱子的去处。而塞特趁伊西斯外出寻夫之际，篡夺了王位。

塞特当上国王后，实行暴虐的统治。他压迫人民，狂征暴敛，百姓叫苦不迭。过去跟随奥西里斯的人都受到了迫害。他还下令任何人不能帮助和保护伊西斯，于是她的处境更加艰难。这时，伊西斯得到了七只蝎子的帮助。天上的拉神很可怜她，又派去了"带路人"阿努比斯帮助她，让他当伊西斯的向导。

一天，伊西斯来到一家农户门前，听到一位妇人正在伤心地大声哭泣。善良的伊西斯敲门一问，才知道原来是妇人的孩子死了。伊西斯起了怜悯之心，她念了几句咒语，救活了那妇人的孩子。妇人非常感激她的帮助，虽然看到七只蝎子很害

怕，但还是把劳累过度的王后迎进家门，热情款待她，还把她留在家里居住。

伊西斯寻找了好多地方，问过了好多人，都没有找到那只装有丈夫奥西里斯的箱子。最后，她来到了海边。一个小孩告诉她，他曾经见过那只箱子顺着尼罗河漂到海里去了。

尼罗河的河水将箱子冲到了大海里，一路漂流到尼罗河三角洲城镇比布鲁斯城郊的海边。奥西里斯虽已死去，但他的灵气仍在，箱子旁边长出了一株小树，它迅速长成了一棵参天神树，并将装有奥西里斯的箱子包在了中间。那里的国王见这棵树又粗又大，长得还很快，觉得非常惊奇，便让手下的人把树砍下来，带回了王宫，立在王宫里作圣柱。没有人知道树干里隐藏着怎样的秘密。

伊西斯苦苦寻找装有丈夫的箱子，始终没有找到，终于在保护神阿努比斯的启示下知道了这件事。伊西斯历经千辛万苦，来到了比布鲁斯城，想方设法乔装成女仆混进了王宫。她聪明、亲切、可爱，对王后很尊敬，于是很快得到了王后的喜爱，王后让她做了自己孩子的保姆。

伊西斯非常喜欢这个小孩子，便想让他得到永生，于是将孩子放在火里烧炼。而她自己变成了一只鸢鸟，绕着那圣柱飞来飞去，哀鸣不止。正好王后走过来，看见她的孩子正在火中燃烧，她非常生气，连忙把孩子抱了出来。虽然王后救了孩子的性命，但今后孩子将不能获得永生了。

伊西斯只好恢复了自己光彩夺目的女神模样，她讲出了圣柱里藏着的秘密，并请求国王把圣柱赐给她，国王答应了她的要求。于是，她用神杖叩击巨柱，四周雷电交鸣，柱子蓦地裂了开来，箱子赫然出现。伊西斯从圣柱中取出装着奥西里斯身躯的箱子，苦苦寻找这么久终于找到了丈夫的尸身，伊西斯女神伤心不已，悲痛地大哭起来，王宫里的人也跟着她一同哭泣。伊西斯把柱子用布包起来，涂上"没药"，将它作为圣柱献祭。后来，国王为伊西斯建了一座庙宇，还把这根圣柱放在里面，让当地人民进行礼拜。

伊西斯带着装有丈夫奥西里斯的箱子乘船在大海上漂流，想要回到自己的国土。途中，伊西斯女神总是打开箱子，看着已死去的爱人黯然神伤。她想起了过去与丈夫度过的幸福时光，又想到丈夫一世英名，却遭到亲兄弟的迫害，内心备受煎熬，流下了伤心的泪水。她希望回到埃及

后，能用自己的魔力使丈夫复活。

奥西里斯复活

伊西斯带着装有奥西里斯尸身的箱子回到埃及，并将箱子藏在一片沼泽地里，准备借助魔力将丈夫复活。

不幸的是，这个箱子恰好被外出打猎的塞特发现。他打开箱子，又一次残忍地对待奥西里斯，将他的尸身分藏在埃及大地的各个角落。

后来，伊西斯历经千辛万苦，花了很多年的时间，终于收集齐了奥西里斯的尸身。她在尸身被找到的地方为丈夫建造了墓地，后来，当地的人们在墓地上建造了庙宇。千百年来，人们在庙宇中对奥西里斯进行祭拜。

这一次，伊西斯小心翼翼地把奥西里斯藏了起来。她变成了一只鸢，在手持权杖的智慧神托特的帮助下使奥西里斯复活，并让自己怀了孕。但她的法力不足以长久维持奥西里斯的生命，因此奥西里斯再次死去。

据说，奥西里斯死去后，伊西斯悲痛万分，大声哭了起来。这哭声被天上的拉神听见了，于是他派天神阿努比斯下凡，把奥西里斯的尸身连接起来，用亚麻布包裹好，这就是埃及木乃伊的起源。伊西斯又变成了一只鸢，在包裹着的丈夫的尸体上方飞来飞去，翅膀扇动的气息进入了奥西里斯的鼻孔，使他获得了呼吸，恢复了生命，伊西斯兴奋不已。奥西里斯虽然再次复活，却不能重返人世。等他大仇得报，众神让他到冥界做了冥王，成为正义和永生的代表，专门审判惩治坏人，保护好人。

荷鲁斯复仇

后来，伊西斯藏在尼罗河三角洲的沼泽里，生下了遗腹子荷鲁斯。伟大的母亲伊西斯含辛茹苦地将荷鲁斯秘密抚养长大，希望他能为父复仇。

荷鲁斯出生后，遇到过许多危险。有一次，伊西斯外出回来时，发现小荷鲁斯被一条毒蛇咬伤了。看到儿子口吐白沫，身体瘫软，心跳微弱，快要死去，她恸哭哀号，祈求众神帮助她一起运用神力治好了荷鲁斯。

塞特得知伊西斯生下了儿子之后，设法找到了母子二人藏身的地方，派出狠毒的侍从，想要彻底铲除他们。伊西斯竭尽全力保护着荷鲁斯，众神也都庇佑他，小荷鲁斯逐渐长大了。等荷鲁斯长到足够强壮的时候，伊西斯带着他去与塞特搏斗。智慧神托特本想调解荷鲁

斯与塞特的争斗，但后来疯狂的塞特为了保住王位，企图杀死荷鲁斯。

搏斗漫长而又血腥，在战斗中，荷鲁斯失去了一只眼睛，而塞特也身受重伤。在伊西斯的帮助下，荷鲁斯最终战胜了塞特。就在这时，塞特的生命力突然钻进荷鲁斯的手臂，使荷鲁斯中了毒。伟大的母亲伊西斯便把儿子中毒的手臂拽下来，换上了自己的一只健康手臂。

其他的神明，如太阳神拉、大气之神舒、雨水之神泰芙努特、大地之神盖布、天空之神努特等，都目睹了这场战斗，荷鲁斯也得到了众神的好感。

据说，是智慧神托特将荷鲁斯搏斗时受伤的眼睛治愈，并且治好了塞特。

伊西斯要求众神判决荷鲁斯是奥西里斯的合法继承人并得到埃及王位。塞特为了阻止伊西斯帮荷鲁斯得到王位，唆使众神拒绝伊西斯参加裁决会议。但机智的伊西斯变成老太婆的模样，来到了代表正义、公正的太阳城。在法庭上，她又变身成美丽的少女，向塞特谎报说某异族人杀死牧人并抢走了牧人儿子的牛群。其实，这个异族人就是指塞特。塞特听后大怒，说这个异族人应该受到惩罚，这样塞特就等于在无意中承认了自己的罪过。

为审判荷鲁斯与塞特之间的王位争夺，大地之神盖布和众神先是决定由塞特掌管上埃及，做上埃及之王；由荷鲁斯掌管下埃及，做下埃及之王。由于塞特杀害了自己的亲兄弟奥西里斯，于是盖布把塞特的全部财产传给了荷鲁斯，最后荷鲁斯作为上下埃及之王而出现。

伊西斯终于为丈夫报了仇。众神谴责塞特的无耻，一致认可荷鲁斯才是埃及的国王，而塞特被判有罪并流放，他那些歹毒的侍从都被处死了，他的军队也被赶出了埃及国土。于是，荷鲁斯开始统治埃及。和他的父亲奥西里斯一样，他也是一位贤明的君主。整个埃及在他的统治下，日益繁荣昌盛。

纳米季·米真·玛扎和森林巨人

从前有个人自称纳米季·米真·玛扎，他每次从林子里回家，总要拉回来一棵大树，然后把树扔到地上，对着妻子说："我是纳米季·米真·玛扎！"

妻子奚落他："不要再说你是纳米季·米真·玛扎了，如果你看见了真正的纳米季·米真·玛扎，你会被吓跑的。"

但是，每次他都坚决回答道："不！我就是纳米季·米真·玛扎！"

下一次拉回大树时，他还会这样说。

　　有一次，他妻子到井边去打水。她走到井边，只见那边放着一把皮制的长柄勺子，重得要十个人才能拿得起来。她拿不动勺子，舀不到水，正想回家去，这时候，一个背着孩子的女人来了。

　　"你背着空桶到哪里去？"背孩子的女人问她。

　　"井边有把长勺子，"她回答，"我拿不动，打不到水，只好回去了。"

　　"我来帮帮你。"

　　那个女人把背上的孩子放下来，这孩子还很小很小，总是被背在背上。孩子轻松地把长勺子拿起来，放进井里，打了水上来。她们把所有器皿都装得满满的，又在井边把衣服洗干净，然后背着水一起走了。到了分手的时候，纳米季·米真·玛扎的妻子看见那个女人背着小孩儿朝树林里走去，非常奇怪，便问她："你到哪里去？"

　　"回家去。"

　　"那条路通往你家？"

　　"是的。"

　　"住谁的房子？"纳米季·米真·玛扎的妻子问那个女人。

　　"纳米季·米真·玛扎的。"那个女人说。

　　妻子非常惊奇，她一句话也没再说就回家去了。她回到家里，把碰见真正的纳米季·米真·玛扎的妻子和孩子的事告

诉了她丈夫。

"明天我自己去看看。"丈夫说。

第二天天刚亮,她丈夫醒来了,拿起打猎的枪,把妻子叫醒:"起来,快带我去看看你所说的纳米季·米真·玛扎。"

妻子起来,带上盛水器皿,在前头领路,丈夫跟在后面,一起到井边去。他们刚刚走到井边,真正的纳米季·米真·玛扎的妻子也背着孩子来了。她们互相问过好,纳米季·米真·玛扎的妻子便指着长柄勺子对丈夫说:"把勺子拿起来给我舀水。"

他生气地走过去,心想一只勺子有什么了不起,可一拿就吃了一惊。他用尽力气才勉强把勺子托起来,踉踉跄跄拿着勺子走到井边,往井里放去。可勺子把他一拨,他便摔了个倒栽葱,差一点儿掉到井里,幸亏小孩儿过来一把抓住了他。小孩儿从容不迫地拿起勺子,放到井里,舀上水,把她们的容器一一灌满,然后又爬到母亲背上打算回家去了。

这时,纳米季·米真·玛扎的妻子说:"你说你想见见真正的纳米季·米真·玛扎,这就是他的妻子和儿子,跟他们去吧。"

"这可不行。"真正的纳米季·米真·玛扎的妻子说。

"我一定要去。"纳米季·米真·玛扎坚决地说。

"好吧,不过你可要当心。"她说着,提上水就走了,他连忙跟在后面。

他们走了很久，走到巨人家里，真正的纳米季·米真·玛扎的妻子叫他躲到一个大谷仓里，说："我丈夫打猎去了，一会儿就回来，你可不能乱动，也不要出声。"

天黑了，巨人回来了，一进屋便嚷道："哪儿来的生人气味？"

"除了我和孩子，难道家里还有别的什么人？别瞎说了。"

可他还是说闻到了生人气味，女人道："你别胡说八道了，不就是我的气味吗？你想吃人就吃掉我好了！"

丈夫不作声了。他是个巨人，讲话就像刮起风暴一般，每顿饭可以吃十头大象。天亮了，他吃了一头大象垫了垫肚子，就到林子里打猎去了。

这时候，女主人把躲在谷仓里的男人放出来，对他说："你看见他了吧，幸亏他没有发现你，不然你早就没命了。现在趁他

出去打猎了，你跑回去吧，可千万不要叫他在路上抓住。"

纳米季·米真·玛扎连忙往回跑，跑呀跑呀，一步也不敢停。

巨人正在林子里打猎，一阵风吹来，他叫道："我闻到生人气味了，我闻到生人气味了！"

巨人便循着气味去追这个人。纳米季·米真·玛扎拼命地跑，跑着跑着，碰到一伙伐林开荒的人。他们问他发生了什么事。他慌张地说：

"有巨人在追我。"

"趁他还没有来，你就歇歇吧。"

他刚停下，一阵狂风吹来，把所有人都吹到空中，接着他们又摔到地上。

"这是巨人跑的时候掀起的风，他本人就要来了。你们能打得过他吗？"

他们连忙说："你快跑吧！"

他继续往前跑，跑着跑着，又碰见一些翻地的人。他们问他："你这样急急忙忙到哪里去？"

"后面有人追我。"

"谁？"

"纳米季·米真·玛扎。"

"哦，男人中的勇士，如果是米真·玛塔，那就是女人中的勇士了。他还没有来，你先歇歇吧。"

他刚站住歇口气，一阵狂风吹来，把所有人都吹倒在地上。

"你们看见了吧，这是纳米季·米真·玛扎奔跑的时候掀起的风，他自己还没有来呢。你们挡得住他吗？如果不行，我就立刻跑了。"

他们连忙说："你快跑吧！"

他又拼命往前跑，跑呀跑呀，又遇见一些播种的人。

"你跑什么？"

"有人追我。"

"谁？"

"纳米季·米真·玛扎。"

"坐一坐吧，他还没来呢。"

他刚坐下，一阵狂风刮来，把他们刮到空中翻了三个跟头。

"这是什么风？"

"巨人走路脚下带起的风。"

"你快离开我们吧。"播种的人扔下手中的工具，跑到林子

里躲了起来。

这个人又拼命往前跑，跑呀跑呀，被什么绊了一下摔倒了，他连忙站起来，抬头一看，一个巨人坐在一棵大猴面包树底下。巨人杀了两头大象，正架在火上烤着呢。他一次能吃二十头大象，如果尽他的量吃的话。他的名字叫东贡·达季——森林巨人。

森林巨人抓住这个人，像捏住一只小蚂蚁一样。

"你瞎头瞎脑往哪儿跑？"

他回答说："有人在追我。"

"谁？"

"纳米季·米真·玛扎。"

"放心地休息一会儿吧。"

他刚刚坐下，又刮起一阵狂风，把他卷到空中，旋转个不停。东贡·达季大喝一声："下来！"

这声音好比一声炸雷，驱散了狂风，这人便安然无恙地落到地上。

他连忙说："我可不是主动跑开的，是纳米季·米真·玛扎掀起的风把我卷上去的。"

东贡·达季生气了，他站起身来，抓住这个人，藏到衣袋里，就像往里头放一粒小石子一般。

刚藏好，真正的纳米季·米真·玛扎来了，问道："你，坐在这里的人，是来自活人的阳世，还是来自死人的阴间？"

东贡·达季说："你管什么闲事？"

真正的纳米季·米真·玛扎说："多关心自己的身体吧，把你藏的人交出来！"

东贡·达季说："有本事就自己拿吧。"

纳米季·米真·玛扎勃然大怒，两个人打了起来。他们的脚缠在一起，他们的手扭在一起，他们先在地上打，后来又跑到天上打，打了整整一天，打累了，停下来歇一会儿接着又打。

那个自称纳米季·米真·玛扎的人不由地看呆了，慌忙跑回家告诉妻子这件事。他的妻子说："我跟你说过，无论做什么事，都不能吹牛；无论你多么有力、强壮、有钱或者幸运，总会有人在这方面超过你。可你不相信，如今该相信了吧！"

公主的婚礼

漂亮总是伴随着安蓓娜公主，所有美丽动人的特征都集中在她身上：细长的脖子、圆润的脸庞和美丽的秀发。

安蓓娜的父王总是笑着面对世界。每次见到女儿，他都要欣赏一番。他认为，女儿到适婚年龄时一定不会愁嫁。几年之后，安蓓娜公主变得更加漂亮，美丽的装扮也为她增添了更多的韵味。她穿着五颜六色的丝绸服装，戴着项链和耳环，看起来十分雍容华贵。

安蓓娜的美丽被人们到处传颂，以至于传遍了整个非洲大地。后来又通过大海传到了天上，住在天上的男人们也不远万里赶到她居住的地方想一睹公主的芳容。

第一批想迎娶公主的是火和雨水。雨水来的时候有些躲躲藏藏，他拿着两匹

用纯丝绸制成的肯特布献给美丽的公主殿下。

安蓓娜非常开心，她高兴地接见了自己的第一个追求者——他全身湿漉漉，身体有一种丝滑的感觉，说话的声音像是流水在唱歌……忽然，动人的诗歌在她的耳边响起：

美丽的你像小鸟一样温柔地散步，

你可以把水带回自己的巢穴……

"美丽的安蓓娜，期待你的消息。期待你能来到布基纳法索的大草原，期待你能到几内亚湾。在科特迪瓦的森林里，你再也找寻不到像我雨水一样强大的男人。是我让植物们生长，是我让青草疯长，是我让庄稼丰收在望。人们都在感谢我。在河里和清澈的湖泊里生活着无数的鱼儿，你可以在湖里游泳、钓鱼。"

雨水的话就像一个个美丽的音符飘进了安蓓娜的耳朵里，她孤独的心从未像现在这样温暖。随后，她答应了雨水的求婚。她让雨水明天再来一次，在这之前她将把所有的细节告诉自己的国王父亲。

但是，在安蓓娜同意嫁给雨水先生的同时，国王也答应把女儿嫁给火先生。这第二位求爱者也想和美丽的公主在一起。火向国王进献了很多华丽的衣服，布料非常名贵。他对国王说："我的国王，众所周知，从布基纳法索的草原到几内亚湾的沙滩上，甚至是在多哥的植物园以及科特迪瓦的大

森林里，没有任何人可以强过我火。我可以驱逐危险的动物，可以做饭烧菜，可以照亮无尽的黑夜，在寒冷的季节还可以温暖人们的身体。你想想，谁能给你漂亮的女儿提供这些条件呢？请把她嫁给我吧！"

国王对这位求爱者的印象非常深刻，他说他会告知自己的女儿，并且让火第二天回到这里商谈具体的细节。

随后，国王唤来女儿，并告知她自己的决定："我为你找到了一位如意郎君！"

"父亲，怎么回事啊？"

"我已经承诺火先生把你嫁给他！"

"你让我和火结婚？！可是，我已经同意嫁给雨水先生啦！"

事情变得非常混乱！国王非常担心，他试图找出解决方法，因为公主不想违背自己的心。

"我们不能违背自己的承诺啊！否则，以后我该如何面对我的子民？！也许，只有用这样的办法了！"国王坚定地说。

第二天上午，天空并不是很晴朗，当太阳从地平线上升起时，火和雨水来到了国王的土地上。不一会儿，他们两个来到宫殿拜见国王。但是，他们并不知道对方的想法。国王看到他们到来，立即起身迎接，并且告诉他们自己已经敲定了女儿出嫁的日期。

"我和她的婚礼日期吗？"火和雨水同时问道。这时，他们两个才意识到其中的问题。国王急忙说："安蓓娜公主只会嫁给胜利者，所以，婚礼当天我将为你们举行一场跑步比赛！"

雨水和火即将举行比赛的消息像骤雨一样迅速传播开，引起迅疾而热烈的讨论。在整个非洲西部，人人都在猜测公主将牵手哪位英雄。一些人认为火会取胜，另一些人则认为雨水会获得命运的垂青。

只有安蓓娜公主不在乎比赛的结果，因为她只想嫁给自己心中的如意郎君雨水，她不愿意做出违背内心的事情。

但是，这个秘密她不能和任何人分享。她怎么能违背父王的命令呢？但是，如果她受到伤害，她会变得悲伤，悲伤也会慢慢地摧毁她的美丽。

出嫁的日子到了。那是一个欢乐的日子，整个王国都因为比赛和婚礼而装饰一新。大家都在等待比赛的最终结果。

国王发出命令，雨水和火开始努力奔跑。每一面覆盖着黑羚羊皮的手鼓都在不停地振动，喇叭和小号也向空中发出震

耳欲聋的声音，它们在鼓舞、催促着比赛中的选手。所有的地
方好像都在歌唱：

我想听你敲鼓，

我想感觉到你舞动的脚步。

我想听你打鼓，

我想感觉到你跳动的脚步……

火即将获得胜利，因为一股风帮助了火，使他的火焰变
大数倍，所以他奔跑的速度更加快了。雨水已经筋疲力尽，
当他想喷射出更多水珠的时候，他的身体变得更加沉重，而
且很多水滴落在地上立即就消失了。火领先了，他把很多的
灰烬留在自己身后，灼热的灰烬炙烤着大地，他马上就要成
为胜利者了……

但是，在火快要抵达终点的时候，剧烈的雷鸣声从海湾

边传到大山的脚下，声音持续在空中回荡。随后，一场极其罕见的大暴雨倾盆而下。一时间，好似世界上全部的雨水都快速地砸落在树叶上，敲击着石头，捶打着地面。

火无畏地往前奔跑，他距离比赛终点只剩下几米的距离了。但最终，雨水成了比赛的冠军，而火被无情地浇灭了！

最幸福的人莫过于安蓓娜公主了，她从未感觉到如此幸福。她展开双臂紧紧地抱住天上的雨水，此时此刻，她感到了从未有过的快乐。她的整个身体都在回忆雨水的胜利。大家尽情地舞蹈，手鼓的节奏越来越快，那声响持续了整整一个晚上。

从那天起，火和雨水成为不共戴天的仇人。但直到现在，那里的人们仍然保持着这样的传统：每次天空中下起大雨时，人们都会停下脚步在雨水中尽情地舞蹈——所有人都仍然记得安蓓娜公主的婚礼。

奥丁的预感及离开阿斯加尔德

阿萨神族的众神之父奥丁有两只乌鸦，它们的名字分别是尤金和莫宁。乌鸦每天在宇宙各界来回穿行，然后再回到阿斯加尔德，落在奥丁的肩头，告诉他它们在各界的所见所闻。然而有一次，一天过去了，两只乌鸦还没有回来。奥丁站在瞭望塔希利德斯凯拉夫上翘首以盼，他自言自语道：

我很担心尤金，

怕它一去不复返，

可是我更盼望莫宁归来。

又一天过去，两只乌鸦终于归来。它们分别栖息在奥丁的左右肩。接着，众神之父走进议事大厅，准备听取尤金和莫宁的汇报。大厅坐落于格拉希尔树旁边，这棵树长有金色树叶。

乌鸦告诉奥丁的都是灾祸之兆和不祥之征。众神之父奥丁没有把这些告诉阿斯加尔德众神。但是，奥丁的妻子弗丽嘉从丈夫的神色中看出，不祥之事即将降临。当奥丁跟她谈起这些事情，弗丽嘉劝慰他说："不要对命定的事做徒劳无益的抗争。让我们去找乌尔德之泉边的命运三女神吧，看看当你凝视她们的双眸时，不祥预兆的阴霾是否仍然无法消散。"

于是，奥丁带领诸神离开阿斯加尔德，朝乌尔德之泉走去。乌尔德之泉位于巨大的伊格德拉西尔树根下方，三位命运女神坐在那里，她们的身边有两只美丽的天鹅。和奥丁一同前往的有伟大的剑手提尔，最俊美、最受诸神钟爱的光明神巴德尔，以及雷神托尔。托尔手里拿着他的雷霆之锤米奥尔尼尔。

在神界阿斯加尔德与人间米德加尔德之间，有一座彩虹桥。除此之外，还有另一座彩虹桥，它横亘在阿斯加尔德与伊格德拉西尔树根之间，乌尔德之泉就在树根下方。这座桥更为

美丽，桥身更为摇晃且很少为人所见。在两座桥的衔接之处，
站立着长有一口金牙的海姆达尔。他是诸神的守卫者，也是通
往乌尔德之泉之路的看守人。

众神之父说道："海姆达尔，开开门，今天众神要来这
儿拜访命运女神。"海姆达尔一言不发地打开大门。这扇门通
往彩虹桥，那桥比人们从大地上所能看到的任何彩虹颜色都要
鲜艳，晃得也更厉害。奥丁、提尔和巴德尔快步走上桥去。托
尔跟在他们后面，但他刚要踏上桥时，海姆达尔伸手阻止了他。

海姆达尔说道："托尔，其他的神可以从这座桥上走过，
可你不行。"

托尔不解地问道："什么？海姆达尔，难道你想把我拦住？"

"是的，因为我是通向命运女神之路的看守人，"海姆
达尔说道，"你加上那把威力无比的锤子对这座桥来说太重了，
它承受不了你们的重量。"

"可是，我要和奥丁及其他伙伴一起去拜访命运女神啊。"
托尔答道。

"是的，你可以去，但别走这条路就好，"海姆达尔说道，
"我不会让我守护的桥被你和你的锤子压垮。除非你把锤子留
在我这儿，否则你不能从这桥上通过。"

"不，不，"托尔说道，"我不会听信任何人的安排把
守护阿斯加尔德的锤子落下。如果那样做了，说不定我和奥

丁，还有其他伙伴会有去无回。"

"还有另外一条路也可以到乌尔德之泉，"海姆达尔说道，"看看那两条云之大河，科莫特和欧莫特，你能蹚过去吗？虽然河水冰冷，使人战栗，不过能引导你到达乌尔德之泉，那是命运女神所在的地方。"

托尔俯身注视那两条波涛汹涌的大河。的确，一个人形单影只地蹚过冰冷而又令人窒息的河流确实很难。不过，要是他能蹚过去的话，就可以把雷霆之锤扛在肩头而不用把它交给别人保管。托尔踏入彩虹桥下奔流的那条云河，肩上扛着他的锤子，艰难地从这条河向另一条河跋涉。

托尔好不容易从云之大河中挣扎着出来，累得喘不过气来，但是仍然把锤子扛在肩上。那时，奥丁、提尔和巴德尔已经到了乌尔德之泉旁边。

三位命运女神乌尔德、贝璐丹迪、斯古尔特坐在泉水边，那眼泉水从伊格德拉西尔巨大树根边的洞穴中流出。乌尔德年

纪较大，满头白发；贝璐丹迪非常漂亮；斯古尔特的长相则很难分辨，因为她坐得很远，头发遮住了面容和双眼。三位女神知道关于过去、现在和将来的一切。奥丁端详着她们三个，甚至直视斯古尔特的双眼。他用神的目光凝视着命运女神，许久许久。此时，其他神明则在聆听天鹅的呢喃，以及伊格德拉西尔的树叶飘落在乌尔德之泉的声响。

从她们的眼中，奥丁看到尤金和莫宁之前告诉他的不祥之兆变得越发鲜明具体。现在，其他神祇也跨过彩虹桥，纷纷到来。她们是弗丽嘉、西芙和南娜，分别是奥丁、托尔和巴德尔的妻子。弗丽嘉注视着命运女神，接着又瞥了儿子巴德尔一眼，满怀爱意和悲伤。然后，她收回视线，把手放在南娜头上。

奥丁不再注视命运女神，他将目光转向自己的妻子、威严的王后弗丽嘉，说道："我要离开阿斯加尔德一阵子，我的妻子。"

"好的，"弗丽嘉回答，"你在人间米德加尔德确实有很多事必须去做。"

"我会把我所拥有的知识转化成智慧，"奥丁说道，"那样的话，那些注定要发生的事就能最大限度地向好的方向发展。"

"你应该去弥米尔之泉一趟。"弗丽嘉说。

"好，我会去那儿一趟。"奥丁答道。

"那快去吧，我的丈夫。"弗丽嘉说道。

接着，他们又再次跨过彩虹之桥，这桥比大地上人们所见的任何彩虹都更加美丽，更加摇晃。阿萨男女诸神：奥丁和弗丽嘉、巴德尔和南娜、手握宝剑的提尔和托尔的妻子，又再次穿越彩虹之桥。至于托尔，他仍然把雷霆之锤米奥尔尼尔扛在肩膀上，艰难地在云之大河中跋涉。

当奥丁和妻子弗丽嘉低头穿过大门时，阿斯加尔德最小的神祇赫诺丝也在那里，站在诸神的守卫者同时也是彩虹桥的看守者海姆达尔的身旁。"明天，"赫诺丝听到奥丁说道，"明天我将化名为威格坦姆，到人间米德加尔德和尤腾海姆去走一趟。"

探访智慧泉

来到人间米德加尔德的奥丁，不再身跨八足骏马，不再身穿金色铠甲，头上不戴鹰盔，甚至连长矛都没拿。他漫游于米德加尔德，那里是人类的世界，接着又朝尤腾海姆前行，那里是巨人的国度。

他不再是众人口中的诸神之父，而是流浪汉威格坦姆。他身披深蓝色的斗篷，手中拄着旅行者常用的拐杖。他朝弥米尔之泉走去，这眼泉水位于尤腾海姆附近。在半路上，他碰到了一个骑着壮实雄鹿的巨人。奥丁能够随机变化，若遇人类就化身凡人，若遇巨人则化作巨人。他大步流星，走到巨人身边，两人并肩前行。奥丁开口问道："嘿，兄弟，你是谁？"

骑着雄鹿的巨

人回答："我是瓦弗鲁尼尔，在巨人中最有智慧。"这下奥丁心知肚明。瓦弗鲁尼尔在巨人中确实最睿智博学，很多人都想方设法要从他那里获得智慧。不过，向瓦弗鲁尼尔求教的人，必须回答他提出的问题，如果答不上来，巨人就会拿走他的脑袋。

"我是流浪汉威格坦姆，"奥丁说道，"我现在已经知道你是谁了。哦，瓦弗鲁尼尔，我有事要借用你的智慧。"

巨人露齿笑道："哈哈，那样的话我打算跟你打个赌，你知道赌注是什么吗？如果我回答不出你的问题，就把脑袋给你。如果你答不出我的问题，那你的脑袋归我。呵呵呵，让我们开始怎样？"

"我准备好了。"奥丁回答。

"那你告诉我，"瓦弗鲁尼尔问道，"把阿斯加尔德与尤腾海姆分隔开来的那条河流叫什么名字？"

"那条河名叫伊芬，"奥丁答道，"伊芬河的水冷得要命，可是从不结冰。"

"哦，流浪汉，这个问题你答对了，"巨人说道，"但是你还得回答我的其他问题。白昼和夜晚两位神明，驾着马儿穿越天际，他们所驾的马分别叫什么名字？"

"是斯京法克斯和赫利姆法克斯。"奥丁回答。听到这个陌生人能说出这些，瓦弗鲁尼尔非常吃惊，这是只有诸神和

最有智慧的巨人才知道的名字。在轮到面前这位陌生人向他提问之前，他只剩最后一个发问的机会。

"那你告诉我，"瓦弗鲁尼尔问道，"将来世间的最后一战，会在哪个平原上打响？"

"维格里德平原，"奥丁回答，"它有一百里长，也有一百里宽。"

现在，轮到奥丁向瓦弗鲁尼尔提问了。"奥丁在他的爱子巴德尔耳边说的最后一句悄悄话，会是什么？"他问。

巨人瓦弗鲁尼尔听到这个问题大吃一惊。他从鹿背跳到地上，用锐利的眼神上下打量奥丁："只有奥丁才知道他最后留给巴德尔什么话，也只有奥丁会问出这样的问题。流浪汉，你就是奥丁吧，你的问题我回答不了。"

"如果你还想保住脑袋，那就回答我一个问题，"奥丁说道，"如果要向智慧之泉的看守者弥米尔讨一口水喝，他会开出什么样的条件？"

"他会要你的右眼作为代价。"瓦弗鲁尼尔答道。

奥丁问道："他是否愿意接受讨价还价？"

瓦弗鲁尼尔回答："他不会降低价码。许多人都向他讨过一口智慧泉水，但是没有一个人付得起代价。哦，奥丁，我已经回答了你的提问。现在收回你的成命，让我继续赶路吧。"

"好吧，我这就收回。"奥丁回答。就这样，瓦弗鲁尼尔，巨人中最有智慧者，骑着那头壮实的雄鹿离开了。

　　弥米尔对这一口智慧泉水的开价实在太高，众神之父奥丁得知后，也忧心忡忡。毕竟那可是他的右眼，在他的余生中右眼都将漆黑一片！想到这里，他差点儿就要放弃对智慧的追求，反身折回阿斯加尔德。

　　奥丁漫无目的地向前走着，既没朝向阿斯加尔德，也没往智慧之泉所在的方向前进。他朝南方走去，望见真火之国穆斯帕尔海姆，苏尔特尔手握火焰之剑站在那里。苏尔特尔是一个可怕的人物，日后巨人同诸神交战之时，他会加入巨人一方同诸神对抗。奥丁往北走去，耳边传来不竭之泉赫瓦格密尔的咆哮，它的水流从尼弗尔海姆倾泻而出，那里是黑暗可怖的雾之国度。奥丁心中明了，不能让世界落入苏尔特尔之手或尼弗尔海姆的人手中，前者会用烈焰将它摧毁，后者会使它回归黑暗虚无。作为众神之父，他必须赢得智慧，以拯救世界。

　　这样思量之后，面对即将遭受的损失和痛苦，众

神之父奥丁神色凝重决绝，他转身朝着智慧之泉行走。泉水位于世界之树伊格德拉西尔的巨大树根下方——那树根从尤腾海姆长出。智慧之泉的看守者弥米尔坐在泉边，正集中精神用他那深邃的眼神窥视着深泉。他每天从智慧之泉中取水来喝，对来人的身份一清二楚。

"嘿，奥丁，众神中最年长的那个。"弥米尔开口说道。

奥丁向众生中最有智慧的弥米尔表达了敬意，然后说道："弥米尔，我想喝一口你的泉水。"

"要喝水就必须付出代价。过去所有的求水者，都在这个关卡面前退缩了。奥丁，众神中最年长者，你愿意付出相应的代价吗？"

"弥米尔，我不会因注定要付出的代价而退缩。"奥丁回答。

"那就请吧。"弥米尔说道。他用一只巨大的牛角杯舀出泉水，递给了奥丁。

奥丁双手捧杯，咕噜咕噜地喝着。随着水流入腹，未来的事情在他眼中变得清晰起来。他看到了最终会降

临在诸神和人类身上的灾难和不幸，明白了这些灾难必然降临的原因。同时，他也知晓了诸神和人类怎样面对痛苦和灾难，才能在那些苦难的日子里行事高贵，从而在世间留下一股力量，这股力量有朝一日能摧毁给世界带来恐惧、悲伤和绝望的邪恶力量，尽管那一天还非常遥远。

　　喝光弥米尔巨大牛角杯里的水，奥丁将手伸向脸庞，挖出了自己的右眼。众神之父奥丁强忍剧痛，没有发出一丝呻吟和抱怨。他低下了头，用斗篷遮住了脸。此时弥米尔接过右眼，将它沉入智慧泉的深处。奥丁的右眼就一直留在了那个地方，透过水流发出闪闪亮光，向来者诉说众神之父为获得智慧而付出的代价。

托尔与洛基在巨人城

火神洛基曾和托尔一同游荡，穿越尤腾海姆，他给阿萨诸神讲述了他们的历险故事。

洛基告诉众神，托尔是怎样乘着他那辆双轮铜战车，由两头山羊拉着，跨越彩虹桥的。托尔去往何方冒险，阿萨诸神和华纳诸神中没有一个知道。洛基却跟了上来，托尔便让他一同前往。

当他们乘坐两头羊所拉的双轮铜战车赶路时，托尔告诉洛基他将前往何方冒险。他要去一趟尤腾海姆，甚至造访巨人之城乌特加德，和那里的巨人比试力量。他对可能发生的一切无所畏惧，因为他随身带了神锤米奥尔尼尔。

他们途经米德加尔德，那里是人类的世界。有一次，当夜幕降临，他们饥肠辘辘，想要找个落脚的地方遮风避雨。他们看到一座农夫的小屋，于是就驾着战车驶向那里。

托尔卸下套在羊身上的轭，把它们留在战车旁边的一处山洞里。此时的两位神明不似阿萨神族的成员，倒像周游各地的凡人。他们敲响了农夫小屋的门，想讨食物并借宿。

农夫和他的妻子告诉洛基和托尔，可以在此处歇脚，但无法提供食物，他们家里几乎没有吃的东西。农夫让他们进屋查看，里面一贫如洗，没有一点儿值钱的东西。农夫说，等到明天早上他会下河，给他们去抓一些鱼来做菜。

"我们饿得等不到明天了，现在就必须吃些东西，"托尔说道，"我想我能给大家准备一顿丰盛的晚宴。"

他走到双轮战车旁边，那个山羊所在的山洞，用锤子将两头羊敲死在地。他剥下山羊的皮，小心翼翼地取出骨头，然后把骨头放到了山羊皮上。托尔扛起这包皮和骨头，把它们带进屋内，放到了农夫家壁炉上方的洞里。接着，他以不容置疑的口吻说道："任何人都不准碰我放在这里的骨头一下。"

托尔把肉拿进了屋里。不久之后，肉便烧好了，热气腾腾地摆到了桌上。农夫夫妇和他们的儿子，还有托尔、洛基一起围坐在桌前。农夫一家人已经好几天没有吃饱过了，这次他们终于享用了一顿美餐。

农夫的儿子名叫提亚尔菲，是个正在长身体的小伙子，胃口颇大。当肉端到桌上时，他的父母一直使

唤他到处奔走，叫他倒水，往火堆里添柴，举着点燃的火把，使桌边的人不用摸黑吃饭。当提亚尔菲终于能够坐下用餐时，桌上的肉已经不多了。因为托尔和洛基胃口超大，他的父母也吃了很多，所以提亚尔菲只吃到了这顿丰盛晚宴的一点儿残羹冷炙。

饭后，他们躺在长椅上休息，长途奔波了一天的托尔睡得很香。提亚尔菲虽然也躺下了，可是他满脑子想的都还是吃的。他暗自思量，等所有人都睡着之后，就从头顶上方的山羊皮中拿一块骨头敲断，吸里面的骨髓来尝。

在寂静无声的夜里，小伙子站到了长椅上，拿下那包山羊皮，那是托尔之前小心收藏的。他取出一块骨头敲断，吸吮里面的骨髓。这时洛基醒了，看到了这一切。但他和往常一样喜欢看戏，所以袖手旁观，熟视无睹。

提亚尔菲把折断的骨头放回山羊皮里，又把山羊皮搁回了壁炉上方的洞里。然后，在长椅上心满意足地睡去。

第二天一早，当他们一觉醒来，托尔所做的第一件事就是取出山羊皮，小心翼翼地捧着回到之前山羊待的那个山洞。他把包着骨头的两张羊皮放到了地上，然后用锤子逐一敲打，山羊又活过来了，羊角、羊蹄一应俱全。

但是有一头羊跟往常不同，它的脚瘸得厉害。托尔检查它的腿，发现一根骨头断了。盛怒之下，他冲着农夫夫妇和他们的儿子大声咆哮："这头羊的一根骨头是在你们家被弄断的，我要把你们家推倒，把你们全部压死在屋里！"

提亚尔菲哭了，他走上前去，抱住托尔的双膝，哭着求饶："我没想到我犯了这么大的错，是我把羊骨头弄断的。"

托尔举起锤子想把提亚尔菲锤死在地。可是他不忍心如此对待一个哭泣的男孩儿，于是放下了锤子。

"你弄瘸了我的羊，必须为我效劳，干很多活儿补偿，"托尔说道，"跟我来吧。"

于是，提亚尔菲便随洛基和托尔一起出发上路了。托尔有力的双手握着黄铜双轮车的车辕，驾车驶入一处荒凉的山谷，那是巨人和人类都未造访过的地方。他们把山羊留在广袤空旷的森林中休息，直到托尔将它们再次召唤。

托尔、洛基和提亚尔菲穿过米德加尔德进入尤腾海姆。由于神锤米奥尔尼尔就带在身边，即使在巨人国境内，托尔也感到十分安全。洛基则对自己的小聪明十分自信，也很笃定。提亚尔菲十分信赖托尔，所以他也不担心自己的安危。

这趟旅程十分漫长，在旅行途中，托尔和洛基训练提亚尔菲，使他成为一个敏捷又强壮的小伙子。

一天，他们走进一片荒原，一整天都在跋涉穿越。到了晚上，那片荒原看起来还是漫无边际。狂风凛冽，夜幕降临，附近找不到任何避身之地。在薄暮之中，他们看到一个影子好似山脉的轮廓，就朝那儿走去，希望能找到个山洞避避。

接着，洛基看到了一个低矮的影子，似乎可作容身之处。于是，他和托尔以及提亚尔菲绕着它转了又转，发现那是一座房子，外形非常诡异。入口处是一个又长又宽、没有门廊的大厅。当他们走进大厅的时候，发现再向里走可以通往五个长而狭窄的房间。

"这个地方很怪异，却是我们能找到的最好的歇脚地了，"洛基说道，"托尔，你跟我选那两个大的房间。提亚尔菲，你从小房间中选一个吧。"

他们进了房间，躺下睡觉。但是，从屋外的山中传来一阵阵响声，像是森林的呜咽，又像是瀑布的轰鸣。他们三个人所睡的房间都在这呼啸声中震颤，那一晚，他们都没睡着。

第二天早晨，三人离开了这座五室房子，面向山脉望去。这时他们才发现，那根本不是什么高山，而是一个巨人。他们看到他时，巨人正躺在地上，接着便翻身坐起。

"小矮人，小矮人，"巨人对着眼前的几个人喊道，"你们在路上有没有见过我的一只手套？"他站了起来，四处张望。

"哦，现在我看到我的手套了。"他接着说道。

当巨人朝洛基、托尔和提亚尔菲走来时，他们三人仍旧呆立在原地。巨人弯下身子，捡起了他们昨晚睡过的"房子"，把它戴在手上。那座房子原来是巨人的一只手套！

托尔握紧了手中的锤子，洛基和提亚尔菲站在他的身后。但是，这个巨人似乎幽默感十足，他说道："哦，小矮人，你们准备上哪儿去啊？"

"我们要到尤腾海姆的乌特加德城去。"托尔壮着胆子说道。

"哦，去那儿啊，"巨人说，"那就跟我来吧，我跟你们顺路。你们可以叫我斯基尼尔。"

"你能供应我们早饭吗？"托尔问道。他故意口气蛮横，因为他不想让人觉得他会害怕巨人。

"我可以给你们早饭，"斯基尼尔说，"但是，我现在不想停下来吃。等我有了胃口，我们就坐下吃饭。现在走吧，这是我随身带着的皮口袋，里面有我的口粮。"

巨人把皮口袋给了托尔。托尔把它背在了背上，还让提亚尔菲坐在上面。巨人一直阔步向前，托尔和洛基根本赶不上他。到中午的时候，巨人还没有任何停下来吃饭的迹象。

他们来到了一棵参天大树前。在树下，斯基尼尔坐了下来。"在开饭之前，我要睡上一会儿，"他说，"我的小矮人们，你们可以先从我的皮口袋里取食物来吃。"

这么说着，巨人舒展四肢睡去。不一会儿，托尔、洛基和提亚尔菲就听到了同样的响声，正是这声音让他们昨晚彻夜难眠，既像是森林的呜咽，又像是瀑布的轰鸣。原来，它竟是斯基尼尔的鼾声。

托尔、洛基和提亚尔菲实在饿坏了，也顾不得这么大的噪声。托尔试着打开皮口袋，可是发现要想解开上面的结并不容易。接着，洛基也试着去开，但即便用尽了各种诡计，使出了浑身解数，还是徒劳无功。托尔从洛基手中拿走皮口袋，想用蛮力把结挣断，但即便他力大无比也无能为力。他一气之下，把皮口袋扔到了地上。

斯基尼尔的鼾声越来越大，托尔暴怒之下站了起来，抓起神锤米奥尔尼尔，向熟睡中的巨人额头砸去。

锤子砸到了斯基尼尔的头，只是惊扰了他的美梦而已。"是不是一片叶子落到我头上来了？"他喃喃问道。

巨人翻了个身又进入了梦乡。锤子飞回托尔手里。斯基尼尔的呼噜声刚响，托尔便再次挥锤砸去，这次他瞄准了巨人的脑门儿。

锤子砸中目标，巨人睁开眼睛说道："刚才是不是有一颗橡果落到我头上啦？"

说完，巨人又再次睡着。托尔这下快要气炸了，手握锤子站到巨人脑袋之上，对准了他的前额砸去。这是托尔有生以来砸得最狠的一次。

"一只鸟在啄我的前额，这里没法儿睡觉了，"斯基尼尔坐起来说道，"对了，你们这些小矮人吃过早饭了没？把我的皮口袋扔过来，我给你们一些吃的。"

小伙子提亚尔菲把皮口袋给巨人拿了过去。斯基尼尔打开了它，拿出他的口粮，分了一些给托尔、洛基和提亚尔菲。托尔没有去拿，但洛基和提亚尔菲拿来吃下。

　　这顿饭结束之后，斯基尼尔站起来说："是时候朝乌特加德赶路了。"

　　在他们赶路的途中，斯基尼尔对洛基说道："当我走进乌特加德，总是觉得自己个头儿十分矮小。你要知道，我是如此弱小，而那儿的人又是那么高大、力大无比。但是，我想你和你的朋友在乌特加德会受到欢迎。他们一定会把你们当作小宠物看待。"

　　巨人离开了洛基、托尔和提亚尔菲，他们三人走进巨人之城乌特加德。街上巨人来来往往，洛基注意到，他们看起来并不像斯基尼尔说的那样高大。

　　乌特加德就是巨人们的阿斯加尔德城，但它的建筑却不像诸神的宫殿那样轮廓优美。巨大而杂乱的楼宇参差耸立，好似嶙峋的高山冰岩。

　　托尔、洛基和提亚尔菲去了国王的宫殿。他们知道，托尔紧握的锤子能确保他们即使在那个地方也平安无恙。他们三人穿过两旁成排的巨人卫兵来到了国王的宝座前。

　　"我知道你们两个，托尔和洛基，"巨人国王说，"我们也知道托尔这次来乌特加德是为了同巨人们比试武力。我们明天会举行一场比赛。而今天我们本地的年轻人有体育比赛，如果你们这位年轻的仆人愿意同我们的年轻人比试，看谁更敏捷，那今天就可以让他参加比赛。"

由于洛基和托尔一直训练提亚尔菲的速度，所以提亚尔菲如今已是阿斯加尔德最优秀的跑步健将。因此，要同年轻的巨人比赛跑步，他并不害怕。

国王点了一个叫休吉的巨人，让他同提亚尔菲比赛。他们两个一起开跑。提亚尔菲飞快地冲出起点。洛基和托尔在一旁焦急地观看，因为他们觉得与巨人比试，若能旗开得胜，形势将会对他们有利。但是，他们看到休吉把提亚尔菲抛在了后面。他们看到年轻的巨人已经抵达终点标杆，绕着它转了一圈，又跑回到起点，那时提亚尔菲还没有跑完全程。

提亚尔菲不明白自己怎么会被打败，要求同休吉再比一次。于是，他们两人又重新跑了起来。这一次，托尔和洛基甚至觉得休吉好像根本就没有离开过起点——他几乎在比赛打响的时候，就从终点折返了回来。

大家从赛场上回到了宫殿。巨人国王和他的朋友，以及托尔、洛基围着大桌坐

下共进晚餐。

"明天，"国王说道，"我们会有一场盛大的赛事，阿萨神族的托尔会向我们展示力量。在你们阿斯加尔德可曾听说过有谁能参加吃东西比赛？如果我们在这儿能找到一个，能和罗吉一比高下，那现在就可以在桌前进行这个比赛。罗吉的食量可比尤腾海姆的任何一个巨人都要巨大。"

洛基说："我的食量比尤腾海姆任意两个巨人加起来都大。让我来同你们的罗吉比比看吧。"

"那好！"国王说道。

在座的巨人无不叫好。"很好很好！这下可有好戏看了！"他们说道。

他们沿着桌子一边摆上大量的盘子，每个盘子里都盛着肉。洛基和罗吉各自从桌子两端开吃，吃光一个盘子就朝对方挪近一步。盘子一个接一个地被清空，和巨人待在一旁观看的托尔看到洛基吃了那么多，不由得惊呆了。但是，另一边的罗吉也吃光了一盘又一盘。最后，他们两人站到了一起，身边都留下成堆的空盘。

"他并没把我打败，"洛基叫道，"哦，巨人的国王，我扫光的盘子和你们的冠军一样多呢。"

"但是你吃得没有罗吉干净。"国王说。

"洛基把盘里所有的肉都吃光了。"托尔说道。

"可是，罗吉连骨头带肉一起吃光了，"巨人国王说，"你看看是不是这样。"

托尔上前查看盘子。他发现洛基吃剩下的盘子里还有骨头。而在罗吉吃剩下的盘子里空空如也：连肉带骨头一扫而光，盘子里什么都没有留下。

"我们被打败了。"托尔对洛基说道。

"明天，托尔，"洛基说，"你一定要把全部的实力展现出来，否则巨人将不再害怕阿斯加尔德诸神的力量。"

"不用害怕，"托尔说，"尤腾海姆没有人能赢过我的。"

第二天，托尔和洛基走进了乌特加德大厅。巨人国王也在那里，身边簇拥着他的朋友们。托尔走进大厅，长驱直入，手中握着神锤米奥尔尼尔。

"我们这里的年轻人已经喝干了他们的牛角杯，"国王说，"他们想知道你，阿萨神托尔，能不能喝光这杯晨酒。但是，我必须告诉你的是，他们认为阿萨神族中没有一个人能一口把它干了。"

"把杯子给我，"托尔说，"你们给我的牛

角杯，没有一只我不能一口气喝干。"

一只硕大的牛角杯被端到了托尔的面前，里面的酒盛得满满当当，晃晃荡荡，快溢出杯沿。托尔把米奥尔尼尔递给了洛基，叮嘱他站着，好让锤子处在自己视线范围之内。托尔把杯子举到嘴边。他喝了又喝，等他认为杯子里的酒已经一滴不剩，便把它搁到了地上。

"看这儿，"他说，"你们巨人的杯子里的酒已经被我喝干了。"

巨人们朝杯底看了看，大笑了起来。

"还说喝干了呢，阿萨神族的托尔！"国王说，"再往酒杯里瞅瞅，你简直连杯口都没喝干。"

托尔朝杯子里一瞧，发现酒还有大半。气急败坏的他又拿起杯子举到嘴边。他喝啊喝啊，等他觉得已经喝干见底，便心满意足地把杯子放到了地上，走向大厅的另一边。

"托尔认为他已经把酒杯喝干了，"巨人中的一员拿起杯子说，"但是，朋友们，你们看看，里面还剩什么。"

托尔快步走了回来，往杯子里看，发现杯子里的酒还有一半。他转过身来，发觉所有的巨人都在嘲笑他。

"阿萨神族的托尔，阿萨神族的托尔，"巨人国王说道，"我们不知道你下一场比赛将如何对付我们，但是你的酒量肯定比不过巨人。"

托尔说："我可以把这大厅里的任何一样东西举起来再放下。"

当他正说这番话的时候，一只巨型的灰黑色猫突然窜进了大厅，站在托尔跟前。它弓起背，毛耸了起来。"那就把这只猫从地上举起来吧。"巨人国王说。

托尔快步走向猫，打定主意要把它举起来，扔到正在一旁嘲笑他的巨人堆里。他伸手想托起猫，却举不起来。托尔的胳膊奋力抬起再抬起，尽可能举高到极限。猫那弓起的脊背已经碰到了屋顶，但它的脚却从未离地。当他使出吃奶的力气拼命举高那只猫，却听到四周的巨人发出嘲讽之声。

托尔转身放下猫，眼中的怒火熊熊燃烧，"我不习惯举猫，"他说，"叫个人来同我摔跤，我发誓会把他打倒在地。"

"阿萨神族的托尔，这里有一个人会同你摔跤。"国王说道。托尔环顾四周，看到一位年老的妇人蹒跚着朝他走来。她双目浑浊，牙齿落光。"她是我的老看护埃莉，"国王说，

"她会同你比试摔跤。"

"我托尔不会同一个老太婆摔跤的，我要同你们最高大的巨人比试。"

"埃莉已经到你那儿去了，"国王说，"她要同你比试了。"

这位上了年纪的妇人蹒跚着朝托尔走去，她灰白色的刘海儿垂到脸上，眼睛露出凶光。当这个老太婆朝他逼近时，托尔站在原地，无法移动分毫。她的双手按住他的胳膊，双脚开始用力铲他，想把他绊倒。托尔努力想把老太婆从身上甩开，却发现她的双手好似铁箍，双脚好似铁柱那般有力地抵住了他。他们围着大厅扭斗了一圈又一圈，托尔无法把老太婆扳倒，反倒是在老太婆可怕的臂力之下，变得越来越难以支撑。老太婆把托尔压得越来越低，托尔后来只能趴着，靠一只膝盖抵在地上，抱住老太婆的双肩才幸免败北。老太婆试图把托尔放倒在地，可是最后还是没有得逞。最后，她松开了托尔，一瘸一拐地朝大门走去，离开了大厅。

托尔起身从洛基手里拿过锤子，一言不发地离开了大厅，沿着原路朝乌特加德城门走去。一路上，他对洛基，以及七个星期来陪伴自己穿行尤腾海姆的提亚尔菲不发一语。

托尔与洛基愚弄巨人

托尔与巨人还发生过另一件事——这件事发生在托尔和一个名叫索列姆的巨人之间，那个愚蠢的巨人生性爱捣乱。托尔和洛基先前到过这个巨人家里，巨人招待他们吃饭，托尔当时放松了警惕。

当托尔和洛基走出尤腾海姆很远后，托尔发现神锤米奥尔尼尔不翼而飞，他记不清自己是怎样或是在何时把它弄丢的。洛基这时想到了索列姆，这个愚蠢又爱惹是生非的巨人。洛基觉得有必要弄清索列姆是否知道一些线索。

洛基向弗丽嘉借来了鹰之羽衣，披在身上，朝尤腾海姆飞去，来到索列姆住处附近。他发现这个巨人正在半山腰上，给自己的猎狗们戴上金银制的项

圈。披着鹰之羽衣的洛基于是落在巨人上方的岩石上，透过鹰眼观察着他。

在此期间，洛基听到巨人夸夸其谈。"我现在把金银的项圈给你们戴上，"他对那些猎狗说，"不过用不了多久，我们巨人就可以用阿斯加尔德的金子来装扮我们的猎狗和坐骑。甚至把女神弗蕾娅的项链拿来给你戴上，我最出色的猎狗。因为，保卫阿斯加尔德的神锤米奥尔尼尔，现在就在我的手上。"

于是，洛基对索列姆说道："哈，我们知道米奥尔尼尔落到了你的手上，哦，索列姆。但是你可知道，你的一言一行都在警觉的诸神眼里。"

"啊，洛基，你这个千变万化的家伙，"索列姆说，"原来你在这里。你所有的眼线都不能帮你找到米奥尔尼尔。我已经把托尔的锤子埋在掘地八里深的地方。有本事就去找吧，它埋得比侏儒的洞穴还深。"

洛基问道："你说我们再怎么找也是白搭，是吗，索列姆？"

"我是说你再怎么找也是白搭。"索列姆气鼓鼓地说。

"但是你想想，如果你把托尔的锤子还给阿斯加尔德诸神，能够得到哪些酬赏。"洛基怂恿道。

索列姆说："才不，洛基，你诡计多端，我才不会归还它，任何报酬我都不干。"

洛基说："索列姆，你还是想想吧。难道阿斯加尔德就没什么东西是你想要的？珍宝和财产都不想要吗？那奥丁的臂环，还有那斯基布拉尼尔云船呢？"

"不要，不要，"索列姆说，"只有一样东西，如果阿斯加尔德诸神能够给我，我就答应拿托尔的锤子来交换。"

洛基迫不及待地飞到索列姆身边问道："索列姆，你想要的是什么呢？"

索列姆说："我想要得到许多巨人都梦寐以求的女神弗蕾娅，我想要她做我的妻子。"

洛基透过鹰眼盯着索列姆看了很久，他看出这个巨人心意已决。"我会把你的要求向阿斯加尔德诸神传达。"说完话，他就展翅飞走了。

尽管洛基知道阿斯加尔德诸神绝不会答应让弗蕾娅离他们而去，成为这个蠢不可及的巨人的妻子，但他还是飞了回去。

到了这个时候，阿斯加尔德诸神都已听说了米奥尔尼尔丢失的消息，这是一把援助众神的神锤。当洛基飞经彩虹桥时，海姆达尔大声向他询问，问他带回了什么音讯。但是，洛基顾不上停下来同彩虹桥的守卫者说上一句话，他径直朝诸神集会的议事大厅飞去。

洛基把索列姆的要求告诉了阿萨诸神和华纳诸神。谁也不愿意让美丽动人的弗蕾娅远居尤腾海姆，成为那里最蠢的巨人的妻子。与会众神个个情绪低落。诸神以后也许将再无余力去帮助人类，因为米奥尔尼尔落到了巨人手中，他们必须集中所有的力量守卫阿斯加尔德。因此，他们都默默地坐在议事厅中，神情黯然。但是，诡计多端的洛基这时说道："我想到了一个点子，也许可以帮我们从愚蠢的索列姆那里把锤子赢回来。我们可以假装同意把弗蕾娅送去尤腾海姆做索列姆的新娘，而让诸神中的一位戴上弗蕾娅的面纱，穿上弗蕾娅的裙子假扮新娘。"

"哪位神明会自愿去干这种不光彩的事情？"与会诸神问道。

"哦，让托尔去吧，他丢了锤子，理应出力最多。"洛基说。

"托尔，托尔，让托尔按照洛基的主意把锤子从索列姆那里弄回来。"阿萨诸神和华纳诸神异口同声地说。他们让洛基去安排托尔如何乔装，去尤腾海姆假扮索列姆的新娘。

洛基告别了与会诸神，来到之前同托尔分别的地方。"托尔，现在只有一个办法能把锤子拿回来，"他说，"参加议事会的诸神裁决应由你去完成这项任务。"

"什么办法？"托尔忙不迭地问，"但不管是什么办法，告诉我，我会按你说的去做。"

"接下来，"洛基哈哈大笑，说道，"我会把你带去尤腾海姆，你要扮成索列姆的新娘，你得戴上新娘的面纱，穿上新娘的裙装，也就是弗蕾娅的面纱和裙子。"

"什么！要我打扮成女人的样子？"托尔吃惊地喊道。

"是的，托尔。你要用面纱罩头，再顶上一个花环。"

"我要戴一个花环？"

"手指上也要戴上戒指，腰间还要挂一串管家婆的钥匙。"

"停止你的鬼把戏吧，洛基，"托尔没好气地说道，"否则，有你好看的。"

"这不是什么把戏。为了保卫阿斯加尔德，你必须这么

做，好赢回米奥尔尼尔。索列姆除了弗蕾娅什么都不要。我要糊弄他一下，把戴着弗蕾娅的面纱、穿着弗蕾娅的裙子的你，带到他的身边。当你到了他的大厅里，他要你同他牵手时，你就说你不干，除非他先把米奥尔尼尔放到你手里。当这把神奇的锤子回到你手中，你就可以用它对付索列姆和他大厅里的所有人了。哦，甜甜美美的少女托尔，我会打扮成你的伴娘陪你一起去的。"

"洛基，"托尔说，"这一切都是你设计出来愚弄我的。要我穿新娘的裙子，戴上新娘的面纱，这会让我永远被阿斯加尔德众神耻笑。"

"没错，"洛基说，"但是，除非你能把大意丢失的锤子带回来，否则阿斯加尔德的土地上就再也不会有笑声了。"

"你说的倒是事实，"托尔不高兴地说，"洛基，你觉得这是唯一能从索列姆那里取回米奥尔尼尔的办法了吗？"

"托尔，这是唯一的办法。"爱捣乱的洛基说。

于是，托尔和洛基动身前往尤腾海姆以及索列姆的住处。在此之前，一名信使已经提前出发，把弗蕾娅将和她的伴娘一同前来的消息，向索列姆传达，以便婚宴准备妥当。客人们赶来齐聚一堂，米奥尔尼尔也准备好就备在手边，以交还给阿斯加尔德众神。索列姆和他的巨人母亲急着把诸事安排妥当。

托尔和洛基分别穿着新娘和伴娘的裙装来到巨人家中。

头上盖着的面纱遮住了托尔的胡须和他那双令人生畏的眼睛。他还穿着红色刺绣的礼服，腰间挂着一串管家婆的钥匙。洛基也戴了面纱。索列姆大屋的厅堂被打扫得一尘不染，张灯结彩，在那里婚宴用的大桌已经摆好。索列姆的母亲逐个招呼客人，向他们吹嘘自己的儿子得到弗蕾娅做新娘，她是美丽的阿斯加尔德众神中的一位，许多巨人都曾试图把她据为己有。

当托尔和洛基跨过门槛的时候，索列姆前去迎接他们。他想撩起新娘的面纱给她一吻。洛基迅速摁住索列姆的肩膀阻止。

"再忍耐下，"他低声对索列姆耳语，"别掀开她的面纱，我们阿斯加尔德神明都很含蓄矜持，容易害羞。如果在这种场合被亲吻，弗蕾娅一定会觉得受到了很大的冒犯。"

"是啊，是啊，"索列姆年迈的母亲赶忙说道，"儿子，别掀开新娘的面纱。阿斯加尔德诸神在言行上要比我们巨人注意。"说完，她就拉着托尔的手，把"她"带到了桌边。

新娘的身材和腰围并未让那些参加婚礼、体形庞大的巨人们起疑。他们目不转睛地盯着托尔和洛基，但是由于面纱遮盖，

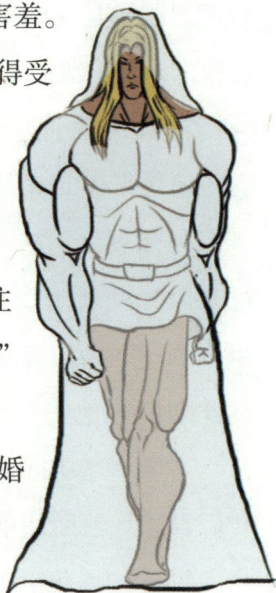

所以索列姆根本看不到他们的脸，也几乎看不清他们的脸形。

托尔坐在桌边，他的一边是索列姆，另一边是洛基。于是，婚宴正式开始。托尔立刻就吞下了八条三文鱼，他没意识到自己的行为同一名举止文雅的少女极不相称。一旁的洛基推了推他，又踩他的脚，但托尔压根儿就没注意洛基。在吃过三文鱼之后，他又吃了整整一头公牛。

"这两个阿斯加尔德来的少女，"宴席上的巨人们相互嘀咕，"按理说应该像索列姆的母亲说的那样，举止优雅文静，可是她们的胃口实在是彪悍！"

"也难怪她吃了这么多，真是可怜，"洛基对索列姆说，"要知道这已经是我们离开阿斯加尔德的第八天了，这一路上弗蕾娅粒米未进，她急不可耐地想见到索列姆，想到他的家里来。"

"哦，我可怜的爱人，可怜的爱人，"索列姆这下说，"她吃得还是很少的。"

托尔朝装有蜂蜜酒的大桶点了点头。索列姆命他的仆人过来给他的新娘倒上一些。接下来，仆人一直不停地来给托尔倒酒。巨人们在一边看着，洛基在一边不停地推他、摇他。在此期间，他喝下了三桶酒。

"哦，"参加宴会的巨人们对索列姆的母亲说，"这样看来，我们没能从阿斯加尔德迎娶新娘，并不是特别遗憾的事了。"

面纱的一角滑落，托尔的眼睛有一瞬间露了出来。索列姆看到后不解地问："哦，弗蕾娅的眼神怎么会这么直勾勾的呢？"

"可怜的女孩儿，可怜的女孩儿，"洛基说道，"也难怪她的双眼直直圆瞪。她八个夜晚都未曾合眼，如此盼望着见你，到你家里来，索列姆。现在，你应该同你的新娘牵手了。首先，你得把米奥尔尼尔放到她手中，这样她就会知道巨人为她的到来付出了怎样沉甸甸的代价。"

于是，索列姆，这个最愚蠢的巨人站了起来，把阿斯加尔德的守卫之锤米奥尔尼尔带进了宴会大厅。托尔按捺不住想一跃而起，一把从他手里夺过锤子。但是，洛基想办法让他保持冷静。索列姆把锤子带了过来，把它放到了他自认为是新娘的那个人手里。托尔一把握住锤子，立即站了起来。面纱从他的头上滑落下来，这下他的面容和那愤怒的眼神显露无遗。他冲屋子的墙壁猛然一击，墙体应声坍塌。接着，托尔同身边的洛基一同从废墟中大步走了出去，而屋内倒塌的屋顶和墙壁砸在巨人们身上，他们大声叫唤起来。

这就是阿斯加尔德的守卫之锤——米奥尔尼尔失而复得的故事。

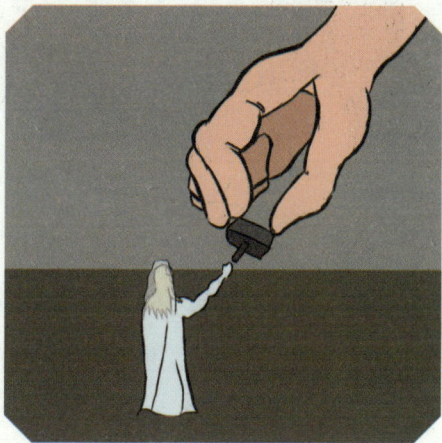

芬恩获得智慧

穆尔娜在丈夫库麦尔死后，到布鲁姆山中的森林里避难。在那里，她生下一个男婴，并给他起名叫戴姆那。因为害怕敌人会发现这个孩子并杀害他，她便将孩子交给在原始森林里居住的两位老妇人喂养，而她自己则嫁给了凯利的国王。然而，当戴姆那长大成人后，人们都叫他芬恩。后来，他便以此名为人所知。

芬恩做的第一件事就是杀了利阿——那个持有芬恩战士财宝箱的人，并接管了财宝箱。然后，他找到了他的叔叔克里莫，克里莫和几个老厨师在康纳希特的森林里的洼地中过着贫困艰难的生活。芬恩赐给他们一批随从和侍卫，这些人都是从他的亲信组织中挑选出来的，并

将财宝箱也交给他们保管。他自己则去向费讷加学习诗学和科学。

费讷加是一位德鲁伊教的圣人，居住在博因河边。河边的榛子树枝上的知识之果会掉落到河里，就在那些树枝下面的水流里，生活着名叫芬坦的博学鲑鱼。据说任何人只要吃了这条鱼，就会拥有那个时代所有的智慧，并能够预见未来。

在芬恩做他的学生之前，费讷加很多次试图抓住这条鲑鱼，但都失败了。芬恩成了他的学生之后，有一天，他抓住了这条鱼，并让芬恩去烤。费讷加一点儿鱼肉也不允许芬恩吃，只让他在鱼烤好时告诉自己。

当芬恩把烤好的鲑鱼拿来给费讷加时，费讷加发现芬恩的肤色变了，于是就问他："你吃这条鱼了吗？"

"没有，"芬恩答道，"但是当我把它放到烤架上时，我的大拇指被烫了，我就把大拇指放到嘴里了。"

"把这条鲑鱼拿去吃掉吧，"费讷加说道，"因为在你身上，预言变成了事实。你走吧，以后我不能再教你了。"

从此以后，芬恩就变得异常聪明，就如同他的强壮、大胆一样令人惊异。

奥西恩返乡记

奥西恩是爱尔兰大英雄芬恩的儿子，他的母亲萨布被一个邪恶的德鲁伊教教徒变成了一只鹿，他自己则被海神带到海外的青春之国。

一匹雪白的骏马驮着他和海神来到海边，轻快地从海浪上飞越而过。不一会儿，爱尔兰的森林、海岬都消失在视野里了。现在，强烈的阳光直射下来，他们驰入一片金色的薄雾之中。奥西恩完全迷失了方向，不知道自己到底是在陆地上还是在海洋上。雾中有时会出现一些奇异的景观：宫殿隐约闪现，却很快又消失不见；一只无角的雌鹿在他们旁边跳跃，后面有只独耳白猎犬在追它；一个手捧金苹果的年轻女子骑着一匹棕马从他们身边驰骋而过，后面紧跟着一个骑白马的马术师，手里握着一把金柄的剑，紫色的斗篷在他身后翻飞。奥西恩想知道这些幻象到底是什么，但最终一无所获。

奥西恩娶了海神的女儿南木公主为妻，在青春之国度过了三百年的快乐时光。奥西恩感到自己已享尽了所有快乐，开始渴望回到自己的国土，再次见到自己的朋友。他许诺说当完成这些意愿时就会回来。于是，南木将那匹曾带他飞越大海来到仙境的雪白的仙骑给了他，并警告他说，当他到达爱尔兰后，千万不要下马，双脚不能触碰到爱尔兰的国土，否则，返回青春之国的道路将永远向他封闭。

随后，奥西恩就出发了。他再次穿越了那片神奇的海域，来到了爱尔兰的西海岸。他开始向阿兰山前行，因为以前芬恩的住所就在那里。但奇怪的是，当他穿过森林时，连一个芬恩战士也没看到，只看到零零散散的几个人在田里耕作。

最后，他终于穿过林间小道来到以前阿兰山耸立的地方。以前，阿兰山周围是一大片绿油油的草地，周边被堤垒围着，里面有许多白色墙壁的住宅，中央是一座高大宏伟的大厅。然而，现在映入奥西恩眼帘的却是一个个荒草丛生的小圆丘，有一头黄牛在那里吃草。

看到这里，奥西恩突然感到一阵莫名的恐惧，他觉得是仙境的某种魔法蒙蔽了自己的双眼，自己现在看到的只是假象。于是，他张开双臂，大声呼喊着，同时伸长了耳朵想捕捉最微

弱的沙沙声和耳语声，可他听到的却只有丛林里传来的风声。奥西恩感到万分恐惧，于是策马向东海岸驰去。他想穿越整个爱尔兰，希望从自己所中的魔法中逃离出来，看到事情的真相。

然而，当奥西恩到达东海岸附近一个叫作斯路什峡谷的地方时，他看到田野里有一群人在努力将一块巨石从他们的耕地里推开，旁边有一个监工在指挥他们。于是，奥西恩便向这群人奔驰而去，想去问问他们关于芬恩和芬恩战士的事。当他靠近时，那些人都停止了手里的活儿，盯着他看。在他们看来，他像是一个来自仙族的信使或是一个来自天堂的天使。因为奥西恩比他们所认识的人都高大得多，有着冰蓝色的双眼，棕色的皮肤，红润的脸颊，珍珠般亮白的牙齿，头盔下边是一簇簇光亮的头发。奥西恩看到他们因操劳过度而身形瘦弱，而他们竭尽全力想要挪动的巨石却纹丝不动。

看到这些，奥西恩心中充满了同情，想道："当我离开爱尔兰前往青春之国时，这儿最低等级的人也不至于这么可怜。"

于是，他从马鞍上弯下腰来帮助他们。他把手放在巨石上，使劲一拉，就举起了它，然后把巨石从山上滚了下去。人群中响起了一片欢呼声。不一会儿，那阵欢呼声就变成了一片惊恐的叫喊声。那群人开始四处逃散，推推搡搡着想要逃离这让他们感到恐惧的地方。这都是因为刚才这里发生了一场让人胆战心惊的变化：奥西恩因为刚才拉巨石时扯裂了马鞍带而从马上摔落到地上。一眨眼间，那匹白色的骏马就像一阵烟似的从他们眼前消失了；从地上跌跌撞撞站起来的也不再是方才那个年轻力壮的小伙子了，而是一个年老体弱的白胡子老头儿，他一边伸手摸索着，一边痛苦地呜咽着；他原来那深红色的斗篷和丝般光滑柔顺的黄袍子变成了粗布衣衫，用一根麻布带子系着；他原来的金剑柄也变成了粗糙的栎木柄，就像讨饭的乞丐手里拿的木棍一样。

当那些人看到厄运并不是冲着他们来的，就又回来了。他们看到那个老头儿伏在地上，将脸深深地埋在臂弯里，便走过去扶他起来，询问他是谁，发生了什么事情。

奥西恩用浑浊的双眼环视了下四周，最后说道："我是芬恩之子奥西恩。求求你们告诉我他住在哪儿，他以前在阿兰山

77

上的住所已经一片荒芜。我从西海岸到东海岸，都没有找到他，也没有听到他狩猎的号角声。"

那些人听了都面面相觑，那个监工问道："爱尔兰有很多叫芬恩的，你说的是哪个？"

奥西恩答道："当然是库麦尔的儿子芬恩，爱尔兰芬恩战士的首领。"

监工说道："你个蠢家伙！你刚才还让我们都愚蠢地以为你是个小伙子，不过现在我们都反应过来了！库麦尔之子芬恩和他那一代人在三百年前就已经死了，芬恩之子是在歌拉之战中倒下的，而芬恩是在布瑞阿之战中死去的。至于奥西恩，没人知道他是怎么死的，但在大人物的盛宴上，竖琴师经常演奏他遗留下的诗歌。"

大魔法师梅林的预言

　　故事发生在尤瑟·潘德雷根当政时期，号令全英格兰的他，有一位强大的宿敌，康沃尔的领主丁塔吉尔公爵。尤瑟王试图召见这位公爵，并要求他偕妻同来，因为公爵夫人依格琳以美貌著称，且聪慧过人。

　　丁塔吉尔公爵偕妻觐见国王。尤瑟王爱慕公爵夫人，丁塔吉尔公爵得知后，便带着依格琳不辞而别。尤瑟王大发雷霆，召集大臣们商议对策。大臣向国王献计："陛下可传令公爵夫妇再次来朝觐见。他若抗旨，陛下便可派兵征讨。"

　　尤瑟王即刻派出信使，但很快收到公爵拒绝的回信。尤瑟王怒不可遏，传话要公爵严阵以待，他将在四十天之内活捉公爵。

接到警告后，公爵立刻开始布防丁塔吉尔和泰勒比尔两座城堡。他把依格琳安置在丁塔吉尔，自己则坐镇泰勒比尔，这座城堡里有许多出口与暗道以应对敌情。

尤瑟王率领大军蜂拥而至，把泰勒比尔团团围困起来。激战过后，双方死伤无数，遍地都是受伤的骑士和战马。尤瑟王一方面怒火中烧，另一方面苦苦思念依格琳，就此病倒。

骑士尤尔费斯闻讯来见国王："陛下，我去把魔法师梅林找来，他一定能治好你的病，并使你如愿以偿。"

梅林被带到营地见国王。尤瑟王躺在病床上有口难言。梅林说："陛下，你的心事我都了解，只要你发誓满足我的要求，你就能遂心如愿。"国王立誓照做。

"陛下，"梅林说，"依格琳会为你生下一个孩子，我的要求是待孩子出生，你必须把他交给我，完全由我抚养。这是为了你的荣誉，也是为了孩子的利益。"

尤瑟王说："一切就照你的意思办吧。"

梅林说："你今晚即可在丁塔吉尔城堡与依格琳见面，但你要装扮成她的公爵丈夫，尤尔费斯和我则装扮成公爵的骑士。你要留心，到时候少跟她和仆人们说话，只说你身体不适，想马上休息。明天早上要等我来见你时才能起床。"

尤瑟王依计而行，并命人转移了大军营地。丁塔吉尔公爵发现国王撤走了对泰勒比尔城堡的围困，便于当夜从暗道潜出城堡，企图偷袭国王的军队，结果自投罗网，被国王的军队杀害。此时，尤瑟王还在赶去丁塔吉尔城堡的路上。

到了丁塔吉尔城堡后，尤瑟王迫不及待地去见依格琳。第二天在梅林的催促下，尤瑟王吻过依格琳，匆匆离去。一早得人禀报，依格琳才知道丈夫在昨日已经死去，不由得大惊失色，昨晚乔装成她丈夫躺在她身边的到底是谁？她只好暗自伤心，保持沉默。

战事得胜后，大臣们都恳求国王与依格琳和解，尤瑟王求之不得。尤尔费斯安排两人晤面，并当众说道："我们的国王尚无王后，依格琳夫人是个绝色美人，如果她能做我们的王后，这真是皆大欢喜。"在大臣们的撺掇下，依格琳终于答应了，国王快活得像个精力充沛的骑士，不几日便安排完婚。

王后依格琳的肚子一天天大起来。半年后的一个夜晚，尤瑟王问依格琳怀的是谁的孩子，她一时羞愧得说不上话来。"你不必担心，"尤瑟王说，"我发誓，只要你说实话，我会更加爱你的。"

依格琳说："陛下，我把实情告诉你吧：就在丁塔吉尔死去的那个晚上，我的

81

城堡来了一位说话和相貌都与他十分相像的男子，上帝为证，这个孩子就是那天晚上怀上的。"

"你说的是实话，那位乔装而来的人就是我。"尤瑟王把前因后果告诉了王后，并坦诚说这是梅林的计策。依格琳知道真相后，如释重负。

不久，梅林来见国王："尤瑟王，你得履行你的誓言了。"

国王说："一切听凭你的安排吧。"

梅林说："我认识的艾克特爵士是位真诚可靠的人，你不妨求他抚养你的孩子。此外，孩子一旦生下来，先不要洗礼，你让人从后门抱出交给我。"

王后终于生产，国王命令两位骑士和侍女抱走裹在织金褓褓中的婴儿，嘱咐说："你们把孩子抱出王宫后门，碰见魔法师梅林就交给他。"

就这样，孩子转到梅林手里，他则把孩子交给艾克特爵士。艾克特爵士请来教士给孩子洗礼，为他取名亚瑟。

两年后，尤瑟王生了一场大病。在此期间，敌人纷纷来犯，战事不止。梅林对他说："尤瑟王，你不该继续躺在床上了，即使坐马拉轿车，也得上战场。只有你亲临战场，才能威吓敌军，夺取胜利。"

国王听从梅林的建议坐进马拉轿车上战场迎敌。在圣阿尔邦斯境内，他们遭遇了来自北方的大批敌军。在尤瑟王的指挥下，将士们英勇作战，北方军队逐渐崩解，纷纷后退。

尤瑟王的军队最终击退敌军，班师回到伦敦。但尤瑟王的病越来越严重，三天三夜不能开口说话。大臣们都很忧虑，决定请梅林拿个主意。

梅林说："上帝自有旨意，请诸位大臣明日齐来参见国王，我会让他开口说话的。"

第二天上午，所有大臣都随梅林来到国王面前。梅林提高音量，庄重地问："陛下，在你百年以后，你是否愿意让你的儿子继承一切，成为全英格兰的国王？"

尤瑟王转过身来，大家清楚地听见他说："愿上帝保佑他，我祝福他可以正大光明、令人钦佩地取得王位，不要依赖我的庇佑。"说完，他便魂归天国。

尤瑟王死后，王国长时间处于危机之中，每个有权有势的领主都想扩展自己的势力，许多人还想篡夺王位。梅林去见了坎特伯雷大主教，建议他召集王国内所有的骑士、贵族，于圣诞节这天齐聚伦敦，违命者将受到上帝的惩罚。

　　主教采纳了梅林的建议，派人通知各地的骑士、贵族，让他们于圣诞前到伦敦来。接到通知后，许多人便开始焚香沐浴，告解罪孽，希望上帝能接受他们的祷告。

　　圣诞当天，各阶层的贵族们来到伦敦最大的教堂做祷告。教堂的庭院中正对着祭坛的地方巍然矗立着一块方形巨石，巨石中央，立着一块砧铁，约有一英尺高，上面插着一把剑身出鞘的宝剑。剑身刻着两行金字：拔剑离石者，即生而为英格兰命定之王。

　　祷告结束以后，大家都去围观那块方形巨石和宝剑。他们看过铭文，有的便跃跃欲试，想就此当上国王，但始终没人能撼动宝剑。

　　主教说："能拔出这把宝剑的人还没有出现，但上帝一定会让他露面的。我提议，先选定十位德高望重的骑士看守好这把宝剑。"大家照此而行，奔走相告。不管是谁，只要想拔出那把宝剑，都可以前去试试。

　　贵族们还决定在新年这天举行全国的比武大会。颁布这个决定也是为了让贵族和平民都能到场，因为主教相信，上帝会让那位能够拔出宝剑的人现身。

　　新年这天，骑士们便骑马来到比武场，在伦敦附近拥有巨大产业的艾克特爵士也骑马来到比武场，一道前来的还有他的儿子凯爵士和义子亚瑟。在快到比武场时，凯爵士才发现自己的宝剑遗留在卧室了，便请求亚瑟骑马回去取。

"我这就去。"亚瑟说完，便骑马回去取剑。

亚瑟回到家，发现母亲已和侍从一起去看比武了。亚瑟颇感懊恼，心想："我何不干脆去教堂，把那把宝剑从巨石中拔出来，反正我哥哥凯爵士今天是少不了一把宝剑的。"于是，亚瑟来到教堂庭院中，径直来到营帐前。他发现看守骑士都不在，似乎去了比武场。亚瑟握住剑柄，猛一用力，就把剑从巨石中拔了出来。

亚瑟骑马回到凯爵士那里，将剑交给他。凯爵士一见此剑，便知那是石中宝剑，他找到艾克特爵士，说："父亲，您看，这就是巨石中的那把宝剑，看来我得做这个王国的国王了。"

艾克特爵士仔细看了看那把剑，带他俩返回教堂，三人下了马，进入教堂。艾克特爵士随即要求凯爵士如实说出他是如何得到这把宝剑的。

凯爵士说："父亲，这把宝剑是弟弟亚瑟交给我的。"

艾克特爵士转过身来问亚瑟："你是怎样得到这把宝剑的？"

亚瑟说："父亲，当我回家为哥哥取剑时，家中无人可以给我他那把剑，但我想哥哥不应该没有宝剑，我便急急赶到这里，毫不费力便从巨石中把它拔了出来。"

艾克特爵士说："你当时没看见有骑士守护在这里吗？"

亚瑟说："没有。"

艾克特爵士对亚瑟说："我明白了，你注定会成为王国的国王。"

亚瑟说："怎么会是我？"

艾克特爵士说："这是上帝的旨意。没有人能拔出这把宝剑，除非他就是这个王国名正言顺的国王。现在让我看看你是否能将宝剑放回原处，并把它再拔出来。"

"这有何难。"亚瑟说完，随手就把剑插回巨石。艾克特爵士试了试，却拔不出来。

艾克特爵士对凯爵士说："你也来试试。"凯爵士即刻使出全身气力来拔，但无济于事。

艾克特爵士然后对亚瑟说："你来。"

亚瑟说："好。"他轻而易举就把剑拔了出来。

见此情景，艾克特爵士随即下跪，凯爵士也跪了下来。

"哎呀，我亲爱的父亲和哥哥，你们为什么要朝我下跪？"

艾克特爵士说："不，不！我的亚瑟啊，我不是你的生父，跟你没有血缘关系。我清楚地知道，你的血统比我想象的要高贵得多。"艾克特爵士于是把一切都告诉了他：梅林当年是如何把他送来，以及自己是秉承谁的旨意，将他抚养长大。

亚瑟得知艾克特爵士不是自己的生父，心里十分悲伤。

艾克特爵士对亚瑟说："亚瑟啊，你成了国王以后，还能仁慈宽厚地对待我们吗？"

亚瑟说："如果我忘恩负义，那真该遭到上天的惩罚了，因为您是对我恩重如山的人，如果上帝真如您所说有意要立我为王，您可以向我要求我所能做的一切，我不会辜负您的。"

艾克特爵士说："我只求你一件事，请求你让我的儿子，也就是你的义兄凯，做你的国务大臣。"

亚瑟说："这我一定照办。我愿以身立誓：只要我和他活在世上一天，这个职务就不会交给别人。"

说完，他们就去见主教，告诉他拔剑的经过以及是谁拔出了那把剑。这件事发生后，所有的领主都来到教堂，不管是谁，只要愿意，都可以尝试拔出石中剑。但在众人面前，除了亚瑟，没有人能把剑拔出来。许多领主此时都有点儿愤愤不平，说让一个出身低贱的孩子来君临天下，对他们和这个王国来说都是莫大的耻辱。他们骂骂咧咧，争吵不休，结果只得把推选国王的事往后拖延。

后来，更多的骑士、贵族和一些不服气的领主来到教堂，想得到那把宝剑，但还是没有人能拔出来。亚瑟照例轻而易举地就把宝剑拔了出来，骑士、贵族们对此非常懊丧。几乎所有想拔剑的人都尝试过了，但当着所有贵族和平民的面，除了亚瑟，没有人能拔出宝剑。

于是，平民们欢呼起来："我们拥护亚瑟做我们的国王！我们要他登基，我们已经亲眼看见上帝的谕示。谁要是再反对，我们就处死他！"此时，所有人都跪了下来，请求亚瑟宽恕他们的一再拖延。亚瑟原谅了他们，随后双手擎起宝剑，将它呈献至主教所在的祭坛前。主教亲自敕封亚瑟为当世最高贵的骑士，接着便举行加冕典礼。

亚瑟当着众人的面发誓，他一定要做一个诚实可信的国王，从今往后始终主持正义。他又让所有的骑士、贵族趋前，行过必要的君臣之礼。此时有许多人向亚瑟诉苦，揭发自尤瑟王逝世以来国内所发生的种种恶行，许多领主、骑士、贵妇和乡绅的土地被人霸占。亚瑟王当即承诺把那些田地归还他们。

等亚瑟王把发生在伦敦附近的纠纷都平息以后，他便任命凯爵士为国务大臣，不列颠的鲍德温爵士为宫廷警备官，尤尔费斯爵士为掌礼大臣，勃拉斯提斯爵士为边防军务大臣，专门负责防范来自北方的特伦特人，这是当时英格兰最强大的敌人。

此后没有几年，亚瑟王便征服了整个北部地区和苏格兰，所有人都归顺了他。威尔士的一部分地区曾负隅顽抗，但在亚瑟王的神威震慑下，这些地区也像其他地区一样，被一一征服。

不久，亚瑟王巡幸威尔士，并发出告谕，他要在加冕典礼以后的五旬节，在卡里恩城召开宴会。五旬节当天，许多国王带着几百名骑士前来参加亚瑟王的宴会。

亚瑟王对他们的到来十分欣喜，他以为这些国王和骑士都是因为爱戴他、崇敬他才来赴会的。亚瑟王兴致勃勃地给这些国王和骑士赠送礼物。但是，这些国王不仅不收他的礼物，而且还羞辱了他的使者，说亚瑟王乳臭未干、出身低贱，他们没有兴趣收受他的礼物。

他们还让使者带信给亚瑟王，他们不收他的礼物，但要回赠一件礼物，那就是架在他脖子上的一把剑。他们就是为送这件礼物而来的。看见这么个乳臭未干的孩子统治这片锦绣河山，对他们来说简直是奇耻大辱。使者带了这些话回禀亚瑟王。

　　亚瑟王被激怒了，他出城与这些国王谈判，言辞强硬，说只要他活着一天，就要众王俯首听命。双方不欢而散。亚瑟王要他们赶紧备战，他们反叫亚瑟王做好准备。亚瑟王回到城堡，命令骑士们全都武装待命。

　　于是，亚瑟王亲自带领骑士们上阵杀敌。亚瑟王本就英勇无畏，有着非凡的武艺，再加上装备精良的骑士大军，又有班王等国王的鼎力相助，经过几次激烈的战争，不服气的众王都被亚瑟王打败了。自此，亚瑟王声名远扬，成了真正的国王。